熱風至る

I

井上ひさし

幻戯書房

明治維新が美化されすぎているような気がしてならない。維新は果してそんなに美しかったのだろうか。わたしはその答えを新選組のなかに求めてみたい。姿勢をできるだけ低くして、歴史の陰画を陽画に変えてみようと思っている。

凡例

一、本書は、井上ひさし（一九三四―二〇一〇）が「週刊文春」の一九七四年一月七日号より一九七五年十二月二十五日号まで百三回にわたり連載した『熱風至る』を、初めて全二冊の書籍としたものです。うち一九七五年一月一日号（「野試合」）以前をⅠ、同一月八日号（「入党試験」）以後をⅡとしています。

一、巻頭のことばは、連載が始まる前号、一九七三年十二月二十四・三十一日号に掲載された予告「人気絶頂作家の長篇小説が初めて週刊誌に登場！　新連載小説　熱風至る　ひさしの新選組　井上ひさし」の〈作者のことば〉です。

一、本書は全二冊ですが、一九七五年十二月二十五日号（Ⅱ「まさかり衆」）には冒頭に「第一部最終回」、文末に「第二部は構想を新たに、昭和五十二年より登場の予定」とあり、一九七七年にこの物語を再開することが示唆されていました。しかしながら、「第二部」が発表されることはありませんでした。

一、書籍とするにあたっては、明らかな誤字脱字は正し、ルビは適宜加減しました。

一、今日では不適切とされる表現が見受けられますが、著者が故人であることを考慮し、原文どおりとしました。

幻戯書房編集部

目次

装丁
緒方修一

資料調査協力
遅筆堂文庫

熱風至る

I

馬方大福

一

不意に、斜め上から怒鳴り声が降ってきたので、久太郎《きゆうたろう》はびっくりして足を滑らせ、右足をわさび田に突っ込んでしまった。武蔵国多摩郡 上石原《ごおりかみいしはら》のこのあたりでは、清水の自然に湧くところをそのままわさび田にしているから、田の中の水は氷のように冷めたい。真夏の炎暑に炒られながら、わさび田に日覆いの戸板を立てていた久太郎は、

(だれだか知らないけどびっくりさせてくれる、おかげでわさびを二、三本、踏みつけてしまったぜ)

と舌打をしたが、心のどこかでは、思わぬやり方で自分に涼をとらせてくれた声の主に、感謝をした。わさびは暑熱に弱くすぐ萎える。そこで戸板の日覆いをわさび田の南に立てるわけだ。

わさび田の中の右足はそのままにして、久太郎は声のする方へ目をやった。わさび田の斜め上、鴨居ほどの高さのところに小道が通っている。その小道を男がひとりゆっくりとこっちへやってくるのだが、男は背中に陽を背負っているのでただまっくろ、躰の輪郭が見えるだけだった。いやにごつごつと角ばった躰つきだな、と久太郎は思った。

男は相手もいないのにまだ怒鳴るのをやめない。へんだなと思って聞耳を立てると、それは怒

鳴っているのではなく、歌をがなっているのだった。

武士《もののふ》の道行くときに逢う人の
右は通らぬものと知るべし

どうやらそれは剣術家の心得を三十一文字にしたものらしい。行き逢う人の左を通り抜けては抜き打ちに斬りかかられるおそれがあるというわけか、なるほどな、と感心しながら久太郎はわさび田から足を抜き、踏みつけていたために一段深くなった底の石を元のようにしはじめた。深いままにしておくとそこで水の流れが淀む。わさびは水の流れに敏感で、そうなるとたんに出来が悪くなるのである。

武士の夜の道には灯を中に
持たせて端を行くと知るべし……

男のがなり声が久太郎の真上にさしかかった。がこのとき、男の声がおしまいの「……行くと知るべし」あたりで、もがもがと変な調子で籠ってしまった。馬鹿に大きな声がだれかに急に背後から手で口を塞がれたような感じの声になったから、久太郎はまた驚いて、目をあげた。男は片手に大きな大福を持ち、口を勢いよくもぐもぐ動かしていた。真下から仰ぎ見ているせいか鼻の穴がくろぐろと大きい。口に大福を頬張っているので今のところ息の吸い吐きは鼻が一手に引き受けているのだが、息を吸うときにはぐわっと鼻翼《こばな》が脹らみ、まるで鍛冶屋の鞴《ふいご》を見るようだった。頭の真上で男の鼻翼が脹らむたびに、久太郎は自分の躰が吸い上げられてしまいそうなおそれを感じた。

大きいのは鼻だけではなかった。口中の大福をごくりと音をさせて嚥《の》みおろすと、男はすぐさま手に持った大福を口の中に押し込んだが、そのとき愕《おどろ》いたことに手首のところまで口中に隠れてしまったのだ。

久太郎は一瞬、男が大福と一緒に自分の手まで喰ってしまったのではないかと思ったほどである。もうひとつつけ加えるならばその大福は並の大福ではなかった。馬糞ほども大きいからそう称するのか、馬のように大食する馬方連中が好んで喰うところからそういう名が付いたのか、それは久太郎にはわからないが、このあたりでは馬方大福と呼ばれている大大福だった。その馬方大福をわずか二口で搦いてしまったのだから、久太郎は呆れながら感心した。

夏の真っ盛りだというのに、男は八王子平《ひら》の袴をつけている。上は麻ものだ。どちらも着古してくたくたになっている。腰の大小は黒鞘で、ところどころ塗りが剝げていた。

(……どこのさむらい百姓だろう?)

久太郎は首を捻った。さむらい百姓というのは、田畑を耕す一方で剣術に凝り、勘定奉行の名で「百姓の武芸稽古は農業を妨げ、身分を忘れて気嵩《きがさ》になる故、堅く相い止め申すべく候」という村触れが回っているのに、空とぼけて剣術道場に通ったり、田畑や雑木林など人目につかないところでこっそり腰に二本差して嬉しがったりしている連中を、久太郎のような町家の者がからかい半分で言うことばである。

「水を御馳走してくれないか」

久太郎を覗き込むようにして男が言った。下駄のように四角ばった無骨顔である。正面から見ると思ったよりはるかに若かった。自分より四つか五つ年上、二十歳ぐらいだろうなと久太郎は見当をつけた。

「いいですよ」

と頷くと、男は草を摑んで滑り止めにし、土手を降りた。身のこなしは軽い。それから男は水面をびっしりと覆っているわさびの葉をかきわけ、顔がひとつ入るぐらいの隙間《あき》をこしらえ、そこへ嵌め込むように顔を漬けた。田とはいっても、前に書いたように、湧き清水に小石を敷きつめてあるだけだ。水は澄んでいる。男は何回も喉を鳴らした。

久太郎はこのときはじめて、男がその幅広な背中に妙なものをくくりつけていることに気がついた。それは直径《さしわたし》一尺ほどの、笠とも笊《ざる》ともつかない代物で、肉の厚い竹で頑丈に編んである。

「……うまかった」

男は勢いよく躰を起した。

「ところでこのへんのわさび田はいまも上石原宿の『こんにゃく屋』の持ち物なのか？」

久太郎は頷いた。「こんにゃく屋」というのは久太郎の家のことだ。『武州屋』という歴とした家号があるのに、彼の家をこの界隈の人たちはみな「こんにゃく屋、こんにゃく屋」と呼ぶ。それが久太郎にはあまり気に入らない。久太郎にはすこし臆病なところがあって、たとえば、十三歳のときまで多摩川を向う岸まで泳ぎ渡ることができなかった。泳ぐ力は充分あるのに勇気がそれに伴わない。途中で怖くなって中洲に這い上ってしまう。そのたびに彼の仲間たちは、

「さすがこんにゃく屋、もうぶるぶる震えあがってら」

と、水の中から囃したてた。

久太郎はまた雷にわけもなく怯えた。空の隅に怪しい黒い雲がちらっと見えただけで家へ飛んで帰ってしまう。雷の鳴るさなかにもし外にいるような羽目になったら、きっと自分の脳天に落っこちてくるにちがいない、そういう気がして居ても立ってもいられなくなるのだ。蒼くなって家へ駆け出す久太郎の背中に、いつも仲間たちの揶揄の声が貼りついてきた。

「やーい、こんにゃくの木登り」

これはこんにゃくの木登りで慄《ふる》え上る、という悪い洒落なのだ。

久太郎の家は、父親の代から旅籠《はたご》を営んでいるが、その隣りに、先祖代々の『上石原名物　こんにゃく料理』の看板をまだ掲げたままである。商いに自信があるらしい久太郎の父親があえて二兎を追っているのだが、それが今のところは結構当ってさかっている。父親が旅籠一筋に的をしぼってくれれば、ことごとに「こんにゃく屋、こんにゃく屋」といわれずにすむのに、と久太郎は幼いころ父親を恨んだものだった。むろんこのわさび田もこんにゃく料理に添えるわさびを採るためのものだ。

「……そうか」

男は袖を手拭がわりにして顔に付いた水を拭いた。

「そうすると、しばらくぶりに名物の、こんにゃくの蕎麦仕立てが喰えるな」

こんにゃくの蕎麦仕立てというのは、こんにゃくを突き出しで中糸にして蒸し上げ、さらに冷し、それを肉汁《だしじる》とざくざくに刻んだ葱でつるつると喰わせる、武州屋の自慢料理である。

「よいしょ」

掛け声ひとつで男は鴨居ほどの高さのある急な土手をひょいと駆けのぼり、また例の歌をがなりながら、雑木林の中に見えなくなった。

武士の夜の枕に二重《ふたえ》帯
おかぬは愚か不覚とるべし……

声だけはずいぶん長い間、久太郎の耳に届いていた。

馬方大福を喰い、水を大量に飲み、その上にまたこんにゃくの蕎麦仕立てのはなし、ずいぶん喰い意地の張った人だな、と思いながら久太郎は次のわさび田の方へ歩き出した。一帯は暑熱で蒸され草いきれがすごい。久太郎は思わず鼻を袖で覆った。

二

それから一刻《いっとき》ほどかかって、久太郎はそのあたりに点在する十近いわさび田の日覆いをすませた。陽はまだ高いが、すこし風が出てきたようだ。久太郎は襟を大きくおしひろげ、その風を内懐に呼び込みながら、宿場の方へ歩いて行った。

雑木林を四つか五つ通り抜けたあたりで、道に沿って四軒ほど並んでいる百姓家のうちのひとつから、野太い声や塩辛声やきんきん声で気合いをかけているのが聞えてきた。

(宮川の道場へ市谷《いちがや》のいも道場から、だれか出稽古をつけにきているんだな)

久太郎はそう思って、道場の横を抜けるついでに武者窓の間から内部《なか》を覗き込んだ。道場といっても大した拵《こしら》えではない。板敷きの演武床が長さ三間横三間、それに一段高い二畳ばかりの畳敷き、納屋に毛が生えた程度の構えである。

普段なら、さむらい百姓がまたやってら、とそのまま通り過ぎてしまうのだが、久太郎の足は珍しく武者窓の下にぴたりと釘付けになった。久太郎の足を止めさせたのは、チュイーッ！　と掛声を発しながら、短いが太い木刀で次々に打ち込んでくるさむらい百姓たちの、相手をつとめている男のかぶりものだった。

それはさっき、わさび田で水を飲んでいった若い男の背中にくくりつけられていた、あの笠とも笊ともつかない代物にちがいなかった。

百姓の相手をしている男は面布団をつけ、その上にそのかぶりものを載せている。だから目と鼻はかぶりもので隠れ、顔の輪郭は面布団のせいでよくはわからない。だが、馬方大福といっしょに自分の手を手首まで咥え込んだ大きな口は見えていた。もうひとつ、その口からときおり突いて出る、オイトシャー！　だの何ダソラ！　だのという馬鹿でかい声にも、久太郎は聞き覚えがあった。

（……さっきの、喰い意地の張った男だ）

久太郎はひとりで頷いて、なおも武者窓に顔を貼りつけていた。

男の掛け声は大きいだけでなく、相手が思わず立ち竦《すく》んでしまいそうな気迫がこもっていた。だがそれとは裏腹に動作は間が抜けている。男は右手に短い木刀を持っているのだが、それはだらりと垂らしたままで、打ち込んでくる木刀をかぶりもので受けている。べつに言えば勇ましいのは掛け声だけで、あとは百姓たちに叩かれるままになっているのだ。

久太郎も幼いときは、すこしは強くなりたいと思い、田畑に立つ案山子《かかし》に向って棒を振りかざしたものだったが、男はまるでその案山子と同じだ。ちがうのは案山子が一本足なのに、男には二本足があるというところぐらいだろう。久太郎はだんだんに気の張りが弛《ゆる》み、そのうちに見ているのが馬鹿馬鹿しくなってきた。

畳敷きのところに、神棚を背にして正座していた年寄が、案山子男に向って手をあげた。

「待てよ、勝太《かった》。それでは稽古にならん」

その年寄のことは久太郎も知っていた。この道場の主《あるじ》で、宮川久次郎といい、上石原では五本指に入る大百姓である。剣術に狂って久次郎を久次《ひさつぐ》と侍らしく変えたり、こうやって道場を建てたり、宿中に噂の種を蒔いている。久次郎は二月《ふたつき》に一度か三月《みつき》に二度ぐらい、同じ年格好の、穏かな顔つきをした老人と久太郎のところへ、こんにゃくを肴に酒を飲みにやってくるが、店の板前などはそのたびに象か獅子の見世物でも見るような目付きになり、

「宮川の旦那と一緒にいなさるお方が市谷柳町の試衛館の主、近藤周斎先生ですぜ。なにしろ、天

然理心流の三代目だから大したものだ……」

と、久太郎に囁《ささや》く。しかし、その周斎先生は酒に弱くて、すこし酔うともう足許ふらつき、三和《たた》土《き》の上に置いてあるなんでもない箱につまずいたりしてよく転んだ。だから久太郎は天然理心流は三流、市谷の試衛館はいも道場と、勝手に格付けをしている。

「ことばをかえすようですが、これでちゃんと稽古になっているのですよ」

勝太と呼ばれた若い男は演武床の中央に正座し、かぶりものと面布団を外し、顔の汗を手拭いで吸い取った。

「相手に思うがままに面を打たせて、その太刀筋を視ているのです。つまり、自分に眼力をつけているわけです」

「わしが言っているのは、おまえには役に立っても、われわれには何のたしにもならん、ということさ」

久次郎老人はじれったそうに膝を叩いた。

「それにわしはおまえがこの三年間、どれだけ試衛館で腕を上げてきたのか、それが見たい。周斎先生にかわってこれからおまえが多摩郡一円の出稽古を引き受けることになったと聞いたが、周斎先生の太刀筋をどう引き継いだのか、それが知りたい」

「剣術家の実力なぞ、木刀や袋撓《ふくろじない》じゃわかりませんよ、お父さん」

勝太と呼ばれた男は簡単に久次郎老人の願いをしりぞけた。

「命のやりとりをするその瀬戸際で、そのぎりぎりのところで、ようやく答えが出てくる……。それだけのことです」

勝太は再び面布団を顔につけはじめた。久次郎老人は鼻白んで黙ってしまった。

「……やっぱりあいつは勝太だぜ」

そのとき、久太郎の横で押し殺した声がした。

「うむ、どうやら勝太のようだな」

さらにひとつその横でだれかが押し殺した声に相槌を打っている。見ると、それは褌を丸出し、馬の手綱を肩に引っかついだ二人の馬方だった。ひとりは背が高く、ひとりはがっしりとしている。肩にひっかけた夏物の半纏の衿の「上石原人馬《じんば》継《つぎ》問屋御用」の染抜き文字が手垢で黒くなっていた。馬の体臭と強いきざみ煙草の匂いが久太郎の鼻を刺した。

「帰ってきたからにゃ只では済まさねえぞ。手の一本や二本はへし折ってやらあ」

背の高いほうがいますぐ道場へ躍り込もうというように、向う鉢巻を結び直した。

「待てよ」

がっしりした方が言った。

「相手はとにかく剣術の一派の代稽古を勤めるほどの野郎だ。できるだけ味方の数は多い方がいい。問屋の馬方にひとり残らず集まってもらおうぜ」

「うん、それも一法だな」

背の高いほうはにやりと笑って、武者窓から道場の内部《なか》へ、蛇のような湿った目を向けた。

内部では、勝太と呼ばれた男があいかわらず百姓たちの降らせる木刀の雨のなかでただどーんと立っている。

三

久太郎は店に向って小さく開いた窓の縁《ふち》に手をかけて躰を支えながら、両足をかわるがわる上げ下げしはじめた。彼の足の下にあるのは直径四尺ほどの頑丈な木製の盥《たらい》である。盥の中には、ぬるま湯で粗練《あらね》りしたこんにゃく粉がかなり大量に入っている。それをさらに足でよく捏《こ》ねて糊のようにするのが、久太郎の仕事であるが、糊のようになったところで適量の石灰《いしばい》を加え、小半刻《こはんとき》ばかり放って置き、よく固まったら適当の大きさに切り、温湯で暖めればこんにゃくが出来るわけである。あとは水の中に泳がせて置き、灰汁《あく》を抜けばよい。

それにしても、これは退屈な仕事である。上石原宿から隣りの府中宿まで一里と十町ほどあるが、こんにゃくをひと盥練り上げるたびに、府中宿まで往復するような感じが久太郎にはした。しかも、その往復がただの往復ではないのだ。練っているうちにこんにゃくは続飯《そつくい》のように粘ってくるから、足を引き抜くたびにかなりの力を絞り出さなくてはならない。いってみればこれは三尺ほども積った雪の中を、府中宿へ行ってまた戻るような大仕事なのである。

久太郎は額の汗を手で払い落した。汗の雫が盥の中にぱらぱらと降った。久太郎の汗をどこのだれが口の中におさめることになるかは知らぬが、その客こそいい面の皮である。

「刺身つき五色こんにゃく二杯、それにお銚子四本!」

店からお光《みつ》の張りのある声があがった。お光は久太郎の姉で、彼とは四つばかり年が違う。声と同様に眼にも張りがあって、それがくるくると機敏によく動くので、街道筋の若い男たちに評判がいい。なかにはお光のことを「上石原小町」だの「こんにゃく小町」だのとたてまつって、大してお好きでもないこんにゃくを毎日のように喰いにくる男たちもある。店の床几《しょうぎ》にお光を目当ての男たちがぼうっと上気したような表情で坐っているのを見るたびに、久太郎は、よせばいいのにと思った。

たしかにお光は陽気である。そのへんは取得といえるかもしれないが、父親に似てしまり屋で、わさび田の世話やこんにゃく練りでその分は充分に稼いでいるはずの久太郎にさえ、月々の小遣銭を出し渋るのだ。その上お光はおしゃべりである、と久太郎には思われる。それが終ったらあれをしなさい、あれが済んだらなにをなさい、としょっちゅう久太郎を言葉の鞭で追い立てる。ときにはどこで仕入れてくるのか、とんでもないことを知っていて、それで久太郎を説教する。いつだったか、

「こんにゃく練りは足が疲れてかなわないよ。これはすこし小遣いに色をつけてもらわないとな」

と、久太郎がひとりごとを言ったら、悪いことにお光がそれを傍で聞いていて、たちまちこんな説教を喰う羽目になってしまったことがある。

「去年亡くなった横綱の阿武松緑之助《あぶのまつみどりのすけ》が、久太郎ぐらいの年のときに、柳橋のこんにゃく屋で働いていたってこと知らないの。阿武松は雷電よりも強かったそうだけど、どこが強かったかというと腰が粘るのね。弟子が十人ぐらい総がかりで押すと、躰の上半分が後に反って倒れそうになる、で

も腰はびくともしなかったんだって。いい、久太郎、阿武松のその腰の粘りは、こんにゃく屋のころにこんにゃく練りをして足腰を鍛えていたせいなのよ。足腰を鍛えるのには、この仕事もってこいなんだから、情けない音《ね》をあげないでよ」

なにもおれは角力取《すもう》りになるつもりはないんだ、おれと阿武松を一緒にしないでくれよ、と久太郎は咽喉《のど》まで出かかったが、あわててそれを腹へ嚥みおろした。そっと言えばぎゃっと返してくるのがお光の十八番《おはこ》だ、ひとこと言い返せば、それが直ぐに百層倍もの叱言《こごと》になって返ってくるだろう、久太郎はそれを怖れたわけだった。

たしかにお光は器量よしかもしれないが、女房に持った男は年中ひいひいかけずりまわって一生を終ることになるだろう、なのに「こんにゃく小町」だなどと騒ぎ立てる連中の気持が、久太郎にはまだよくわからない。

「刺身と五色こんにゃくはまだ上らないの」

お光がこんにゃく練り場と並びの料理場を覗き込みながら、せつき声を放ってきた。

「お店がそろそろ混んでくるころあいよ。咥え煙管《ぎせる》なんかよしてすこし気を入れてやってね」

板前が苦笑しながら煙管を莨入《たばこ》れに仕舞った。刺身というのは、むろんこんにゃくの刺身のことである。平づくりにしたこんにゃくをわさび醤油で喰わせる。五色こんにゃくは青黄赤紫黒のこんにゃくをひとつの皿に盛り合せたもので、これもつまりは刺身である。こんにゃくの色つけは練るときに行なう。青は菜っぱのしぼり汁、黄はくちなしの汁、赤は臙脂《えんじ》、紫は紫蘇の葉のしぼり汁を混ぜたこんにゃくだ。

色つきこんにゃくを発明したのは久太郎の父親だが、黒には苦労をしたらしい。はじめは墨汁を使ったが妙にこんにゃくが土臭くなったので、これをやめて次に烏賊《いか》の墨を用いた。しかし、これも生臭くて不評だった。以後、紙を燃して作った黒灰、熟しすぎて黒くなった桜んぼの実、黒い石のけずり粉、胡麻の摺り汁など、黒い色をつぎつぎに混ぜてみたが、どれも一長あれば一短どころか三短も四短もあり、なかなかうまく落ち着かない。なかでは胡麻の摺り汁が客受けがよかったが、これは高くつき、その分、儲けがすくなくなるので、すぐにやめた。そして最後に、久太郎の父親は自棄《やけ》半分で、鍋墨を使ってみた。が、じつはこれが正解だったのである。まずい色が出た。臭くもなかった。なによりも仕込みに金がかからない。そんなわけで以来ずうっと、久太郎の店の黒こんにゃくは鍋墨で色を出しているのである。

五色こんにゃくのほかにも、この店には、専門店の名に恥じぬ様ざまのこんにゃく料理がある。味噌漬（辛い味噌に一夜漬けたもの）、菜の花畑（糸づくりにしてよく揉んだこんにゃくの上に、煮貫きにした玉子の黄身をふりかけたもの）、柳川こんにゃく鍋（細切りのこんにゃくを香油《ごまのあぶら》で揚げ、ささがきにした牛蒡入りの味噌汁に入れたもの）、海苔巻（中拍子木《ひょうしぎ》に切ったこんにゃくを焙り立ての海苔で巻いたもの）、竹輪（棒状にかためたこんにゃくの中を抜いて竹輪に似せたしろものを、香油でさっと揚げたもの）など数えあげれば際限《きり》がないが、これらはみな久太郎の父親の考案で、上石原宿の人たちが、久太郎の父親のことを「こんにゃく大明神」と呼ぶのは、妥当といえば妥当なことだった。

四

「泊ってらっしゃいな、武州屋へ泊ってらっしゃいな。座敷は綺麗だよ。相宿だなんて無理もお願いしやしないよ。風呂も夜具《よるのもの》も清らか。飯の白粳《しらげ》は富士のお山の白雪よりも真っ白だよ。ちょっと泊ってらっしゃいな。この先には当分、よい宿屋はないんだよ」

表で客を引く飯盛女《めしもりおんな》たちの甲高い声がしはじめた。そして、それを切っかけにしたように、馬のいななき、その馬をねぎらう馬方たちのどすのきいた声、馬が首から下げた鈴の音、流し按摩の笛の音、旅客に酒手《さかて》をねだる駕籠やの高声などが、一気に往還に溢れ出した。いましがたまで、かすかにではあったが動いていた風がはたとやんで、たちまち蒸暑さがぶり返した。表の賑やかさがその蒸暑さをいっそう募らせているようだ。ご丁寧なことにどこか近くで日ぐらし蟬が火のついたように啼きだした。

久太郎は腰から三尺手拭を抜き取って首筋のあたりの汗を拭きながら、小窓から店を通して、たそがれかけた往還の方へ目をやった。

武州屋の飯盛女が手を旅客の袖にからませて足どめしようとしていた。

「至急の用があって、夜道を内藤新宿までのさなくちゃなりませんのさ。離しておくれよ」

旅客は振り払おうとするが、女は吸いついたように離れない。向いの人馬取継問屋場には、青徳利を膝に抱いた馬方や、右手に握り飯、左手にひねり沢庵を持った馬方が五、六人たむろしていて、おもしろ半分の半畳を入れている。

「そこまでして引き留められて、よオ、果報者じゃねえか」

「泊って行けよ、大人しく。いい加減、往生したらどうなんだ」

「その女、いい味だぜ。今夜は宵から抱きづめにして、三、四番はとぼしてみな」

「そのかわり明日は歩けねえぜ。内藤新宿どころか、次の宿の上高井戸までもおぼつかねえだろうな。つまり、腰の蝶番《ちょうつがい》ががたがたになっちまって、だ」

「そしてひと月したら瘡《かさ》の気が出らあ。やがて鼻がとれてふんがふが……」

ここで馬方たちは喧《やかま》しい笑い声をあげたが、それが中途でふいっと沙汰やみになってしまった。

おや、と思って久太郎は目を凝《こら》した。馬方たちの目線が府中宿寄りの往還に釘づけになっている。そして、彼等の目線はゆっくりと正面へ移ってきた――。

やがて、彼等が久太郎の正面を向いたとき、ひとりの男が店の前へ現われた。男は、ひと呼吸かふた呼吸する間、店の前に立ち、屋根の看板から軒の提灯へ、撫でるようにして目を泳がせていたが、そのうちに縄のれんを勢いよくはねあげながら、内部《なか》へ入ってきた。

「こんにゃくの蕎麦仕立てを一杯、いや、どうせなら三杯も貰っておこうかな」

大きな口と鼻、そしてそれを四角に囲い込んでいる顔の造作。その男は、正午すぎにわさび田でわさびの日覆いをしていた久太郎の目の前で、大きな馬方大福をたったの二口で平らげ、またその後午後《あと》おそく、宮川道場で笊だか笠だかわけのわからない妙なかぶりものを頭に載せ、それを宮川道場の門弟たちに木刀で殴らせていた勝太という若者にちがいなかった。

(同じ人に、一日に三度も逢うとは妙なこともあるものだな)

と、久太郎は思った。

往来では、勝太の後をつけて来たらしい背の高い馬方と、がっしりした躰つきの馬方とが、他の馬方たちを集めて小声でなにか言っていた。背の高い馬方とがっしりした躰つきの馬方にも久太郎は見憶えがあった。宮川道場の武者窓から勝太を睨みつけながら、

「勝太が帰ってきたからにゃ只では済まされねえ。腕の一本や二本はへし折ってやらにゃあ」

と凄んでいた二人組である。

「あら、勝太さんじゃない？」

店の内部《なか》では、お光が勝太に声をかけている。

「宮川の勝太さんでしょう？」

勝太は四角い顔をかすかに崩すようにしてお光に向って頷いた。四角い顔が崩れると菱形になる。久太郎はこんにゃくを踏みながらくすりと笑った。

「わかるかな、やっぱり」

「わかるわよ、その顔は。でも、久しぶりねえ」

「三年ぶりかな」

「そうね。それぐらいになるわね」

お光は勝太の前に冷《さま》したお茶を置いた。

「急に上石原から姿を消したのではじめはびっくりしたわよ。でも、江戸の剣術の先生のところへお婿さんに入ったんだってね」

勝太はまた頷いて、冷したお茶の入った湯呑みを大きな口へ持っていった。

久太郎は小窓のこっち側で、あれっとなった。

（……姉貴のやつ、あの大口男を知ってたのか！）

もっとも年恰好も同じだし、知り合いであっても別におかしいことはない。

（ひょっとしたら、西光寺で一緒だったのかもしれないな）

西光寺というのはお光の通っていた寺子屋である。

「……勝太さんのおかみさんになる人、きれいな人？」

お光は出来上ったこんにゃくの蕎麦仕立てを取りに、料理場の方へ歩き出しながら訊いた。

「そういう養子口じゃない。先生は子どもをひとりも授からなかったのだ。つまり婿養子ではなくてただの養子……」

勝太の声が立消えになってしまったのは、そのとき、背の高い馬方とがっしりした躰つきの馬方が入ってきて、勝太の前の腰掛にどすんと音をさせて腰を下したからである。

「ひさしぶりだな、勝太」

背の高いのが言った。

「といってもわかるめえが、こういったらわかるだろう。おれはおまえに腕を一本役立たずにされた飛田給《とびたきゅう》村の武次の兄だ」

勝太がほう、という顔になった。

「思い出したようだな。三年前、おめえが市谷の試衛館に養子に行く前の日、弟はおめえに木刀で肘を砕かれちまった。その挨拶をこれからしてえと思うのだ」

勝太は、おっかなびっくりでお光が運んで来たこんにゃくの蕎麦仕立てを三人前、自分の前に引き寄せながら、

「あれは試合だった。しかも武次から強《た》ってと申し込まれた試合だった」

と、言った。

「おれとおまえは宮川道場の竜虎といわれている。おまえが江戸へ発《た》つ前に、どっちが真実、腕が上か、それを決めたい、そう武次はいい張った」

「うるせえ！　おめえの能書を聞きに来たんじゃねえ。おめえの腕を貰いに来たんだ！」

背の高いのがこんにゃくの蕎麦仕立てをひとつ三和土に叩き落した。がっちりした躰つきの馬方もにやりと笑い、もうひとつをそのへんに撒き散らした。

勝太もにこりと笑って残るひとつをさらに手許に寄せた。

「二人は念書を認めて互いに交換し合った。いかなることになろうとも、たとえ命に差支えるようなことが起ろうと、相手に恨みは持たない、という念書を……」

勝太は、箸で、細く切ったこんにゃくをはさみ、たれの入っている茶碗にそれを浸した。

その茶碗の中へ背の高いのが、ぺっと唾を飛ばした。

「能書は聞きたくねえといったはずだぜ。さあ、おれたちと来てもらおうか」

勝太は大人しく立ち上ると、お光に言った。

「おれが戻ってくるまでに、もう三人前あつらえておいてくれないか」

「この野郎、無事にここへ戻ってくるつもりでいやがる」

と、がっちりした躰つきの馬方が皓《しろ》い歯を剝いた。

「とんだお目出度野郎だぜ」

勝太は二人に前と後からはさまれて、表へ出て行った。

久太郎も糊のようになったこんにゃくから足を抜き、そのまま裸足《はだし》で店を突っ切った。

「行っちゃいけないよ、久太郎! 戻っておいで!」

姉のお光の声が後から追ってきたが、久太郎は構わずに外へ飛び出した。

五

店の表に飛び出した久太郎の目に、甲州街道を西へ、すなわち府中宿の方角へ足早に歩いて行く宮川の勝太の背中が見えた。肩幅がおそろしく広いために、勝太の背中は真四角で、それがよい目じるしになっている。

その真四角の背中を、数人の馬方たちが左右から挟むようにしてついて行く。馬方のなかには棒を小脇にかい込んでいるのや、右手を半纏の下に隠しているのがいた。棒はむろん武器にするつもりで持っているのだろう。右手はおそらく匕首《あいくち》の柄《つか》にかかっているにちがいない。

久太郎は駆け足になり、勝太の背中との距離を、それまでの十間ぐらいから三間ほどに縮めた。

陽はすでに秩父連峰の向うに沈んでしまっているがそのかわりに大きな赤い月が往来の町屋の屋

根から夜空へ浮びあがろうとしている。蒸し暑いせいか、月の輪郭がぼやけて、その色が夜空に滲み出しているように見えた。

　二丁ほど、勝太も馬方たちもただ押し黙って歩くだけだったが、宿外れの辻へさしかかったとき、さっき久太郎の店で、飛田給村の武次の兄だ、と名乗った背高《せいたか》の馬方が、右の方へ顎をしゃくった。

「勝太、この辻を右に曲ってもらおうか。曲って二丁ほど行くと原っぱがある。そこがおめぇのおくたばり遊ばす場所よ」

　馬方たちが低い笑い声をあげた。

「さ、行きな」

「真っ直ぐに五丁も行けばお薬師様だ。おれはそこがいいと思うね」

　勝太の声音には気のおけない友人とむだ話しているような明るい調子があった。

「どうだろう、お薬師様の境内にしては。うん？」

「妙な猫撫で声を出すんじゃねぇや」

　背高の馬方が勝太の足許にかっ！と痰を飛ばした。

「おめぇの企みなんぞ、こっちは先刻お見通しよ。おれたちの言うとおりに行けばあと二丁で年貢を納めなくちゃならねぇ。だがお薬師様へ行こうと決まれば、あそこまで五丁もある。つまり三丁分だけ逃げ出す算段をあれこれ思案できるってわけだ。へっ、その手は桑名のなんとかで、そうは問屋がなんとかよ」

「逃げようなどと思ってはいないよ」

勝太はあいかわらず明るい穏やかなもの言いをした。

「覚悟はしているつもりさ」

「ふん、身に降りかかる花吹雪、喧嘩にかぶる笠はないって心境かね？」

馬方のうちの棒を抱え込んだのが半畳を入れた。

「まあそんなところさ」

勝太は半畳の飛んできた方へにやりと笑ってみせたが、急に改まった口調になって言った。

「しかし、おれがお薬師様で、と言うのにはちゃんとした理由《わけ》がある。三年前あんたの弟の武次に強《た》ってと申し込まれて試合をした場所がお薬師様の境内なのだ」

馬方たちが申し合わせたように、ほうという顔付になった。

「弟の恨みを晴らすのなら同じ場所で、とおれが兄ならまずそう考えるが……」

「おい、どうなんだ。おまえ、一度ぐらいは弟から試合をした場所を聞いたはずだぜ」

躰つきのがっしりした馬方が、背高の馬方に訊いた。

「おまえの弟はどこでこの野郎と木刀の打ち合いをしたと言っていたんだ？」

「それがさ、三年前、戸板に乗っかって家に戻ってきてからこの方、弟は数えるぐらいしか口をきかねぇのさ。この野郎と打ち合った場所がどこかも聞いたおぼえはねぇのだ」

背高の馬方は腕を組み、かなり長い間、勝太を睨みつけていたが、やがてもっそりと言った。

「……いまのはなしはほんとうだろうな？」

「ここまできて誰が嘘など吐《つ》くものか。まあ、それでも右へ曲れと言うのなら、おれもおとなしく仰せに従うよ」

背高の馬方はこんどは躰つきのがっちりした馬方に言った。

「勝太の野郎の言ってることが、どうも気持にひっかかる。いっそ、お薬師様に場所がえしようと思うんだが、どうかね？」

「どっちだって構いやしねぇさ」

躰つきのがっちりした馬方が、まかしておけとでもいうように大きく頷いた。

「おい、徳、むこうで待っている連中のところへひとっ走りしてきてくれ。お薬師様に場所がえになったからすぐ来い、というんだ」

「おう」

棒を抱え込んでいた馬方が辻を右に折れて闇の中へ駆け込んで行った。

それまで、道の路肩で、勝太と馬方たちの会話《やりとり》に聞き耳を立てていた久太郎も街道を西に向って歩き出した。一足先にお薬師様の境内に潜り込み、向うで勝太たちの到着を待っていようという心算《つもり》である。

＊

久太郎がお薬師様の大きな賽銭箱の後《うしろ》へ蹲《しゃが》みこんでから百も数え終らぬうちに、山門のあたりが騒がしくなった。

「この野郎、あんまり早く歩くんじゃねぇ」

背高の馬方のいまいましそうな声が近づいてくる。そうっと首を伸して窺うと、すでに勝太は賽銭箱の前の階段から数歩のところに、久太郎に真四角な背中を見せて立っていた。

「はやく歩くのも天然理心流の流儀のうちなのだ」

勝太は左右へ目を配りながら大声で言い返し、すぐに小声で、

「……武士《もののふ》の　ひとりで多勢を打つときは　後に楯《たて》を取ると　知るべし。天然理心流極意歌六十七番」

と、呟いた。

「天然理心流だと？　笑わせちゃいけねぇ」

背高の馬方がぬうと暗がりのなかから姿を現した。

「天然理心流は江戸じゃまったく流行らねぇ三流剣法だってな」

どっと笑い声があがって、また暗がりのなかから顔がみっつ、よっつ、そして五つ。

「江戸で相手にされねぇものだから、多摩郡へ出稽古の、出稼ぎでやっと喰っているんだろ？　いってみりゃぁ旅廻《どさまわ》りの剣術よ」

背高の馬方の右手が月の光を受けてきらっと光った。彼は九寸《くすん》五分を逆手に握っていた。

「もうひとつ言やあ、乞食《ほいと》兵法だわな。体《てい》のいい門付《かどづけ》よ」

「それになんだってな。天然理心流には金許《きんきょ》てぇのがあるそうじゃねぇか」

躰つきのがっしりした馬方が荷駄の積みおろしのときに使う手鉤《てかぎ》を構えながら、月の光の下に現われ出た。

「多少腕前が落ちていても、金さえ積めば目録その他を伝授してくださるという有難てぇ流儀らしいね」

躰つきのがっしりした馬方は手鉤を指先でくるくるとまわしはじめた。ひとつ数える間に、手鉤は十回はまわった。賽銭箱の後の久太郎にはそれが直径四尺ほどの大きな風車のように見えた。

「……その金許で稼いだ金を、おめぇのご養母様が湯水のように使っているそうだな。おめぇのご養母様はお妾上りの尻軽女。旦那の天然理心流三代目周斎様の目を盗んで、若い男に色目と金の使い放題。おおかたおめぇもご養母様の生《なま》っ白《ちろ》い股の間に咥え込まれたほうの口だろう?」

徳という馬方が呼びに行った仲間の到着を待つつもりだろう。馬方たちはかわるがわる勝太に罵言を浴せながら時を稼ぎはじめた。

「ご養母様は色狂い、ご養父様はよいよい、ご実父様は剣術狂い、ご実母様は早死とくらあ。おめぇはよくよく親には恵まれていねぇね」

「おめぇの養子に入った試衛館という道場だがよ、これがまたひでぇおんぼろ小屋だってな。根太《ねだ》は腐ってがたがた、床は安板でずぼずぼ、屋根にゃぺんぺん草の花盛りだという噂だぜ」

「悪いことは言わねぇ。そんな道場の養子はさっさと返上しな。上石原へ戻って肥《こえ》桶を担いでいる方が、おめぇにゃ向いてるよ」

「……勝太、どうやらおめぇの算用に狂いがきたようだな」

罵言大会のしめくくりに出たのは背高の馬方である。

「おれたちをお薬師様へ引っぱって来て、他の仲間のかけつけてこねぇうちにまずおれたちを片付けようという肚《はら》だったんだろう？　だからおめぇは上石原の宿外れからここまで走るように道を急いだってわけだ。おめぇの言うように、おれの弟の武次が、ここでおめぇにやられたのなら、同じ場所での恨み晴らし、弟もよろこぶだろう。またそれが嘘でも、こっちはおめぇの計略にこうやって時を稼いで乗っからねぇでいるんだから、これはどっちにしてもおめぇの負けよ」

六

「……おい、どこだ？　みんなどこにいるんだ？」

山門で叫ぶ声がした。

「おう、こっちだ！」

背高の馬方が九寸五分を頭上で振りまわし、それから勝太に向き直った。

「どうやら援軍のご着到よ。いくらおめぇが天然理心流の達人でも、十五、六人を一遍に相手どるのはちょっとばかり骨だろうぜ」

背高の馬方の言葉が終らぬうちに、突然、勝太が山門とは反対の方角へ走りだした。

「あっ！」

と、馬方たちは口々に叫び声をあげたが、どう動いていいのか咄嗟《とっさ》に判断がつきかねたと見え、ただうろうろと勝太の消え失せたあたりの闇を覗き込むようにしているだけだった。

（……なまじ仲間がやってきたことがいけなかったのだ）

と、思いながら、久太郎は成行きを見守っていた。

（仲間が来なければ気のゆるみもなかったはずだし、勝太が逃げ出したと知ればすぐに追いかけるという動きに移れたはずなんだ。でも仲間が来ていると知ったとたん、どうせなら一緒に、という一歩も二歩も退いた気持になってしまう。勝太はほんとうにうまい間合いをつかまえたもんだなぁ）

そのうちにうろうろしている馬方たちのところへ後着の馬方たちが合流したが、すでに小さな混乱が生じているようだった。「どうしたんだ?」と訊く後着馬方隊に、先着馬方隊が事情を説明しようとするのだが、勝太は逃げたと決まったわけではなく、いつ闇の中から逆襲に転じてくるかわからぬ、したがって闇の向うに気をとられて説明がうまく行かないのだ。後着馬方隊はそのことにいら立って、なかには、

「しっかりしてくれよ、おい」

怒鳴るのもいる。後着馬方隊のこのいら立ちは、先着馬方隊をさらにへどもどさせ、混乱はますます大きくなっていった。

そのとき、闇の中で「チュイーッ!」という怪鳥の叫び声のようなものが起り、黒い影が馬方たちの真中を通り抜けて行った。呻き声があがり、馬方たちのひとりが地面にうずくまった。

「……兄貴がやられている!」

背高の馬方が叫んだ。兄貴というのはどうやら躰つきのがっしりした馬方のことらしい。

「気をつけろ」

馬方たちはことが始まったばかりなのに、もうすっかり浮足立ってしまっていた。黒い影の消えた方角に向って、ただ棒や匕首や手鉤を突き出しているだけである。

また「チュイーッ！」と掛け声があがり、横合いから黒い影が走り出た。そして、黒い影が走り去ったあとに、背高の馬方が地面にのびていた。

「……眼をやられている」

だれかが上ずった声でいった。

「逃げろ！」

別のだれかが適切な判断をくだした。馬方たちは二人の手負いを担ぎ、わらわらと山門の方へ走り出した。

しばらくの間、境内はしんと鎮まりかえっていた。と、やがて、

「武士の　ひとりで多勢を打つときは　強き敵をば　早く斬るべし」

久太郎の耳にはすっかり馴染になった声が聞えてきた。目を凝すと正面の闇の中からぼんやりと人影が現われ出るところだった。むろんそれは勝太である。

「……天然理心流極意歌六十九番」

勝太は境内の中央でそう言い終えると、右手にぶらさげていた太くて短い木切れのようなものを、右方の木立へめがけて投げつけた。

「……刀はとうとう抜かなかったんだ」

と、久太郎は感心して呟いた。

「だれだ？」

久太郎に向って勝太の鋭い声が飛んできた。

「逃げ遅れた馬方だな？」

「ち、ちがいます」

久太郎はあわてて手を振った。

「……見ていただけです」

勝太が左手を刀にかけながら近づいてきた。顔が光っている。よく見ると汗で顔が濡れているのだった。高みの見物をしていた久太郎には、勝太が気楽に馬方たちの相手をしているように見えたが、顔中の汗はいまの戦いがじつはそう呑気なものではなかったことを語っていた。

「……こんにゃく屋のものです」

久太郎は敵意のないことを示すために両手を頭の上にのせて階段をおりた。

「おう、今日の昼、わさび田で逢ったな」

勝太は左手を刀から離した。

「刀は抜かなかったんですね？」

と久太郎が訊くと勝太は頷いて、

「武士の　刀を抜くは下の下にて　抜かずに生くを上と　知るべし。天然理心流極意歌一番」

と言った。そして苦笑いしながらこうつけ加えた。

「しかし、刀を抜かずに戦うっていうのは怖いもんだねぇ」

山門に向って歩き出した勝太の真四角な背中に麻ものがべったりと貼りついていた。

かすかに風が出てきたようだ。見上げるとさっきは赤かった月が、銀色にかわってようやく中天にかかろうとしている。

こんにゃく留学

一

年が変って嘉永六年になった。

元日の朝、姉のお光と並んで雑煮をふうふう吹いている久太郎に、父親の久左衛門が言った。

「久太郎は去年はよく働いた。とりわけ秋口からのおまえは人が変ったようだったぞ」

「ほんとうにお父さんのいう通りよ」

お光が大きな相槌をひとつ打った。

「とても頼もしくなった。弟でもなければお嫁に行きたいぐらい」

「姉さんのお嫁に行きたいところはもっと他所《ほか》にあるんじゃないのかな」

久太郎は箸で東の方角を指した。

「江戸の方に好きな人がいるんだろう?」

「でたらめをいうと打《ぶ》つから」

「江戸は市谷柳町、あのあたりが怪しいぜ」

「なによ、その市谷柳町って?」

「イモ道場、試衛館のあるところさ」

試衛館と聞いて、お光はすこし赤くなった。

「どう、姉さん、図星だったろう」

「勝太さんのことをいっているつもりだったら大外れよ。勝太さんはただの幼馴染、寺小屋で机が隣りあっていたというだけ」

お光は躰を捻って久太郎にすこし背中を向けた。

「そうむきになるなよ、姉さん。おれ、冗談のつもりで言ったんだから」

だがこの冗談は見事適中とまでは行かないにしても半分かそのまた半分ぐらいは当っているかもしれないな、と久太郎は思った。

お薬師様の境内での決闘の後は一度も、宮川勝太はその角ばった下駄面《づら》をこの上石原宿に現わしていない。むろんこれは当然だと久太郎は思っている。勝太が来たら馬方たちが放ってはおかないだろう、またぞろ果し合いを仕掛けるにきまっている。勝太はその愚を避けているのだ。彼の十八《おは》番《こ》の天然理心流極意歌にも「武士《もののふ》の　刀を抜くは下の下にて　抜かずに生くを上と　知るべし」とあったではないか。

けれども女のお光にはこのへんのことがよくわからないらしく、あれから暮れの大晦日まで、すくなくとも三日に一ぺんは、

「宮川の勝太さんたらどうしたのかしら。あたしには二月《ふたつき》に一度は上石原の実家の道場へ稽古をつけに来る、だなんていってたのに」

と、勝太の名前を口に出すのだ。

したがって久太郎は決してあてずっぽうを言ったわけではないのである。

「元日の朝から突っ張らかったりして、お光らしくないぞ」

久左衛門がお光に言った。

「それにしてもおまえも今日からは二十歳《はたち》、今年はすこし本気になって嫁の口を心掛けてやらなくてはならないな」

「あたし、お店の仕事が気に入ってます。久太郎もよく働いてくれるし、当分は二人で力を合せてお店をやって行くつもり。それどころか一生お店にいてもいいと思っているぐらい。お店の入口にぶら下っている『上石原宿名物・こんにゃく料理』という看板があたしのお婿さんでもいいの」

たしかに、久左衛門やお光のいうように久太郎は近ごろよく働く。こんにゃくを踏む仕事に気を入れている。これはじつは宮川勝太のせいで、お薬師様の境内で、木の小枝を一本手にしただけの勝太が、無法乱暴が看板の上石原宿の荒くれ馬方たち十数人を相手に立ち合うのを見てからのことである。

（おれより三つか四つ年がいっているだけなのに勝太はあんなに強い。おれもああなりたい）

このことが始終頭のどこかに貼りついている。だから前のように仕事がいやになるとすぐ逃げ出すということがなくなった。むろんいくら熱心にこんにゃくを踏んづけたからといって勝太のような剣術使いになれるはずのないことは、久太郎にもよくわかっている。だが足腰は鍛えられて強くなるだろう。お光がよく言うように、横綱阿武松《あぶのまつ》緑之助も子どものころはこんにゃく屋の小僧、こんにゃく踏みの下地がものをいってあれだけの力士になったのだ。足腰が強くなったらどうしようというあては別にないが、とにかくなんでもいいから強くなりたい、ただそれだけで久太郎は鳥黐《もち》のように粘るこんにゃくの練物《ねりもの》と格闘しているわけなのだ。

「ところで久太郎、仕事がおもしろくなったところで、もうひとつ思い切って踏み込んでみるつもりはないか？」

久左衛門の声が妙に改まった。

「うちは旅籠《はたご》もやっているが、これはわしが始めたことで、もともとはこんにゃく料理が代々の家業だ。おまえはこのこんにゃくの武州屋の跡取なのだから、こんにゃくについてもっといろんなことを知っておいた方がいい」

「生れたときからおれはこんにゃくとつきあっているんだ」

久太郎はお光へおかわりの椀を突き出しながら答えた。

「だからたいていのことは知ってるよ、父さん」

「いや、なにも知らないと同じだ」

久左衛門が椀の縁《ふち》を箸で叩いた。

「おまえはこんにゃく畑を見たことがあるか？」

久太郎は首を横に振った。

「ではこんにゃくの球根はどうだ？」

これもまた首を横に振った。

「それではこんにゃくの球根がどういう次第でこんにゃく粉になるか知っているか？」

面倒くさくなったのか、久太郎はもうどこも振らない。

「こんにゃく粉が産地からどういう手順でうちの前へ届くか、おまえは知っているか？」

「もういい加減にしてくれないかなぁ」

久太郎は雑煮の入った椀をお光から受け取って、

「せめて元日の一日ぐらい、こんにゃくという言葉を聞かずに暮したいや」

と、口先を尖《と》んがらせ、口の形をそのままにして新しい雑煮の湯気を、ふうと吹き払った。

「元日だからこそ、こんにゃくの話をはじめたのだよ。というのはおまえを今年一年、常陸《ひたち》のこんにゃく村へ稼ぎに出そうと思いついたからなのだがな……」

久太郎は愕いて、口の中を転して冷《さま》していた餅をそのまま鵜呑みにしてしまった。咽頭《のど》が火事になった。

「常陸の諸沢《もろざわ》村は日本一のこんにゃくの産地だ。この武州屋の跡取は二十歳前にきっとそこで一年働くことになっている。わしも祖父にいわれてそうした。今年はおまえが行く番だ」

「なにも畑へまで出かけて行かなくてもいいじゃないのかなぁ」

と、久太郎は坐り直した。

「魚を料理する板前が漁に出るかい、父さん。一膳飯屋の飯炊き婆さんが田に入るかい。絹物を扱う呉服屋の番頭が蚕を飼うかい。――だれもそんなことしやしない。鮪《まぐろ》をどうやってとるか知らなくても刺身はこしらえられる。米をどうやって育てるか知らなくても飯は炊ける。それに蚕がどんな虫か知らないでも絹物を商うことはできる……」

「それでも知らないよりは知っている方がいい」

久左衛門はぴしゃりと久太郎の口を封じた。

「わしたちはこんにゃくで三度三度の飯にありついている。商売物についてひとつでも余計に知っておく、これは礼儀のようなものだ」

「こんにゃくに向って礼儀をつくしたってしようがないよ」

「とにかく松がとれたら、深川西大工町の、水戸藩こんにゃく玉会所へ行きなさい。あそことは取引もあるし、懇意にしていただいている方もいる。その御仁にあてて今日のうちにも書状を書いておこう。会所から水戸へだれかがおまえを連れて行ってくれるはずだ」

久太郎はもう声も出ない。ただ呆《ぼう》っとして、ゆっくりと餅を嚙む父親の口のあたりを眺めているだけだった。

二

久太郎は二月のはじめまで家に踏みとどまっていた。久左衛門は久太郎の顔を見るたびに、「どうした、まだ出かけないのか」とか「なにをぐずぐずしているのだ」とかいうようなきつい眼付をした。このところ具合がよくない、いま降っている雪がやんだらぼつぼつ、友だちに別れの挨拶がまだ済んでいない、次の大安吉日にはきっと、と久太郎はそのたびに口から出まかせを並べ立て、出発をぐずぐずと延ばした。

だが二月の朔日《ついたち》にこんにゃく玉会所の古川という重役から、

「一向に御子息がおいでにならぬので心配している。一月末までに水戸へ帰らねばならぬ用件があり、そのときにわたしが御子息を水戸までお連れする心づもりであったのでこれまでお待ちしていたが、これ以上の日延べは無理である。この文が着き次第、御子息を深川へ御寄越しいただきたい。二月五日までおいでがないときは、御子息のこんにゃく留学の件はひとまず白紙にうんぬん」

という書状が届いたから、もう待ったはきかぬ。二日の朝、久太郎はしぶしぶ旅支度を整え、旅籠の方の帳場にいる父親のところへ挨拶に行った。

「この袱紗《ふくさ》には五十両のお金が包んである」

久太郎が気乗りのしない調子で挨拶を終えると、久左衛門が久太郎の前に紫の包を置いて、そう言った。

「三十五両はこの一月に会所から買い入れたこんにゃく粉二十俵分の代金、十両は古川様への礼金、そして、残った五両はおまえの金だ。落さぬよう盗られぬよう、しっかりと胴巻の中に入れておきなさい」

「一年間の小遣いが五両で足りるかなぁ」

久太郎は紫の袱紗包みを胴巻にねじこみながら言った。

「着物、肌着、鼻紙、間食代、その他もろもろ、それに病気をして寝込んだりしたときの用意もいるし……」

「お前の働きに応じてこんにゃく村の世話役さんが給金をくださるだろう。足りないと思ったらいっそう精を出して稼ぐことだ」

言いながら久左衛門は腰に差していた莨《たばこ》入れを抜いて、ぽんと久太郎の前に投げ出した。

「今日から大人だ。煙草をはじめたらどうだ。煙草は旅の薬、虎列刺《ころり》除けにもなる」

「うん」

さっそく久太郎は煙管《きせる》の火皿に煙草の葉をつめ、火鉢の火で一服喫いつけた。

「なんかこうすっかり大人になったような感じがする」

と、久太郎は煙を吐き出すついでに大人ぶった口調で言葉も吐き出した。

「悪くない味だよ、父さん」

「うむ。ただし、久太郎、酒には気をつけるんだぞ」

「わかってるさ」

「それから、女は絶対にいかん」

久太郎は思わず噎《む》せかえって、咽喉《のど》から咳を連発した。

「女はまだ早い」

「そ、それも、わ、わかっている」

久太郎は火鉢の縁にぽんぽんと煙管を叩きつけて灰を払い、

「じゃあ、行ってくるよ」

と、立ち上った。

「達者でな」

こんにゃく見世の方へ出て行く久太郎の背中に、久左衛門がはじめてやさしい声をかけた。

こんにゃく見世では、お光が小さな軒提灯ほどの大きさの紙包みを下げて、旅籠の帳場から戻ってくる久太郎を待っていた。

「これを試衛館へ届けていってくれないかしら」

出てきた久太郎の目の前にお光が紙包をそうっと掲げた。

「こんにゃくの蕎麦仕立て三人前、軽いから荷物にはならないと思うけど」

「こんにゃくと道中だなんて真平だぜ。それに市谷へ寄っちゃあ遠道だ」

「遠道といっても十町とちがわないじゃない。ねえ、久太郎、お拝後生《がみごしょう》だから」

お光は空いている方の手を立てて久太郎に拝む真似をした。

「ちぇっ」

と舌打ちをしながら久太郎はお光の手から紙包みを取った。

「やっぱり姉さんは勝太さんに、ホの字にレの字か」

「勝太さんはうちへ来るたびにこの蕎麦仕立てを三人前たべて行く。そういう上得意を大切にしておきたいのよ」

お光はここで急にしんみりした声になって、

「月に一度は手紙を書いてね」

と、久太郎の顔を覗くようにして視《み》た。

「あたしも書くから。約束よ、いい?」

「おれに書くひまがあったら、勝太さんに書いてやったほうがいいみたいだぜ」

言い残して久太郎は見世から表へ飛び出した。

「久太郎のばか」

別れにふさわしくない言葉が見世の中から久太郎を追ってきた。


上石原宿から市谷柳町まで五里半ある。

内藤新宿で昼飯にし、市谷柳町にはその小半刻《こはんとき》あとに着いた。

往来に沿って商家がずらりと並んでいて、かなり賑やかなところである。町屋の裏には、旗本か御家人かなんかの隠居所らしい、構えは小さいが、小綺麗な住居がいくつもあり、どの家にも日向ぼっこをしている老人の姿が見えた。それぞれの庭には、これも申し合せたように梅の小木が植えてあり、ひっそりと白い花をつけているのも同じである。

町屋から隠居所の並ぶ一帯へ抜けたり、そこからまた町屋へ出たりしながら歩いて行くと、どこかでエイヤァトーという掛声がした。それから、どどどっと床を踏み鳴らす音や竹刀の音。

(……近くに道場があるぞ。きっとそこが試衛館だろう)

聞えてくる音を道案内にして進んで行くと、板葺板壁の家の前に出た。板壁の板があっちこっち抜けている。窓から中を覗くと、演武床は、だれかが踏み鳴らすたびにかすかに上下に波を打つ。

その演武床で肩幅のべら棒に広い若者と、見世物小屋の小人のようにちっちゃな男が竹刀を交じえていた。肩幅の広い若者はまぎれもなく勝太だった。

「さあ、来い。沖田、どうした。打って来い、惣次郎！」

勝太が竹刀を軽くゆすりながら、小さな男を誘っている。

と、やがて、小さな男の躰が弾むように飛んで勝太の懐へ吸い込まれて行った。鼠にとびかかる猫のようにすばしっこい身のこなしだった。チュイーッ！という小さな男の澄んだ掛声が勝太の懐の中で起った。

「ちぇっ、またやられた。惣次郎は小さすぎてやりにくいな」

竹刀を投げ出し面を外しながら、勝太が屈託のない声をあげた。小さな男もその隣りで面を外す。おどろいたことに小さな男と見えたのは、九歳ぐらいの子どもだった。

(子どものくせに凄く使うやつだ——)

呆れて見ている久太郎に勝太の声がとんできた。

「そこに立っているのはこんにゃく屋の久太郎じゃないのか？」

久太郎は頷いて紙包みを高く掲げてみせた。

「勝太さんにこれを届けてくれと頼まれて来たんです」

「ほう、それはすまん。いまそこへ行く」

間もなく勝太が外へ出てきた。

「だれからのことづかりものなのだ？」

「姉からです」

「お光さんからか」

勝太はにいっと白い歯を出して、

「じゃあ、多分、こんにゃくの蕎麦仕立てだろう」

と言った。

「あたりました。三人前です」

久太郎も白い歯を出した。

三

道場の窓の前で、久太郎が勝太に、お光から託《ことづ》かってきたこんにゃくの包みを手渡していると、いつの間にか道場の窓に顔が三つ並んでいた。まんなかが色白で丸顔の、ちょうど大福餅に目鼻を描き入れたような感じの二十歳前後の男、その左に鰓骨《えら》の張った、久太郎とほぼ同じ年恰好の若者、そして右にはさっき勝太に沖田惣次郎と呼ばれていた少年、以上の三人である、どの顔にも汗の粒がびっしりと吹き並んでいた。

「この人は多摩郡《ごおり》の上石原宿からわざわざ届け物をしにきてくれたんだ」

勝太は三人の鼻先に紙袋を掲げ、ゆすゆすと四、五回揺すって見せた。

「包の中味はこんにゃくの蕎麦仕立てというやつでね、おれの大好物さ」

「すると、上石原宿の武州屋の、ですか、若先生?」

と、鰓骨の張ったのが訊いた。

「ほう。源三郎、どうしてわかった？」

「若先生、おれは上石原の先の日野宿の出身ですよ。試衛館《こ こ》への往復のたびに『上石原名物・こんにゃく料理』という看板をぶらさげた武州屋の前を通っているんです」

「そうか、そうだったな」

「あの武州屋にはすごい美人の娘がいるんですがね、若先生は知っていますか。武州屋はこんにゃくの味もいいが、見世に出ている娘の様子もいい、と街道筋ではたいした評判なんだから。もっとも、おれにいわせれば、すこし鼻っ柱が強すぎ、客のあしらいに乱暴なところのあるのが気に入らないけどもね……」

「おっと、源三郎、それ以上上石原のこんにゃく小町の悪口をいわない方がいいぞ」

勝太は空いている方の手で拳骨を握り、それで鰓骨の張ったのの鼻先を殴る真似をした。

「でないとおまえはおれとこの久太郎の二人から果し状を突きつけられることになるぜ」

「ど、どうして？」

「このこんにゃくはその武州屋のお光さんの下さりもの、そしてこの久太郎はお光さんの弟だ」

鰓骨の張ったのが、へえ？　という顔つきになった。

「ほんとうですか、若先生？」

「だれが嘘などいうものか」

勝太は頷きながら久太郎の背中を押した。久太郎は窓の三人のまん前に出た。

「久太郎、みんなに引き合せてやろう。いまお光さんの悪口を言いかけたのが井上源三郎、日野在住の八王子千人同心の五家のうちに数えられる井上家の三男坊だ」

鰓骨の張ったのが、やあ、といって、頭を掻いた。八王子千人同心というのは幕府の鎗奉行の支配下にあって武州八王子近在に住みつき、農業を営みながら甲州口を警衛する一方、日光江戸両所の火の番を勤めるのが役目である。簡単に言ってしまえば幕臣と百姓とを兼ねたような存在だ。いずれも地元では名士、そろって豪農である。

「源三郎はこの三年、秋になるとここへやってきて、肥杓子《こえびしゃく》のかわりに竹刀や木刀を振りまわし、春になると日野へ帰って行く。春から秋まで今度は日野で竹刀や木刀のかわりに肥杓子を振りまわすわけだ。つまりは農閑期の剣術修業者さ」

「もひとついえば渡り鳥ふうの剣術家……」

鰓骨の張ったのが自註を加えた。ずいぶんお道化《どけ》たやつだなと思いながら、久太郎は八王子千人同心の三男坊に叩頭《こうとう》した。

「次は山南《やまなみ》敬助くん」

大福に目鼻を振ったような男が、軽く頭をさげた。

「山南だっちゃ」

妙な訛《なまり》である。

「山南くんは奥州仙台の出だ」

すると「だっちゃ」は仙台訛か。

「二、五、八のつく日はこの試衛館で、三、六、九のつく日は北辰一刀流千葉道場で、それぞれ剣術の稽古をしているという熱心なお人だ」

「一、四、七のつく日は、勝太さんと昌平橋の溝口塾で漢学をやってんだえっちゃ」

天然理心流と北辰一刀流とを同時に修業するとは変っている。ふたつがこんがらがって、天然一刀流や北辰理心流になったりしないだろうか。他人事《ひとごと》ながら久太郎はすこし心配になった。

「そのちびは沖田惣次郎だ。まだ十歳だが、剣術の申し子みたいなやつで、すごく腕が立つ」

沖田は最初《はな》から久太郎には目もくれず、勝太が手にさげたこんにゃくの包みをじっと睨んでいたが、自分の番になったのを切っかけに、

「こんにゃくの蕎麦仕立てか。つまり糸こんにゃくのことか」

と、呟いた。

「糸こんにゃくよりはずっと太目だな」

久太郎は右手で箸を使う仕草をして、

「で、そいつを正油のつけ汁でつるつると一気に喰うのさ」

と、説明した。窓に並んだ三人の咽頭が一斉にごくっと鳴ったようである。

「だからじつは、これ、つけ汁が勝負、つけ汁の味加減ひとつで、旨くもなればまずくもなる」

「つけ汁はこの包みの中かい?」

勝太も唾をのみこんだ。

「上石原からこの市谷までは五里半もあるんですよ、勝太さん。つけ汁なぞ持って歩けやしませんよ」

「ということ、久太郎がここでつけ汁を塩梅する……、そういう段取りか？」

「それも無理だなあ」

四人は申し合せたように溜息をついた。はあ、という音が聞えそうな大きな溜息だった。

「じつはこれから深川大工町の水戸藩こんにゃく玉会所まで行かなくちゃならないんです」

「明日にしろよ」

「それが勝太さん、おれ、今年一年、常陸のこんにゃく村へ稼ぎに行くことになったんです。つまりこんにゃく留学。会所の重役さんがおれをこんにゃく村に連れて行ってくれる手筈になっている……」

長崎留学や京都留学ならよくあることで、人はたいして驚きはしない。が、こんにゃく留学というのは珍しい。珍しいどころか稀有のことである。四人はきょとんとして久太郎を眺めていた。

「会所の重役さんの出立《しゅったつ》が迫っているんですよ。今日中に深川大工町に着かないと……」

「着くさ」

と、勝太が言った。

「深川までならば急げば一刻《いっとき》で行ける」

「でも、もたもたしていて暗くなると物騒でしょう？」

「送って行くよ」

と、鰓骨の源三郎が胸を叩いて請負った。ここまで熱心に頼まれては久太郎も断り切れぬ。それに土台が、よくいえば気のいい、悪くいえばおっちょこちょいの性質《たち》である。弱ったなあ、と眉間

を寄せたのは東の間、その直後にはもう、

「七輪はどこにありますか?」

と、訊いていた。

四

試衛館は間口六間、奥行四間の平屋である。道場は間口が五間の奥行三間の広さ、残る六間と一間に四帖半が二つと三帖ほどの広さの土間があった。この土間に七輪が竈《かまど》と並べて置いてある。久太郎はまず七輪に炭をおこした。久太郎をここへ案内してきた惣次郎がその様子を傍でじっと見ている。

「この近所かい?」

と、七輪の下口でしばらく団扇《うちわ》をぱたつかせていた久太郎が訊いた。

「なにが?」

と、惣次郎がなんの愛想もない口調で訊き返す。

「住居のことだよ」

「近所といえば近所だ。なにしろ、試衛館に住み込んでいるんだから」

無愛想な上にまるで可愛気のない返答である。

「ふうん。で、ときどきは家に帰るのか?」

「家はない。両親がいないんだ」

「ほう。じゃ天地の間にまるっきりひとりか」

「でもない、姉がいる」

姉がいる、と言ったときの惣次郎の口調には、かすかな湿り気があった。久太郎は、なんとなく悪いことを訊いたような気がしてまたしばらくは団扇をぱたぱた。

「毎日の飯の支度や試衛館の掃除は、みんなおれがする」

問いもせぬのに今度は惣次郎の方から口を開いた。

「飯の支度と掃除で毎日少くとも一刻は無駄になるんだ。おれはその一刻が惜しいなあ。その一刻に木刀の素振りが二千回はできるんだぜ」

ようやく年齢にふさわしい子どもっぽい声になったようである。そういわれてみると、自分も今日からこの惣次郎と同じように、他人の飯を気がねしいしい喰う境遇だ。久太郎は妙な親しさをこの少年に感じた。

「それも修業のうちじゃないのかい。それに名前が沖田惣次郎で『起きた、掃除し郎』とよく似てら。だからしようがないんだよ」

惣次郎はにこっと笑った。そこで久太郎は兄貴ぶった口調で、

「このおれなんぞと較べれば、好きなことをするための苦労なのだからよほど仕合せだ。なにしろこっちはこんにゃくなんかに爪の垢ほども気がないのに、死ぬまでこんにゃく一色《ひといろ》で一生を終らなければならないんだから」

と、慰めを言った。

「好きなことをすればいいじゃないか」

惣次郎が反論した。

「なにもこんにゃくに気兼ねすることはないよ」

「そうは簡単にはいかないぜ。なにしろ、おれはこんにゃく料理屋の跡取だ。その跡取が好きな方へ行ってしまえば、武州屋はおれの代で打止めさ。それからもうひとつ、どうしても好きなことをやれないわけがある」

「どんな」

「まだなにが好きなのか、自分でもよくわからないのだよ。どうだい、好きなことがないのに好きなことがやれるかい？」

惣次郎ははじめて声をたてて笑った。

七輪の内部《なか》は真っ赤になっている。さて、鍋をかけるか、と久太郎は調子をつけるように腹を叩いて立ち上った。叩いた拍子に、久太郎の胴巻ががしゃっという音をたてた。

「……へえ、いい音だな」

惣次郎が探るように訊いてきた。声についいましがたまでの子どもっぽさがきれいに消えている。

「お、おれのじゃない」

久太郎は思わず吃りながら、先刻《さつき》、外から道場を覗いていたとき、この少年が鼠にかかる猫のようにすばやく勝太の懐に飛び込んでいったことを頭のどこかにちらっと思い泛《うか》べていた。いまの声の調子には、あのときの身のこなしと同じような凄みのある切れ味があった。

「こ、こんにゃく玉会所に納める金なんだよ、これは……」

「なにをひとりで慌てているんだい」

惣次郎はけけっと笑った。

「だれも金のことなんか聞いてやしないのに」

声は、もう元の、子どもっぽいものに戻っている。

「ずいぶん妙な人だなあ」

久太郎は心の中でにが笑いした。自分では気付いていないが、なにしろ五十両という大金を身につけてのひとり旅など始めてのこと、ずいぶん気が尖《と》がり、びくついているらしい。

「……出し昆布か出し貝はないかい？」

「ないよ、そんな上等なものは」

「鰹節は？」

「それもない」

「出し雑魚《じやこ》ぐらいはあるだろう？」

「みんなないよ」

答えてから惣次郎は土間の外を指さして、

「でも、大先生のところにはあるかもしれない」

と、言った。

土間の外は二十坪ほどの小さな庭になっている。土間を出たところに井戸があった。井戸の向うに八分咲きの梅が六、七本並んでいて、まるで白い幔幕《まんまく》を張ったようだ。その白い幔幕の上方に焦茶色の瓦の屋根が見えた。

「……大先生というと近藤周斎先生のことだな？」

惣次郎は頷いた。

「おれの恩人なんだ。おれを引き取ってくれたのは大先生だから」

「出し雑魚でもなんでもいい。大先生のお勝手から借りてきてくれないか」

「いやだ！」

いやにはっきりと惣次郎は断わった。

「自分で行けばいい」

どうもこの惣次郎という子どものことは掴みにくいな。ぶつぶつ呟きながら久太郎は白い幔幕の下を潜り抜けた。竹刀を持たせればあの勝太の胴を抜くという手練《だ》れであるが、竹刀を離せばただの子どもである。子どもだと思っていると世故《せこ》い大人のような小狡い眼付をする。小狡い眼付に警戒していると、それがふっと寂しそうな表情に変っている。なにがなんだかまるで見当がつかない……。

「お願い申します、出し雑魚をひと掴みいただけませんか」

ぶつぶつ呟いているうちに、惣次郎の言う「大先生のところ」の勝手口の前に出たので、久太郎は大声をあげた。

「出しをとりたいのですが、こちらに出し雑魚はありませんか」

「うるさいね」

勝手口の戸の向うから、険のある声が返ってきた。女の声である。それも若くはない。どんなに若く見積っても四十から先へ三つか四つは出ていそうな女の濁《だ》み声だった。

「あのう……」

ひるんだ久太郎が口籠っていると、がらっと勢いよく戸が開いて、こめかみのあたりへ、三分角ぐらいに小さく切った膏薬を、べたべたと貼った女が顔を出した。声以上に、その表情は険しい。

「ふん、出し雑魚をくれだって？　生意気いうんじゃないよ」

女の目尻がきゅうと釣り上っていて、久太郎は一瞬、女狐が出てきたのかと思ったほどである。

五

「おまえ、見かけない顔だね」

試衛館の離れから出てきた四十女は久太郎を、いかにも見下《くだ》すようにじろりと見上げた。

「どうせおまえも押し掛けの住み込み弟子だろう」

そうではない、と首を振りかけた久太郎に四十女は畳みかけるようにばたばたと言葉の矢玉を浴びせかけてきた。

「その新入りが出し《だ》を取りたいから出し雑魚をくれだって？　ふん、笑わしちゃいけないよ。住み込みの分際で、どこを押せばそういう贅沢な言い草が出てくるのさ。おまえたちの喰うものなぞ、味付は塩だけで充分だよ」

久太郎の顔に四十女の飛ばす唾《つばき》と煙草の脂《やに》臭い息が押し寄せてきた、しかも女は立板に水で、異議を插《さしはさ》むにもその隙間がない。困り果てた久太郎はうしろへ顔を向け、梅の木の向う、道場の煮炊きの土間にいるはずの惣次郎の姿を探した。惣次郎は竈《かまど》の前に蹲《しゃが》み知らぬ顔を決め込んでいる。

「ひとが物を言ってる最中にどうしてうしろを向くんだよ、この礼儀知らず！」

四十女の口調ははっきりと毒を含み出した。

「おまえは新入り、だからまだ出直しがきくはずだ。試衛館の肥《こえ》たご剣法なぞ屁の突っかえ棒にもなりゃしないよ、日の暮れないうちにとっとと おまえの採《と》れた在所へ帰るんだね」

仕方なしに聞いていているうちに、久太郎はおやと思った。四十女は表向きはたしかにこっちに罵言をぶつけてきているが、言葉のほんとうの矛先は背後へ、母屋の中にいるだれかへ向けているような気がしたのだ。

「試衛館《こ こ》の流儀が肥臭いから弟子も碌なのが来ないんだよ。田舎っぺ向きの剣法をもっと派手なのに変えられないものかね。そうすりゃおまえのような出し雑魚までねだる文無し弟子じゃなくて、歴《れき》とした御家柄のところの息子さんたちがわんさと押し寄せてくるはずなのにさ」

四十女はわざとらしい大きな溜息をひとつ吐《つ》き、ちらりと素速く母屋を窺った。これではっきりした。たしかに女は母屋の中のだれかに文句を言っているのだ。久太郎は急に気が楽になり、いままでとは逆に、ある興味をもってぺらぺらひらひらとよく動く女の唇を見守っていた。いったい女はだれに毒づいているのか……。

「おまえねえ、ほんとうに早いうちに在所へ帰った方がいいよ。試衛館の大先生についてたって剣術が上手になる心配はこれっぽっちもないんだから。どうしても剣術をやりたいんなら他所《よそ》へお行き。たとえば北辰一刀流の『玄武館』なんかどうだね。玄武館の千葉周作はうちの大先生よりひとつ年下なのに、尾張、加賀、薩摩、熊本、水戸のお殿様がたから引っ張り凧、とうとう水戸様に馬廻役百石で召し抱えられたそうだよ。どうせならそういうやる気のある先生のところへお行き」

離れの中にはどうやら大先生、天然理心流三代目の周斎先生がいるらしいぞ、と久太郎は思った。

「さもなくば神道無念流の『練兵館』はどうだい。道場は麴町三番町だからこの市谷柳町から近いよ。あそこの斎藤弥九郎はうちの大先生と同じ百姓の出、しかもうちの大先生より六つも年下なのにもう楽隠居という結構なご身分、しかも代々木に三千坪の土地を買ったという甲斐性のあるお人、その三千坪に立派な山荘を建てなすったんだとさ。そういう先生のお弟子にならなきゃ出世は覚束ないよ」

離れの勝手口にゆっくりした動作でひとりの老人が現われた。あっ、周斎先生だ、と久太郎は口の中で呟く。周斎は前に一度か二度、上石原宿のこんにゃく屋へ来たことがある。だから久太郎はこの老人の、よくいえば鷹揚、わるくいえばどこか間の抜けた動作に見憶えがあったのである。

すぐ背後に周斎がいると久太郎の目の玉の動きで察したのだろう、女の当てこすり口調はいっそうひどいものになった。

「それともおまえ、鏡心明智流《きょうしんめいち》の『士学館』へでも行くかい。あそこの桃井春蔵正直《まさなお》って先生はうちの大先生よりも三十歳も若いのに、もう幕府《おかみ》から与力格で二百俵のお手当をいただいているそうだよ。なにもあたしはね、将軍様の御指南役になってくれなんていってるんじゃないんだ。もうすこし試衛館《ここ》の流儀を景気のいいものに変えちゃってさ、人気とりを考えたらどうだといってるのさ」

女はそれまでの間接話法《あてこすり》をやめて、口説きのおしまいの部分をまともに周斎にぶっつけていた。

「そうすりゃ女房に着物の二、三枚ねだられたってびくともしないですむと思うんだけどね」

するとこの女《ひと》は周斎先生の連れあいか、久太郎は目をまるくして四十女を眺め直した。

「おとき、ちょいと出掛けてくる」

周斎はにこにこしながら女に言った。

「帰りは暗くなってからだ」

「また寄席かい」

女は老人に吠えたてた。

「寄席の帰りは鰻屋でちょいと一杯かい。ふん、女房に着物も買ってやれないくせに、結構なご外出だよ。帰りに溝《どぶ》にでも嵌《はま》ってくたばっちまうがいい！」

「火の用心を頼むよ」

あいかわらず優しい言い方をして、周斎は裏木戸に向って歩き出した。

「いやなことさね。こんなぼろ家、どっかから火の子でも貰って焼けちまうがいい！」

女はいきなり裸足《はだし》になり、下駄を摑んで、二、三間先の周斎の背中めがけて投げつけた。日頃から投げ馴れているのだろう、女の抛った下駄は周斎の背中に命中、したと久太郎は見たが、次の瞬間、そうではないことがわかって彼は啞然となった。周斎老人がすばやく背中に右手を廻し、その手に持った扇子で軽く下駄を叩き落してしまっていたのである。背中にも目を持っているかのような、適確な老人の扇子さばきだった。

「下駄叩きなんかいくらうまくたってしようがないだろう。金儲けもそれぐらいうまくおなりよ、ばか!」

女の罵声が聞えているのかいないのか、周斎は元ののろのろした動作の老人に戻って裏木戸を押し、覚束ない足どりで庭から出て行ってしまった。

六

「ひどいおかみさんだな、惣次郎」

道場の煮炊きの土間へ戻ってきた久太郎が言った。

「自分の亭主をあれだけぼろくそにきめつける人なんて、そうどこにもいるものじゃないね」

「あいつは大先生のおかみさんじゃない」

竈の火を落していた惣次郎が、ぺっと足許に唾を吐いた。

「あいつ、大先生のお妾さんさ。前身《もと》は根津の遊び芸者だったというよ。毎日毎日、おれをほんとうによくこき使ういやなやつさ」

ふんと大いに頷きながら、久太郎は小鍋の中にちょいと指を突っ込み、指先に付いたつけ汁を舐めた。

「出しの入っていないつけ汁じゃしようがないいんだが、とにかくこれでこんにゃくを喰うほかはなさそうだ」

惣次郎は土間のすぐ横の六帖に茶碗を五つ六つ並べはじめた。久太郎は土間で姉のお光から預ってきたこんにゃくの蕎麦仕立ての包みをほどきにかかる。そのうちにふと手をとめて、惣次郎に訊いた。

「あのおときって女の言っていたことをどう思う？　あの女の意見がすべて正しいとはいわないが、おれもじつは天然理心流はすこし地味すぎるような気がするんだ。ほかの流儀は皆、軽い竹刀を使ってぽんぽんぽんぽん景気よくやっているぜ。たしかに素人目で見ても試衛館《こ こ》の剣法は無骨だ。愛想がないいんだな」

「おれがほんとうに習いたかったのは柳生新陰流なんだ」

言いながら惣次郎は畳の上に正座した。

「だけど、新陰流は幕府《おかみ》のお流儀でお留流《とめ》、だからだれでも習うってわけにはいかない」

惣次郎は飯盛杓子を茶巾をしぼるような手つきで握り、じりじりと上へあげて行った。そしてぴたり、飯盛杓子を握った手を右頬に密着させた。

「これが柳生新陰流のいちばん普通の構えなんだってさ。柄《つか》が右頬へ着くようにして刀を斜めに立てあげて構える、そしてこのまま全身の力で殴りつけるように叩きおろす」

飯盛杓子を惣次郎は激しい勢いで振りおろした。びゅっ、と鋭い音がした。

「これだけのことなのに、これが受け切れないいんだそうだよ。北辰一刀流にも神道無念流にも鏡心明智流にもこれを止める受け太刀がないいんだ。力負けして受けた太刀の位置が下り結局どこか斬られてしまう。つまり剣術はぽんぽん打ち込むだけが能じゃないいんだ。一太刀でいいからこれというのを相手の軀にぶち込む、それが大切だと思うのさ。天然理心流は見た目にはさっぱりだけど、新陰流と似ているところがあるような気がする。だから、おれは試衛館《こ こ》にいるんだぜ」

十歳の少年にしてはずいぶん出来すぎた答のように、久太郎には思われた。どうにも薄気味の悪い子どもである。久太郎は大鉢にこんにゃくの蕎麦仕立てを山と盛り上げながら、

「支度は出来た」

と言った。

「勝太さんたちを呼んでおいでよ」

このとき、裏木戸が勢いよく開いて、朱塗の皮胴と赤い紐のついたお面をひとまとめにして背に負い、右手に大きな木箱をぶらさげた若い男が庭に入ってきた。右手の大箱には墨でくろぐろと『骨接ぎ打見妙薬・石田散薬』と記してある。

「よお、惣次郎、元気か」

庭の中ほどから六帖に坐っている惣次郎に向って、若い男は大きく左手を振った。振った拍子に背の撃剣道具が揺れて梅の木の幹を叩いた。梅の花びらが大きな雪片のように若い男の肩の上に

降った。

「やっ、歳三《としぞう》さんだ！」

惣次郎が裸足のまま庭へ飛び出した。長い間留守をしていた兄を迎える弟といったような親しい情感が惣次郎の全身に溢れていた。

「今度は何日泊って行くんですか、歳三さん？」

惣次郎が若い男から木箱や撃剣道具を取って、六帖へ運び込みながら訊いた。こんどはまるで旦那を迎えた若い妾といった風情である。

「しばらく厄介になるつもりだ」

若い男は土間の入口に立ち、道場から聞えてくる掛声にすこしの間、耳を傾けていたが、やがてにやりと笑って、

「若先生に山南さん、それに井上源三郎もいるな」

「うん。いま、呼んでくる」

「まて、惣次郎」

若い男の目が久太郎の上に止った。目がぱっちりとして役者のように引き締ったいい顔立ちをしている。

「この人は？」

「若先生の知り合いですよ」

若い男は軽く久太郎に黙礼をして六帖に上った。久太郎も若い男の背中に頭を下げた。

六帖に腰を落ち着けた若い男の耳に惣次郎が小声でなにか囁《ささや》きはじめた。ふうんとかへえとかしきりに合の手を入れながら、若い男はそのたびに久太郎にそのぱっちりした目を向けた。粘っこい感じの、いやな視線だった。（もう一刻《いっとき》もすれば陽が西山だぞ。ぼつぼつ深川へ出かけなくちゃ……）

そんなことを考え久太郎が手に付いたこんにゃくの切れっ端を土間に払い落していると、

「あいやあ、歳三さんじゃねえすか。ずいぶん久し振りだっちゃ」

という大声が六帖からあがった。あの仙台訛は山南敬助という若者だな、それにしてもあの歳三という若者はずいぶん試衛館の連中に人気があるようだぞ、と思いながら久太郎はこんどは腰の手拭で手を拭きはじめた。

「若先生、勝太先生、歳三さんがここさ来てるんだよ」

敬助が六帖から道場に顔を差し入れて大きな声で触れている。

どすどすと床を蹴る音がして、勝太と井上源三郎が六帖に飛び込んできた。

「この一カ月どこでどうしてたんだ、歳さん？」

と勝太が歳三の隣りに坐った。

「ぱったり消息が途絶えたので心配していたんだぜ」

「家業の薬売りに精を出していたんだ。相模から舟で上総《かずさ》へ渡り、下総《しもうさ》を廻って今日、江戸へ入ったところさ」

「どうです、歳三さん、石田散薬は売れますか？」

と源三郎が訊いた。

「まあぼちぼちといったところさ。だけどひょっとしたら今夜、みんなで内藤新宿あたりでこれをやれるかもしれないよ」

歳三は「これ」というところで盃を乾す真似をした。

「ほう、薬ってそげに儲かるもんだべがなす？」

「いいや、山南さん、薬の売上げに手をつけなくても飲めるあてがあるんですよ」

ここから急に歳三はみんなの耳を集め、小声でひそひそとなにか言った。さっきと同じように一同の視線は久太郎に集中している。久太郎は思わずぶるるると身ぶるいをした。

「……あのう勝太さん、おれ、もう深川へ行くことにするよ」

久太郎は勝太に向って頭を下げた。

「こんにゃくのつけ汁もなんとか用意しといたし、もうおれに用事はないはずです」

「……これから深川へ行くのかい？」

勝太はゆっくりと首を横に振ってみせた。

「よした方がいいよ」

「どうしてですか？」

「大川を渡るあたりで日が暮れるぜ」

「それは覚悟しています」

「暗くなると本所深川のあたりは剣呑《けんのん》なところだぞ」

「な、なんか出るんですか？」

「出るんだっちゃ」

勝太にかわって敬助がばかに低い声で言った。

「あの辺は性根の悪《わり》ィ小旗本や御家人の巣なのす。辻斬り、追剝ぎ、強盗の物産会《ぶつさんえ》の様《よ》な所《とこ》だぞォ」

「走って逃げます。足には自信があるんだ」

久太郎の言葉がまだ終らぬうちに、惣次郎が刺すような口調で、

「胴巻の大金が邪魔になって、走ろうったって走れやしないよ」

と言った。

七

おまえのその胴巻の中には大金が入っているのだろう、と惣次郎に言い当てられて久太郎は、

（しまった）

と、思った。

（このちび、やっぱりおれの懐中《ふところ》に目をつけていたんだ。ああ、試衛館《ここ》を早く切り上げて早く深川へ発《た》つんだったな）

久太郎が着物の上から胴巻を押えて蒼くなっているのを、にやにやしながら眺めていた山南敬助がからかった。

「顔色の変った所《とこ》を見っと、やっぱす大金ば所持してんだね、え、お前《め》さん？」

あいかわらず強い仙台訛である。

「んだどもそげに心配すっ事《ごと》ねぇす。べつにおれ達ぁ、お前《め》さんの胴巻ば狙ってるわけではねぇんだがらねす」

敬助の仙台訛に井上源三郎がうんと相槌を打った。

「夜歩きは危いといっているだけだ」

「今夜は試衛館《ここ》に泊って行きなよ」

と、惣次郎が源三郎の後を引き継ぐ。

「明日の朝、ゆっくり発てばいいんだ。正午《ひる》までには深川の西大工町のこんにゃく玉会所に着けらぁ」

「久太郎はおれたちがおまえの金を狙ってなにか無理難題を吹っかけてくるんじゃないかとびくついているんだろう？」

炊きたての飯の上にこんにゃくの蕎麦仕立てを載せ大口あいて掻き込んでいた勝太が、箸を止めて言った。

「仮りにもおまえとおれとは同じ上石原宿の出だ。そんな悪企みはしやしないぜ」

「じゃあ、なんだってみんなおれを引き止めるんです？」

久太郎が訊くと勝太は箸で土方歳三の方を突っついて、

「歳さんが久し振りに試衛館に帰ってきたのでね、今夜は歓迎の宴を張ろうということになったのさ。歓迎の宴といっても、なぁに、神楽坂か麴町の料理屋で鍋ものをかこむだけだけれども、気は心。やらないよりやった方がいいだろう、というわけだ。そこでついでにと言っては久太郎に悪いが、おまえの送別の会もいっしょに兼ねようと……」

「おれはみんなに送別の会をしてもらうほど懇意じゃない」

五人の親切にはなにか底意《そこい》があるはずだ、と久太郎は思った。だから必死になって辞退した。

「だいたい勝太さん以外の人は今日逢ったばかりだもの」

「かもしれないが、おれはおまえを去年から知っている。それからおまえの姉さんのお光さんとは幼馴染だ。そのおまえがこれから一年間、水戸のこんにゃく村でこんにゃくのお勉強、おまえも辛いだろうが、おれだって寂しいや。ひと晩ゆっくり語り明そう、と思うのは人情じゃないか」

「それに、こういう会にはひとつよりふたつ、ふたつよりみっつと、名目がたくさんあった方がええのっしゃ。同じ料理ば突っつくにしてもその方が盛り上るんだっちゃ」

「で、でも悪いですよ。それだけの理由で御馳走になっちゃぁ……」

「ぜんぜん悪いことなどないのだよ、久太郎君」

それまで黙々と飯を嚙んでいた歳三がはじめてここで声をあげた。顔立ちもいいが、よく透る声も持っている。

「ここ試衛館では諸式が万事あべこべでね、主賓が金をだすことになっているのさ」

歳三は言いながら懐中から皮の財布を取り出した。

「惣次郎、財布から二分取っておけ。今夜の会費だ」

惣次郎はさっそく歳三の財布に手を差し入れて、財布の底をごそごそじゃらじゃらと掻きまわしはじめた。久太郎にはそれが「おまえも出せ、早く出せ」というふうに聞える。

（……つまりおれにも二分出させようというのが勝太さんたちの狙い目だったんだな）

しぶしぶ胴巻の中に手を入れながら、久太郎は口の中でぼやいた。

（それならそうとずばり、二分おくれと言えばいいのに。下手な芝居を打つからこっちはすっかり怯《ひる》んじまったじゃないか。でも、二分ですむなら安いかもしれない。なにしろ胴巻の金子のうち五両はおれの金なんだ。二分出しても四両二分残る……）

久太郎は五人に背中を向けて胴巻を外し、中から二分銀を一枚とりだした。

「……では、勝太さん、これを」

勝太の前の畳にぺたんと叩きつけるように二分銀を置き、久太郎はゆっくりと言った。

「でも、どんなことがあってもこれ以上はごめんですからね」

「わかってる」

勝太は二分銀を押しいただいて懐中にねじ込んだ。

「金さえ出してくれればあんたにもう用はないんだ」

惣次郎が現金なことを言った。彼はまだ歳三の財布を掻きまわしている。

「これから深川へ発とうと、水戸のこんにゃく村へ行こうと、だれも待ったはかけないよ」

ことごとに小賢《こざか》しいことを口に出す子どもである。久太郎は惣次郎をぐいっと睨み据えた。

「今夜はみんなに負けずに喰うつもりだ。すこしでも元手《もと》を取り返さなくちゃな」

「冗談だよ」

と、惣次郎は久太郎に向って舌を出し、歳三の財布から手を抜き出した。彼の掌に載っているのは鐚銭《びたせん》が五、六枚。

「歳三さん、これっぽちしかないよ」

「そうか。もっと入っていると思ったが、それはすまん」

歳三は箸を持った手で頭を掻いた。

「しかし、久太郎が二分出してくれた。二分あればだいぶ喰えるぜ」

歳三は最初から自分の財布には鐚銭しかないことを知っていたにちがいない。持ってもいないのに二分出すと言ったのは、どうやら久太郎の胴巻をゆるめる誘い水のようである。

（ちぇっ、小狡い手を使う連中だなぁ）

久太郎は心の中で何回も舌打をした。

八

一刻《にじかん》ほど後、久太郎は勝太たちと一緒に、麹町平川天神近くの「住吉」という湯豆腐屋の座敷で鍋をかこんでいた。

一人前が青徳利《やすざけ》一本つきで百二十文という安さ、見世はたいへんな繁昌ぶりで、追加を頼もうにも給仕の小娘がなかなかまわってこない。

鍋に残った鱈の切れっぱしを箸で掬っていた勝太がとうとうしびれを切らして惣次郎に言った。

「帳場へ直接《じか》に乗り込んできてくれ」

うん、と頷いて惣次郎は廊下に出る。久太郎はその後を追った。

「おれもついて行くぜ」

「あんたは坐っていていいんだよ。なにしろ今夜の金主はあんたなんだ。雑用はおれが全部引き受ける」

「金主だからこそ心配なんじゃないか。ここの勘定が二分を超えてみろ。超えた分を払うのはこのおれなんだぜ」

「じゃあ勝手についておいでよ」

こんな会話《やりとり》を交しながら廊下を渡りかけたときである。隣座敷の襖がいきなり勢いよく開き、二人の目の前に青徳利が突き出てきた。

「徳利が空《から》だぞ!」

右手に徳利を掲げながら廊下に出てきたのは、久太郎と同じ年恰好の若い男だ。あまりいい身形《みなり》ではないが、とにかく腰には小刀を差している。貧乏御家人の次男坊といったところだろうか。

「見世の者は居ないのか!」

若い男はますます声高になった。が、自分の横に惣次郎が立っているのを見て、

「客が呼んでいるのになぜ返事をしないのだ!」

と、徳利をぐいとつきつけた。

「小僧、酒を持ってこい。それから鍋も追加だ」

「おれは見世の者じゃないぜ」

惣次郎は顔前の徳利を右手で払いのけながら、若い男の前を通り抜けた。

「ここの小僧か小僧でないか、よく確めてから口をきくがいいんだ。この節穴……」

「待て！」

若い男の左手が惣次郎のうしろ襟をむずと摑んだ。

「貴様、年齢《とし》はいくつだ」

「十歳」

うしろ襟を取られたままの姿勢で惣次郎が答えた。

「十歳だけど、それがどうかしたかい？」

「だれだって湯豆腐屋の廊下を十歳の子どもが往き来しているのを見れば、見世の小僧だろうと思うじゃないか。それを節穴とはなんだ」

若い男は惣次郎のうしろ襟をぐいと手許に引き寄せた。

「謝れ！」

怒鳴っておいてまた前へ突き出す。惣次郎は若い男のするままに委せ、前後に揺ぶられていた。

久太郎はあまり突然のことなのでどうしていいのかわからない。ただ呆《ぼ》うと突っ立って若い男の横顔に目をやっているだけだった。若い男の耳は火傷の痕《あと》のように引き攣《つ》っていた。面擦れで出来たものだな、と久太郎は思った。勝太の両耳にも同じようなものがあったはずだ。

「しぶといやつだ」

若い男の声がひと調子あがった。

「謝れ！　そうしたら離してやる」

「謝らなきゃならないのはそっちだろ？」

惣次郎は前を向いたままである。

「だいたいそっちが間違えたんじゃないか」

「こ、こいつ……」

「おまえ、酔ってんだろう。安酒で脳天気になるなんて見っともないよ、ばか」

この「ばか」で若い男の堪忍袋の緒が切れたらしい。えい、と惣次郎を自分の右前に引き付け、右足で足搦《あしがら》を掛けた。これにはたまらず惣次郎は庭へどうと投げつけられてしまった、ように久太郎には見えたが、じつはそうではなかった。庭先に仰向けになって落ちたのは若い男だった。庭の沓脱石《くつぬぎいし》に背中でも打ったのだろう、若い男はうーんと唸って気を失ってしまった。投げられた拍子に青徳利が石灯籠に当ってこわれ、大きな音をたてた。

「どうした、永倉?!」

「おい、新八、なんの騒ぎだ」

と、座敷の中から酔声が飛んできた。だれかが立ち上って廊下へ出てこようとしている気配もした。

「久太郎君、行くよ」

惣次郎が歩き出した。七歳も年下の子どもから「君」づけで呼ばれるのは腹が立つが、惣次郎の方が明らかに自分よりできるのだから仕方がない。久太郎はその後を追った。

「……おれはてっきりおまえが投げられたと思ったぜ」

帳場へ追加を通し座敷へ帰ってくる途中で、久太郎は惣次郎に言った。

「いったいどういう術を使ったんだ？」

「背負いで投げ返しただけさ。おれはまだ子どもで背が低いだろう、だからだれでも簡単に背負い込めるんだ」

「……おまえ柔術もやるのか？」

惣次郎はふふんと鼻で嗤《わら》った。

「天然理心流はほんとうは柔術が本芸なんだぜ」

庭にはもう若い男はいなかった。おそらく仲間が彼を座敷に運び入れ介抱している最中だろう。若い男の飛び出して来た座敷の前の廊下を通り過ぎるとき、久太郎は細く開いた襖の間に目玉が二つばかり光っているのを見た。

陽は平川天神の森の向うに落ち、庭には紫色の暮色が立ちこめはじめている。庭先の梅の枝が風もないのにかさっと揺れ、弾みで白い花がはらりと散った。こりゃあ寒さがぶり返しそうだぞ、とぶるぶる身震いしながら、惣次郎のあとについて久太郎は勝太たちの待つ座敷に戻った。

「なじょしたんだ、ずいぶん遅かったんではねぇのすか？」

敬助が惣次郎に声をかけた。

「なんかあったんだべか？」

「べつになんもないよ」

と、惣次郎は首を横に振った。

「ただちょっと酔っぱらいに絡まれただけさ」

「惣次郎がこううしろ襟を摑まれてね、勝太さん、足掬を掛けられたんですよ」

久太郎は立ったままで仕方ばなしをはじめた。

「そこを逆に背負いでどうと投げたんです。敵はそのまま庭の……」

このとき、久太郎の背後で襖が開いた。寝そべって久太郎たちの話を聞いていた勝太たちが素速い身のこなしで起き上った。

「われわれはこの近くの麴町三丁目の『練兵館』の者だ」

塩辛声に久太郎も振り返って入口を見た。男が二人立っていた。いずれも二十一、二。右手に刀を下げている。黒鞘と朱鞘だ。

「われわれの仲間の永倉新八という者が、そこの小僧に辱しめられた。このままでは引き下れぬ」

黒鞘をさげた塩辛声が惣次郎を睨みつけながら言った。

「小僧をわれわれに引き渡してもらいたい」

「小僧呼ばわりは可哀想だな」

と、勝太が呟くように答えた。

「あれでも沖田惣次郎というちゃんとした名があるんだから」

「では、その沖田とかいう小童《こわっぱ》の身柄を申し受けたい」

「惣次郎をどうしようというんです？」

「それはいま申したはずだ」

「もう一回言《ゆ》うてみてみィ」

敬助が惣次郎を庇うようにして坐り直した。

「あんたがさっき言《ゆ》ったごど、おれには聞えなかったんだっちゃ」

「仲間を辱しめられたのだ。放ってはおけぬ」

「んで？」

「叩っ斬る」

「んだば断わるっちゃ」

敬助は調子をつけるように膝を叩き、

「惣次郎もおらだの仲間っしゃ。あんだ方も仲間が大事、おら方《ほ》も仲間が大切。大事と大切がぶっかったっちゃ、困ったね。どうすっぺ？」

と、にこにこしながら黒鞘と朱鞘を見上げて問い返した。

九

「その沖田惣次郎という小僧に辱しめられた永倉は蝦夷松前藩の江戸留守居役の長男である」

黒鞘の刀を持った男は、その黒鞘の鐺《こじり》でとんと畳を突いた。

「しかも永倉は松前藩主とは姻戚に当る。どうだ、大人しくその小僧をこっちに渡さないか」

それでも首を横に振るつもりなら松前藩江戸屋敷を敵にまわすことになるぞ、という恫喝が黒鞘の口調にはあった。惣次郎はどうやら飛んでもない相手を庭に投げつけてしまったらしい、と久太郎は思った。

「するとあんたたちも松前藩の家中なんですか」

歳三が楊子を咥えたままで訊いた。楊子の先端が歳三の鼻っ先でくるくると踊るように動いた。

「われわれは松前藩の者ではない」

「となると、あんたたちとその永倉という人との繋りはなんです?」

歳三の楊子がまたひとしきり踊った。

「遊び仲間ですか?」

「剣の道を同じくしているものだ」

今度は朱鞘の刀をさげた若者が胸を張って、

「永倉は岡田十松《じゅうまつ》先生の撃剣館の門人だ。そしてわれわれはこの麹町の二代目斎藤弥九郎先生の練兵館の門人……」

「なるほど」

歳三は楊子を口から抜いた。

「練兵館も撃剣館も同じく神道無念流、つまり兄弟道場だな」

「そういうことだ」

朱鞘はさらに前へ大きく胸を反らせた。

「撃剣館の岡田十松先生とわれらの二代目弥九郎先生の共通の師は初代弥九郎大先生。それで練兵館と撃剣館はずうっと水魚の如き交わりをしているのだ。これで永倉を仲間だと申した理由《わけ》がわかったろう。ではその沖田とかいう小僧を連れて行くぞ」

言いながら朱鞘がつかつかと惣次郎の傍に歩を運んだ。その足許に歳三が空《から》の青徳利を転した。

朱鞘は徳利につまずいて一、二歩、軀を前に泳がせた。

「な、なにをする?!」

「沖田を渡すと、誰がいった？　ちょっと早とちりが過ぎるぜ」

と、歳三はどすのきいた声で言い、それから勝太の方へ向き直った。

「ぐずぐずといつまでも垢抜けないことを言っている連中だが、勝太さん、どうします？　勝太さんが好きに決めてくれていいんだ。おれたちは勝太さんの決めたことに従うよ」

山南敬助も井上源三郎も歳三の言葉に頷いてみせた。惣次郎だけは下を向いてもじもじしている。厄介の種子《たね》を蒔いたことを恥じているのだろう。

「……相手が麹町の練兵館と知ったときから、おれの肚《はら》は決っていたんだよ、歳さん。沖田を花火道場の手に渡すわけにはいかないね」

「花火道場だと？」

聞き耳を立てていたらしい黒鞘と朱鞘がそろって刀の柄を叩いた。

「花火道場とはどういう意味だ？」

「ポンポンポンポンやけに竹刀を鳴らす剣法というほどの意味だよ」

勝太はにやにやしながら言った。

「派手で景気はいいが、なに、それだけのことさ」

「お、おのれ！」

「おれが言っているんじゃない、世間がそう噂しているんだ。花火剣法がこわくて仲間を引き渡したとあってはおれたち試衛館の名折れだ」

「試衛館だと？」

黒鞘が朱鞘と目くばせをしてにやりと笑った。

「すると貴様たちは市谷柳町の、あの甘藷《いも》道場のものか？」

「だまれ！」

源三郎が弾かれたように立ってはげしく拳を振った。それに黒鞘が勝太の口吻《くちぶり》を真似て、

「おれが言っているのではない、世間様がそう評判しているのだよ」

と、答えた。

「甘藷道場と花火道場、どっちが腕が上だべかねぇ」

山南敬助がおもしろそうに言った。

「これは近ごろの見物《みもの》だっちゃ」

「つまり、腕ずくでも渡さぬ、と言い張るのだな？」

と、黒鞘が訊くのに、勝太は頷いて、

「ああ、沖田が欲しければ腕で奪《と》るがいい」

「よし。半刻《とき》後に平川天満宮で逢おう。われわれは六人、貴様たちも六人、数は合うようだ」

「ただし、そのときは真剣以外の得物で立ち合うことにしようや。境内に落ちている棒切れなどがいいな」

「ふん、怖気《おじけ》ついたのか」

「そうではない」

と、勝太は首を横に振った。

「あんたたちのためを思っていったのさ。まだ若いのに、首と胴が離ればなれになっちゃ困るだろう?」

歳三がぷっと吹きだし、それにつられて敬助や源三郎も笑い出した。

「半刻後もそんな風に笑っていられるかな」

と、黒鞘が言った。

「もし、そうなら大したものだが。……ところでおれは、常州茨城芹沢村の郷士木村継友。はじめ永倉と同じく撃剣館に学び、ただいまは練兵館に居る。練兵館では本目録を受けている」

朱鞘も黒鞘につづいて、

「陸奥棚倉藩の家中、常田《ときた》喜左衛門。木村と同じく練兵館では本目録を受けている」

と、名乗った。

このとき、お待遠さま、と給仕の小娘が新しい徳利や湯豆腐の具を運んで入ってきた。それをきっかけに木村と常田は座敷から出て行った。

久太郎は木村が「われわれは六人、貴様たちも六人、数は合うようだ」と言ったときから、ぶるぶる震えていた。自分は試衛館の門人ではない。いってみればただの通りすがりの者である。なのになぜ練兵館の連中と戦わねばならないのか。こんなつまらないはなしはない。これはさっさと逃げ出した方がいい。

「勝太さん……」

久太郎は立ち上った。

「おれ、勘定を済ませてきます。そして、その足で深川へ行きますよ。辻駕籠を拾いますから、おれのことなら心配いりません」

「待てよ」

勝太が久太郎の裾を摑んだ。意外な大力である。

「久太郎、おまえがいればこそ六人対六人で互角に勝負が出来るんだぜ。それが六人対五人では向うにひとり余裕が生じる。するとおれたちのうちのだれかが一人で二人を相手にしなきゃならないんだ。これは辛い……」

「でも、おれ、剣術のヶの字も知らないんですよ」

「だから棒切れで立ち合おう、とおれが申し入れたのさ。二、三度殴られるかもしれないが構わずに向うに組みついて行くんだ」

「柔術もやったことがないんです」

「しっかりしがみついていればなんとかなる。そのうちに手の空《す》いた者がきっと久太郎の助勢にかけつけるさ」

「んだよ、かならず助太刀に行くっちゃ」

敬助が久太郎の手に湯呑茶碗を押しつけ、その中に徳利の酒を注いだ。

「それまではけっぱって呉《け》ろや」

「……けっぱれ?」

「んだ、頑張っていてくれ言《つ》うことっしゃ」

なんとなく間のびして聞える敬助の仙台訛《なまり》の底には「それでも深川へ発つと言い張るのなら、おまえから先に叩きのめしてやる」という気合いが籠っているようである。

久太郎は返答に窮して湯呑の酒をぐいっと飲んだ。

「その意気だっちゃ。さ、もういっぱい行くべし」

敬助は久太郎の湯呑をまた酒で満した。

十

住吉から平川天満宮までは五百歩もなかった。

境内のここかしこに置かれた常夜燈がうっすらと闇の中からもちの木やひょろひょろ松や桜の老

樹を浮び上らせている。それらの木の枝には結んでゆわえつけた紙片が白い花のように咲いていた。この天満宮には手習子《てならいこ》の参詣が多い。おそらく白い紙片は手習いの上達を祈る願い札だろう。

びゅっと風を斬る棒の音が五つ、六つ起って、常夜燈の後ろから黒い影が躍り出た。

「甘藷《いも》道場の連中だな」

黒い影のひとつが、勝太たちに向って言った。声には聞き覚えがある。さっき常州茨城芹沢村の郷士と名乗った若者にちがいない。

「待っていたぞ」

久太郎はもう棒切れを構えていた。棒切れの先が自分でも呆れるぐらいぶるぶると揺れている。久太郎の構えている棒切れはここへ来る途中、勝太が拾ってくれたものである。

「竹刀道場の諸君……」

勝太は棒をだらりと下げたままの姿勢である。

「覚悟はいいかい?」

「それはこっちで言う台詞《せりふ》だ」

と、棒を青眼に構えた影が二、三歩、前に出た。あの声は永倉新八だな、と久太郎は震えながら見当をつけた。震えはひどくなるばかりだが、妙なことに恐怖感はすこしもなかった。さっき呷《あお》った二杯の酒が効いたらしかった。

「沖田という小僧、前に出ろ」

永倉の声に誘われるように、こっちから惣次郎が出て行くのが見えた。その日の午後、惣次郎は久太郎に柳生流の構えをしてみせてくれたが、彼のいまの構えもそれだった。右肩を引き棒を高く構え、握りを右頬に密着させている。

（……できるだけ上に構え、そのまま全身の力で殴りつけるように叩きおろす。これだけのことなのにこれが受け切れないいんだそうだよ。北辰一刀流にも神道無念流にも鏡心明智流にもこいつを止める受け太刀がないんだ。力負けして受けた太刀の位置が下り、結局どこか斬られてしまう）

あのとき、惣次郎は久太郎にこう説明してくれたが、どうやら彼はその手で行くつもりらしかった。久太郎は惣次郎にならって構えを改めた。自分も柳生流で行こうと決心したのである。誰と当るかはわからないが、いずれにせよ敵は正式に剣術を習っている。打ち合って万に一つも勝機はない。となると、一か八か、のるかそるか、最初の一太刀に望みをかけるしかない。久太郎はそう計算したのだ。

「さっきはおれが油断をしていた。が、今度はそうはいかないぞ」

永倉は惣次郎の鼻先にぴたりと棒の先端をつけ、ゆっくりと左へ廻りはじめる。惣次郎は無言である。永倉の動きを追ってじりっじりっと躰を回して行った。

「トワーッ！」

と、永倉が掛声を発した。むろん、誘いである。惣次郎は棒を高く保ったままだった。

永倉の掛声で双方が境内に散った。勝太は芹沢村の郷士と、歳三は常田と構え合っている。黒い影がひとつ、つつっと久太郎の前へ走ってきた。

「練兵館門人にして遠江相良藩藩士五十嵐功！」

久太郎の眼の前でその黒い影が名乗った。

「貴様は?!」

「お、おれは久太郎」

「どこの家中だ?」

「……上石原のこんにゃく屋の長男」

「おれは仮目録だが、貴様はどれほどの腕だ?」

上石原宿のこんにゃく屋の長男と聞いて、相手に余裕が出てきたようである。相手は青眼に構えた棒をだらりと下げている。このままだと舐められてしまう、と久太郎は思った。舐められてはおしまいだ。

「お、おれは天然理心流の四代目を継ぐことになっている」

おしまいだと思ったとき、咄嗟《とっさ》に嘘が口をついて出ていた。

「家業のこんにゃく屋は捨てて、試衛館へ養子に入ったのだ。むろん、強《た》ってと乞われて、だ」

相手は愕いて棒を青眼に直した。

「ほ、ほんとうか?」

いまだ! と久太郎は直感した。久太郎は高く掲げた棒を思い切り相手の頭上へ振りおろした。とたんに右手の甲が熱湯に漬けたように熱くなった。外されて小手を打たれたらしかった。構え直そうとしたとき、額が焼き鏝《ごて》を押しつけられたようにかっかっしだした。これは面が入ったためらしい。あっと思う間もなく鼻柱を生温い液体《もの》が流れ落ちて行った。いまの面打ちで額のどこかが切

れたのだろう。そのときどこかで、

「組みついて行け」

という勝太の声がしたような気がした。たしかに住吉の座敷でも勝太は「組め」と教えてくれたはずである。久太郎は手に持った棒を投げだした。

「どうした、天然理心流の四代目？　え、もう降参かい？」

相手が笑いながら言った。

「これじゃあ試衛館の将来《さき》が思いやられるぜ」

「く、く、組むんだ」

と、久太郎が言うと相手はすっかり見くびって、

「こんどは組むのか。よし、注文どおりにしてやろう」

と、棒切れを抛り出し、大手をひろげて、久太郎を摑まえにかかった。久太郎は地面に膝をつき、相手の腰にしがみついた。相手は機敏に動きながら、帯を持って投げ飛ばそうとした。それに耐えながら久太郎はまず右膝、つぎに左膝を地面から離した。そして、あとは夢中で押した。

はじめのうちは「よおっ」「そらそら」「どうした四代目」などと軽口を叩いていた相手が、やがて肩で息をしはじめた。石畳や木の根を土俵の徳俵がわりに久太郎の押しをこらえようとするのだが、久太郎はいつもそれを押し切ってしまうのである。また、久太郎の押しの力を利用して引きながら投げようとすると、久太郎は泳ぎこそすれ、決して転倒はしない。

久太郎は自分の足腰の強さに我ながら驚いた。十歳のときからやっていたこんにゃく踏みが、ど

うやらいま役に立っているらしいのである。

　とうとう、久太郎は相手を常夜燈に押しつけた。あとは、勝てると思うのが半分、怖いと思うのが半分で、やたらに膝頭を上に突き上げた。何回目かで相手がぐんにゃりとなった。久太郎の膝がまともに相手の股間にきまったらしかった。股間を押えてしゃがみ込んだ相手を眺め下しながら、久太郎がはあはあ言っていると、

「凄いじゃないか」

　と、勝太の声がした。久太郎が声のした方を向くと、勝太をはじめとする試衛館の五人がにこにこしながら立っていた。源三郎だけは右耳の付根から血を流しているが、あとは四人とも無傷だった。

「久太郎の二枚腰には呆れる。まるで角力《すもう》取りのようだった」

　久太郎はこのときはじめて「おれは勝ったのだ」と実感した。躰が軽い。両手をひろげてぱたぱたさせるとそのまま空中に浮び上りそうな気がする。

「か、勝太さん、飲み直そうよ」

　久太郎は両手で胴巻を叩いた。

「どっかでわーっと騒ごうよ」

十一

ざこばに立つのを市《いち》という
仲仕《なかし》の持つのを荷《にい》という
赤子《あかご》の出来たを産《さん》という
唐《から》では歌をば詩《しい》という
白黒石《しろくろいし》を碁《ごう》という……

どこかで、女のか細い声で流行《はやり》の大津絵節を歌うのが聞えていた。

（……大津絵節が聞えてくるなんてずいぶん妙な夢だな）

久太郎は半分眠ったままの頭でそんなことを考えながら寝返りを打ち、胸の上の夜具を頭の上まで引き上げたが、その夜具の柔かな感触がふっと心に引っ掛かった。これまでこんなに柔らかな夜具に臥《ふせ》ったことがあるだろうか。

（……一度もなかったぞ）

久太郎の右手がほとんど無意識のうちに自分の顔にかぶさった夜具の縁《へり》を撫でていた。

（綿天鵞絨《べっちん》だな。それにしてもおれがなぜ御大層な綿天鵞絨の掛けの付いた布団にくるまって寝ているんだろう？）

朦朧としながら自分に問い質しているうちに、やがて夜具の隙間から二枚折の屛風が見えてきた。布張り屛風で、広重の由井・薩陀《さった》峠の富士の絵が貼りつけてある。広重の屛風は決して珍品ではない、がしかしまた、あっちにもあるこっちにもあるという代物でもない。

（いったいここはどこなのだ？）

久太郎は夜具の中から亀の子のように首を外へのばした。その久太郎の鼻を梅花香《ばいかこう》の匂いが擽《くすぐ》っていった。姉のお光がこの梅花香の匂袋をいつも帯の間に挟んでいたので、久太郎にはすぐそれと見当がついたのだが、お光の梅花香より白檀《びやくだん》と麝香《じやこう》の度合いが強いようである。久太郎は思わずぞくっとして身震いが出た。

……牡丹に唐獅子ろくという
貧乏人のやりくり質《しち》という
おいどで刺すを蜂という……

女の声は枕許でしている。久太郎はゆっくりと躰を半転させ腹這いの姿勢になって目の前を視た。

眼前に搔取《かいどり》を肩に羽織った女の背中があった。女は右手横に丸行燈《あんどん》を置き、その灯に懐中鏡を掲げて髪を梳《す》いている。行燈の燈油は河豚《ふぐ》かなんかの上物を用いているのだろう、明るい上にいやな匂いもない。

（……この女は何者だ？　なぜおれは女とひとつ部屋にいるのだろう？）

久太郎は女の背中に眼を据えたまま、記憶の糸を手繰《たぐ》りはじめた。

彼の記憶は、麴町の平川天満宮境内で練兵館や撃剣館の六人組と喧嘩になったところまでは判然としている。遠州相良藩藩士五十嵐功と名乗る若者と一騎打になったこと、取っ組み合いの末ついには彼を降参させたことも憶えている。江戸三大道場の一、練兵館で仮目録を受けたというその若者を仆《たお》した嬉しさに煽られて勝太たちに、

「飲み直そうよ、どこかでわっと騒ごうよ」

と、叫んでいたのも頭のどこかにある。が、この辺からすべてが覚束なくなってくる。平川天満宮の境内から自分は勝太たちとどこへ出かけて行ったのだろうか。

……もの案じ心配するを苦《くう》という
朝夕あけたてするを戸《とう》という。

女の口遊《くちずさ》みが熄《や》み、それをきっかけにしたように丸行燈の二本燈心がじりりと鳴った。その音でもつれていた記憶の糸がわずかだがほぐれた。なんでもいやに臭い匂を放つ行燈の傍で酒を鯨飲し、ものを喰ったはずだ。あの臭い鯨の油を燈油に用いていた喰いもの屋はたしか、

(うん、山奥屋だ。別名麴町のももんじ屋で名高い獣肉屋だ)

久太郎は、その山奥屋でみんなと馬肉を六皿、鹿肉を六皿平らげたことを思い出した。

(……六人がかりで馬肉と鹿肉の暴れ喰いなんかしちまって、支払《はら》いはみなこのおれ。とんだ散財だったな。馬と鹿で馬鹿とはこのことだ)

山奥屋で三分払って見世から出ると、土方歳三が、

「ここで散会するのも残念だ。どうだ、久太郎、腹のふくれたところで女と遊びたいとは思わないか」

と言いながら、見世の前にたむろしていた辻駕籠に向って手を挙げたのを、ぼんやり眺めていた記憶が、久太郎にはある。そうだ、久太郎はたしかそのとき歳三に、

「どこに女がいるんです？」

と、訊いたはずである。そのときの歳三の答えが久太郎の脳裏にはっきり甦ってきた。歳三は久太郎の耳にこう囁いたのだ。

「吉原の大門《おおもん》を潜ってすぐの取っつきから揚屋町に曲ろうとする左右の一帯を七軒というがね、その七軒におれの馴染の小見世で『火炎玉屋』というのがある。小見世だから、裏を返して馴染みになって女が客に惚れたら寝る、などという格式ばったところは一切ない。初会から女が抱けるぞ……」

歳三の言葉を思い出した途端、久太郎は愕然となった。

(すると、ここは吉原七軒の、その『火炎玉屋』か?!)

久太郎が眼をさました気配に、女がゆっくりとこっちに向き直った。行燈を背負っているので女の顔はよくは見えぬが、蛾眉《がび》長くひき、鼻つんと高く、口許きりりとひきしまった、美しいというよりは凄みが勝った、小粋な器量だった。ただひとつ惜しいのは三十近い大年増だということ。

「わっちの声で目がさめえしたか」

女は久太郎の枕許へにじり寄ってきた。夜着の前が割れて白い股《もも》が久太郎の眼を眩しく射た。眼

を離そうにも離れない。まるで眼を白い股に釘付けにされたようだった。女はくすりと笑って、

「……もう一度おたのしみを、とおっしゃるのでござりィすか。元気のよいのは結構でありィすけれど、明日、お天道様が黄金《こがね》色に見えても、わっちは存じんせんよ」

「も、もう一度おたのしみを、というと、おれはもう、あんたと……？」

「へえへ。わっちの名は横笛と申しィすがね、最初《はな》のはさっき済みィした」

久太郎ははっとして右手を自分の腰のあたりへ走らせた。横笛という女の言うことに嘘はないようである。久太郎の褌は外れていた。

十二

朝、久太郎は枕許の火鉢の上の鉄瓶がちんちんなる音で目を覚した。横笛はいなかった。もっとも布団に女の温みが残っているところを見ると、ついさっきまでは久太郎の横に臥っていたのだろう。後架《こうか》にでも立ったのだろう、と思いながら久太郎は布団から脱け出し、座敷の隅の乱れ箱の中を改めた。胴巻はちゃんとある。

胴巻の金を数えると四十八両。

（……ここの支払《はら》いはやはりおれが持つのだろうが、三両で済めばいいなあ）

なぜなら、三十五両は水戸藩こんにゃく玉会所へ納めるこんにゃく粉二十俵分の代金で、もう十両は、これから自分が一年間世話になる会所の古川という重役への礼金、合わせて四十五両なくて

は、深川へは行かれぬ。

（しかし、六人が女と寝たのだからとても三両では間に合わないだろうな）

その場合は、古川重役への礼金に手をつけなくてはならないだろう。

（手をつけるのは仕方がないとしても、五両までだ。古川重役には五両渡し「これは礼金の一部。父は後で改めてお礼を差し上げたいと申しておりました」と、取りつくろうほかはない。まあ、八両あればここの支払《はら》いには足りるだろう……）

胸算用をしながら衣服を付け終ったところへ、

「へえ、おはようござい」

と、火炎玉屋の主人《ぼうはち》が入ってきた。短軀を折り曲げ、赭ら顔に世辞笑いを泛べている。

「昨夜《ゆうべ》は存分におたのしみになりましたか」

久太郎は曖昧に頷いてみせた。

「それはよかった。たのしんでいただければ亡八《ぼうはち》冥利につきます。ところで……」

赭ら顔から一瞬世辞笑いが消えた。

「いま、土方さんの座敷へ参りましたら、お会計一切はあなたさまがお取り仕切りなさっているそうでございますな？」

「う、うん、で、い、いくらだ？」

どうぞ八両を超えませんようにと心の中で神仏に手を合せながら、久太郎が訊いた。

「へえ」

赭ら顔に世辞笑いが戻った。

「揚げ代がしめて四両二分」

久太郎は吻《ほっ》として胸いっぱいためていた息を音をさせて吐き出した。

「土方さんの馴染の黛《まゆずみ》という妓《こ》は、全盛のお職《しょく》とまでは行きませんが、それでもお職の次の位の囲いでして、揚げ代は結構高いんですよ、へえ。しかしあとの五人の皆さんの相方は全部奴《やっこ》でしたから安くあがりましたので……」

「……やっこ？」

「へえ。心中の片割れ者、不義密通した女房、私娼狩でとっつかまった女、みんな島流しや所払いになるかわりに吉原《ここ》で稼がせられておりまして、そういう女どもを奴と言うんですよ。いわば最下等の女郎。他の女郎は年季《ねん》が明けるなり、身請けされるなりしますと、大手を振って大門をくぐり外界《そと》へ出て行けますが、奴は死ぬまで吉原《ここ》が全世界。ただし、格が落ち位は下でも奴には思わぬ掘出し物や上玉がありましてね、現にあなた様の相方の横笛は、二年前までさる大身《たいしん》の旗本の奥方だった女で……。へっへ、いい妓でございましたでしょう？」

久太郎は女ははじめてだったから、そのよしあしにはまだ晦《くら》い。そこでまた曖昧に頷いて、

「たしかに四両二分は安いなあ」

と、言いながら胴巻に手を差し入れた。

「おっと、そのほかに、女芸者の線香代、臺屋《たべものや》への支払い、按摩、義太夫語り、新内流し、大津絵節流し、声色遣い、辻占売などへの心付けなどがしめて三両と一分……」

「……だ、だいぶ騒いだんだなあ」

久太郎の声は蚊の羽音よりも細くなった。

「へえ、そりゃもう大したどがちゃか遊びでございました」

「す、すると揚げ代と合せても七両三分か」

「へい」

久太郎は、よかった、と思った。とにもかくにも八両の予算の枠の中で納まりがついたのだ。支《は》払《ら》いを済ませたら早速に深川西大工町の水戸藩こんにゃく玉会所へ出かけよう。

胴巻から金を出そうとする久太郎に、主人は怖しい追い討ちをかけてきた。

「へーっとそのほかに半紙代がかなりございますなあ」

「……は、半紙代?」

「これでございます」

主人は懐中から小菊紙の束を取り出して、久太郎の膝の前に並べた。小菊紙にはそれぞれ『勝太』『歳三』『敬助』『源三郎』『惣次郎』、そして『久太郎』と、それぞれの筆蹟で名前が書いてある。

「な、なんだろう、これ?」

「ご冗談をおっしゃっては困ります。昨夜、ちゃんとご説明申し上げたはずでございますよ」

声は笑っているが、主人の眼つきは炯炯《けいけい》。

「あなたがた六人が、妓《こ》どもや若い衆におつかわしになった御祝儀でございます。座敷ではいちいち金を取り出すのは不粋、そこで御祝儀を署名入りの小菊紙で代用させ、後で現金と換えるのがならわし、と申し上げたら、それはおもしろい、とおっしゃってあなたさまが最初に横笛さんに……」

「や、やったの？」

「へい、四枚も……」

「……お、憶えていない」

「いまごろそんなことをおっしゃっちゃいけません」

主人は殺した声になって、下から久太郎をぐいと睨《ね》めあげた。

「この小菊紙がただの反故《ほご》紙鼻紙だったと知ったら、妓《こ》どもはとにかく若い衆が黙っちゃおりませんぜ」

「……だれも払わないとは言ってやしないよ」

久太郎は気押《けお》されて反り身になった。

「ぜんぶでいくらだい？」

「へい」

主人は揉み手をしながら言った。

「小菊紙は二十四枚。一枚一分ですから計六両で」

どんなことがあっても、久太郎は水戸藩こんにゃく玉会所へ三十五両持って行かねばならなかった。それがすべてひっくるめて十三両三分とられて、いまや三十四両一分しかない。

（足りない三分をどうしよう？）

久太郎は開けはなった窓から往来を眺めおろしながら思案した。もっとも簡便な手は上石原宿へとって返して、父親に足りなくなった分を貰うことである。

だが、久太郎の耳には、出立の際、父が自分に言った言葉ががんがんと鳴り響いている。

「煙草は虎列剌《これら》よけに喫《す》ってもよいが、酒と女はまだ早いぞ」

その禁じられた酒と女ゆえのこの失態、面目なくて帰れたものではない。

（近くのこんにゃく屋に奉公して三分稼ぐか）

しかし、古川重役はこの一両日中に水戸へ発つはずである。今日明日のうちに三分稼ぐのはとうてい無理だろう。

（……こうなったのは因《もと》をただせば試衛館のあの五人のせいだ。あの五人に三分こしらえさせようか）

湯豆腐屋の二分の支払《はら》いさえ自分に押しつけてくるあの五人に、三分を今日のうちに用立てる才覚があるはずはない。つまりはこれも出来ない相談だ。

灰色の空から白いものがちらちら舞いおりはじめた。

（梅が咲いたというのにまた雪か）

久太郎はぶるぶるっと身震いして障子を閉めたが、そのとき入れかわって廊下側の襖が開いた。

「やあ、久太郎、昨夜からいろいろと物入りだったろう」

勝太が久太郎に軽く頭をさげて座敷へ入ってきた。勝太のうしろに、歳三、敬助、源三郎、惣次郎の四人が繫っている。

「ほんとうにすまん」

「すまんじゃすまないよ、勝太さん」

久太郎は泣き声をあげた。

「すくなくとも三十五両ないと会所へ行くわけにはいかない。なのに三分足りないんだ」

久太郎はそれから腹立ちまぎれに惣次郎の肩を小突きながら、

「おまえはまだ十歳だろう。十歳のくせになにも女を横にはべらせて寝ることはないじゃないか。おまえさえ一人で寝てくれたら三十五両には手をつけずに済んだんだ！」

「……年齢《とし》は十歳《とう》だけど、これでも女は三度目だ」

惣次郎はべつに気色を変えもせずに言った。

「それよりも勝太さんや歳三の話を聞いた方がいいぜ。あんたのいまの悩みなんかいっぺんで吹っ飛んじゃうからさ」

勝太が大きく頷いて、

「じつはな、久太郎、おれたちは昨夜のおまえの働き振りにすっかり惚れ込んでしまったんだ。剣術の素人のおまえが練兵館の仮目録と互角に渡り合う、これはちょっとした才能だ」

と、一気に喋った。そしておしまいに、

「どうだ、試衛館に入らないか」

と、久太郎の肩を叩いた。

十三

「試衛館に入ってどうするんです？」

久太郎は愕いた顔になって勝太を見た。

「まさか、勝太さんはおれに剣術使になれ、というんじゃないでしょうね」

勝太はにこにこしながら立っているだけでべつにそうだともちがうとも言わない。歳三も敬助も源三郎も勝太にならってただにやにや笑いを顔に浮べているきりである。久太郎はなんだかすこし気味が悪くなってきた。

「おれはもう十七歳だ。剣術を習うにはずいぶん薹《とう》が立ちすぎていると思うけど……」

惣次郎が、敷いてあった夜具をふたつに折り畳み、それを座敷の隅へ押していく。勝太たちはそのあとに胡座をかいた。

「せっかくこんにゃく料理屋の倅に生れついたんだから、おれはこんにゃく粉を捏《こ》ねくって一生を暮すつもりだよ」

「惜しい！」

勝太がいきなり言った。

「おまえの目覚しい才能が市井のこんにゃく屋風情で朽ち果てるのは惜しい」

他のこんにゃく屋が聞いたら腹を立てそうなことを、勝太は前の言葉に続けた。

「久太郎、おまえは武術を目指すべきだ」

「目覚しい才能ってなんのことです？」

久太郎が訊き返した。

「おれには目覚しいほどの才能はなにひとつないと思うけど……」

「自分じゃ案外自分の才能は判らんもんなのっしゃ」

勝太の軽い多摩訛の後を山南敬助が強い仙台訛で引き継いだ。

「久太郎さ、あんだの才能はその強い足腰さあんのだよ。あんだの足腰の強さは千人に一人、いや万人に一人だっちゃ」

家業のこんにゃく踏みをいやいやしているうちに自然《ひとりで》に出来た足腰をそんなに賞めてもらっていいものだろうか、と久太郎は訝《いぶか》しんだ。勝太たちの賞め言葉の裏には他の狙いが隠されているのではないか。それに足腰が強いだけを手土産にそう簡単に剣術の世界へ入っていっていいのかどうか。それはもう足腰が出来ているに越したことはないだろうが、それよりも剣術使になるためには、打てば響くような機敏さとか、白刃の雨をただの通り雨ぐらいにしか感じない度胸の太さとか、あるひとつの技を体得するために滝に打たれ野に臥《ふ》し木の実を喰らって飢を凌《しの》ぐ不屈の魂とか、そういった要素がものを言うのではないか。

「剣術の基本は足腰だよ」

久太郎の心中を読みあてたのか、惣次郎が言った。

「それにこれは前にも言ったと思うけど、天然理心流には剣術の技よりも柔術の技の方が数が多いんだぜ。剣術の技は飛竜剣、陰勇剣、虎尾《こび》剣、五月雨《さみだれ》剣の四本しかないのに、柔術の方は、臂《ひじ》巻、裏落、逆返し、綾落からはじまって、鷲摑み、錣《しころ》引、巻揚、蛇殺し、翼締め、雲上、微塵倒し、五輪砕きまで二十七組もある。久太郎さんには向いた流儀だと思うけどなあ」

「惣次郎の言うとおりだ」

腕組みをして聞いていた井上源三郎が大きくひとつ頷いた。

「大先生から天然理心流の柔術を正しく引き継ぐことの出来るのは久太郎のような人かも知れないな」

久太郎は嬉しさが半分、尻悶《しりもだ》えするような照れ臭さが半分で、だれにともなく言った。

「し、しかし、おれは本当に武芸者に向くだろうか」

「昨夜のことを思い出してみるんだな」

それまで黙って窓外に降る雪を眺めていた土方歳三がここではじめて口を開いた。

「昨夜、平川天満宮の境内で練兵館の仮目録を組み伏せたとき、おまえはまずどう思った？　何を考えた？」

「やった！　と思いました」

「それから？」

「空を仰いだとき、星がとてもきれいだなとも思いました」

「そのほかには？」

「うーん、たとえば、何日も洗ってない汚れた下帯《した》を新しいのと取換えたときのような気分、つまり全身がすっとしたというのか、なんというのか……」

「他人に勝ってこんなにいい気分のものか、と思わなかったか？」

「そ、それは思いました」

「ならあんたはもう立派な武芸者だ」

歳三は久太郎の胸をぽんと小突いた。

「すくなくともおれたちの仲間だ。勝利とは小人《しようじん》どもの名誉のことであるだの、勝利はあくまでも結果であって目的ではないだのと、儒者どもは鹿爪らしいことを言うけれども、おれたちに言わせりゃそれは赤嘘《あかうそ》さ。相手に勝ったあの瞬間の、なんとも言いようのない気分、あのためにおれたちは修業しているんだ」

そう言われてみればその通りかもしれない、というような気が、ふと、久太郎にはした。あのときの全き解放感、あれは今まで自分が生きてきた世界にはなかったものである。あの一瞬、たしかに自分は生きていた……。

「久太郎、どうだ、これでおまえが武芸者に向いているということがわかったろう？」

勝太が久太郎の眼の中を覗き込むようにして言った。

「これでおまえも試衛館に入門する決心がついたろう？」

「う、うん。でも、勝太さん、おれは深川の水戸藩こんにゃく会所に行かなくちゃいけないんだ。深川には水戸のこんにゃく村へおれを連れて行くために会所重役が首を伸して待っている。それにおれ、親父になんと言って説き伏せたらいいのかわからない……。やはり試衛館入門は出来ない相談だよ」

「そのことなら心配するな」

勝太は胸を叩いて委しておけという身振りをしてみせた。

「方策がある」

「ど、どんな?」

「文案はおれたち五人が智恵を集めて考えてやる。おまえはおれたちの言うとおりにこんにゃく会所の重役と親父に書状を書けばいいんだよ。な、そうしろよ」

すぐには決心がつきかねて、久太郎は眼を反らせて窓外に向けた。さっき見たときよりも雪は激しい降りになっていた。この雪の中を深川まで行くのは骨だなあ、という思いが久太郎の心をちらと掠め、掠めた途端に久太郎は、

「うん」

と、勝太たちに向って頷いていた。

どさり、と軒下に屋根の雪の落ちる音がした。雪といっても春の雪、やはり湿っていてすべりやすいのだろう。

十四

一刻後、久太郎は三通の書状を認め終えた。三通とも勝太たちが考えた文案を、ただ書き写した

もので、最初のは深川西大工町水戸藩こんにゃく会所重役に宛《あて》てあるが、それは大旨左の如き文面だった。

拝啓。

父がいつもたいへんお世話になっております。水戸産こんにゃく粉のおかげを持ち父のこんにゃく料理店はたいへん繁昌しており、昨今では上石原宿の『武州屋』か、『武州屋』の上石原宿か、といわれるほどになっております。

わたくしごときがご専門の貴方様にいまさら喋々するまでもありませんが、水戸藩特産の粉で作りましたこんにゃくは、その舌触りしゃきしゃきとして河豚の刺身の如く、しかも一旦、咀嚼しますればその柔きことほろふき大根の煮ものの如く、そして腹中にあってはその消化のよきこと焼麩の如く、下総中山産のものや、相州厚木産のものを、味において質において断然、圧しております。これはすべて水戸藩こんにゃく会所の皆様方の昼夜をわかたぬご努力の成果、心より尊敬いたしております。

さて、わたくし、貴方様の御奔走のおかげで水戸こんにゃく村へ留学させていただくことになっておりましたが、じつはいささか期すところあり、このたび、市谷柳町試衛館に入門いたし、剣の道にいそしむことになりました。むろん、こんにゃくを嫌っての剣術修業ではありません。それどころかこんにゃく修業への愛着、断ちがたきものがあります。が、幼き頃よりの剣術家志願の念、わずかにこんにゃくを上廻り、かく心を決めた次第です。本当のところは、こんにゃくの道と剣の道、両者同じく道ならば両立しないはずはないと思っておったのですが、二兎を追うもの遂には一兎をも得ずとか、涙ながらにこんにゃくを手離すことにいたしました。

右、事情ご賢察の上、なにとぞ快くわたくしの決心を祝福くださいますよう、心より御願い申しあげます。

なお、父は貴会所にこんにゃく粉二十俵分三十五両の未払金を残しておるはずですが、これは直ちに決済するよう、わたくしから厳重に申し付けておきます故、もうしばらくの御猶予をくださいますように。

水戸こんにゃく粉に対する天下の評価ますます高からんことを祈りつつ擱筆《かくひつ》いたします。

二通目は上石原宿の父に宛たもので、文旨の大要は以下の如きものだった。

これまで隠しておりましたが、わたしは幼きころより剣客として一家をなさんという大望を抱いておりました。このたびこんにゃく村留学を仰せつかり、剣をとるかこんにゃくをとるか大いに煩悶いたしましたが、ついに剣を選ぶことに決心をつけました。

むろん、剣は一種の技術ですから、生れつきの素質がものをいいます。素質もないのに剣の道に入って結局は名もない武芸者の刀の錆になるのはつまらぬことです。そこで己が素質をたしかめるべく市谷柳町の試衛館の門を叩き、検定してもらいましたところ、父上、およろこびください、万人に一人という折紙がついたのです。

とくにわたしの足腰の強さは前代未聞だそうで、必ずや大成するであろうという太鼓判をついてもらいました。試衛館の若先生の宮川改め島崎勝太様は、かかる優れた素質はすべて父母よりの下されもの、必ず大切に伸すよう心掛けよ、とおっしゃってくださいました。父上、強い足腰をわたしにお与えくださって本当にありがとう。

なお、お預りしたこんにゃく粉代金や重役への礼金は、入門料として試衛館に納入いたしましたので、会所へは改めて代金をお送りくださいますようお願い申し上げます。

父上が別れぎわに申された「酒と女をつつしめ」という御教訓を金科玉条として修業一途に励む決心ですので、わたしのこのたびの我儘《わがまま》、なにとぞお聞き入れくださいますように。


最後の一通は姉のお光に宛たものだが、これは短い。


姉さん、おれは剣術使になることに決めた。こんにゃくと睨めっこして一生を棒に振るのはいやなのさ。そこでおれに代って『武州屋』をよろしく頼む。

それから、勝太さんが姉さんに、百万遍もよろしく、と言っていたよ。ひょっとしたら勝太さんは姉さんに、むにゃむにゃむにゃなんじゃないかな。それでは小遣いがほしくなったらまた一筆啓上するよ。

なお、右の文の後段は勝太が久太郎に無理矢理に書かせたものである。

「さあ、これで久太郎は試衛館の一員になった」

久太郎が筆をおいたとたん、勝太が言った。

「生れたときは別々でも、死ぬときは一緒だぜ」

「もう、おれ、入門したことになるんですか」

久太郎はすこし口を尖らかした。

「入門式はしてくれないんですか。ほら、誓紙血判を師の前に呈出して、門人帳にも指の先を割いて血判を捺すやつ、あれはやらないんですか？」

「べつの入門式はする手筈になっているんだよ」

惣次郎が勝太に代って答えた。

「指を切ったり、肘を割いたりするよりもっと粋な入門式なんだ」

「というと？」

「うん、この雪じゃ市谷へ帰るのも難儀だからさ、もう一晩、この火炎玉屋に居続けして奴《やっこ》と寝るんだ。それが久太郎さんの入門式だよ」

久太郎の心のどこかで、自分を試衛館に誘った勝太たちの真の狙いは、じつはこの居続けにあったのではないか、という声がした。自分の懐中にある残金三十四両一分、これに目をつけての煽《おだ》てに、まんまと乗ってしまったのではないのだろうか。

「居続けなさってくださるそうでございますな」

そのとき、座敷の襖がからりと開いた。入ってきたのは主人と奴女郎《ぼうはち》たちだった。

「当楼《うち》にとってはあなた方、まるで福の神のように見えますわ」

主人はぺたっと畳に額をこすりつけてから、奴たちに陽気な声をかけた。

「さぁさぁさぁ、お馴染さんのお傍へべったり貼りついたりくっついたり！」

梅花香の匂いが近づいて、久太郎の横に女が坐った。女は昨夜の相手の横笛である。

「さっそく裏を返しておくれへしたね。わっちゃぁ嬉しぃおすへ」

久太郎は梅花香の匂いにたちまちくらくらっとなり、今しがたまでの疑念を頭の中から追い払いながら大声をあげた。

「まず、酒だ！」

「酒のお次はなんでおすへ？」

久太郎の膝の上へ指を這わせながら横笛が含み笑いをしている……。

土壇場

一

試衛館の庭の梅が散って、垣根の下のつぼすみれが淡紫の小さな花を咲かせはじめた。

ある日の午前《ひるまえ》、久太郎はそのつぼすみれの花を眺めながら、庭の井戸の傍で洗濯をしていた。すみれの後を追って桜の蕾も開きそうないい陽気である。気の早い紋白蝶がさっきから、つぼすみれの花の上を往ったり来たりしている。

(このひと月におれはいったいどんな剣術の稽古をしたのだろう)

久太郎は洗い桶の中のおときの襦袢を揉みながら、ぼんやりと考えていた。おときとは勝太の養父、天然理心流三代目近藤周斎のわけありの女で、試衛館の離れに住んでいる四十女だが、こいつがこのひと月、久太郎をよくこき使った。

(なにしろ、炊事に掃除、そしてこの洗濯、みんなおれの仕事だ。剣術の稽古ときたらその合い間に、庭で木刀に素振りをくれるぐらい。これじゃ試衛館に弟子に入ったのか、それとも只働きの下男に入ったのかわからない)

これなら、父親の言いつけどおり水戸のこんにゃく村へこんにゃく留学に行っていたほうがよかったかもしれない、と久太郎は思う。すくなくとも、煙草の脂《やに》臭い四十女の襦袢の洗濯はせずに済んだろう。

「久太郎さん、そのまま洗濯していてくれよ。急に立ったりしちゃいけないぜ」

久太郎がぶつぶつ呟きながら洗濯桶の中で手を動かしているところへ、道場から惣次郎が庭へ降りてきて言った。

「ああ……」

久太郎は惣次郎を見もせず、首だけをひとつ縦に振った。なにかというとすぐに仕事を言いつけるおときは久太郎の癪の種子《たね》だが、この惣次郎はさらなる大癪の種子だ。なにしろ試衛館に入門したその日から、それまで自分の受け持ちだった炊事に掃除に洗濯の一切を、惣次郎は久太郎に押しつけてきたのである。久太郎が十七歳で惣次郎が七つ年下の十歳、年齢《とし》の差を考えれば、いくら惣次郎が先輩でも、半分ずつ雑用を受け持つのが妥当なところではないか。それを一切合財押しつけるとはなんて世故《せこ》いやつだろう、久太郎はそう思っているから、庭へ出てきた惣次郎へ目を向けることもしなかったのだ。

だが、庭へ出てきたっきり惣次郎の音沙汰がない。

(庭から外へ出た様子も道場へ戻った気配もないが、どうしたんだろう。それになぜおれが急に立っちゃいけないんだ……)

久太郎はすこし気になってきた。

(おれが急に立とうが、ゆっくり立とうがこっちの勝手じゃないか。惣次郎にそこまで指図されることはないはずだぜ。いったい、やつはなんだっておれにそんなことを言ったんだろう……?)

首を傾げながら久太郎が顔をあげると、正面に垣根を背にして惣次郎が立っていた。いつになく神妙な表情である。眼を細くあけ、半ば開いた口から、ふうっふうっと音をさせながら息を吐いていた。両手は軽く握ってだらりと下げ、両足を大きく踏ん張っている。

「ど、どうしたんだ？」

久太郎が声をかけた。だが、惣次郎は身じろぎひとつしない。久太郎には惣次郎が地面に打ち込まれた太い杭のように見えた。さっきまで垣根のつぼすみれの花の上を飛びまわっていた紋白蝶が、いまは惣次郎の腰あたりをひらひらと舞っている。彼のその腰には長い脇差が一本ぶち込んであった。

（居合いでもやるのかな）

と、久太郎が呟いたとき、惣次郎の左手が脇差に添えられ、同時に右手が柄《つか》にかかった。空中に奉書紙を投げ出したときのように惣次郎の躰がふわりと沈み、のどかな春の陽光のなかでなにかがぴかりと閃いた。ん？　と久太郎が目を凝らすと、惣次郎の前から飛び去ろうとしていた紋白蝶がもうふたつになっていた。惣次郎はゆっくりと刀を腰の鞘に収める。ふたつになった紋白蝶は花びらのようにひらひらと舞いながら地面に降った。

「す、すごいことをやるねぇ」

久太郎は思わず手を叩いた。

「何年やった？」

「七歳のときからだよ」

惣次郎は子どもっぽい表情に戻っている。

「でも蝶はやさしいんだ」

「するとほかにもなにかをばっさりやるのかい？」

「蠅、蜂、蜻蛉《とんぼ》、蛍。飛んでいるもので手の届くやつは全部さ。蠅がいちばん難しいよ。十遍に一遍はしくじっちゃうな。勝太さんや歳三さんはそこへ行くと凄い。しくじるのはひと夏に一、二遍だもの」

「みんな、今みたいなやつをやるの？」

「うん。これは天然理心流の稽古のうちのひとつなんだ」

試衛館の庭へ飛び込んでくる蠅や蝶はすこし可哀想だな、と思いながら、久太郎は惣次郎の話に耳を傾けている。

「新天流なんかじゃ天井から糸で鞠《まり》をぶら下げておいて揺らし、それを抜き打ちにするらしいけど、試衛館は鞠を買う金もないから、生物《いきもの》でやっているんだ。これは勝太さんが編み出した稽古法だよ」

「佐々木小次郎は燕を斬ったっていうね。勝太さんはそのへんから生物を稽古台にすることを思いついたんだな」

「ちがう。勝太さんのお手本は亀沢町道場の男谷《おたに》精一郎先生だよ」

断々乎とした口調で惣次郎が言った。

「勝太さんは男谷先生に凝っているんだ。男谷先生のやったことはひとつ残らず自分もやってみよう、そう思っているみたいだよ」

その気持は、久太郎のようなこの道に足を踏み入れてまだ一ヵ月の新米にもよくわかる。千葉周作の玄武館、桃井春蔵の士学館、そして斎藤弥九郎の練兵館を江戸三大道場と人は言うが、この三大道場が束になって攻めかかっても亀沢町道場の敵ではないのだ。それはたぶん、小十人《こじゅうにん》の御家人から出て、剣一本で書院番、徒頭《かちがしら》、先手頭《さきて》、講武所頭取、師範役、同奉行、御旗《おんはた》奉行、西丸御留守役と栄進していまや三千石をとる男谷精一郎と、千葉・桃井・斎藤たちの器量のちがいだろう、と久太郎は思う。また、小生意気な惣次郎でさえ男谷の名を口にのぼせるとき「先生」を付けることでも、その人気のほどが窺われるというものだ。

「男谷先生は若いころ飛んでいる赤蜻蛉を斬って修業したっていうけど、勝太さんの頭の中にはそれがあるんだ。それでね、男谷先生の斬りつけた赤蜻蛉はそのまま飛び続けたそうだよ」

「どうしてだい。まさかあの先生が斬りそこねるってことはないだろう?」

「男谷先生は翅の先をほんの三分ほど斬り落すだけなんだ。つまり、赤蜻蛉自身にさえ、自分が斬られたってことがわからないのさ」

惣次郎はまるで自分のことを誇るように大きく胸を反らせ、そのまま道場へ戻っていった。

（勝太さんが男谷精一郎のやり方を真似ているのは、きっと同じように剣で世の中に出たいからだろうな）

洗濯を続けながら久太郎は勝太の胸の裡を忖度した。

（男谷が小十人から三千石の旗本になったように、勝太さんは多摩の百姓から千石取りの旗本にな

るつもりなんだ）

汗の匂いと黒い大鳥のようなものの影が、不意に久太郎の鼻の先を掠めた。見るとそれはくたくたになった黒い稽古着である。

「久太郎さん、それおれの稽古着だ」

久太郎の横に道場から引き返してきたらしい惣次郎が立っていた。

「汗でひどく汚れている。洗っといておくれよ」

七つも年上の者に稽古着を洗わすなぞ、ちょっと出来上りすぎてやしないか、と久太郎は怒鳴り返そうとしたが、さっきの惣次郎の居合い腕を思い出してそれはやめにした。そして、そのかわりに、

「いいとも、やっておくよ」

と、惣次郎に答えていた。

二

洗濯物を干し終えたところへ、朝、石田散薬の箱を担いで外へ薬を売りに出かけていた土方歳三が戻ってきた。

「あれ、歳三さん、今日はずいぶん早いお帰りですね」

と、久太郎が薬箱を受け取りながら訊くと、歳三はうんと頷いてから道場の方へ顎をしゃくった。

「勝太さんは?」

「居ます。朝からずっと日本外史を読んでいるみたいですよ」

「道理で竹刀《しない》の音がしない」

竹刀としないの下手な語路合せである。歳三のこういうところが久太郎は好きだ。そこで久太郎はくすくす笑いながら、

「勝太さんにならって敬助さんも源三郎さんも今日は読書のようです」

「そうか。じつは、みんなにちょっとした土産を持ってきたんだ。おまえも道場へ来てくれ」

歳三の後について道場へ入って行くと、勝太たちはそれぞれ肘枕で神棚の前の畳に寝っ転がっていた。惣次郎だけが中央の演武床でびゅっびゅっと木刀を振っている。

「勝太さん、おれの話を聞いてくれないか」

歳三は勝太の肩を揺すぶった。

「……なんだ、歳さんか」

勝太が涎《よだれ》を拭きながら起き上った。

「薬売りに出かけたはずじゃなかったのかい」

「うん。浅草の弾左衛門親分のところへ石田散薬を置きに行ったんだが、そこでちょっとしたことを小耳に挿んだのだ」

歳三は国事の秘密でも語るときのように声をひそめた。勝太たちはその声に釣られるように歳三のまわりに寄ってきた。

「勝太さん、弾左衛門のことは知っているだろう?」

「むろん知っている。幕府から刑死人の取扱い一切を委せられ、そのほかにも幕府の陣太鼓はじめ皮細工の武具すべてを扱っている職人の大親分だろう?」

「そうだ。その弾左衛門がおれのどこが気に入ったのかずいぶん贔屓《ひいき》にしてくれているんだがね、今日、おれが行ったら、いきなり土方歳三さん、あんた人を斬ったことがおあんなさるかい、とこう訊いてきた」

「それで歳さんはどう答えた?」

「むろん、ないと答えたさ。すると弾左衛門が、それじゃ人を斬ってみませんか、と言うのだ。なんでも、明後日、千住の小塚原《こつかつぱら》で罪人が四人ほど斬られるらしい。首なし死体でよければ一体だけおれに委せてもいいそうだが、どうする?」

ほんのしばらくのあいだ、勝太は腕組みをしたまま考え込んでいたが、やがて、歳三に、

「条件は?」

と、訊いた。

「いくら弾左衛門親分が歳さんを贔屓《ひいき》にしてくれていると言っても、ただで死体を委せてくれるわけはない。これにはなにか条件があるはずだ」

久太郎にも勝太の言う意味は理解できた。処刑された死体を引き取るたびに、弾左衛門が小塚原お仕置場のすぐ近くにある千住回向院《えこういん》の裏の空地で試斬会を開くことは誰でも知っている。この試斬会が弾左衛門の懐に五十金から百金の収入をもたらしていることも、これまた周知の事実であ

る。蔵刀家や愛刀家が秘蔵刀を弾左衛門にゆだねて、死体を斬ってもらい、刀に箔をつけようとする。そのために試斬会が金になるのだ。この場合、試斬をする者が御公儀介錯人や有名刺客であればあるほど、刀に値打が出ることはもとより付け加えるまでもない。本阿弥の折紙と添状と鞘書のついた百両の刀に、たとえば「浅右衛門、この一刀をもって人体を腰車土壇払いにす」という試斬明証書が加われば一挙に三百両にも値がはね上る。

むろん、刀に箔を付けようという虚栄からだけではなく、己れの佩刀《はいとう》が真実身を守るに足るだけの利剣であるかどうか、それを確めるために弾左衛門に刀を托す武士も多い。利鈍《りどん》不明の一刀を佩用するのは武士の恥《はじ》というわけだが、このときも弾左衛門は謝礼金を取る。つまり弾左衛門にとっては刀の預け主の動機がなんであれ、死体は金の成る木なのだ。

「じつは、試斬会に必要な人手を四、五名出してくれれば、というのが条件なんだ」

歳三は勝太から敬助へ、敬助から源三郎へと視線を移しながら言った。

「これまで試斬会の人手はすべて弾左衛門親分が自分の輩下から出していた。ところが、親分が大っぴらに試斬会を催すのに幕府がいい顔をしなくなったのさ。そこで親分は表向きは試斬会から手を引くことになった。つまりだね、勝太さん、試衛館が名義上の主催者になるわけよ」

思いがけない話に勝太も気を呑まれて、ただ口をぱくぱくさせているだけだった。

「そのかわり死体を一体くれる。むろん、その死体からあがる試斬料もおれたちのものだ。どうするかね、勝太さん?」

またしばらく沈黙が続いた。

「正直なところ試衛館はいまのところ三流道場だ。しかし、試斬会を主催したとなれば二流半ぐらいには成り上れるだろうと思う」

勝太はまだ厚い唇をへの字に結んでいる。

「もうひとつ。他の三体を試斬するのは浅草新堀の島田虎之助と千葉周作門下の斎藤元司、それから亀沢町の男谷精一郎先生だ」

男谷という名が出たとたん勝太の腕組みがほどけた。

「……おれも歳さんと同じで、まだ人を斬ったことはない。だが、やってみようか」

「そうこなくちゃ」

歳三がぽんと立ち上った。

「試斬会は明後日だ。これからすぐに土壇場つくりに出かけようぜ。でないと間に合わない」

歳三にならって勝太や敬助や源三郎や惣次郎が立った。が、久太郎だけはどうしても立てない。どうやら腰が抜けたらしかった。

三

弾左衛門の下屋敷は浅草新町のほとんどを占めていた。試衛館の六人は築山の頂上に建つ東亭《あずまや》に案内されたが、そこからの景観に思わず息を呑んだ。

まず築山自体がかなり高い。近くの待乳山《まっちやま》と肩を並べるほどで、東に大川を隔てた向島《むこうじま》の桜の長堤が、手をのばせば届きそうなところに見えた。長堤の桜の蕾が桃色の雲のようである。

西には上野の森。これも桜の蕾で薄紅色に煙っている。

南には、浅草寺の黒い屋根が、春の日暮れどきの陽光を鈍くはねかえして居、北には霞が立ちこめ、筑波山がその霞の中に朦朧と浮んでいる。

眼下の庭園には直径《さしわたし》二十間ほどの池が見えているが、その池に注ぐ堀割を東へ辿って行くと、どうやらそれは大川に繋っているようだ。つまり池に浮ぶ猪牙舟《ちょき》に乗り、池の水門を開き、堀割に棹をさせば、大川に出ることができるという仕掛けになっているのだ。

池の向うに三棟の建物が連なっているが、久太郎の注意を惹いたのは、この三棟に続いて建つ七戸の土蔵だった。

「蔵三さん、あの土蔵も弾家のものですか」

久太郎は、かたわらで勝太たちと、向島の桜もあと五日で三分咲きぐらいになるだろうと噂をしていた蔵三に訊いた。

「それとも幕府《おかみ》の御米蔵かなんかで……？」

「御米蔵は大川のずっと下流《しも》だよ」

蔵三は浅草寺の屋根の向うを指さしてみせた。

「あの七戸の土蔵は間違いなく弾家の所有になるものさ」

「すると、弾家というのはたいした分限者《ぶげんしゃ》なんですね」

「たいした、なんて言い方じゃおっつかないほどの大実力者なんだぜ」

歳三は久太郎をたしなめるように言った。

「弾家にはあの七戸の他に、根岸の御隠殿《ごいんでん》に十二戸、浅草から綾瀬にかけていくつかの分家に三十二戸、合計五十一戸の土蔵があるといわれている。その五十一戸の土蔵に貯えられている金銀はおそらく五十万両を上まわるだろう、という噂だ」

「な、なんでそんな大金を貯えることができたんです？」

「だから皮だよ。生き物の皮を剝ぐ。その皮を細工する。この二つの仕事は頼朝公以来の弾家の仕事だ。いってみれば弾家は皮で五十万両の財産を築いたわけさ」

勝太をはじめ、山南敬助や井上源三郎や沖田惣次郎なども歳三の話に、全身を耳にしていた。歳三は東亭の、木製の長椅子に腰を下し、しっかりと腕を組んで、話を続けた。

「関東に弾家の支配を受ける人たちが二百万はいるというがね、そのうちの半分を男とし、さらにその半分が子どもと老人と見ても壮丁《そうてい》がざっと五十万。この五十万人の壮丁が五十万両の金銀を軍資金に立ち上ったら……」

歳三はここで声をひそめた。

「……幕府《おかみ》といえど顔色なしだ。したがって弾左衛門に対しては、幕閣のおえら方もうかつなことは言えぬ。むろん弾左衛門は利口だから、常に幕府《おかみ》の顔を立てるように動いている。決して表には出ない。そのことがまた一層、弾左衛門を不気味な存在にしているというわけなのだ」

「そ、その弾左衛門がなぜおれたち試衛館に目をつけたのだろうな？」

勝太が呟くように言った。

「歳さんはどう思う？」

「おれにもわからない」

歳三は何度も首を横に振った。

「単なる親切心からなのか、それともなにか胸算用があるのか、おれにはあの人の心底がどうも摑めない」

小径《こみち》をいくたりかの足音が登ってくる気配がした。歳三がはじかれたように立って小径を眺め下し、すぐに久太郎たちの方を向いて言った。

「あの人の御入来《じゅらい》だぜ」

蓬髪《ほうはつ》をネジ鉢巻で押えた長身の若者二人に先導されて小柄な中年男が久太郎たちの前に現われた。二人の若者は赤樫の六尺棒をさり気なく小脇にかい込んでいる。

「流儀はなにかわかんないけど、二人とも相当に棒を使えそうだよ」

惣次郎が久太郎に囁いた。

小柄な中年男のうしろにもうひとり三十五、六の大柄な男がついてきていた。小柄な中年男の眼はやさしく人なつっこいのだが、大柄な男の眼は冷たい。

「わたしは弾家の手代で、千住一帯を預っております嫉刃《ねたば》の新吉です」

冷たい眼の男が冷たい口調で言った。

「このたびは弾家にかわって試斬会の主催をお引き受けくださるとのこと、主人にかわってお礼を申し上げます」

嫉刃の新吉は切口上でこれだけ言うと傍へすっと下った。かわって小柄な中年男が半歩ほど前に出た。

「試斬会、きっと成功してくださいよ。金がお要《い》り用なら新吉に遠慮なく申しつけてくださるように」

春風駘蕩《たいとう》を音にしたような穏やかな声音だった。

「試斬会の会場の作り方、土壇場のこしらえ方、そのほかの細かい作法や手順、みな新吉がよく知っております。新吉を世話役としておつけしますから、わからないことがあったらなんでもおたずねくださ い」

「あ、ありがとう存じます」

勝太が一歩前に進み出た。

「けれども、弾様、なぜ試衛館にこのような大役を下されたのです。まず、そのことからお伺いしたいのですが……」

「それはそのうちに自然《ひとりで》にわかることですよ」

弾左衛門は勝太の質問の矢を軽く受け流した。

「そんなことに余計な気を使わずに、試斬会を立派にやってのけることが大切です」

「試斬会を立派にやってのけるように、とおっしゃったのはこれで二度目ですが、立派にやってのければなにか……?」

「出世の糸口が摑めます」

「出世の糸口？」

「あなたは偉くなりたくはありませんか？　こう申しては失礼だが、いまのままでは、あなたは一生町道場の主《あるじ》でしょう。それではつまらない、ここで力を示すのです。そうすれば運が開けますよ」

「どういう運でしょうか？」

しばらく考え込んでいた勝太が、弾左衛門にこう訊いた。

「わたしたちにどういう出世が出来るとおっしゃるのです？」

「たとえば講武場の教授方」

「講武場？」

「幕府《おかみ》は近ぢか旗本や御家人の子弟のための武術修業の場、いってみれば学校ですが、それを開設なさるという噂があります。いや噂があるだけでなく、開設資金の寄付をわたくしのところへ仰せつけになってもいる。実績さえあれば試衛館からも一人か二人、あるいは三人、その講武場の教授方に採用される方が出るはずですよ。そうなればあなたはもう町道場の主ではない。幕臣です。あとはあなたの努力次第、将来《さき》は旗本にだってなれますのさ」

弾左衛門は勝太ににこりと笑ってみせ、それからくるりと身を翻し、小径を急ぎ足で去っていってしまった。六尺棒の二人も忠実な番犬のように小柄な中年男の後を追って消えた。

「……それでは千住回向院まで御案内いたしましょうか」

幕臣、旗本、出世。そういった言葉に俄かに酔って茫然として突っ立っていた試衛館の六人は、嫉刃の新吉の冷やかなもの言いにはっとわれにかえって、かすかな春風に鬢《びん》の毛を吹かれながら小径をくだりはじめた。

風に乗って賑やかな三味線が聞こえてくる。弾左衛門の下屋敷の近くの吉原で、夜見世の客がそろそろ浮かれ出したらしい。

四

千住大橋までは朧月の下を舟で行くことになった。

「試斬会は明後日です。準備に丸一日はかかりましょうから、あまりのんびりもしていられません。舟に揺られながら土壇場の作り方についておはなし申しましょう」

と、真崎《まさき》稲荷の前を舟が通るあたりから、嫉刃の新吉が講釈をはじめた。

「土壇場の高さは曲尺《かねじゃく》で二尺三寸、これが定法《じょうほう》です。そのうちの二尺は切藁《わら》入りの粘土を積みあげたもの、三寸は、その土に塗るへな土……」

久太郎は新吉の一言一句を胸に刻み込むようにして聞いている。これは勝太に「おれたちが屍体を斬る方は引き受けるから、久太郎は土壇場のこしらえ方や、準備しなければならぬ器具などをよく憶えておくように」と言いつかったからである。

「なお、粘土とへな土との間には青竹を入れてくださいよ」

「青竹ですか？」

「ええ、土の崩れるのを防ぐためでさ。屍体は四体出るはずですから、土壇場も四つ要りますね。さて、土壇場の正面に八帖の板畳《いただたみ》の席を二つこしらえてください」

「板畳……?」

「板を芯にした青畳のことです。土壇場に向って右の八帖が来客側で、左の八帖が主催する試衛館側の設席《もうけのせき》。来客席には刀架《かたなかけ》、乱れ箱、火鉢、茶器などを揃えてください。すべて新品で、ですぜ」

「来客席というと、どなたか客が見えるのですか?」

と、これは勝太。

「大勢来ますよ。刀好きの大名やら旗本やらが板畳に目白押しで」

勝太はにやりと笑った。だが、久太郎には勝太のにやりが普段《いつも》のにやりとすこし違っているような気がした。勝太の頬のあたりの筋肉が多少、引き攣っているみたいである。

「設席には砥石、打粉《うちこ》、払拭きの奉書紙、丁字油《ちょうじゆ》、それから斬柄《きりえ》」

「斬柄ってなんですか?」

と、今度は惣次郎が訊いた。

「試斬りには柄が血で汚れるのを嫌って樫材の新柄を使いますが、これを斬柄と言うんですよ。長さ一尺二寸、径三寸元細《もとほそ》のものを用いるのが作法ですな」

久太郎はとうとう憶え切れなくなって、歳三から矢立てと懐紙を借り、新吉の説明をいちいち書き取った。歳三は俳句をひねくるのが趣味で、いつも矢立てを躰から離さぬのである。

「……さて、土壇場と来客席と設席の周囲《まわり》に水浅黄の幕を張りめぐらせますが、主な準備はこんなところでしょう」

久太郎が筆を矢立てに仕舞いかけると、新吉がこうつけ加えた。

「おっと、それから試斬人のために、切水を入れた番手桶に長柄《ながえ》鶴首《かくしゅ》の柄杓《ひしゃく》。それともうひとつ、屍体の荷造り」

「屍体の荷造りってなんだっちゃ？」

と、山南敬助が細い眼を真丸《まんまる》にした。

「そのままでは坐りが悪いですから、菰《こも》でくるみ縄をかけておくんですよ」

久太郎はすこし吐き気がしてきた。舟に酔ったのか、嫉刃の新吉のはなしに当ったのか、久太郎にもよくわからぬが、ひょっとしたらその両方かもしれなかった。

「試斬人の服装は？」

と、井上源三郎が訊いた。

「稽古襦袢に小倉袴です。千住宿には古着屋が五、六軒ありますから、ご心配には及びません」

瀬音が高くなった。目を上げると、向うに千住大橋が朧月に照らされて銀色に光っていた。

「もうひとつ。主人の弾左衛門には出すぎた真似をしてはいけない、と叱られるかもしれませんが、おはなししておきたいことがあるんですよ」

「まだですか。今度はいったいなんです？」

久太郎はぶつぶつ言いながら、再び筆を構え直した。

「いや、試斬会のことではなく、勝太さんのことでちょっと……」

「おれのこと？」

「ええ。主人の弾左衛門がなぜ勝太さんや土方さんを、ひいては試衛館を身内同様に贔屓にするのか……」

嫉刃の新吉はここではじめてそれまでの冷めたい口調を捨てて、やさしい口吻《くちぶり》になった。

「それは勝太さんも土方さんも、それぞれのご先祖が弾家と或る関わりがあったからです。そんなことは嘘だ、とお思いになるかもしれませんが、じつは本当のことでしてね」

勝太と歳三はただ顔を見合せ、口をぱくぱくさせているばかりである。

とん、と軽い音がした。見ると舟はもう舟着場に舟縁《ふなべり》を接している。

五

千住回向院の裏の空地に高さ二尺三寸、長さ二尺五寸、横幅一尺五寸の土壇場を四個所に築くのに、久太郎たちはまる一日、すなわちあくる日の夕刻までかかった。

久太郎たちが土壇を築くあいだに、嫉刃の新吉の手の者が、土壇の周囲十間四方に幕を張りめぐらし、その幕の外に丸太と縄と荒筵《あらむしろ》で小屋をふたつ並べて建てた。ひとつは明日の試斬会のための来客用の板畳をはじめ、刀架や乱れ箱や火鉢や茶器などを収めた物置がわりの小屋で、もうひとつは四体の首なし死体を入れておく小屋である。すぐ隣りの小塚原のお仕置場で首を刎《は》ねられることになっていた罪人の処刑が延び、そのかわりに別の死罪人の死体が四体、伝馬町の屋敷から夜のうちにこの小屋へ届くことになっている。小塚原で斬首されるのは侍、牢屋敷で首を打ち落されるのは百姓町人という定めがあるから、これはつまり、侍が死罪になる予定が百姓町人に変更になったことを意味している。

斬首がこの小塚原でなく伝馬町で行われると知って久太郎は正直のところ吻《ほっ》とした。これでひとついやなものを見なくて済む、と思ったわけだ。だが、勝太たちはずいぶん気落ちした様子で、死体を納めておくことになるはずの小屋に敷いた荒筵の上に、嫉刃の新吉をかこむように坐り、新吉の配下のものが届けてくれた握飯を頬張りながら、しきりに不平を並べたてている。

「新吉さん、おれは名代の斬手《きりて》山田浅右衛門吉利の斬りっぷりをこの目で確かめておきたかったんですよ」

勝太が茶の入った左手の湯呑茶碗と右手の握飯をかわるがわる口に運びながら新吉に言った。

「これまで見たい見たいと思いながらその機会《おり》がなかったんだ」

「わたしは七代目浅右衛門の六胴切り落しの大業《おおわざ》を見たことがありますがね、たしかに七代目は達人ですよ」

手に持ったまるのままのひねり沢庵を新吉は刀になぞらえて頭上に振りかぶり、それを振りおろしてみせた。

「六胴切り落しというのは死体を六体重ねて積み上げ、えいと一刀のもとに上から下まで斬ってしまう試し斬りの方法のひとつですが、七代目は見事にそれをやってのけましたね」

勝太、歳三、敬助、源三郎、惣次郎、いずれも握飯を持った手を宙に停めたまま、新吉を見つめている。

「あとで七代目に直接《じか》に聞いたのですがね、どうもこつがあるらしい」

「こつ？」

と、敬助が上ずった声で訊いた。

「どういうこつすか？　教えて呉《け》ねべか」

「へえ。まず第一に刀が相当の業物《わざもの》でなくてはいけない。つぎに刀をあらかじめ温湯《おゆ》で温めておく。中には温めてかえって斬れ味の落ちる刀もあるらしいんですが、たいていは温めると五割方よく斬れるようになるそうですよ。そしておしまいに鍔《つば》です」

「鍔をまたどうにかするんですか？」

「いや、鍔自体に重いものを用いるんだそうで。とくに短か目の刀の場合は余計重い鍔を使わないと、なかなか人は斬れないっていってことです」

「鍔の重みで斬るわけか」

と、歳三が唸るように言った。

「鍔も刀の斬れ味のひとつなんだな」

「そういうことでしょうね。そのときの七代目の使った鍔は鉛拵《こしら》えで、たしか重さ五百匁とかいってましたよ」

「それにしても六胴切り落しをやってのけるなんて、七代目ってすごいんだな」

源三郎がうっとりした表情で沢庵を舐めている。

「まるで神様のようだ」

「その神様のような七代目でも失敗《しくじ》ることがあるからおもしろい」

と、新吉が沢庵を歯で千切った。

「これも七代目から聞いた話ですが、ある試斬会で来客から両車《りょうぐるま》をやってみせてほしい、と頼まれたことがあるそうです。両車とはご存知でしょうが、屍体を仰向けに寝かせ両手を腰に並べて置き、左右の手首と腰を一刀で断ち切ってしまう斬り方です。七代目はなんでも左の手首だけは切り残したらしい。七代目は両車はよほどの長刀でないと難しいと言っていました。まあ、勝太さんたちも両車を見せてほしいと客にせがまれても、やらない方がいいですよ」

しばらくの間、勝太たちの飯を嚙み、沢庵を齧り、茶を啜る音が続いた。惣次郎が荒筵の端に坐っている久太郎に握飯を盛った竹の皮を指で指し示し、（久太郎さんもひとつぐらい食べたらどうだい）と目で誘った。久太郎は手を鼻先で振って、惣次郎の誘いを断わった。

（それにしても人を斬るはなしをお菜《かず》によく飯が喰えるものだ）

と、久太郎は半ば呆れながら、試衛館の五人の健啖家ぶりを眺めていた。（ひょっとしたらこれがおれと勝太さんたちのいちばん大きな違いじゃないのかしらん。いつの場合も勝太さんたちは人を斬ることや剣術家の噂話や刀剣のことなどにたいへんな興味を持っている。でも、このおれはそうではない。人を斬るはなしなど胸がむかつくだけ、食い気なんぞどっかへ吹っ飛んでしまっている。そんなおれがいくら試衛館でしごかれ仕込まれたところで一人前の剣術家になれるだろうか……）

回向院の墓地でゴロスケホーホーと梟が鳴いた。それに愕いたのか野犬の遠吠えがひとしきり。

「……しかし、よく考えてみると、浅右衛門など大したことはないかもしれない」

しばらくたってから勝太が呟いた。

「動かないものを斬るのと、動いているものと戦うのとではははなしがまるでちがう。彼は職人であって剣術家ではない」

また野犬が吠え出した。こんどはなかなか熄《や》まない。

「どうやら明日の試斬会の大事な具がやってきたらしいが」

新吉が闇の中を透して見ながら言った。

「……しかし、勝太さん、七代目は明日の試斬会に姿を見せることになっています。来客の所望が多ければ刀を執るかもしれませんよ。そのときは勝太さん、自分の眼で七代目の腕を確かめてごらんになるがいい」

闇の中から大八車の音が微かに響いてきた。見ると提灯の灯りがひとつゆっくりと左右に揺れながらこっちへ近づいてくる。

(……あ、あの大八に死体が四つ……)

そう思ったとたん、久太郎の歯ががちがちと鳴り出した。

六

大八車を引いてきたのは四人の男である。

「や、御苦労……」

新吉が立って手招きした。

「まあ、握飯でもどうだ。山ほどあるぜ」

「そいつあ有難え」

提灯を提げていた男が小屋の中へ入ってきた。

「伝馬町の牢屋敷の谷《や》の者頭《ものがしら》の五六と申すもので」

男は蓬髪をかき上げながら勝太たちに頭をさげた。

「あとの三人は同じく牢屋敷の捨札《すてふだ》と朱槍《しゆやり》持と幟《のぼり》持でさ」

小屋の外に突っ立っていた三人が小屋の中へ会釈をした。蠟燭の灯りが外までは充分に届かぬので面体《めんてい》その他ははっきりとはしないが、やはりいずれも蓬髪のようである。谷の者頭と名乗った男は握飯の包みをひとつ摑んで小屋の外へ突き出した。

「おう、有難く頂戴しな」

三人の男は小屋の外の地面にあぐらをかき、握飯にかぶりついた。谷の者頭は小屋の荒筵の上にやれやれと声を出しながら腰をおろし、土瓶から直接《じか》に茶を飲んだ。

「谷の者とは牢屋敷の雑用を勤めている弾左衛門支配の者の総称です」

新吉が谷の者頭や小屋の外の三人を指して言った。

「捨札というのは罪人引き廻し行列の際に、罪人の姓名や罪状を記した横六尺縦一尺三寸の札を担いで行列の先頭を行く者のこと、朱槍持も幟持も行列について歩くのが仕事で。そして谷の者頭とはそういった連中の束ねの役です」

新吉はここで谷の者頭に向き直った。

「それにしても五六、ずいぶん遅かったたな。明るいうちに着くはずだったぜ」

「それがさ、今日は手ちがいがあって、すっかり手間を喰っちまったんでさ」

「手ちがい？」

「へえ」

谷の者頭の五六は両手に握飯を持って頷いた。

「今日、お仕置されたのは島抜けして江戸へ舞い戻った河内無宿の権太《ごんた》ってのとその仲間なんですが、この権太って野郎の往生際の悪いことったらありゃしねえのさ。血溜り穴の前に坐った、半紙で目隠しをされた、ここまではいいがそのあとが大事大事《おおごと》」

「暴れ出したんだな？」

「その通りで。罪人の首が刎ねられるときは、谷の者が三人、手伝い人足として罪人の背後《うしろ》にまわる。ひとりが右手、ひとりが左手をしっかりと押え、真中に入った者が罪人の両足の親指を押えるのが、兄貴も知ってのとおりの御定法ですが、この真中の人足がさあこれから七代目の刀が一閃する、というときに権太に『おめえさぞかし女に一目逢いてえことだろうな』と背後から声をかけやがったんで。とたんに権太がばたばたしはじめ」

「からかってそんなことを言ったのかい？」

「そうじゃねえんで。同情心がついロから出たってわけですよ。なにしろその権太って無宿者は女に逢いてえばっかりに仲間とかたらって島抜けした男で、人足はそれを知っていたものだから。さぞや女に逢いたかろう、女の顔を一目拝ませてやりたい、そう思っているうちにふっと口をついて出たらしい。とにかくこのひとことで権太は狂っちまったね。七代目がいかに名人でも右へ左へと狂い獅子のように首を振る権太にとてものことに刀は振りおろせねえ。手伝い人足は押え込もうとする。権太はそれをはねのけようとする。そんなことが数呼吸続いた……」

「それで浅右衛門はどうしたんですか？」

勝太が五六の前に膝を進めた。

「そのまま刀を振りかぶったまま立往生ですか？」

「とんでもねえ。七代目は手伝い人足に『離してやれ』とおっしゃったね」

「……離してやれだと？」

「へえ」

「それで？」

「むろん手伝い人足どもは権太を離しましたよ。権太は『うれしや』というので目の前の血溜り穴を跳び越えて走り出そうとした。その権太の肩を七代目がとんと刀で打った」

「すると峰打ちか？」

「そういうこと。権太は『斬《や》られた！』と思ったんでしょう、ぴたっと立ち停まって躰を固くした。つまりほんの一瞬でしたが、人形みたいに動かなくなってしまったんで。そこをすぱっ！と七代目が斬った。見事に首を横一文字でさ。権太は首と胴とのふたつに分れて、どさどさっと血溜り穴に落ちてしまった……。それから三人の手伝い人足たちのお調べがあって、それですっかり遅くなっちまったんで」

腕を組んで五六の話を聞いていた勝太が、しばらく考えてから、ぽつんと言った。

「出来る人かもしれないな」

「なにが出来るんで？」

「剣がだ」

そんなことは最初から分り切っているはなしじゃありませんか、というような表情で五六は勝太を見た。

「いずれにもせよ、明日の試斬会には浅右衛門にも刀を執るように仕向けてやろう」

勝太はそういって立ち上ると、久太郎たちに言った。

「みんなで大八車から仏さまを下ろそうぜ」

久太郎は五人の後にくっついてのろのろと小屋を出た。左手に提灯を提げたまま、勝太が左手で無造作に荷台を覆っていた荒筵を引き摺りおろした。勝太のかざす提灯の灯の輪の中に蒼白い胴体が四体、ぼんやりと浮びあがった。二体はあぐらをかいて転がっている。別の二体は真直に手足を伸していた。久太郎は思わず鼻を袖で覆った。血の匂いがしたような気がしたからである。

「よく洗ってあるんだ」

と小屋の中から五六が久太郎に声をかけてきた。

「血の匂いなんぞもうしちゃおりませんぜ」

首のないのもじつに妙な感じだったが、さすがに首がないだけに、死体は軽かった。久太郎は惣次郎と組み、息の詰まるような思いで死体を小屋に運び込んだ。死体を運ぶだけでこんなに息が詰まるような思いをしなければならぬのなら、明日の試斬会で死体が斬りきざまれるのを目のあたりにしたらどうなるのだろう、息が停まってしまうかもしれないぞ、と久太郎は思った。

他の五人は運び込んだ死体の首を指して、

「切れ口が真横になっている。これなら獄門首にしてもすわりがいいだろう。浅右衛門はたしかに腕が立つ」

などと囁き合っていた。久太郎にはその五人が自分とはまるで別の世界の人間のように思われた。

七

あくる朝の五つ《八時》、千住回向院裏の空地にしつらえられた試斬会場に、最初の客が到着した。大きな怖い目をした、三十代後半と覚しき大柄な男である。鼻は天狗鼻の如く高く尖り、頬骨が立っていた。手には細長いものを入れた錦織の袋を持っている。その細長いものはおそらくその日に試す刀だろう。男は、味も素ッ気もない声で、

「浅草新堀の島田虎之助です」

と名乗り、

「おお、これは島田先生ですか！」

と叩頭《こうとう》する勝太に軽く頭をさげて、案内も待たずにすたすたと土壇場の前に敷いた板畳の方へ歩いていってしまった。

久太郎の役目は、まず来客に茶を出すことと決められていたから、さっそく物置小屋で茶を入れはじめた。するとそのとき、久太郎の傍にいた嫉刃の新吉がこう呟いた。

「いつお目にかかってもぴりぴりと殺気を立てておられるお方だ」

「名前は聞いたことがあります」

久太郎は土瓶の湯を急須に注ぎながら言った。

「でも、あんなにぴりぴりしているところをみると、じつはたいして強くないんじゃないでしょうかね。本当の達人は春風駘蕩としているっていいますよ」

「いやあの先生はお強い。島田先生と互角に立ち合うことのできるのは、おそらく師匠の男谷精一郎先生だけですぜ」

「男谷精一郎先生というと、やはり今日の試斬人のひとりですね」

「ええ。なにしろ、島田先生の若い頃の修業の凄さったらなかったといいますからねえ。剣を磨き躰を鍛えるために一年以上も故郷の豊前中津の野山を走りまわって過したそうですからね。その一年間、芋虫、バッタ、青虫、蛇、とんぼ、蝶々に山猿、なんでも生のまま食って命を繋いでいたらしい。おかげで十八歳のときには、九州であの先生と互角に闘える剣術使はいなかったっていいますぜ。しかも、試合で相手がすこしでも不遜な態度を示すと、試合に勝ったことが明らかになった後も、相手を絶命するまで木刀で叩きのめしたそうです」

「新吉さん、あんまり脅さないでくださいよ」

久太郎は茶の入った湯呑を盆に載せながら口を尖《とん》がらかした。

「おれ、これからその島田先生のところへお茶を持って行かなくてはならないんだ。新吉さんの話を聞いているうちに胴震いがしてきたじゃありませんか」

たしかに盆の上で湯呑がかたかた鳴っていた。

「島田先生はべつに久太郎さんを斬りゃしませんよ」

新吉は、早く持っていきなさい、というように手の甲を久太郎の方に向けて振った。

「あの先生が斬りにきたのは死体でさ」

物置小屋から島田虎之助の坐る板畳までの距離は五十歩ほどである。久太郎はその五十歩を百歩以上もかけて歩いた。躰の震えがますますひどくなり、そのために湯呑の中のお茶がこぼれてしまいそうだったからである。

「ど、どうぞ」

と久太郎が板畳の上に湯呑を置くと、島田虎之助が、例の素ッ気のない声で、

「本日の試斬会を主催される試衛館のお人か？」

と訊いてきた。久太郎が頷くと、島田虎之助は眼尻のあたりをかすかに弛ませた。

「ご苦労。ところで失礼だが、きみは剣は晩学だな？」

「は、はい。もう十七歳ですが、剣術を始めたのはひと月前です」

「そうだろうと思った」

「すこし遅すぎるでしょうか」

久太郎は島田虎之助の眼尻に泛《うか》ぶ微笑にすがってみる気になってこう訊いた。虎之助は湯呑を両手でかこうようにして持ち、ひと口すすってから、

「なにごとにも遅すぎるということはない」

と言った。

「とくにきみは足腰が強そうだから、あとは努力次第だ」

新吉の言っていたとおりこの島田という人は凄い剣術使だ、と久太郎は思った。なにしろ自分が剣術を習いはじめてまだ間もないこと、そしてこんにゃく踏みのおかげで足腰は人一倍強いことを一目で見抜いたではないか。それにしても一口に努力というが、いったいどういう努力をどのようにすればいいのか。久太郎はそれを訊いてみようと思った。そこで久太郎は盆を傍に置いて、地面に坐り直した。

「あのう……」

訊きかけたとき、虎之助は板畳の上に湯呑を置き、急に居住いを正した。久太郎は虎之助の態度にまず愕き、それから胸が熱くなるような感動をおぼえた。

（おれが坐り直したら島田先生も坐り直したぞ。試衛館という三流道場の門弟のはしくれであるおれのようなものの礼に対しても、この先生はきちんと礼を以って応えてくださっている。外見に似

ずなんて暖い心の持主だろう。なんて出来た人なのだろう）

久太郎はそう思ったのである。

だが、じつは虎之助が居住いを正したのは久太郎の質疑を受けるためではなかったようだ。

「これは男谷先生、ご無沙汰を重ねております」

虎之助は板畳に額を擦りつけた。

「本日は男谷先生と共に試斬のできます機会に恵まれ、島田虎之助、大いに光栄に存じます」

久太郎はうしろを振返ってみた。うしろに初老の男が立っていた。小肥《こぶと》りで、躰の輪郭が羽二重《はぶたえ》餅のように柔い。虎之助の「男谷先生」という声を聞かなければ、とても東都第一の剣客とは思えぬほどの好々爺《こうこうや》である。ただ、足の横幅が異様に広いのと、両手に細い赤銅の針金で編んだ鎖の手袋をはめているのが、わずかに好々爺という印象にそむいていた。

男谷精一郎には連れがあった、小柄で眉毛が濃く、唇の厚い三十そこそこといった感じの男で、手に刀袋を摑んでいた。

「島田君、わしのほうこそ今日を楽しみにしておったところさ」

と言いながら男谷精一郎は板畳にあがった。

「鱗太郎も、昨夜《ゆうべ》はあまりよく眠れなかったそうだ。むろん、きみの刀さばきが見れると思って昂ぶって、だよ」

男谷精一郎は連れの男を顎でしゃくって示しながら言った。いやあと虎之助は頭を掻き、男谷の連れに向って、

「それはそうと勝くん、私塾のほうはどうかね。うまくいっているか」

と訊いた。

「どうやらこうやらぼちぼちってところですよ、島田先生」

連れの男はべらんめえな口調で答えながら、板畳の上に坐った。

物置小屋に引き返した久太郎はまた新しくお茶を入れながら、新吉に、

「男谷先生はこれから戦さがはじまるわけでもないのに、どうして鎖の手袋なんかはめているんですか」

と尋ねた。

「邪魔っけだと思うけどなあ」

「あれは男谷先生の主義ですよ」

「主義?」

「そう。男谷先生は亀沢町の道場で一日に一遍はかならず、門弟衆に『どこもかしこも戦場だと思え』とおっしゃっているそうですよ。つまりどこにいてもそこが戦場だと思えば気がひきしまるってわけでしょうね。先生はあの鎖の手袋で自らその範を垂れていなさるんですよ」

「ふうん。で、新吉さん、男谷先生にくっついてきた侍はどこのだれですか? 勝とか麟太郎とか言ってたようだけど……」

「勝……麟太郎?」

新吉は右手で顎を支えながら首をひねった。

「知らねえなあ。勝麟太郎なんて名前、聞いたことありませんや」

八

それから小半刻《こはんとき》ほどのあいだ、久太郎はお茶の給仕で天手古舞いを演じた。あとからあとから百名近い客が到着したからである。

老中の久世広周《ひろちか》、南町奉行の池田頼方、勘定奉行で海防掛の川路聖謨《としあきら》、伊豆韮山代官職の江川英龍《ひでたつ》、その手付で前の年に亜米利加から帰ってきた中浜万次郎、旗本の小栗忠順《ただまさ》に大久保一翁……、新しい客が到着するたびに新吉がいちいちその名前を耳打ちしてくれたが、久太郎が憶えていたのはこんなところだった。

五つ半《九時》、客の来るのが途絶えた。

「さあ、いよいよだ。試斬会をはじめるぜ」

物置小屋の横に久太郎たちを集めて、勝太が言った。勝太の声は緊張しているためだろう、ぶるぶると震えている。

「おれたちの試衛館が三流から二流に、ひょっとしたら一流にのしあがれるかもしれないときがとうとうやってきたんだ。みんな、落着いて事を運んでくれよ」

久太郎は乾いた口のなかに咽喉《のど》から唾液を吸いあげて湿りをくれてやりながら頷いた。

「くどいようだが、慌てるなよ。おれの挨拶が済んだら死体を一体ずつ土壇場に運び込むのだ。そしてその一体に対する試刀が済んだところで、次の一体をまた運び込む。……では、行くぜ」

「勝太さん……」

新吉が手を大きくひろげて、土壇場のほうへ飛び出そうとした勝太を制した。

「もうすこし待たねえと、試衛館の評判は三流から四流に落っこってしまいますよ」

「な、なぜだい？」

「大事な試斬人がまだ一人未参です」

「……あ、そうか！」

勝太は腕を組み、唇を噛んだ。

「出羽庄内藩の郷士の斎藤元司というのがまだだった」

「一番落ち着かなくちゃいけないのは勝太さんのようだ」

と、土方歳三が笑った。

「試斬人の揃わないうちにはじめちゃもの笑いだ」

「けども、その斎藤元司って何者だっちゃ？」

と山南敬助が新吉に訊いた。新吉は曖曖然かつ昧昧然とした表情になった。

「それが地獄耳のこのあたしにもわかりませんのさ。なんでも南町奉行の池田頼方様の口ききで今日の試斬人のひとりに選ばれたそうですがね、あとはさっぱり……」

「しっ……」

井上源三郎が唇に指をあてて新吉を制した。

「こっちへだれかくるよ。噂をすれば影っていうから、あいつがその斎藤元司かもしれない……。

それに試刀をぶらさげているし……」

久太郎は源三郎の視線を巡って行った。源三郎の視線は松林の松の間をゆっくりした歩調でこっちへやってくる大柄な男を捉えていたが、久太郎はその男の風体《ふうてい》に思わず目を瞠《みは》った。鮮やかな水色模様の着物に紫の羽織、朱鞘の大小を摑み差しにしている。赤い印籠を真前《まんまえ》にぶらさげているのも気障《きざ》な感じだ。粋なつもりで、

〽弥生なかばの花の雲、鐘は上野か浅草の、利生《りしょう》はふかき宮戸川ちかいの網のいにしえや、三社祭の氏子中……


と清元を唸っているが、これが訛声だからなんだか滑稽である。剝き出しのままぶらさげているのは白木の鞘の長刀だ。

「……へんなやつ」

と沖田惣次郎が呟いたが、久太郎は惣次郎に同感だった。大の男が水色の着物に紫の羽織はどう考えてもへんである。

「斎藤元司どのですか？」

勝太が待ち切れなくなったのだろう、まだ五、六間も間があるのに、大声で誰何《すいか》した。

「出羽庄内藩郷士の斎藤どのですか？」

「違《つ》がう、違《つ》がう」

男は手を横に振った。

「この間《あえだ》までは斎藤元司《さえどうもとづ》だったけんど、現在《えま》は清河八郎《はぢろ》正明《まさあぎ》す」

「清河八郎？」

「んだす。改名したもんでね。神田三河町に清河塾言《つ》うのを……」

「やっておられるんですか？」

「うんにゃ、その内《うぢ》にやるつもりで目下準備中だは」

目の前に立ったところを見ると、訛はひどいが、顔立ちは立派である。広い額、鼻筋の通った高い鼻、黒々とした「へ」の字眉の下に大きな眼が輝いていた。

「生地の清河村に因《つ》なんで清河なんだもんね。十七で江戸さ出はって来、安積艮斎《ごんさい》先生に儒学を、剣ば千葉周作先生に学んだっす。昌平黌《しょうへいこう》さ学んだこともあったけんども『古来聖堂より大豪傑の出たることなし』と見切りばつけて辞めたんだもんね。神田三河町さ出す筈の清河塾では、経学《けいがく》、文章、書道、そして剣道ば教えるつもりす」

べらべらと喋りながら、清河八郎と名乗ったへんな男は物置小屋の前の久太郎たちをふたつに割って通り抜け、試斬場の中に足を踏み入れた。

「ほっほ、一杯人《えっぺえ》が居《え》るごどなあ、まず」

へんな男は大声でそう言い、べつに臆する様子もなく、ゆっくりと板畳の方へ歩いて行った。久太郎たちはしばらくの間、あっけにとられて彼の紫色の背中をただ眺めていた。

九

清河八郎と名乗った気障な試刀人が、土壇場の前の来客のための設席に着座すると、それをまっていたように勝太が久太郎たちに低い声で言った。

「……じゃあ始めるぜ」

ぶっきら棒な口調だが、語尾がかすかに震えていた。これからの小半刻の間に四個の死体が試刀人によって様ざまに切り刻まれるわけだが、この試斬会の運営次第で試衛館の評判が高くも低くもなる、だからしっかりと頼むぜと勝太の震えた語尾は久太郎たちに念押しをしているようだった。

「おれたち裏方については爪の垢ほどの心配もいらないよ、勝太さん」

土方歳三が勝太の肩を優しく叩いた。

「それよりも勝太さん、あんたこそ落ち着いて試刀の刃《は》味刀味《あじとうみ》を試してくださいよ。なに、相手は死体だ、逃げも動きもしないんだ。いつもの調子、ほら、巻藁を斬るときの案配で気楽にやってください」

久太郎たちも勝太の眼を睨むように見据えて、歳三の言葉が終ると同時に、それぞれひとつずつ大きく頷いた。おれたちの思いも歳三さんと同じで、という思い入れである。

「わかってる」

勝太はそう言って深呼吸をひとつし、ゆっくり土壇の方へ向きを変え、

「……中でも小指、薬指を斬柄《きりえ》に強くかけ、肘の張る心持やわらかに、息は胸のうちに在るようにし、腰のうちに息すこしもなく、太刀先、春風に蝶の乗るが如くにやわらかく支え、爪先を強く踏む。打ち込むとき、肘少しくまげて引く心持にて、太刀先強く切りさげる……」

と低い声で念仏のように唱えながら小倉袴の腰紐の間に差した白木の鞘の一刀をしっかりと左手で押えて向うへ歩いて行った。白木の鞘に納まっているのは弾左衛門から試刀を依頼された下谷御徒町の刀工、荘司直胤《しょうじなおたね》の新刀だ。

「勝太さんはなにをぶつぶつ言ってるんだろ？」

隣に立って勝太の稽古襦袢の広い背中を祈るような眼差で見送っている沖田惣次郎に、久太郎は訊いた。

「あれはなんのおまじないだい？」

「おまじないなものか」

惣次郎は眼を勝太の背中に据えたままで答えた。怒鳴っているのかと思うほど勁《つよ》い語勢である。

「あれは天然理心流の据物斬りの極意だぜ」

久太郎はすこし驚いた。極意などという大切な事を、自分たち門弟の前であのようにはっきりと呟いたりしていいものだろうか。何年も修業してやっとのことで伝授されるべきはずの大事がただ聞きされてしまうではないか。勝太はあがっているのかもしれないな、と久太郎は思った。

「……本日は皆々様には御用繁多のところ、試衛館主催の試斬会においでくだされまして、まことに忝《かたじ》けないことでございます」

設席の来客たちに向って勝太が音吐朗朗《おんとろうろう》と挨拶を始めた。

「本日は亀沢町の男谷精一郎先生、浅草新堀の島田虎之助先生、そして、出羽庄内藩郷士の斎藤元司改め清河八郎殿を試刀人にお迎えしておりますが、東都第一の男谷先生、そして男谷先生についで東都第二と評判の高い島田先生をお迎えできたことは身に余る光栄でございます」

度胸がすわったのか、勝太の声にもう震えはなかった。

「さて、本日の試斬会、試刀の先鋒はこの宮川改め島崎勝太が勤めさせていただきます」

来客席がざわめきたった。試刀人の試斬がすんでから、催主が一人一個ずつ胴がらを試斬するのがたいていの試斬会の順序で、先鋒をいきなり催主が勤めるのは異例である。

「これはむろん奇を衒《てら》ったり功名心に焦ったりしたためではなく、ご来会の皆々様に対する当然の礼儀であると信じたためです」

勝太の「ございます」調がいつの間にか「です」調に変っていた。そこにも勝太の自信のようなものが見えている、と久太郎は思った。

「試衛館がどの程度の技倆《わざ》を持つ道場か、ご存知のない方々がほとんどのはずです。そこでまずわたしが先鋒を受けたまわって、それを皆々様に判断していただくべきである、と考えたわけです。わたしの試斬をごらんになって、なんだこの程度か、この程度の連中が試斬会を主催するなどもってのほかだ、と座をお立ちになるのもご自由ですし、これならまあましな部類だ、最後《おしまい》までつきあってやろうと、座にお留まりくださるのもご自由です」

勝太の言い方には謙虚さが溢れていたが、その裏には、おれの技倆がよかったら試衛館をすくなくとも二流、できれば準一流ぐらいには評価してほしい、そうでなくては困る、という気迫がひそんでいるようだった。

「……また、試斬後に、主催者の胴から試し斬りの代りに将軍家御佩刀《はいとう》御用役の七世山田浅右衛門吉利殿が四ツ胴切り落しの大業を試されることになっております。そのせいもあっての主催者の先鋒です」

勝太は来客席に会釈をし、土壇の横にしつらえた板畳に坐った。そして、腰の一刀を抜き、刀身と柄を離し、刀身に切柄《きりづか》を嵌め込んだ。切柄とは試斬に使用する特別製の堅木の刀柄で、通常の柄より倍ほども長い。折角の柄が血糊で汚れるのを防ぐのと、刀を持ちやすくかつ斬りやすくするためにこれを用いるのである。

しばらく、刀身を挿んだ切柄に鉄の環をたがにして嵌め込む木槌の音がしていたが、やがて、勝太がすっくと立ち上った。

「さあ、今ですぜ。死体を運び込むのは……」

嫉刃の新吉が歳三の肩を叩いて合図した。歳三はうむと頷き、山南敬助と二人がかりで物置小屋から死体を土壇へ運び出した。歳三と敬助が死体を土壇の上に胡座をかかせている間に、勝太は検視席の腰物奉行と本阿弥に試刀を差し出す。

「下谷御徒町の刀工、荘司直胤の新刀です」

腰物奉行と本阿弥は碌に刀も見もせずに、たしかに、というように首を縦に振った。勝太は正面へ戻って、番手桶の中の切水を長柄鶴首の柄杓で何回も丁寧に刀身に注ぎかけた。

土壇でぽきぽきという音がした。歳三と敬助がどうでも胡座をかかせようというので、無理に扱ったために、死体のどこかの関節が折れたのだろう。

その音で久太郎の眼の前がすうっと暗くなった。立っていられず思わず蹲《しゃが》み込む。どうやら貧血を起したらしかった。

「しっかりしておくれよ」

惣次郎が久太郎の稽古襦袢の襟首を摑んでぐいと持ちあげた。

「久太郎さんひとりのために、試衛館の評判が落ちるんだぜ」

久太郎は惣次郎に縋りつきながら、ようやっとの思いで立ち上った。

十

そのうちに勝太が野太い声でこう言うのが、久太郎の耳に飛び込んできた。

「試衛館島崎勝太、上堅割《うえかたわり》！」

来客席がどよめいた。

「上堅割ってなんだい？」

久太郎が惣次郎に訊いた。惣次郎も判らないらしく首を傾げながら、新吉を見た。新吉は心得顔で久太郎と惣次郎にこう説明した。

「上堅割ってのは、いってみれば真ッ向唐竹割のことですよ。首の真中から水月《みぞおち》あたりまで真っ直に斬り下げます」

「難しい斬り方だ」

と、傍で聞いていた井上源三郎が呟いた。

「なにしろ、背骨を真っぷたつにしなきゃならないんだからな」

「源三郎さんの言うとおりですよ」

新吉が心配そうに言った。

「たしかに骨を斬るのは骨ですからね。だから試刀人は上堅割なんて余りやりませんぜ」

ざわめきが鎮まった。

勝太が右手に刀をひっさげて、すべるような足どりで土壇に近づき、数呼吸の間、凝《じっ》と死体の首のあたりを見つめていた。死体の首は内部《なか》から肉が盛り上っていて、まるで一輪の花のように見える。骨が花芯だ。

勝太はゆっくりと刀を持ちあげ、その骨のところへ刀の棟《むね》を当てた。それから急に右膝を折って左手の掌で地面を撫でまわす。滑りどめの砂を掌に付けているのらしい。

充分に地面を撫で廻してから、勝太はまた立って検視席に向って頭をさげ、両足を揃えて立つと大きく荘司直胤をふりかぶった。しばらくはそのまま。とやがて心気満ちたか、

「とわーっ！」

という矢声《やごえ》もろとも、勝太が刀を死体の首に振りおろした。濡れ雑巾を板の間に叩きつけたようなどすんという音がした。

回向院の松林の鳥どもが、ばたばたと枝から空へと飛び立った。勝太の鋭く高い矢声に愕いたのだろう。

久太郎は目を細くして死体の方をみやった。勝太の刀は死体の水月のあたりまで喰い込んでいる。勝太は、やっと低く声をあげて死体から刀を引き抜いて、懐中の払拭奉書で刃を拭い、鞘に納めた。

来客席の前方四、五人が、うむうむと頷くように首を振った。そのうむうむが次第に後方へ伝播して行く。

「……やったぞ、勝太さんは！」

惣次郎は拳に握った右手を何回も何回も左の掌に打ち込んだ。

「たしかに見事なものだった」

新吉も勝太を見ながら頷いている。

「……清河八郎殿」

勝太が弾んだ声で次の試刀人の名を呼びあげた。来客席の最前列から、例の気障な若者が立ちあがった。あの馬鹿派手な紫の羽織はもう脱いでいる。

「鮮やかなお手並だったねっす」

清河八郎は強い訛で勝太に褒め言葉を呈した。

「あんだの後《あど》さ出はるのはなんだか損のようだなあ」

清河八郎は来客席に向ってにやりと笑いかけると、土壇の横の板畳へ坐った。

「……わだすの試す刀《かだな》は、四ッ谷正宗と異名ば取る源清麿の新刀だっす」

清河八郎は試刀の刀身に切柄を嵌めながら、満座に向って試刀の講釈をはじめた。

「勿論《もぢろん》、四ッ谷正宗源清麿のことはどなたもご存知だど思うども、いらざる老婆心ながら彼について少しばっか申し上げましょう。清麿は信濃国佐久郡《ごおり》赤岩村の産で、二十三歳になるまで信州上田で刀鍛冶ばして居《え》だのですが、やがて、軍学者たらんと志ば立でで、江戸第一の軍学者として、名の高《たが》がった窪田清音《すがね》の門に入りました。ところが師の窪田清音に、おめえは学者としてよりもやはり刀工として世に立った方が良かんべと、進言され、再び刀工に戻り、江戸でこつこつ刀ば拵えることになった。そのころの清麿にひとつ逸話がある。清麿の打つ刀があんまり良《え》えので、希望者が百人集まって刀講ば作った。百人みんなで金ば出し合って清麿の生活をみてやる。そのかわり清麿は百本の刀を五年がかりで打つ、こう言《ゆ》う取り決めばした。んだどもこの清麿は名工だが仕事が遅い。何年もかかって刀ば一振打っただけ。刀講の連中にやいのやいのと催促されで居《え》るうぢにとうとうたまんなぐなって、長州さ逃げだした……。ま、清麿はそういう人です。この新刀も三年がかりの逸品す」

ようやく切柄が刀身に嵌ったようである。新吉に背中を叩かれて、久太郎は源三郎と二人で物置小屋の中の死体を一体、土壇へ運び出した。死体を持って衆人環視の中を行くというのは大仕事だ。極度の緊張で久太郎はなにがなんだかわからなくなり、清河八郎の声もどこかずっと遠くの方から聞えてくるような気がした。

久太郎と源三郎がどうにか死体を土壇の上に安座させたとき、清河八郎の、

「わだすは右の肩から左の乳首さ、大袈裟斬《おおけさぎり》ばやってみるっす」

という声がした。

見ると、清河八郎は刀身への切水も注ぎ終って土壇の前へ、進み出てくるところだった。久太郎たちが夢中で死体を扱っているうちに、彼は切柄に鉄の環を嵌め、検視席に刀を示すなどの必要な手順は終えてしまっていたらしい。

久太郎と源三郎は土壇から一間ほど後方に退《しりぞ》き、地面に片膝をついて清河八郎の挙措を眺めていた。満座の注意が試刀人に集中していることはもうわかっている。だから、二人ともやや冷静さを取り戻していた。

「さっ！　ささ！」

突然、土壇の前で清河八郎が組太刀をはじめた。つまり、流儀は何かは判らないが、打ち込みの型をあれこれと演じはじめたのだ。

(さっきの長講釈といい、いまの組太刀といい、それに着ているものといい、そして腰にぶらさげた赤い大きな印籠といい、なんて大袈裟なやつだろう)

と思いながら久太郎は清河八郎を見ていた。

(死体を大袈裟に斬る、と言っていたようだけど、たしかに大袈裟なこの男に大袈裟斬は、誂《あつら》えた股引みたいにぴったりだ)

と、やがて清河八郎の動きがぴたりと止んだ。そして、しばらく死体を睨《ね》め据え、そのうちにそろそろと、四ツ谷正宗を振りかぶった。組太刀のときもそうだったが、彼の動きは派手で、その上、すべて極《きま》っている。とても恰好がよかった。

(口も達者だが、そのかわりきっと腕も達者なのだろうな)

久太郎がそう思ったとき、清河八郎の口から、ひゃあ、とも、いゃあ、ともつかない矢声が吶喊《とっかん》して出、四ッ谷正宗がきらりと閃いて一条の光になった。

ばしゃ!

青蛙を石にぶっつけたような音がした。久太郎の眼に四ッ谷正宗が鍋のつるのように大きく曲っているのが見えた。清河八郎は曲った刀をからりと地面に投げ出して、声高に言った。

「なんだべな、この刀は。ふん、四ッ谷正宗などと言《ゆ》うが、なにたいした刀鍛冶ではなさそうだべや」

清河八郎は来客席の紫の羽織を掴むと、なにがおかしいのか、けらけらと笑い声をあげながら、砂を蹴上げるような歩き方をして、会場から出て行った。

しんと鎮まりかえっていた来客席のあちこちに笑い声が起った。どうやら清河八郎は道化役を演じ、勝太を引き立ててくれたようである。

十一

島田虎之助と、彼の師の男谷精一郎との試斬ぶりはまったく対照的だった。

まず、二人の用いた試刀が火と水ほどもちがっていた。いずれも文政年間以後の新々刀《しんしんとう》だが、島田虎之助のは羽前《うぜん》赤湯生れの刀工川部貞秀の作で、反り浅く鋒先《きつさき》の短い、大袈裟にいえば出刃包丁のような豪刀である。これにひきかえ男谷精一郎のは奥州白河生れの刀工固山《こやま》備前介宗次の鍛えた反りの高い小乱れの著しい優美な刀だ。

挙措にも大きな差異があった。島田虎之助の動きが直線的であるとすれば、男谷精一郎には踊子のそれのような優しさがあった。とくにちがっていたのは眼光である。虎之助は炯々《けいけい》、しかるに精一郎は半眼で眠っているようだった。たとえれば仁王様の眼と観音様の眼ほどの開きがあった。

当然、それぞれの選んだ試斬法も正反対である。島田虎之助は死体を土壇の上に横たえて下堅《しもたて》割《わり》、すなわち、死体の首許に立って股間めがけて刀を振りおろし、臍のあたりまで切り込むという大業《おおわざ》だったが、男谷精一郎のは死体の右肩から右乳へ斜めに切りおろす小袈裟という小業。むろん大業をやってのけたから技倆《うで》がいいとか、小業だからたいしたことはないとかいうことはない。大切なことは宣言どおりに刀を振えるかどうかであるが、この点は二人とも見事なものだった。なにからなにまで対照的だった師弟はここだけは一致していた。

久太郎は井上源三郎と組み、男谷精一郎の試斬の介添役を勤めた。介添役といっても、首なし死体を土壇の上に安座させ、後はただ土壇の後方から試斬を見ているだけだが、久太郎は男谷の係でよかったと思った。男谷が試刀を振りかぶってもその姿はまるで春風駘蕩を絵に描いたようなもの、ちっとも怖いとも恐しいとも感じなかったからである。これが、いかにもこれから人を斬りますという感じの島田虎之助の介添役に当てられていたらどうなったかわからない。こういうことに馴れない久太郎のことだ、軽い貧血ぐらいは起していたにちがいない。

男谷精一郎の試斬が終ったところで休憩になった。来客席のあちこちから春の曇空へ煙が立ち昇りはじめる。吻《ほっ》とした来客たちが煙管《きせる》を銜《くわ》えたのである。

久太郎と源三郎は土壇の上の死体に菰をかぶせ、煙草の匂いのなかを物置小屋まで戻ってきた。小屋では、嫉刃の新吉が、

「ここまでは上々の首尾ですぜ」

と勝太の肩を叩いていた。山南敬助と沖田惣次郎が、同感だ、という風に頷いている。

「これで試衛館の評判はぐっと上ります」

「嬉しがるにはまだ早すぎる」

言いながら勝太は茶を啜っている。

「この後、七世浅右衛門の試斬と、来客たちの乱斬りがあるんだ。最後の最後まで、おれたち試衛館の一統が会を見事にとり仕切らないうちは、上々吉とはいえないよ」

乱斬りとは、来客のうちの希望者に死体を自由に切り刻ませることだ。

「それにしても、男谷先生と島田先生は師弟だ言《つ》うのになにもかもがあげにちがうとはねえ。おれはびっくりしたなあ」

山南敬助が来客席の方を顎でしゃくった。その通りだと思いながら、久太郎は男谷精一郎と島田虎之助の坐っているあたりへ目をやった。男谷が煙管を銜えてなにか言うのを、斜め後方に正座した島田がいちいち大きくしっかりと頷き返しているのが見えた。

「島田先生が男谷道場へ他流試合に乗り込んだのが、あのお二人の師弟の交わりのそもそもの始ま

りだと言いますから、世の中はおもしろいものです」

嫉刃の新吉は久太郎たちの掌の上の湯呑に茶を注いだ。

「そのとき、男谷先生は島田先生と二、三合《ごう》竹刀を交しただけで『いやぁなかなか結構、お上手お上手』と言って、試合をやめてしまったそうですな」

「なぜですか？」

と剣術家の噂ばなしが大好きな沖田惣次郎が新吉に訊いた。

「男谷先生の癖なんですよ。腕のまだ未熟な者と立会うときはいつもそうなさるらしい。つまり、無理して怪我人を出すこともあるまいっていうやさしい心づかいです。だが島田先生の方はむろんそうとは知らないから、『なんだ、東都随一の剣客というがたいしたことはない』と思い、次に下谷長者町の藤川流の井上伝兵衛道場へ乗り込んだ」

「それで島田先生と井上伝兵衛の勝負は……」

「まるで大人と赤ん坊でさ」

「どっちが大人でどっちが赤ん坊？」

「井上伝兵衛が大人で島田先生が赤ん坊です。そこで島田先生はその場に手をついて『ぜひとも門弟のうちにお加えを』と頼んだところが、そのとき井上伝兵衛の言った台詞《せりふ》がいいんですねえ。『わたしぐらいの技倆の剣術使は江戸には掃いて捨てるほどいる。あなたはまだ未熟だが太刀筋はいいからわたしより技倆のある師につけばひとかどのものになれるだろう。そうだ、いっそのこと東都一の男谷先生を師と仰がれたらいかがであろうか』とこうです。島田先生、馬鹿ではないから

（なるほど！　男谷先生はあのとき本気じゃなかったのだな）と思い当った。念のために井上伝兵衛の紹介状を貰い、すこしたってから、もう一度、男谷道場を訪ね、男谷先生に手足の一本や二本なくなっても、本気で立ち合ってくださるなら本望ですと申し出た……」

「それで……？」

「そう頼みこまれては仕方がない。男谷先生は本気で竹刀を構えた。さあもう、寸毫《すんごう》の隙もない。島田先生には男谷先生が一個の自然石のようにも見え、百人の武士のようにも見えたし、攻めるもならず退くもならず、ただたらたらと油汗を流すばかりだったそうですよ。それ以来島田先生は男谷先生を終生の師として心からお仕えになっているってわけで、男谷先生のやさしさ、島田先生の率直さがよく出ているはなしじゃありませんか」

「お二人ともたいへんな読書家だそうですね。なんでも男谷先生などは『読書撃剣』が処世訓で、読書を剣より上位に置いていらっしゃると聞きましたが……」

　と土方歳三が訊いた。

「そうらしいですが、その話はまたいつか今度ということにしましょうよ」

　嫉刃の新吉は来客席を指さして言った。

「勝太さん、そろそろ七世浅右衛門の試斬をはじめたほうがいいですぜ。お客様方は、ちょいと煙草の喫《の》み疲れのようです」

　たしかに、あちこちからぽんぽん、ぽんぽんと煙管で吐月峰《はいふき》を叩く音があがっていた。聞きようによっては、その音は次のだしものを催促しているようにもとれる。

「七世浅右衛門は四つ胴を斬る。歳さんと敬助は四つに重ねた死体の肩の方を押えていてくれ。源三郎と久太郎は足を受け持つ。いいな」

そう言って勝太は土壇の方へ歩き出した。歳三、敬助、源三郎がそのすぐ後に続く。久太郎は、

(大事なのはこれから、目の前で人の皮が切れ、肉が千切れ飛ぶこれからだ。しっかり足を押えているんだぞ)

と自分に言い聞かせながら、雲を踏むような足どりで、勝太たちの殿《しんがり》をうけたまわった。

十二

久太郎たちが、右端の土壇にすでに四人の試人によって切り刻まれた四個の死体を積み終えたとき、勝太の重い武州訛が会場に響き渡った。

「将軍家御佩刀御用役、七世浅右衛門吉利殿」

土壇場で切柄に試刀を嵌め込んでいた七世浅右衛門が、とんと板畳を蹴って立ち上った。四十過ぎの体の小さな男である。

(これがあの浅右衛門か……)

久太郎は積み重ねた四個の死体の右足ばかりを四本、両手でしっかりと押えながら、浅右衛門の動きを眼の端に入れていた。久太郎も浅右衛門の名は知っていた。名前ばかりではなく、彼にまつわる秘密めかした噂ばなしもいくつか耳にしたことがある。なんでも浅右衛門は若い頃、罪人の首

斬りを失敗《しくじ》ることが多かったそうだ。それでは大事なお上の御用がつとまらぬと、浅右衛門は三年間、毎夜のように妻を空閨《くうけい》に残して墓原へ出かけ一番鶏が暁を告げるまで墓石と睨めっこをし、朱子の格物致知、陽明の知行合一、そして禅の直指《じきし》人心見性成仏《にんしんけんしょうじょうぶつ》の境地を体得しようと沈思静観に精進したという。話半分にしてもたいしたものではないか。

（……だが、どうして、人を斬ることのために、そのような努力をしなくてはいけないのだろうか？）

ここのところが久太郎にはどうもよくわからない。たとえ、百も二百も譲って人を斬ることに正義があるとしても、人斬り道具を腰に差すのは自分には似合わないのではないかと思う。

（おれはやはり家業のこんにゃく踏みが性に合っているのではないかしらん）

久太郎の考えがいつもと同じ結論に辿りついたとき、ごく近くで、

「試刀は土佐在住の刀工左　行秀《ひだりゆきひで》の新々刀。四つ胴割！」

という声がした。

はっとして声のした方を見ると、山田浅右衛門が久太郎の斜め前にはだかるように立っていた。

すでに試刀を振りかぶっている。

乾坤、孤筇《こきょう》を卓《た》つるに地なし

且喜《しゃき》すらくは人空《にんくう》

法もまた空なることを……

浅右衛門の口がかすかに動いていた。どこかで聞いた文句だな、と久太郎は思った。寺子屋の先生が「生死透脱の要諦はこの一句に尽きるのだぞ。いまは意味がわからなくても成人すれば自然《ひとりで》に理解が行くはずだ、憶えておいて損はない」とよくいっていたが、浅右衛門がいま唱えているのは、それではないか。

……珍重す大元三尺の剣
電光影裏《えいり》に春風を斬る。

たしか、寺子屋の先生は「人は四大五蘊《おん》の元素の集まったもの、元素の外に人身はない、つまり人空《にんくう》だ。しかも元素だって実体のない法空《ほっくう》。その空《くう》なるものを剣でずんばらりんと斬《や》られたところで、それがいったいなんだというのだ」と、その解を教えてくれたはずである。いったいあの先生はいまどうしていなさるだろうか。

そのとき、稲妻が死体の蒼白い胴に落ち、その蒼白い胴にぱっと赤く深い裂け目が走った。だっ！　という骨を断ち切る音を聞きながら、久太郎は目の前が急速に昏《くら》くなるのを見ていた。

目を開くと、久太郎の真上に惣次郎の顔があった。

「ばか！」

惣次郎が言った。

「介添役が失神するなんてばかなはなしがあるもんか。試衛館の評判、久太郎さんのおかげで台なしだぜ。おれがせめて十三か四だったらなあ。そしたら久太郎さんのかわりにおれが介添えをやれたんだ」

「……やっぱり、おれ失神してたのか？」

と久太郎が訊いた。

「浅右衛門が刀を振りおろしたとき、あのときおれは気を失ったのかい？」

「それはいま言ったはずだよ。久太郎さんは土壇の下に伸びちまったんだ」

「それで？」

「浅右衛門は見事に四つ胴を斬った。だからその技倆に感心する人と久太郎さんの失神に笑う人と半分半分さ。ずいぶん妙な雰囲気だったな」

自分を覗きおろしている惣次郎の顔のうしろに灰色の空が見えている。

「……おれ昨夜から死体を見るたびに失神しそうだったんだ。だから、そうならないように、と始終、自分に言い聞かせていたつもりなんだけど……。やはりだめだったんだな」

灰色の空に鳥が舞っていた。

「ここはどこだ？」

「きまってるじゃないか。土壇場の前の来客席の板畳の上だよ」

「じゃあ、お客は？」

「帰っちまった」

「乱斬りは?」

「だからとうの昔に終ってしまったよ」

「そうか」

久太郎はゆっくりと右手を持ちあげて、惣次郎の鼻先にかざした。

「起してくれないか」

「だれがそこまで面倒を見てやるもんか」

久太郎の手を惣次郎がぴしりと打った。

「自分で起きるがいいんだ」

惣次郎の顔が視野から消えた。どうやらおれは試衛館という名に相当に厚く泥を塗ったらしい、と思いながら久太郎は上半身を起した。

土壇場が目の前にあった。四つの土壇の上には大小の肉塊が載っていた。おそらく来客たちが寄ってたかってそれぞれの佩刀の刃味刀味を試したのだろう。

(……剣術なんかやめだ。おれはやはりこんにゃく屋だ)

呟きながら久太郎はばたりとまた板畳の上に横になった。その音に愕いたのか、土壇にたっていた、烏どもが、ばさばさと空に舞い上った。

武具と馬具

一

梅雨が明けて、試衛館の裏庭の胡瓜《きゅうり》がたべごろになった。この胡瓜は試衛館に入門してすぐに久太郎が蒔いたものだが、ここ四日ばかり、食事どきになると、胡瓜を一本もいで薄く輪切にして塩で揉み、それを菜にひとりで飯を喰う生活が彼には続いていた。いま試衛館には久太郎しかいないのである。

勝太をはじめ、土方歳三、山南敬助、井上源三郎、沖田惣次郎などの住込み組は、試斬会主催のために千住回向院《えこういん》に行っていることが多くなった。一回目の試斬会を大過なくやりおおせたので、弾左衛門はすっかり試衛館びいきになってしまい、以後の試斬会を勝太たちに委せっ切りにしてしまったのである。三月に二回、四月も二回、そして五月はたしかこれで三回目の試斬会のはずだ。

試斬会の主催、という仕事のおかげで試衛館のやりくりはぐっと楽になったようである。そのなによりの証拠に、勝太や歳三の佩刀がずいぶん上等になった。勝太はこのごろ、備前長船直光《おさふねただみつ》を差している。小刀は陀羅尼《だらに》勝国だ。この勝国が一尺八寸の長脇差、室内で敵に襲われたとき、大刀では長すぎて不便、普通の脇差では短すぎて不利、そこで長脇差を、ということになったらしい。いってみれば大は室外用、長脇差は室内用である。

勝太がこの話をしたときに、久太郎はついうっかり、

「それじゃ勝太さん、室外と室内の分れ目境い目で剣を交えるときはどうなるんです。どっちにしようかなあ、と迷っているうちに殺《や》られてしまうようなことはありませんか」

と訊いて、勝太に強く睨《きつ》まれたものだ。久太郎は冗談半分で訊いたのだが、勝太はそうとらなかったらしい。

歳三はそれまでの大刀を初代の用恵国包《ようけいくにかね》に替えた。なんでもこれは刀のなかの大名物だという。小刀は長一尺五寸の相州之住綱広で、これはありふれの凡作だそうだ。

「二刀流でもあるまいし、立会いの最中に小刀を抜くようになってはこっちの負けだ。だから小刀はなまくらでいい。つまりは体裁だけよ」

というのが歳三の説明だった。勝太のように大小を使い分けるのがいいのか、歳三の大刀一本で押しまくるのが正しいのか、久太郎にはよくわからない。ただ、初代用恵国包の値が百金以上と聞いて目を剝いた。

勝太の養父の周斎先生はおときと上州の湯治場めぐりに出かけているが、これも試衛館のやりくりに余裕の生じた証左のひとつだろう。

試斬会のたびに久太郎が留守番役を仰せつかっているのは、最初の試斬会で七代目浅右衛門吉利の介添役を縮尻《しくじ》ったからだ。久太郎は吉利の試刀が死体の肉を断つのを目の前に見て気を失ってしまったのだ。

（……死体の匂いを嗅がずにすむのは正直いってありがたいはなしだ）

久太郎は庭の胡瓜をもぎながら思った。しかし、すぐに、

(自分が胡瓜をもいでいる間にも、勝太たちは千住回向院で、ないにいものかになるために、死体が斬られるのを見、その音を聞いている)

と羨しくもなる。

(今夜あたり、道場で素振り稽古でもしようか)

そんなことを考えながら、久太郎が勝手口へ入ろうとしたとき、どこかでぱしっという音がした。だれかが平手打を喰ったような気配である。あ？　と思って久太郎が立ち止まったとたん、もうひとつ、ぱしっ、続いて「お許しくださいまし」という女の泣き声。そのまま耳を澄まして立っていると、今度は土間や板の間になにかものを投げつけているような音が聞えてきた。

(……またいつもの武具屋夫婦の喧嘩だな)

久太郎ははじめはそう見当をつけた。だが、夫婦喧嘩にしては「お許しくださいまし」という台詞《せりふ》が変である。「なにをいってやがるんだい、このうわばみ亭主め」とか「あんたみたいな飲兵衛亭主なんぞ、どっかへ行っちまいな」などがいつもの喧嘩の常套句のはずだ。

久太郎は垣根の破れ目から武具屋の庭へ入り、そっと裏口から店先を窺った。

店の土間に若い男が三人ぬうっと立っていた。いずれも破落戸《ごろつき》然とした風体である。お袖の母親は板の間にぺたりと坐り、三人に向って叩頭《こうとう》している。その母親の左右に怯えて顫《ふる》えている小さな背中がふたつ見えた。右のやや大きい背中が孝行娘のお袖で、右の小さいのが腕白坊主の与助だな、と久太郎は思った。

お袖は十三で、器量よしである。裏庭の垣根ごしに久太郎はよくこのお袖と顔を合わせることがあるが、彼はそのたびに、「やあ」と声をかけてやることにしていた。べつに下心があるわけではなかった。なにしろお袖はまだ少女少女していて、そういう下心の対象になるまでには二年か三年はかかるだろう。そうではなくて、久太郎には、母親にどんなにがみがみ言われても口答えひとつせず、夕方になると酒好きの父親のために酒屋と自分の家を何度も往復するこの少女が、なんとなく不憫に思えたからである。お袖が一晩に十ぺんも二十ぺんも酒屋へ通うのは、彼女の母親が一合ずつ酒を買いにやらせるためだった。

「一升か二升、まとめて酒を買えば、あんたも足を棒にしないですむのに、へんなお袋さんだね」

と、久太郎はいつだったかお袖に同情して言ったことがあるが、そのときのお袖の答はこうだった。

「酒を一升買いしておくと、飲み切れずに次の日まで持ちこすでしょう。そうなると、お父さん、朝から徳利をかかえ込んでしまうの。それじゃ、一日、仕事にならないわ。だから、いつも酒を切らせておくためにその都度一合買いをしているのよ」

また、どしんとものを板の間に叩きつける音がした。目を凝《こら》すと、それは商売物の冑鉢《かぶとばち》だった。

「おう、喰果《くいはて》の五郎八様を甘く見るんじゃねえよ」

双肌《もろはだ》ぬいで上半身をまる出しにした男が吠えたてた。

「おれたちの親方喰果の五郎八様は貸金取立ての名人上手、そこでおれたち乾分《こぶん》も貸金取立ての小名人てえ寸法になっているんだ。利子と元金合わせて三十五両、どんなことがあっても貰って行くぜ」

「あたしたちを逆さにして振っても、そんな大金は出て来っこありませんよ」

お袖の母親は坐り直して額を床にすりつけた。

「どうか堪忍してください」

「おめえさんの亭主は、博奕《ばくち》の元手を借りるとき、女房子どもを質に置いてもこの金はきっとお返しいたします、といったそうだぜ」

今度は片肌ぬいだ男がどすのきいた声で言った。

「おめえさんじゃどうにも使いようがねえが、娘は磨けばたんまり金を稼ぎそうだな。その娘に稼いでもらおうかね」

「こ、この娘をどうしようというんです？」

「品川か内藤新宿で暢気《のんき》に暮させてやろうと思ったのさ。上げ膳下げ膳のお姫様暮し、おまけに夜具《よるのもの》は絹、風呂には入り放題てえ結構なご身分になるのよ。ただし、客はとってもらうがね」

片肌ぬいだ男はお袖の腕を摑んだ。お袖は母親にしがみつき、与助が火のついたように泣きだした。

「あ、あのう……」

久太郎は裏口に草履《ぞうり》を脱ぎ、勝手を通って店へ出た。

「ここの家に三十五両なんて大金があるわけありませんよ。わたしが保証します。それにご亭主に貸した遊びの金はご亭主から取り立てたほうがいいと思うがなあ」

片手に胡瓜をぶらさげた稽古着の若者が、まったくなんの前触れもなくぬうっと現われ出たので、三人の男はすこしばかりぎくりとしたようである。

二

「おめえさんはなにものだい？」

それまで、懐手のまま、双肌と片肌の二人の男の後で、成行をにやにや楽しんでいた男が、一歩前に出て、上目使に久太郎を睨《ね》めあげた。

「おれは浅草の喰果の五郎八のところの六之丞《じょう》ってものだが」

「と、と、隣の試衛館道場の者です」

久太郎は六之丞と名乗った男の気合いに押されて、すこし吃った。飛び出したときは、夢中だったから、べつに恐しいともなんとも感じなかったが、正直いまは怕《こわ》い。

「……じ、じつは胡瓜をもいでいたら、争い声が聞えたものですから、ついそのう」

「おめえさんはいま、亭主に貸した金は亭主から取り立てたらどうだ、などときいた風なことを言ってたな」

「は、はあ。ひょいと思いついたもんですから……」

「思いつきでそんなことを言ってもらっちゃ困るな」

六之丞は久太郎の手から胡瓜を引ったくると、土間へ振るようにして叩きつけた。

「ここの亭主はな、返済期限の一昨日、門付《かどづけ》の女太夫とどこかへ逃げちまったんだよ。金を貸した方としては、運が悪かった、亭主に貸した金は亭主から取り立てるべきが本来だし、ここはまあ諦めましょう、なんて具合には行かねえよ。こっちにとっても大事なお金だ、どんなことをしたって元金だけでも取り立てなくちゃあな。でねえと、こっちが干乾しにならあ」

「……ご、ごもっともです」

「金の欲しい奴は借りるときは必死だ。嘘をつく、泣く、わめく、ありとあらゆる手管を使う。だが、借りてしまえばとたんに『済《かえ》すときの閻魔顔』だ。閻魔顔でも返してくれりゃあいいが、そうはいかない。居留守を使う、逃げる、居直る、もうたいへんなものだ。そこでこんどはこっちが必死だ。返してくれるよう泣いて頼む、それでも駄目だとなりゃあ脅しをかける。でなきゃあ親戚縁者はおろか、隣近所にまで押しかける。借りた方に正義があり、貸した方は人非人てえことを世間様は言うが、そんなことはねえのだ。どっちも必死の五分と五分の真剣勝負だ」

久太郎は六之丞の言った「隣近所にまで押しかける」という件《くだり》が気になっていた。ぐずぐずしているとそこへつけ込まれ、試衛館へ火の粉を飛ばされそうである。

「おっしゃることはよくわかりました」

久太郎は軽く頭をさげた。

「差し出がましい口をきいてしまって、これはもう反省に値いします。どうもお邪魔しました」

久太郎は六之丞に背を向けて勝手へ入ろうとしたが、じつはそうはいかなかった。

「おめえさんは確か隣の試衛館の者だといったね」

六之丞の右手が稽古着の裾をしっかりと摑んだ。口のききようも上手だが、膂力《りょりょく》も相当に強い。

「そ、そうです。住み込みの門弟です」

久太郎は逃げるのは諦めて、六之丞と正対した。

「噂じゃあ、ちかごろ試衛館はたいした景気だそうだな」

「よくは知りません。門弟といってもわたしは新入りのはしくれのそのまたどん尻の方ですから」

双肌と片肌がげらげら笑い出した。お袖とその母親は思いがけない風の変りようを、目をまるくして見上げていた。

「なんでも試衛館は弾左衛門の試斬会を一手に引き受けているっていうね。試刀料だけで一回に五十両や百両は転げ込むそうだが、豪勢なはなしだぜ。こっちもあやかりたいね」

双肌と片肌が、そうだよそうだ、あやかりたいね、と口を揃えて囃すように相槌を打った。

「冗談はやめてくださいよ」

泣き出しそうな声で久太郎が言った。

「な、なんで試衛館が他人の借金まで払わなくちゃいけないんです」

「そのわけはふたつある」

六之丞の表情がきびしくなった。

「ひとつは、この武具屋を叩き売り、そこの娘を金にかえてもせいぜい二十五両が関の山だということ。ふたつは、この武具屋と試衛館は隣同士、しかも、この場へおめえが顔を出したところを見ると、相当つき合いが深いだろうということ。そのつき合いの深いところでどうだ。足りねえ分の十両おめえが出してくれるね」

「無、無茶です！」

「そんな台詞じゃ引っ込めねえ。こっちは必死なんだぜ」

「とにかく理不尽すぎますよ。そ、それにこっちは剣術道場なんだ。わたしは新入りで腕の方はさっぱりだ。でも、わたし以外はみんなできる。試衛館を脅すとあとでもっと後悔する……」

聞きながら六之丞は低い声で笑っていた。双肌が久太郎に言った。

「試斬会の主催かなんかで成り上った試衛館なんて、六之丞兄ィにゃ屁みてえなものさ。六之丞兄ィは下谷住居の歴《れっき》とした御徒士《おかち》の跡取、御家人様だぜ。しかも、岡田十松先生の撃剣館道場では本目録までお進みなさったほどの腕前よ。昨日あたりまで武州の片田舎で芋や大根を掘っていた百姓上りの俄か剣術使とは大きにちがうのだ」

ここで双肌は六之丞の方を向き、媚びるような口調で言った。

「兄ィ、おもしろくなってきましたね。ひとつ本気で試衛館にあやをつけ、あの百姓道場から、金十両、召し上げることにしようじゃねえですか」

「それもおもしれえな」

六之丞はにやりと笑った。

三

（どんなことがあっても、試衛館や勝太さんたちを巻き込んではいけない）

と久太郎は思った。

（おれは試衛館の留守番だ。その役目からいっても、ここは自分ひとりで凌《しの》がなくてはならない）

久太郎はこうも心を決めた。そこで久太郎は六之丞に言った。

「あんたがたは、わたしが傍から口を挟んだのがけしからん、と言うんでしょう？」

「それはそうだ」

と六之丞が受けた。

「おめえが正義の味方ぶるからこっちもかちんときたのさ。おめえ、さぞや正義の味方ぶっていい気分だったろう。だが、こっちも仕事だ。おめえをいい気分にさせたままお引きとりいただくってわけにはいかねえ。いい気分になっただけの代金は戴かなくっちゃな。正義の味方ぶるってのは高くつくのさ」

「わ、わかりました」

久太郎はうなずいた。

「ただし、ここではっきり申し上げておきますが、わたしと試衛館とはなんの関係もありません。これからはあなたがたとわたしとの話し合いということにしてください」

「上等だよ」

六之丞の背後《うしろ》から片肌を脱いだ男が言った。

「こっちは相手がだれだろうと構いはしないのだ。三十五両、耳を揃えて返してもらえれば、それで気がすむ」

「……むろんわたしが都合しますよ」

「三十五両といやあ大金だぜ」

同じく六之丞の後ろにいた双肌ぬぎの男が、せせら笑った。

「そんな大金を、貧乏道場の一門弟のおめえが持ってるとは信じられねえがね。それともおめえは、おれたちとこれをやらかして片をつけようって胆《はら》なのかい？」

双肌ぬぎの男が刀を振り廻す真似をしてみせた。

「とんでもない、わたしにはまだ腕にそれだけの自信はありません。たしかにわたしは試衛館の一門弟にすぎませんが、仕合せなことに実家がちょっとした金持なんですよ」

六之丞がほうと目を瞠《みは》った。

「といっても、そう目をまるくしてもらうほどの大金持ってわけじゃありませんが、あなたがたは甲州街道は上石原宿の『武州屋』というこんにゃく料理屋を知ってますか。隣がやはり『武州屋』という旅籠《はたご》ですが……」

「知っている」

六之丞が点頭《てんとう》した。

「上石原宿といえばこんにゃくの武州屋と江戸でも評判だ。それにおれも二、三度、こんにゃくを喰いに寄ったことがある。だが、その武州屋がどうかしたか？」

「で、いちばん最近ではいつ、武州屋へ行きました？」

「……去年の春よ」

「そのとき、見世に威勢のいい娘がいませんでしたか？」

「さあ、そこまでは憶えちゃいねえが、その娘がどうしたてんだ」

「目鼻立ちのはっきりした器量よしの娘なんだけど憶えてないのかなあ。『こんにゃく小町』といって、こんにゃく料理同様上石原名物なんだ」

「馬鹿野郎《ばーろー》……」

片肌脱いだのが六之丞の前に出て、久太郎の肩をとんと突いた。

「なんでここに上石原のこんにゃく料理屋の娘が出てこなくちゃいけねえのだ。どういう魂胆があるのか知らねえが、そんなはなしでごまかされるようなおれたちじゃねえぜ」

「ごまかそうだなんてとんでもない。その娘がわたしの実の姉なんですよ」

六之丞がまた目を瞠った。

「すると、おめえは……？」

「きまっているじゃありませんか。わたしは上石原のこんにゃく小町の弟、つまり、こんにゃく料理の武州屋の跡取息子です」

「それは知らなかったな」

「おもしろいでしょう？」

「べつにおもしろかねえが、それでおめえはどうしようてんだ？」

「親父と姉に手紙を書きます」

「それで……？」

「その手紙を持って上石原へ行ってください」

「それでそれから？」

「親父か姉のどっちかから金を受けとってください。それで一件落着でしょう……」

「しかし、そうとんとん拍子に行くかね？」

双肌ぬいだのが顎に手をあてて思案顔になった。

「武州屋がいくらこんにゃくで大当りしていても、たかが田舎の料理屋だ。三十五両という大金が、おいそれと都合つくかね？」

「とにかくわたしの手紙を持っていってくださいよ」

久太郎は躰をねじってお袖に言った。

「筆と紙を貸してくれないか？」

お袖はうなずいて、茶の間に立った。

「な、なぜ、あたしたちの借金の始末をつけてくださるんです？」

板の間に正座して、父親や姉のお光へどんな文面の書状を届けたらいいか、思案しはじめた久太郎に、お袖の母親が囁いた。

「三十五両なんて大金、あたしたちに返せるあてなんてありませんですよ……」

「おばさんたちのために、家へ手紙を書こうとしているんじゃありません」

久太郎は小声で答えた。

「むしろわたしのためです。うかつな口をきいたために、わたしはこの三人にすっかり嵌め込まれてしまった。こうなるとわたしが腕をへし折られるか、金を払うか、のどっちかです。でも、腕をへし折られるのはいやですからね」

「なんだか、変ってますね、あんたってお人は。……でも、ひょっとしたらあんたは、うちのお袖が好きなんじゃないんですか？」

お袖の母親が、乱杭歯をのぞかせながら笑った。

「あんた、お袖に惚れてんでしょ？」

「まさか」

久太郎も笑って、

「それは考えすぎだよ、おばさん」

と、言った。

「そりゃ、お袖さんがまだ年端も行かないのに女郎に売られるのは気の毒だとは思いますがね、気の毒だということと惚れているってことはまた別の話だと思いますよ」

「そうかしらねえ」

お袖の母親は首を傾げた。

「気の毒だと思うことと惚れたと思うこと、あたしにはこのふたつは同じことだと思うけどねえ」

四

お袖の用意してくれた陸奥紙に、久太郎は短く以下のように書いた。

父上に姉上。

この書状を届けるのは飛脚ではなく、浅草の喰果《くいはて》の五郎八一家の身内の、六之丞という人です。

この六之丞さんに、三十五両お渡しいただかないと、わたしの身の上にたいへんなことが起ります。どうかわたしを助けると思って、お金をお渡しください。

いつもお二人のご心痛の種子《たね》になってしまうこのわたしをお許しください。

進退維谷《これきわまる》・久太郎より。

「さあ、これを上石原宿まで届けてください」

久太郎は六之丞に手紙を渡した。

「それではこのはなしはおしまいにしましょう」

「もしも、おめえの親父や姉貴が金を出さなかったらどうなる?」

六之丞は手の中の手紙と久太郎の顔を半々に眺めて訊いた。

「おれたちに無駄足を踏ませてみろ、それこそ高くつくことになるぜ」

久太郎にもじつはそれが心配だった。末尾の『進退維谷《これきわまる》』の四文字に父や姉のお光が驚いてくれればいいが、「久太郎は倅とはいっても勘当同然、そんな子のために三十五両もの大金が払えるものか」と父が突っぱねることも充分に考えられる。だが、ここで弱気を見せてはさらにつけ込まれるだけだろう。

「大丈夫です」

久太郎は拳で胸を叩いてみせた。

「親父はきっとなんとかしてくれるはずです」

「よし」

六之丞は片肌ぬいだのと双肌ぬいだのを、目でうながした。

「これから上石原までのし歩くことにしようか」

「いっておきますが、姉のお光に熱をあげても無駄ですよ」

久太郎は六之丞の背中に声をかけた。

「わたしの姉は、あれでなかなかの面喰いなんです」

六之丞は久太郎の方を振り返って、右の人さし指の先を舐め、それで眉毛を撫でてみせた。

「おめえの姉がさほどの美人だとも思えねえな」

「どうしてです？」

「だって、おめえの姉貴なんだろう？　どう転んだって美人のはずはねえじゃねえか」

三人は大きな笑い声をあげながら店から外面《そと》へ出て行った。

（父さん姉さん、あの三人になにも言わずに金を渡してやってください）

そう念じながら、遠ざかって行く三人の背中を眺めていると、その背中がぴかっと光りつづいて雷が鳴った。そして、遠くからばたばたと雨の強く屋根を叩く音が近づいてくる。

「……どうやらこれは夕立さまのご到来のようだ。雨戸を閉めなくちゃあ……」

お袖や、その母親の視線を背中に感じながら、久太郎は裏口から庭へ飛び出した。

激しい雨足が通り過ぎ、それとひきかえに夜がやってきた。昼の残り飯を胡瓜の塩もみの菜で喰い、久太郎は勝手の横の四畳半に横になった。

（おれに剣術や柔術ができればなあ）

と、気が落ち着くにつれてすこし口惜しくなってきた。

（いくらあやなんぞつけられたって、どうってことはないのだが……）

肘枕でぼやいていると、勝手の戸ががたっと鳴った。

（……破落戸《ごろつき》が去ったら、こんどは泥棒陰士《いんし》のご入来《じゆらい》かな）

久太郎は躰を起し、勝手の薄暗がりに目を凝《こら》した。

（泥棒だったらどう動こうか）

久太郎はことことすこしずつ動いて行く戸板を睨みながら思案した。

（ここが剣術の道場と知って忍び込もうというのなら、よほど腕の立つやつにちがいない。さっきもそうだったが今度も君子危きに近よらず、でいこう。ぱっと道場へ飛び出して、道場の入口の雨戸を蹴倒して外へ逃げだそう）

勝手口はもう三尺ほど明いていた。そこから夕立ちで冷された涼しい風が吹いてくる。

「……だ、だれだ？」

久太郎は勝手口に向って誰何《すいか》した。声が震えているのは吹き込んできた涼風のせいだけではない。むろん久太郎は怖いのである。

「……泥棒か？　ど、どうでもいいけど、まだ宵の口だ。すこし早すぎるんじゃないんですか？」

怖いせいで久太郎はお喋りになった。

「もうすこし待ったらどうなんだろう……」

黒い影がすっと滑り込んできた。覚悟していたよりも小さな影だった。

「……わたしです」

女の子の声だった。

「わたしさん？」

「となりの武具屋のお袖です」

「……なんだ」

久太郎は額に吹き出した汗を袖で拭った。

「わたしはまた泥棒かと思った。でもさ、もうちょっとでお袖さんはわたしの打ち込む木刀で脳天を割られてしまうところだったぜ。だから他人の家に入るときは、外から声をかけなくちゃあ……」

お袖は勝手の土間に立ったままである。

「……どうしたんだい？」

お袖は今度はじりじりっと久太郎のほうへ寄ってきた。

「な、なんだよ。なにか用かい？」

「……行水してきたんです」

お袖が小さな声で言った。

「糠袋《ぬか》できれいに洗ってきました」

とっさにはお袖の意味が久太郎には摑めなかった。

「……糠袋か、そいつはいい」

なにがいいのかわからなかったが、久太郎はとりあえずそう答えた。

「母さんがさっきのお礼を言ってきなさいって……」

お袖はくるりと久太郎に背中を向け、帯を解きはじめた。

「な、なにをはじめるんだよ」

久太郎が叫んだ。

「こんなところで帯を解いたりしちゃいけない……」

「さっきのお礼です。久太郎さんはわたしを好いているようだから、今夜は試衛館に泊ってらっしゃいって……」

「そ、それもお母さんが言ったのか」

お袖はかすかにうなずいて、解いた帯をそっと畳の上に置いた。

「よ、よせよ、お袖さんはまだ子どもじゃないか」

「ちがいます」

お袖は土間から畳へ躰を滑らせてきた。

「大人です。それに、久太郎さんなら、わたし、なにをされても構わないんです」

お袖は久太郎の前ではらりと着物を脱いだ。久太郎の目の前で、お袖の胸のふたつの隆起がぶるぶると顫えている。たしかに着物を捨てたお袖はもう立派な大人のようだった。

五

久太郎は薄暗がりのなかで途方に暮れた。

むろん、久太郎は女は嫌いではない。それどころか人並み以上に好きな方だろう。その証拠に、沖田惣次郎と毎夜のように、女体の構造について喋々するし、昼は昼で寝呆け眼《まなこ》をこすりながら道場の窓から往来を行き来する娘たちの品定めに夢中になるし、金が入ればなにをおいても神楽坂や四谷の大木戸へ駆けつけてしまうし、そのときでも一度や二度では物足りず三度も四度も挑みかかり、もうたいがいにおしよ、などと女に厭な顔をされるほどなのである。

だが、その久太郎も、十三やそこいらの少女を相手にするのはさすがに憚られた。

「さ、さっきのことなら気にしなくてもいいんだ」

ようやくのことで久太郎は口を開いた。

「だから帰んなよ」

久太郎が口をきいたことはお袖になにがしかの勇気を与えたようだ。お袖は畳の上に無器用にごろりと寝た。

「……このままじゃ家に帰れない」

「ど、どうしてだ？」

「どうしても」

久太郎の目の前のお袖の肢体はほんのりと白い。しかし、胸に隆起がほとんどないのがなんとなく奇妙な感じだった。夜がくるたびに久太郎が熱っぽく想い描く女体はいずれも大砲の弾丸を二個くっつけたような豊かな胸をしていた。神楽坂や大木戸の女たちも、弾丸とまではいかなくても小鍋の底ほどは胸が脹れあがっていた。それにくらべるとお袖の胸は平べったかった。それがなんだか勝手が違うのである。

勝手がちがうといえば腰のあたりも同様だ。久太郎の夢想の中に現われる女や神楽坂や大木戸の女は、股間にけもののような毛を生やかしていた。しかしお袖のそこはすべすべしてのっぺらぼうだった。しかも、すべすべしているくせに小高く盛り上っているのがどうも怪しい感じである。

もうひとつ、久太郎の想い描く夜毎の美女はいつもやさしく「さあ、おいでよ。なにを愚図々々してんのさあ」と彼を招き、神楽坂や大木戸の女はいつも突っけんどんに「早く乗んなよ、おあとがつっかえているんだからさ」とせつくのに、お袖は河岸の鮪のようにただごろんと横たわり無言のままびくびく顫えているのが、もうひとつ気合いが乗らない。

「こいつは弱っちまったな」

久太郎は腕あぐらを組んだ。

「お袖さんが相手じゃとてもその気になれないぜ」

「……お願いだからその気になってください」

お袖は蚊の羽音のような細い声で言い、ゆっくりあげた手を久太郎の膝にかけた。久太郎はエレキにかかったようにびくりとなる。そのびくりが伝播したらしく、お袖の全身がぴくっと引き攣った。

こんなちいさい子にあんなことを仕掛けるのはずいぶんむごいはなしだ、と久太郎は思った。だがしかし、なにもせずに追い返すのはもっとむごい仕打ちというものではないだろうか。おそらくお袖は母親から、どんなことがあっても試衛館のお兄さんに可愛がってもらってくるのだよ、と言い含められているのだろう。なのに無下に追い払っては、お袖のために叱言《こごと》の種を蒔いてやるようなものではないか。

「……わかったよ」

久太郎は、腕組みをしたままで言った。

「な、なんとかするよ」

「すぐにして」

お袖は久太郎がびっくりするようなことを言った。

「このままだと、わたし、恥かしくて死んじゃいそう」

そうかも知れない、と久太郎はまた思った。お互いに気の進まないことは早くすませるのがいいのだ。久太郎は自分の股間を探って己れのもののの硬さを調べながら、お袖の横に躰を並べた。

そのとき、勝手口でことりと物音がした。なんとなく気になって、久太郎は自分の着物を脱ぐ手を休め、音のした方を見た。勝手口の外に人の気配があった。だれかが凝《じっ》と久太郎とお袖を見張っているようである。なおも目をこらすと、勝手口の戸の隙間から、なにかが二つ、幽《かす》かに光っていた。さんざん、考えた末、久太郎はその二つの光るものは人間の眼らしいと見当をつけた。

「だれかに覗かれているぜ」

久太郎はお袖の耳に囁いた。

「戸を閉めて心張棒をかってくるよ」

「そんなことしなくても大丈夫よ」

起き上ろうとする久太郎の肩をお袖の冷たい手が抑えた。

「あれはあたしの母さん」

「あんたの母さん？」

「そう、あたしを見張っているの」

「な、なんで……？」

「……たぶん、あたしが途中で逃げないように」

お袖はそう言うと、また歯を喰いしばって目を閉じた。しばらく考えてから、久太郎は脱ぎかけていた着物を身につけ直した。

「やっぱりよそうや」

勝手口の外へも聞えるような大きな声である。

「どうも気が乗らないよ」

久太郎ははね起きて土間に脱ぎ捨ててあったお袖の着物を拾いあげた。

「それにうちの親父が三十五両出してくれない、ということだってある。そうなったらお袖さんはまったくのやられ損てやつだ」

拾い上げた着物を久太郎はお袖の躰の上にかぶせた。

「なにしろ、おれは半分は勘当の身の上なんだ」

「お兄さんのお父さんが喰果の五郎八さんに三十五両払ってくれなかったら、わたしの家はどうなるの？」

お袖は上半身を起し、着物を胸に抱いている。

「さあどうなるかなあ。まず、お袖さんの家は見世ごと喰果一家に召し上げられちまうね。それからお袖さんはどこかへ奉公に連れて行かれる。もうひとつ、余計な手間をかけたというので、おれは連中に反吐《へど》の出るほど殴られるだろうな」

お袖が胸に抱いた着物に顔を埋めた。白い肩が細かく震えていた。そのとき、久太郎は急にお袖がいとおしくなり、今こそこのちいさな女の子を抱きたい、と思った。だが、そのとき、勢いよく勝手口の板戸が開いた。

「お袖、さあ家へ戻るんだよ」

飛び込んできたのは、お袖が言った通り彼女の母親だった。お袖の母親は娘の手を摑み勝手口へ引き立てながら久太郎に言った。

「おまえさんが勘当息子だとは思わなかった。ふん、危く娘を瑕物《きずもの》にされるところだったよ」

六

その夜、久太郎は何度もお袖の夢を見た。その夢はいつも決まった筋書で、久太郎は、市谷柳町の四辻では町娘姿の、神楽坂上の肴町の毘沙門天の寅の日の縁日には町芸者姿の、吉原新町北側裏の朝日如来の前では太夫姿の、上野山下仏店《ほとけだな》の名物うなぎ屋の大和屋に入ればそこの内儀《おかみ》姿の、千住回向院の裏の土壇場の上では女賊《にょぞく》姿のお袖と通り過ぎる。

「あ、お袖さん！」

と、久太郎がそのたびに呼びとめると、お袖はそのたびに、

「久太郎兄さんの意気地なし」

と冷たく言い捨てて姿を消してしまうのである。

（おれはひょっとしたらお袖さんが好きなのかも知れないな）

あくる朝、裏庭の井戸端で顔を洗いながら、久太郎は自分の見た夢に判断をつけた。

（そうでなきゃ、何回も何回もお袖さんの夢を見るわけはないんだ。よし、あの子のお袋さんに逢って話をつけよう。『どんなことをしてでも三十五両の借金の返済はこのおれが引き受けます、

そのかわり行くはお袖さんと夫婦《めおと》にしてくださいますね』とこう言うのだ。そうすればまた今夜、お袋さんは昨夜《ゆうべ》と同じお膳立を整えてくれるにちがいない。そしたらそのときこそ、あの可哀そうな女の子をしっかりと抱きしめてやろう)

一気にここまで考えを定めたら、急に愉快になった。「縁の鵲《かささぎ》渡せる橋で、おまえと二人で添うならば……」と鼻唄の『伊予節』を唸りながら久太郎は庭の隅の胡瓜の蔓から四、五本てごろなのを捥《も》ぎ、お袖の家の勝手口の戸を叩いた。

「おばさん、胡瓜がなりすぎてとてもひとりじゃ喰い切れないんですがね、胡瓜征伐に手を貸してくれませんか」

せいぜい大声をあげたつもりだったが返答はなかった。

「……捥ぎたての胡瓜はいかがです?」

言いながら、久太郎は戸板を横に引いてみた。がたぴしと音をさせながら戸が開いたが、家の内部《なか》を覗き込んだ久太郎は、思わずあッとなった。家財道具がきれいになくなっていたのである。見世先の武具や馬具はそのままだが、あとは箸一本、落ちていない。

「……夜逃げか」

久太郎は見世の板の間にへたり込み、胡瓜をぽりぽりと齧った。昨夜、久太郎の放った『勘当息子』という一言が、お袖の母親に夜逃げの決心をさせてしまったのだ。つまり彼女は久太郎をあてにするよりも、逃げた方がいいと判断したのだろう。家財道具は古物屋を呼んでひとまとめにして売り払ったものにちがいない。武具や馬具に手をつけていないのは、せめて借金のかたにしてほしいという意味か。武具や馬具まで売り払って喰果一家を怒らせるのを怖れたらしい……。

どんどんどん、とだれかが見世の表戸を叩きはじめた。

「おい！　だれもいねえのか！」

久太郎は胡瓜を抱いたまま、表戸の心張棒を外した。

「ほう、おめえさんて人はいつ逢っても胡瓜を持っているね。妙な癖だ」

表に立っていたのは、昨夜、上石原へ発《た》ったはずの下谷の六之丞だった。

「ど、どうしたんですか？」

「どうしたはねえだろう」

六之丞はぽんと懐を叩いて、

「この武具屋の借金三十五両は上石原の実家が払う、と言ったのはおめえさんだぜ。おれたちは上石原へ行き、たったいま戻ってきたところだ」

「で、金は？」

「出してくんなすった」

六之丞は懐から紙切れを取り出し、久太郎に差し出した。

「ところでそいつは証文だ。鼻をかむなり、破って捨てるなり、好きにしていいんだぜ。ところで、ここの内儀《おかみ》は？」

「逃げたよ」

「ほう。するとこの見世はおめえさんのものだね」

「こんなもの、どうしようもないよ。この天下泰平の世の中に武具や馬具が売れるわけないだろう」

「いずれにもせよ、ここはおめえさんの見世だ」

六之丞はここで、おおそうだ、とでもいうように軽くぽんと額を叩いて、

「上石原からおめえさんの姉さんと金作っていう年とった番頭さんが一緒だった」

「姉が……？」

「そうよ。まさかおめえさんがここに居るとは知らねえから試衛館の方へ回ったようだ」

久太郎は胡瓜を抛《ほう》り出して見世から外へ飛び出した。六之丞の言った通り、お光が試衛館の道場の戸をしきりに揺すっていた。

「どなたかいませんか！」

金作の姿がないのは、裏へでも回ったからだろう。

「試衛館にはだれもいないよ」

と、久太郎は叫んだ。

「姉さん、その怪力で揺すられては戸がたまらないぜ」

「久太郎……！」

お光が久太郎の方へ走ってきた。

「お父さんやあたしにあまり心配かけないでよ。三十五両払ってもらわないと人が三、四人死ぬかもしれない、だなんて書いてよこすからびっくりするじゃないか」

「逢ったとたんにお説教かい。姉さんも相変らずだなあ」

「だいたいの話は六之丞って人から聞いたけど、お金を渡すだけでは安心できないから上石原からわざわざやってきたのよ。久太郎、おまえ、この武具屋さんの十三か十四ぐらいの女の子と間違いを仕出かしたんだって？　それで、この家が借金で苦しんでいるのが見ていられなくなり『わたくしにお委せを』なんて大見得を切ったそうね」

「そりゃ違うよ。だれが十三、四の女の子となんかねんごろになるもんか！　いったいぜんたいそんなことだれが言ったんだい？」

「むろんあの人よ」

お光は見世の入口の柱に凭《もた》れてにやにやしながらこっちを眺めている六之丞を眼で示した。

「そうでなければ、他人の家のことにあれほど肩入れするはずはない、とあの人が言ってたわ」

「それは読み過ぎだな」

言い捨てて久太郎はお光を置いたままにして試衛館の裏の木戸の方へ歩きだした。

「待ちなさい、久太郎。あたしのはなしはまだ全部すんじゃいないのよ」

お光が追ってきた。姉と逢うのは懐しいが、あのお説教癖はどうも苦手だな、と思いながら久太郎は裏庭に入った。裏の井戸端で金作が笊の中にしきりに水を流しこんでいる。

「やあ、久太郎さん、あんたの声が聞えてきたんで、さっそく支度をはじめましたよ」

金作は笊の中から糸こんにゃくを一本つまみあげて、久太郎に示した。

「ご存知上石原名物のこんにゃくの蕎麦仕立てでさ」

七

わずかの一日で武具屋は見ちがえるようにきれいになった。お光がやってきた日の夕刻には、丁寧に叩《はた》きをかけられた馬具や、糠袋でぴかぴかに磨きあげられた武具が、壁の棚や土間の台の上に鎮座し、それらの武具や馬具がこの見世を「よく流行っておりますよ」という感じに染め直していた。土間には藁《わら》の切れっぱしひとつ、そして塵のちの字も見当らず、天井を被《おお》っていた蜘蛛の巣もすっかり取り除かれて、清潔さでは市谷柳町一帯の商い見世四十数軒中の筆頭、これで客が来なければ、来ない方が馬鹿といっていいぐらいである。

これはむろん、すべてお光がやったことで、久太郎は朝から夕方まで、姉の熱心で手際のいい働き振りにただもう愕いて眼を瞠っていた。

お光の仕事は見世の内外《うちそと》の掃除だけではなく、先約なしの飛び込み依頼なのにどう口説き落したのか畳職人を四人も連れてきて、破れて身がはみ出し、タタはなくてミばかりの畳を一枚残らず修繕させ、その間に自身番に飛んでいって「今日から試衛館の隣の武具屋は、わたしの弟の久太郎が主《あるじ》でございますから、なにとぞよしなに」と挨拶をし、お光の差し出した袖の下が効力を発揮したのか町内の肝煎《きもい》りは「心得ました。弟さんにしっかりやるように、とお伝えくださいよ」と親切な答辞つきのふたつ返事。その他、お光のやったことは数えあげればほとんど際限《きり》がなく、古道具屋に家具を入れさせ、そば屋に金を握らせて近所合壁《がっぺき》へ引き継ぎと引っ越しの挨拶そばを配り、『武具馬具一切・武州屋』の看板を誂《あつら》えるなど、千手観音も降参するような八面六臂《ろっぴ》の働きぶりだった。

「おれ、武具屋の主なんかにゃなりたくないぜ」

と久太郎は時折釘をさしたが、お光はそのたびに、

「わたしが上石原を発つときに『当卦《とうけ》本卦《ほんけ》のうらない、失物《うせもの》、待人《まちびと》・願望《がんのぞ》み・男女《なんにょ》一代の吉凶ゥー』と、ちょうど流し占いが通りかかったのでね、父さんが『これから武具屋は景気がいいのか、悪いのか』を占わせたの。そしたら出た占いが大大の大吉。それで父さん、あんたにしばらく武具屋をやらせてみようと決心したわけ。ぐじぐじの愚痴は父さんの前でお並べ」

と喋り立て、さした釘が一向にささらぬ。こんな泰平の世になんで武具屋の先行きが大吉なものか、と久太郎ははじめのうちは口を尖らせていたが、そのうちにお光の働き振りに気押《けお》されて、どうでもいいや、という気になった。

夕刻、ひと区切りついたところでお光は湯屋へ出かけて行った。姉を見送ってから久太郎は見世の板の間に、お袖母子《おやこ》の残していった二枚折りの、汚い破れ屏風を立てる。この屏風の張替、むろんお光から言いつかった仕事である。

（……考えてみれば、おれは試斬会にも加えてもらうことのできない余りものの門弟、はみだしものの門弟だ）

久太郎は傍《かたわら》のお光が古道具屋から買い入れた獅噛《しつかみ》火鉢の上の、金盥《かなだらい》の水に刷毛《はけ》をつけながらこう考えた。

（門弟とは名ばかりのこのおれが剣術で世に立つのはやはり無理かもしれないな）

久太郎は近くの寺から聞えてくる夕勤めの、ポクポクという木魚の音に合わせて水刷毛を屛風の上に左右、左右と這わせる。

（しかし、商人《あきんど》としてのおれはどうだろう？　たいした自信はないが、剣術よりはおれに向いているかも知れないぜ）

刷毛を金盥の中に置き、久太郎は表紙《おもて》を剝がしはじめた。

（……やはり蛙の子は蛙、商人の倅は商人かなあ）

表紙の下から反古紙《ほご》が見えてきた。久太郎は反故紙の上にまた水刷毛を這わせた。が、その反故紙の隅に『惣の字より。恋しきお袖さまへ』という金釘流《かなくぎ》の筆のあとがあるのに気づいて思わずあれっとなった。背中を丸めて眼を反古紙と同じ高さにし、久太郎は金釘流の解読を試みたが、その反古にはこうあった。


このあいだの神楽坂の毘沙門天の縁日、わたしはお袖さんを待って一日、あのあたりをほっついておりました。でも、お袖さんはとうとう来ませんでしたね。試衛館はじまって以来の神童といわれるほどのわたしですが、また、剣をとっては九歳にして鬼をもひしぐといわれたわたしですが、あのときばかりは心細く、泣きたくなりました。

ひょっとしたら、お袖さんはわたしとお袖さんの母さんのことを気にしていらっしゃるのではないでしょうか。そのことでしたら心配はいりません。お袖さんの母さんとわたしとはもうなんでもありません。とっくの昔に切れているんです。

それにわたしはお袖さんの母さんを好きでもなんでもありません。あの夜、お袖さんだと思って、勇気を出して布団にもぐり込んだら、母さんだったのです。わたしは一歳で父をなくし、間もなく母とも別れ、天涯孤独の少年です。ですから、母さんの布団の中からすぐに飛び出そうとしたのですが、そのとき、わたしはお袖さんの母さんの中に、別れた母の匂いをかぎ、それで間違いを仕出かしてしまったのです。

どうか、お袖さんの母さんやわたしを責めないでください。

この次の毘沙門天の縁日には、きっと来てください。待っています。


惣の字より。

恋しきお袖さまへ。


読み終えた久太郎は、しばらくの間、呆れが半分仰天が半分水刷毛を宙に浮かせたまま、ぼんやりしていた。沖田惣次郎が早熟の女好きだとは知っていたが、武具屋の内儀《おかみ》とわけありだったということは考えてもいなかったのだ。しかも、その娘にも付け文するとはなんという図図しいやつなのだろう。

(……あいつ、剣も天才だけど、女にかけても天才だ。おれぐらいの年齢《とし》になったら、惣次郎は、この市谷柳町界隈の娘っ子を一人のこらず口説き落してしまうかもしれないぞ。それにしてもあいつ、孤児を看板にして口説くなんて垢抜けないやつだなあ)

ぶつぶつ言いながら久太郎がその付け文を剝がしにかかったとき、表に人影が立った。

「あれ、久太郎さんじゃないか」

見ると、問題の付け文の書き手である惣次郎が目をまるくして見世の内部《なか》を覗き込んでいる。惣次郎の後には勝太たちの怪訝《けげん》そうな眼があった。

八

「久太郎さんは武具屋《ここ》の内儀さんから留守番を頼まれたんだな」

板の間に腰をおろしながら惣次郎が訊いた。

「試衛館の留守番と武具屋《ここ》の留守番、留守番のかけ持ちじゃ、さぞや忙しかったろうね」

「おれは惣次郎とちがって武具屋《ここ》の内儀《かみ》さんとはそう親しくはないんだ」

久太郎は屛風を畳んで柱に立てかけた。

「だから留守番を頼まれたわけじゃないんだ」

「じゃ、なんだってあんだここさ居《え》るのすか」

と敬助が獅嚙《しかみ》火鉢を撫でまわした。

「うん。じつはこの見世がおれのものになってしまったんです」

久太郎は前日からその日の朝にかけて起ったことを、お袖が忍んできたことを除いて、すっかり勝太たちに総ざらえした。

「三日見ぬ間に試衛館の門下生が一躍、武具屋の若主人か」

歳三がにやにやしながら言った。

「三日見ぬ間の桜かな、というのは真実《ほんとう》だな」

「それで久太郎、おまえ一体どうする気だ？」

と、勝太が訊いた。

「武具屋の主人におさまり返るつもりかい」

「剣術は続けますよ」

久太郎は答えた。

「こんな世の中にどこのだれが、兜や鎧や具足を買いに来るもんですか。ここはあくまでも片手間ですよ」

「といっても久太郎さんは結局は二兎を追うわけだな」

源三郎は傍にあった鐙《あぶみ》を手にとってひねくりまわしている。

「剣と商い、このふたつ並び立つのかなあ」

「並び立つか立たないか、しばらく静かに見てやってくださいね」

湯上りの躰を京藍二重《きようあいふたえ》染の浴衣《ゆかた》で包んだお光が見世へ入ってきた。見世の土間で手拭を口にくわえ、小さな黄楊《つげ》の櫛で鬢《びん》を掻きあげているお光を見て、湯上りは親でも惚れるっていうけれど、実の弟の自分でさえ、うっとりするような美人だな、と久太郎は思った。勝太たちもぽかんとしてお光に見とれていた。とくに惣次郎は呆けたような眼付をしている。

「勝太さんしばらく」

お光が手拭を畳みながら勝太に会釈した。その白い衿元から赤い色がこぼれた。お光は小さな香袋を左右の袖に入れ、それを紐で繋いで項《うなじ》に掛けているのだが、赤いのはその紐の色である。

「上石原じゃ、勝太さんの噂で持ち切りよ。あの年齢《とし》で大きな試斬会をいくつも次々に主催するなんてたいしたものだ、そのうち講武所とやらの教授方、そして末は旗本のお殿様に出世なさるにちがいない、みんなそう噂しあっているわ」

「そう、とんとん拍子に行くといいんだけどねえ」

勝太は鼻翼《こばな》を二、三度ひくひくさせた。お光の両の袖から匂い立つ梅花香がすこし擽《くすぐ》ったいのだろう。

「こっちの狙っている講武所がさあ出来る、もう出来ると掛け声ばかりで一向に発足しないのさ。したがって講武所の教授方はまだ夢ものがたり」

「なぜ、その講武所がなかなか始らないのかしら?」

「世の中が平和だからですよ」

と、傍から歳三が注釈した。

「天下泰平はわたしたちの不倶戴天の仇敵《かたき》なんだ」

「じゃあ、天下が乱れるように塩禁《しおだち》でもしようかしら」

お光は勢いこんで言い、言ってからすこし頬を赤くした。

「久太郎……」

赤くなった頬を畳んだ手拭で軽く叩きながら、お光は久太郎の方を向いた。

「十四、五軒先に向島の料亭平岩の支店《でみせ》があったわ。そこへひとっ走りしてきておくれ」

「いいけど用件は……？」

「きまってるじゃない、お料理を誂えてもらいに行くのよ」

お光は見世の中の頭数を指折り数えて、

「七人前。あ、それに金作の分も入れて八人前。大至急よ」

とつけ加えた。

久太郎が見世を飛び出すと、

「おれも行くよ」

と、惣次郎が追ってきた。陽はすでに西山の蔭。あたりには濃い紫色の夕闇が訪れはじめていた。ぱしゃっという打水の音や、あちこちの縁台でぱちりぱちりと薄板の将棋盤を叩く駒音や、「豆腐ウーイ」と呼び流して行く夜商人《よあきんど》の声の中をしばらく歩いているうちに、惣次郎が言った。

「……久太郎さんの姉さんていうのはずいぶん器量よしだねえ」

「ふん。あいかわらず気早《きば》やだな。もう目をつけたのか？」

「……そ、そういうわけじゃないけどさ」

「姉は二、三日、泊って行くらしいぜ」

「へえ……」

「だけど夜這いなんかするんじゃないぞ。武具屋の内儀《おかみ》さんみたいに行かないからな。孤児を看板にしたってだめさ」

惣次郎の足が停った。

「ぎくっとしたろう？　ふふん、おれはお前の書いたお袖さんあての付け文をちゃんと見たんだ」

惣次郎は立ち止まったままだった。久太郎はとどめを刺すつもりで言った。

「姉と勝太さんはどうやらお互いに相手を『ああ、憎くない人だ』と想っているらしいんだ。だから下手に姉にちょっかいを出すと、勝太さんを敵に廻すことになるんだぜ」

惣次郎はまだ通りの真中に突っ立っていた。

「どうした、惣次郎。おれがあまりなにもかも見通しなのですっかり腰を抜かしたな？」

「それどころじゃないよ」

惣次郎は通りに軒を並べている店屋のうちのひとつを指さした。

「……そこの駕籠屋の前でいま駕籠かきがたいへんなことを話しているよ」

「たいへんなこと……？」

久太郎は惣次郎の指す方へ視線をやった。惣次郎の言った通り、『駕籠清』と書き抜いた大きな箱提灯《ちょうちん》の下に息杖《いきづえ》を持った男たちが四、五人たむろし、声高に話し合っていた。

「惣次郎、たいへんなことっていったいなんだ？」

「大筒《おおづつ》をいくつも積んだ黒船が来るらしいとさ」

「黒船？」

「うん、亜米利加のだってさ」

近くの商家から行燈《あんどん》の灯心を吸う音が、じいじいっとやけに大きく聞えてきた。久太郎は、それをいやな、不吉な音だな、と思いながら、『駕籠清』の箱提灯の方へ近づいて行った。

九

顔中が痘痕《じゃんこ》だらけの駕籠清の若い者は、久太郎と惣次郎がすこし離れたところから自分の話に聞き耳を立てているのを見て、

「おい、おれは講釈師じゃねえんだ。もっと近間《ちかま》へ寄ってきな」

と、息杖でおいでおいでをした。

「近間へ寄ってきても、木戸銭頂戴だなんて言いやしねえ。無料《ただ》でいくらでも聞かせてやるぜ」

「はあ……」

久太郎は軽く頭をさげながら痘痕面《づら》の前にたった。

「で、あのう、亜米利加の黒船が大砲を積み込んでやってくるってほんとうですか?」

「ああ、嘘じゃねえ。たったいま、すぐそこの南寺町へ漢学の先生をおろしてきたところだが、その先生が教えてくだすったのさ。なあ、相棒、そうだよな?」

痘痕面は隣で、地面に立てた息杖に顎をのせていた蕎麦滓《そばかす》面の若い者に相槌を求めた。

「うん」

蕎麦滓面はうなずいて、

「漢文塾の河井九馬先生をたしかにそこまで乗せてきたぜ」

と、また息杖の上に顎を戻した。

試衛館の所在する柳町とその南寺町は、光徳寺という寺をはさんで目と鼻のところにあって、久太郎は何度も漢文塾の前を通っている。あまり流行らない塾のようで、いつ通っても塾生の居る気配はなかった。噂では、河井九馬はお上《かみ》をはばかって漢学の看板を掲げているだけで、その志は洋学にあるらしいということだが、むろん久太郎にその噂の真偽はわからぬ。

「亜米利加の黒船はどこへ来るっていうんです?」

こんどは惣次郎が訊いた。

「長崎ですか?」

「長崎だったら、こんなに口から泡を吹きゃしねえさ。黒船は浦賀を目ざしているらしいね」

と、ここで疱瘡面は秘密めかして声を低くし、

「で、浦賀から江戸前の海へ入ろうって魂胆らしいや」

「浦賀へはもう現われたんですか?」

「いや、まだらしいぜ。浦賀の平根山の台場から浦賀奉行様御配下の桜田与次郎ってお人が、十里先まで見通せるっていう遠眼鏡で見張っていなさる最中だとさ」

「その河井九馬って先生、ずいぶん詳しいんだなあ」

と、惣次郎が舌を捲いた。

「詳しくて当り前よ」

蕎麦滓面がふたたび息杖から顎を浮かせた。

「なんでも先生は伊豆湯治の帰りに浦賀へ寄ってきなすったらしい。そうしたら、浦賀はこの噂で持ち切り。つまり、先生は実地を見聞なさったわけだ。だから詳しいのさ」

「なあんだ」

惣次郎は軽く鼻を鳴らした。

「ただの噂か」

「せっかく無料《ただ》で穫れたての話を聞かせてやっているのに、なあんだはねえだろう」

痘痕面が息杖の先端《さき》でとんと地面を突いた。

「これも河井先生がおっしゃったことだがね、去年、長崎出島の阿蘭陀商館の加必丹《かびたん》がお上《かみ》に『亜米利加の動きにどうぞお気をつけ遊ばすように』と言ってきたそうだぜ。そして加必丹、同じくそのときに曰く『近く亜米利加が黒船を仕立てて、お上に開国を迫るは必定と思われます』……」

「……開国、というと?」

「うん、おれもその『開国』がわからなかったから、河井先生に注釈をつけてもらった。なんでも、日本《こっち》と交際《つきあい》がしてえってことらしいね。それがいやなら大砲《おおづつ》にものを言わせるぜ、というわけだ。まったく大事《おおごと》よ」

「そこでおれたちはしつっこく先生に尋ねたのさ、『そんなら交際《つきあい》でもなんでもしたらいいじゃありませんか』ってね」

蕎麦滓面が言った。

「お上には鎖国令という祖法がある、祖法を変更《へんが》えして亜米利加の黒船の入船《いりふね》を許すわけには行くまい、とこう先生は言ってたよ」

いつの間にか駕籠清の前には人集《だか》りがしていた。

「このまま行くと亜米利加とひと戦さ、あるかもしれないな」

「と、これも河井先生の御高説よ」

痘痕面と蕎麦滓面は乗りに乗って掛け合いをはじめた。

「……しかし、その戦さはどうやら苦戦しそうだぜ。なにしろ浦賀の平根山の台場には、大砲の弾丸《たま》が十六発しかねえらしいからね」

「というのも同じく河井先生の曰く、だ」

「黒船は難なく江戸前の海へ入ってくる。そこで、黒船の入船を防ぐ手はただひとつ、江戸中の墓石を全部、江戸前の海に沈めるしかねえよ。船底にごつんごつんと墓石が当るから、黒船の野郎、こいつは剣呑《けんのん》だと、尻に帆かけて退散よ」

「あれ、兄哥《き》、河井先生はそんなことおっしゃったかい？」

「いや、こいつはおれの勝手な思案だがね」

二人の掛け合いに茶利《ちやり》が多くなってきたようである。久太郎は惣次郎を誘って人垣の外へ出た。

「惣次郎、平岩へはおれがひとりで行く。おまえは一足先に勝太さんのところへ戻るんだ」

「ああ。いま聞いたことを勝太さんに話しておくよ」

「そうしてくれ」

惣次郎と別れた久太郎は、駕籠清の五、六軒先にある平岩の支店《でみせ》に飛び込んだ。見世の内部《なか》には五人ほど客がいて、これがみな箸で卓子を叩き銚子を振って、

「黒船なぞ怖いものか。こちとらは神国、いい按配のときにきっと神風が吹くさ」

と、たいした勢いである。

噂はもうここへも伝わっていて、恰好の酒の肴となっているらしい。

「いらっしゃい」

お愛想声をあげた主人に、試衛館だが仕出しを八人前、と告げると主人は、

「おや、さっそく道場繁昌の前祝いですか」

と、意外なことを言った。

「まさか。ただの会食です」

「隠さないでもちゃんと読めてますよ」

主人は註文控えに筆を走らせながら、

「神風が吹けばいいが、万一吹かなければ黒船にお江戸が乗っ取られてしまう。となると、神頼みより自分の腕が頼みの綱。それで試衛館の門前市をなすはずだから、今夜はその前祝い……。どうです、図星でしょうが。わたしだってもうちょっと若ければ、剣術を習いに試衛館へかけつけたいところですよ」

なるほどそれは大いに有り得るなあ、と久太郎は主人の先読みに感心したが、そのとき、まったく別の思いつきが、彼の脳裏をかすめて行った。それは、

(……剣術道場が繁盛するなら、それと同じ理由で、武具や馬具を扱う店も盛《さか》るのではないだろうか?)

という思い付きである。久太郎は矢玉のような勢いで平岩から外面《そと》へ飛び出した。

十

武具屋も試衛館も表戸が閉っていたので、久太郎は裏へ廻った。試衛館の勝手で、姉のお光が細かく切った胡瓜を塩で揉んでいた。金作は飯釜を載せた竈《へっつい》の下を火吹竹で吹いている。

「姉さん、いまいくらお金を持っている?」

「な、なによ、戻ってくるなり急に妙なことを言いだして……」

お光は道場を眼で指して、

「こっちの支度が出来るまで勝太さんたちの話に入ったらどう?」

と言った。

「黒船が江戸前の海へ入って来るようなことがあったら、小舟を仕立てて斬込もうだなんて勇しい話をしているみたいよ。でなかったら、酒の燗でもつけてちょうだい」

「それどころじゃないんだ」

久太郎はお光の帯の間に手を入れた。

「そのまま動かないでいてくれよ」

「な、なにするのよ」

「財布を借りるだけだ」

引き抜いた財布の中味を、久太郎は俎板の上に並べた。

「八両二分か。よし、六両借りて行くよ」

お光の右手がぴしゃりと久太郎の頬を叩き、手から頬へ胡瓜が一枚宿替えをした。

「あいかわらず姉さんは乱暴だな」

久太郎は頬の胡瓜を引き剝がして口の中へ抛り込む。

「年頃の娘がみっともないよ」

「乱暴はどっち？　いきなり金をふんだくる方がよっぽど乱暴じゃない」

「この六両はそのうち十両にも二十両にもなると思うよ」

「だから、なぜ？」

「黒船が来れば武具屋が儲かる。柳町から南寺町、原町から七軒寺町とこのあたりの質屋を軒並み廻って質流れの武具や馬具を買い集めてくるつもりなんだ」

「……風が吹けば桶屋が儲かるっていうのは聞いたことがあるけど、黒船で武具屋ってのは初耳ねえ」

「その初耳なところがおれのつけ目さ」

久しぶりに姉弟喧嘩がはじまったというのでにやにやしながら火吹竹を銜《くわ》えていた金作に久太郎が言った。

「手を貸してくれないか。買い込んだ武具と馬具、おれひとりで担げないかもしれないから」

「頬をふくらませてひょっとこ面《づら》をしているよりはおもしろいことがありそうだね」

金作はふたつ返事で久太郎の後に従った。

「黒船が来なかったらどうする気？」

お光が久太郎の背中に向って大声をあげた。

「お金を溝《どぶ》に捨てるようなものじゃない。ねえ、いまお見世にある武具と馬具じゃ足りないの。久太郎ったら！」

「心配しなくていいんだよ、姉さん」

久太郎は裏木戸の闇の中から勝手に向って言った。

「それにお姉さんは上石原を発つときに、これから武具屋は景気がいいのか悪いのか、流し占いにみてもらったはずじゃないか。そのときの占いはなんて出た？　大大の大吉と出たんじゃなかったのかい」

お光の返事はなかった。

「おれは黒船が来る方へ賭けたんだ。いいだろう？」

お光はやはり黙っている。

「試衛館に来てからはじめてだな、こんなにおれが張り切っているのは……。やっぱりおれは商人向きに出来てるらしいや」

久太郎が表へ出かかったころ、ようやくお光の声がかすかに返ってきた。

「……いってらっしゃい」

それから小半刻のあいだに、久太郎は質屋を五軒ほど廻った。半刻で五軒というのは少ないようだが、裏通りの質屋は木戸が閉っていて入れないし、それにこの市谷柳町界隈は寺ばかりが多く、質屋の数がもともとすくないのだから、五軒が妥当なところなのである。五軒のうち二軒は、

「武具と馬具ならこっちが買いたいほどだね」

と、久太郎に答えた。

また更に二軒は、

「売ってもいいが、高いですぜ」

と久太郎の足許を見すかしたようなことを言った。噂の足は飛脚よりも速いな、と久太郎はそのとき思った。

おしまいに寄ったのは七軒寺町の小さな質屋で、ここはまだ黒船の噂で荒らされていなかった。片側のほとんどが根来《ねごろ》鉄砲組の屋敷、そしてその向い側が久成寺《くじょう》、千牛院、浄輪寺、多門院と寺地ばかり、住む人も少なければ人通りも少なく、人の背中におぶさって旅をするほかに方法《て》のない噂としては、こういうところが苦手なのだろう。

「ほう、あなたは武具や馬具を集めていなさるのかね」

応対に出たのは空咳ばかりしている老人だった。

「引き取り手のない武具や馬具が土蔵の中に山ほどあるが、あなた、そんなに集めてどうなさるの

で？」

黒船渡来を見越しての先物買いで、とはまさか言えぬ。じつはわたしの主人が武具類に凝っておりまして、と久太郎はしどろもどろで切り抜けた。

「そうでしたか」

老人はうなずき、奥へ灯りを用意するように命じて、

「それでは土蔵へ御案内しましょうかな」

と立ちあがった。

生れてはじめての商いの駆け引き、案ずるより生むが易しでこれはうまく行った、と久太郎は老人の後について庭を横切ったが、土蔵の前に紙燭《しそく》を掲げて立っていた小さな人影を見て、思わずあっと言ってしまった。ふたつに分けた髪の形、しょんぼりと立ったその塩垂れた風情、それは馬具屋の娘のお袖にちがいなかった。

十一

「も、もしかしたら、そこにいるのはお袖さんじゃないのかい？」

土蔵の前に紙燭を掲げて立っている小さな影に向って、久太郎は思わず二、三歩、駆け寄った。

「……たしかにお袖さんだ」

お袖は答えない。ただすこし軀を小さくしただけである。

「柳町と七軒寺町とは同じ牛込市谷《うしごめ》、こんな近くに潜んでいたとは思わなかったなあ。それにしてもお袖さん、今朝は心配したぜ。急に姿を消したりして、いったいどうしたんだ？」

お袖はやはり黙ったままだった。

「……お袖をご存知でしたか」

質屋の老主人が久太郎の背中に訊いてきた。久太郎は老主人の方を振り返ってうなずいた。

「知っているどころではありません。今朝まで隣同士だったんですから」

「ほう」

こんどは老人がうなずいた。

「じつはその娘《こ》のおっかさんという人がうちの上得意でしてな、今朝も家財道具一式、お預かりしたんですよ。いつも『もうすこし出せないのかい』と言うのが十八番《おはこ》のおかみさんですが、今朝はこっちの言い値をすんなりのみこみなすったから、これは相当に深い事情がおありなさるにちがいないと思っていましたら、あなた……」

老人はここで声をひそめた。

「ついでに、娘も質入れしたい、とこうおっしゃるんですよ」

「す、するとお袖さんは質草ですか？」

「まあ、そういうことですな。それで五両でお預りしました。ちょうど女中さんがほしかったところなので渡りに船というやつで」

「じゃあ、期限と利足はどうなっているんです？」

「一年以内にかならず迎えに来ますから、とあの娘《こ》のおっかさんは言っていなすったが、果してどうでしょうな。なにしろ、よく質草を流してしまうお人でしたから。利足は江戸質仲間《しちなかま》定法書《じょうほうしょ》には『貸金拾両以下は金壱分に付き利足壱ヶ月拾六文』とありますから、月三百二十文で……」

「そうですか」

久太郎は深々と溜息をついた。

「それにしても近頃の質屋は質草に人まで預るんですか。知らなかったなあ」

「いやいや」

質屋の老主人は慌てて手を振った。

「これも質仲間定法書に『人を質物《しちもつ》に取る儀、決して致間敷事《いたすまじきこと》』とありましてな、人を預ったと仲間に知れては除名されてしまいます。ま、言ってみれば、女中をひとり雇っただけのことですよ。月三十二文の利足とは冗談で、それぐらいは小遣銭をあの娘《こ》に渡してやらなくてはというほどの意味でしてな……」

老主人はそれ以上お袖のことには触れたくないらしく、土蔵の方へ歩き出しながら、

「さ、それでは馬具や武具をお見せいたしますかな」

と言った。

「ちょっと待ってください」

久太郎は老主人を押しとどめた。

「その前にお袖さんと話をさせていただけませんか」

老人は、すこしの間、考えていた。がやがて夜目にも白い白髪頭をひとつ縦に振って、

「話がすんだら声をかけてくださいましよ」

と、家の中に引っ込んだ。

金作は気をきかしたつもりか、土蔵の横の庭石に腰をおろして空の星を見上げ、ときどき、足首や頬を手でぴしゃりぴしゃりと叩いている。その辺はたぶん藪蚊が多いのだろう。

「おれはいま懐中《ふところ》に六両持っているんだ」

久太郎はお袖に言った。

「武具や馬具の買い付けに来たんだけど、お袖さんが望むならおっかさんのかわりにおれが五両の借金を払ってもいい」

「武具や馬具の買い付け?」

「うん」

「じゃあ久太郎さんがお店をやろうっていうの?」

「そうだよ」

「お客なんか来やしないわ。無駄よ」

「とは限らない。ひょっとしたら流行るかもしれないぜ」

「なぜ?」

「浦賀に近ぢか亜米利加の黒船がやってくるらしい。黒船との間に戦さがはじまるかもしれないという専らの噂なんだ。そうなると武具屋は繁盛すると思う。いいかい、お袖さん、おれがお袖さん

のおっかさんのために用立てたお金は三十五両だ。そして今日またお袖さんのために五両使う。これで合せて四十両、つまり四十両がお袖さんの家の借金だ」

「……大金ねえ」

「だけどいま店に並んでいる武具や馬具がみんな売れればそれくらいにはなるぜ。そうしたら、お袖さんはおれに借金が払える。店はまたお袖さんのものになるんだ。どうだろう、おれと一緒に帰る気はないかい？」

「亜米利加ってどんな国かしら？」

　お袖は話を逸らせた。

「黒船に乗ってくるっていうけど、船が黒く塗ってあるのかしら、それとも亜米利加国の人は全身が黒いのかしら？」

「まさか」

　久太郎は笑った。笑っているうちに上石原の家にあった絵本のことを思い出した。その絵本には「後眼国《こうがんこく》という国あり。うしろの首筋ぎわに目ある人の住む国あり」などという文章入りで、さまざまな国のことが絵にしてあったが、さて亜米利加国はどうだったただろうか。

「聶耳国《じょうじこく》。耳長人の住む島なり。島人、みな身は虎のごとき紋ありて、耳の長きこと膝を過ぐ。耳を抱えて歩む」「三身国《さんしんこく》。頭《かしら》ひとつにして身は三つあり。六本の手にて稼ぎ出せば、儲け多いように思えど、人の商売は傍から見ると実地は大いに違いありて、六本の手足を動かす故、腹しきりに減り、始末にならぬ由なり」「羽民国《うみんこく》。手のかわりに翼あり。よく飛び」「穿胸国《せんきょうこく》。国びとみな胸に穴あり。位高き人は、この穴に棒を通し、いやしき者にこれを担がせるという」「氐人国《ていじんこく》。顔は人なり。身体《しんたい》は魚にして足なし。世に人魚というはこの国の人の事なるべし」……、その絵本は三冊組で六十に余る国のことが記してあったはずである。だが、いくら思い出そうとしてみても、ついに「亜米利加国」のことは久太郎の記憶のなかからは飛び出してはこなかった。亜米利加国はあの絵本にはなかったのだろうか。

不意にお袖の右手がひらとひるがえって、久太郎の左頬に飛んできた。ぴしゃりといやに高い音がした。

「な、なにをするんだ。藪棒じゃないか!」

久太郎がびっくりした声を出すと、お袖がはじめて皓《しろ》い歯を見せて言った。

「藪蚊を打ったの」

紙燭の上にかざしたお袖の掌に、たしかに蚊が一匹、平たく潰れて貼りついていた。

十二

久太郎は左頬を何遍も手でこすりながら、

「……ありがとう」

と、言った。

「それでどうする?」

「なんのこと？」

「だからさ、ここで女中奉公するかい。それともおれと一緒に家に帰るかい？」

「……ここに置いてもらいます」

意外な言葉が返ってきた。

「怒っているんだな」

久太郎は、前夜、自分が手を出さなかったことをお袖が怒っているらしいと読んで、こう言ったのである。

「わかりません」

お袖は右手を顔の前で振って蚊を追った。

「たとえ、お店がまたあたしたちのものになっても、その先どうやって商いをしていいのかわからないんだもの」

「おれがついてるじゃないか。おれはお袖さんと、そのう、夫婦になってもいいと思っているんだぜ。一緒に帰って昨夜《ゆうべ》のやり直しをしようか？」

久太郎はお袖の手をとろうとした。が、そのときお袖の手がまた久太郎の左頬で鳴った。

「また藪蚊だな？」

久太郎は嬉しそうに頬を撫でた。

「今度はちがうわ。いまは昨夜のやり直しをする気はないんです」

お袖は勝手口へ走った。金作がかわりに久太郎の傍へ寄ってきた。

「どうも鶍《いすか》の嘴《はし》のようだね、久太郎さん」

「鶍とは雀とよく似た小鳥で、嘴《くちばし》がこんなに喰い違っているんで」

「ちぇっ、金作にからかわれるようじゃおれもおしまいだな」

久太郎は苦笑いをしながら、見世へ戻った。

「話はすみました。土蔵を見せてくださいますか?」

久太郎が声を掛けると、客となにやら話し込んでいた老主人が、

「まったく危いところだった。あんたにうまうまと油揚をさらわれるところでしたよ」

と、言った。

「油揚をさらう? なんのことです」

「こちらはすぐ近くの根来鉄砲組の御屋敷のお方で、具足を出しに見えなすったんですがね」

老主人はここで客に向って頭を軽くさげ、

「いやに武具や馬具がもてる夜だと思ってこちらに伺ったら、黒船が戦さ仕度でやってくるところだとおっしゃるじゃありませんか。それを知った以上は、土蔵の中はお見せできませんな」

「む、むろん、すこしぐらいの高値でも構いませんが……」

「しばらく武具馬具を抱いて時を待ちますよ」

老主人の眼が燭台の灯を受けてきらっと光った。

「まったく当節のお若い方ときたら、自分の田へ水を引くような阿漕《あこ》ぎな商いをするから、油断もすきもあったものじゃない」

久太郎は（ちぇっ、またも鴟の嘴か）と呟きながら外へ出た。質店のある町屋の向い側には根来組や御弓組の屋敷が黒くひろがっていた。その武者小路《やしきまち》に沿って歩きながら、久太郎は屋敷の中がいつもとはちがうように感じた。普段のたたずまいより、なんとなく騒がしいような気がしたのである。

試衛館に帰ると、お光が勝手で洗い物をしているところだった。

「ずいぶん遅かったじゃないの」

お光は勝手の横の四畳半を指して、

「そこに弁当があるわ。いま、お茶を入れてあげる。気の毒だけどお酒は売切れ。勝太さんたちがみんな飲んじゃったのよ」

「それで勝太さんたちは……？」

「道場にひっくり返って寝てしまったみたい。試斬会の後始末で疲れ切っていたのね。あたしもすっかり疲れた。ここを片付けたら、武具屋で寝るわ。金作も武具屋の組よ」

金作はうなずいた。

「さて、それでは久太郎さん、御馳走をいただくことにしますか」

金作にうながされて久太郎は四畳半に上り、部屋の隅に置いてあった折詰をひとつ手許に引き寄せた。

「あそうそう、武具を買い付けに行ったはずだけどどうしたの？」

茶の入った湯呑をふたつ盆にのせて運んできたお光が訊いた。

「出るときと同じに手ぶらで戻ってきたじゃない?」

「うん。そうは問屋が、ってやつだよ」

「久太郎……」

道場から土方歳三が出てきた。

「武具や馬具の買い付けに行ったんだってな」

「そうです」

「いいところへ目を付けた。さすがは商売上手で鳴る上石原は武州屋の跡取りだねえ」

歳三は井戸端へ出て大きな欠伸《あくび》をひとつした。それから井戸の水を汲んで浴びるようにして飲み、

「……酔い醒めの水は甘露の味だ」

と、唸った。

「一見、いいところへ目を付けたようですけどね、それがまるで駄目の皮でした」

折詰の鰆《さわら》の照焼の皮をむしゃむしゃやりながら、久太郎が言った。

「どこの質屋もおれと同じところへ目を付けていたんです」

「たしかに、みんなそこへ目をつけるかもしれないな」

歳三は着物の袂《たもと》でごしごしと顔を拭きながら、四畳半に上りこんだ。

「やはり金を儲けるなら他人様《ひとさま》の裏を行かなくちゃいけないねえ」

「そう簡単に他人様の裏を考えつくなんてことはできませんよ」

「そうかね。じつはな、久太郎、おれたったいま思いついたことがあるんだよ。つまり、他人様の裏をさ」

歳三は久太郎の折詰へ手を突っ込んで鰆の照焼を摘んだ。

「これは教授料だ」

「……で、なにをすれば儲るというんですか？」

横から盗られるぐらいなら、皮からではなく身から食べておけばよかった、と軽く後悔しながら、久太郎は訊いた。

「裏っていったいなんです？」

「有難いお札《ふだ》を売り出すのだよ」

歳三はそう言って鰆の照焼を口へ抛り込んだ。

十三

その真意が量《はか》りかねて、久太郎はしばらくのあいだ、箸を宙に浮べたまま、歳三の顔を眺めていた。黒船騒ぎに便乗してお札を売り出せば儲かる、と歳三は言うが、黒船とお札といったいどういう繋がりがあるのか。

「わからないなあ」

考えるのを諦めて、久太郎は折詰の南瓜の煮付に箸を突き刺した。

「歳三さん、それがどういうことか、教えてくださいよ」

久太郎は南瓜を噛みながら歳三の言葉を待った。

「おれの考えでは、人には事が起ると押して出て行くのと、引いて閉じこもってしまうのとふた通りある」

歳三が久太郎の横に坐った。

「押して出ていく組は武具や馬具を買う。つまり、戦うことによってわが身を守ろう、とするわけだ」

「……攻撃は最大の防禦、ですか」

「そういうことだ。さて引いて閉じこもってしまう組はどうするか。これはもう決っている。神棚に手を合わせわが身の無事でも祈ってるほかに手がない。そのうちに神棚ばかりでは足りなくなる。お天道様に、道ばたのお地蔵さんに、富士のお山に手を合わせることになる。お札を欲しがるのはこの連中だね」

なるほど、と久太郎は思った。これならわからないことはない。自分もよく考えてみれば歳三の言う「引いて閉じこもってしまう組」である。黒船が噂通りに姿を現わし、江戸前の海から大砲で江戸市内に弾丸の雨を降らせることにでもなれば、家の中で立ったり坐ったり、びくびくしながら暮すロだろう。そのとき、お札でも手に持っていれば、ずいぶん気が休まるにちがいない。

「歳三さんの考えがすこしわかってきたような気がする。でも、おれの作ったお札じゃ売れないでしょう?」

「そりゃそうだ。いくら鰯《いわし》の頭も信心からだと言っても、久太郎のこしらえたお札じゃ誰も買わないよ」

「じゃあ、どうすればいいんです？」

「このあたりはお寺だらけだ。どこかのお寺と手を組むことだ。それもできるだけ流行っていない寺がいい」

「どうしてですか？」

「大きな寺じゃあまずこっちの話に乗ってこないぜ。乗ってきたとしても『お札はこっちで売り出します、町家に売り捌きは委せないのがしきたりで』と、鳶に油揚げ、ということになってしまう。手を組むのは金を欲しがっている貧乏寺に限る」

　歳三の言うように試衛館の周囲には寺が多い。裏庭から路地に出るとその路地の向うが、まず光徳寺というお寺である。この光徳寺から西へ人家を五、六軒隔てたところが袋寺町。町の名からもわかるようにここは人家が二軒しかないのに、お寺は長昌寺、東円寺、妙伝寺、薬王寺、浄栄寺、蓮秀寺、長慶寺と、七つもある。いずれも寺格はそう高くなく、歳三の言う条件には嵌《はま》っているようである。

「じゃあ、明日にでも、袋寺町の寺を一軒一軒、あたってみますよ」

「明日じゃ遅いんじゃないかな」

　と、歳三が言った。

「こういうことは早いほうがいいよ」

「今夜はもう動けません」

久太郎は箸で隣の武具屋を指した。

「武具屋で寝ますよ。今日は朝から働きづめだったし、これから行っても袋寺町の木戸は閉っているだろうし、それに歳三さん、黒船騒ぎと言っているのはまだおれたちだけなんです。世間がこっちの思惑どおりに騒いでくれるかどうか、それはまだわかりませんよ」

「世間は騒ぐさ」

歳三が立って勝手の土間に降りた。

「久太郎、これはおまえが考えているよりもっと大がかりな騒ぎになるはずだ」

歳三は、それから勝手で片付けものをしているお光を見てにやりと笑い、ふらりと道場へ姿を消した。

「勝太さんは別として、他の試衛館の人、みんなすこしおかしいんじゃない？」

折詰を戸外の屑箱に捨て、武具屋の方へ歩き出した久太郎にお光が追いついてきて言った。

「あの仙台弁の男、なんていったっけ？」

「山南敬助さんかい？」

「そう、あの敬助、あいつは冗談仕立てでいやらしいことばかり言うし、井上源三郎って子はただ押し黙ってにたにたしながら、あたしの軀をいつもじっと見ている……」

武具屋では、もう金作が高鼾《いびき》で寝ていた。久太郎はお光と並んで横になった。

「……それから沖田惣次郎って子、あれもよほど変よ」

「付け文でもしてきたのかい？」

久太郎は惣次郎がお袖にあてて恋文を書いたことがあったのを思い出してそう訊いた。

「付け文まではしてこないけれど、まだあんな小さい子どものくせに、さっき、今夜は武具屋でひとりで寝るんですか、なんてあたしに言うのよ」

「べつにどうってことないじゃないか」

「そのあとがあるの。淋しかったら一緒に寝てあげます、だって」

どうやら姉のお光は試衛館の全員に狙われているらしいな、と久太郎は思った。つい今しがたの歳三のにやり笑いも、いってみれば獲物を前にした猛獣の舌舐めずりみたいなものではないか。

「明日あたり上石原へ帰ったらどうかな」

「それもそうだけれどね、久太郎、あたし考えたんだけど、もしかしたらあんたは試衛館に居ても役に立たない人間じゃないのかしらねえ」

「……ど、どうしてそんなことを言うんだ」

「だってそうじゃない。もしもよ、あの歳三さんの妹さんかなんかが試衛館に用事があって来たとするわね。そのとき、あの敬助や源三郎や惣次郎が、その妹さんにいやらしいことを言ったり、妙な目つきで見たりするかしら？」

しないだろうな、と久太郎は口の中で答えた。一緒になりたいからつきあわせてくれ、と正々堂々と申し込むのならとにかく、そうでなければ歳三に相当痛めつけられるのを覚悟しなくてはならないだろう。

「わたしがこんな扱いを受けているのは、つまり、あんたが軽く見られているからよ」

「でも、姉さんには勝太さんがいるじゃないか。勝太さんは姉さんのことを好きだったんじゃないのかい?」

「それもどうかしらねえ。どうやらあたしの片想いみたいよ。もしも勝太さんがあたしのことを気にしてくれているのなら、やはりわたしは今みたいな扱いは受けなくてすんでいるはずだしね」

「……おれもじつはいろいろと考えてはいるんだ。剣術はおれに向いてないよ」

「そうねえ。とにかくわたしは明日、上石原へ帰る」

「……うん」

縁の下で気の早い秋の虫が啼きだした。それを聞きながら久太郎はうとうとしはじめた。お光が久太郎の胸の上に夏掛けをかけてくれる気配がした。「ありがとう」と久太郎は言ったつもりだが、半分は夢の中、声になったかどうかはわからなかった。

十四

あくる日、お光は上石原へ帰ることはできなかった。というのは朝から見世に客がどっと押し掛けて来てその応対で昼食をとる暇もなく、客足が絶えてほっとしたときは隣の光徳寺の申《さる》の鐘が鳴っていたからである。申の鐘はすなわち夕七ツ《午後四時》、それから発っては、上石原に着くのが夜更けになってしまう。いくら金作が一緒でも夜中の道中は剣呑である。お光は帰るのを一日、先へのばした。

見世の武具と馬具は殆ど売れた。いま残っているのは毀《こわ》れかかった兜がふたつみつ、鐙《あぶみ》が四、五組、それに刃がぼろぼろの薙刀《なぎなた》が一、二本ぐらいのものである。客は近くの御籏持屋敷や根来組屋敷、それから御弓組屋敷の下士が大部分だった。

ずうっと泰平続きで、武具馬具を持たぬ下士が意外に多く、それが黒船の噂におどろいて大慌てで支度にかかったらしい。売上げは六十両を超えた。

「商いっておもしろいねえ」

お光や金作と鰻を喰いながら久太郎は同じ台詞をさっきから何回となく呟いている。鰻は商売繁昌を祝って、久太郎が近くから取り寄せたのだ。

「この分でいったら、ひと月に千八百両の売り上げだ。日本橋の越後屋呉服店も顔負けだぜ」

「ずいぶんばかなこと言ってるわ」

お光が久太郎の湯呑に茶を注ぎながら言った。

「売れたのは今日だけよ。明日からは閑古鳥が啼くことになるわ」

「……そうか、たしかにもう売るものがないや。武具と馬具を仕入れるといったって質屋へ行けば高値を吹っかけてくるだろうしね」

「久太郎さんは武具工や馬具工に知り合いはないので……？」

金作が訊いた。久太郎は苦笑した。

「ぜんぜんない。だって、昨日の朝、この武具屋を引き継いだばかりだからね」

「じゃあ、だめだね。商品《あきないもの》が手に入らなきゃ店を畳むしかないね」

「よお、久太郎、黒船騒ぎで一身上《しんしょう》築いたな」

このとき、蔵三が見世へ入ってきた。

「しかしどうだ、おれの言った通り、世間が騒ぎ出しただろう？」

「うん。でもねえ、蔵三さん、いま店を畳む相談をしていたところなんです」

「商品が種切れになったのだな？」

「そうです」

「じゃあ、さっそく次の手を打て。のんびり鰻なんぞ突っついているときじゃないぞ。どうしてお寺まわりをしないのだ？」

「……昨夜のお札のことですか？」

「そうさ。明日になればきっとほかの誰かが黒船の弾丸《たま》よけのお札を売り出す。他人より一歩おくれたら、それだけうまみがなくなる」

「ちょっと待ってください」

久太郎は重箱を膝からおろして、かわりに楊子を咥えた。

「弾丸よけお札のことは、今日一日、見世で客あしらいをしながら考えてみたんです。でも、とても売れそうにない……」

「売れるさ」

「売れませんね」

道場では、久太郎は歳三に一度も言い返したことはない。しかし、商売のことについてなら話は別だ。歳三は石田散薬の行商人にすぎないが、久太郎はとにかく一個の見世の主人、五分と五分、対等である。

「ただお札を並べても、また、いくら黒船から打ち出す弾丸の、弾丸よけになりますよ、と口を酸《す》っぱくして口上をまくし立てても、それだけでは売れませんよ。お客に、このお札を持っていれば大丈夫なんだ、と信じさせなくちゃだめです」

「なるほど」

歳三はお光が淹《い》れて出したお茶を一口啜った。

「たしかにそうかもしれない。しかし、久太郎、それは無理というものだぜ。だいたいこっちがそのお札の効力《ききめ》を信じていないのだからな。ただ、おれはどこかのお寺のお札を、弾丸よけになります、と売り出せば噂にはなるだろう、と思ったのだ。噂になればしめたもの。その噂が噂を生んで、やがてどっと売れだす……」

「それだけでは弱いなあ」

久太郎はぴしゃりと歳三の口を封じた。歳三が話している間に久太郎はあることを思いつき、それが久太郎の口調を鋭く強いものにしている。

「ただし、歳三さん、仕掛けがあれば話はちがいます。お札は羽根が生えたように売れていきますよ」

「仕掛け……？　どんな仕掛けだ」

「なんでもいいんですがね、たとえばこういうのはどうです。往来で、二人の士《さむらい》がすれちがう。と、片っぽうがいきなり刀を抜いて、『やあ珍しや、そこを行くのは何誰兵衛《なんのたれべえ》ではないか、何年以前国許においてわが父を討って立ち退《の》きし大悪人、ここで逢《お》うたは盲亀《もっき》の浮木《ふぼく》優曇華《うどんげ》の、花待ち得たる今日の対面、いざいざ親の仇敵《かたき》だ、尋常に勝負勝負』……」

「ほう、なかなかおもしろそうだな」

歳三はひと膝乗り出した。

「でその先はどうなる？」

「相手もこれに応じます。『武道の遺恨をもって討ち果したのだ、仇敵呼ばわりはしゃらくさい。返り討ちにいたしてくれる』だがこの相手が汚いやつで、刀は抜かずに、懐中からピストルをとり出し、近くからズドンと射つ」

「射たれた方はどうなる？」

「平気です」

「弾丸が外《そ》れたのか」

「そうです。射たれた方は懐中からお札をとり出して拝み、『この何寺《なんとかでら》の弾丸よけのお札があるかぎり、吾は不死身なり。この卑怯者覚悟いたせ』と斬り込み、攻め立てる……。とまあ、たとえばこういう仕掛けでもあれば、その何寺のお札は売れますね」

「久太郎、おまえは恍《とぼ》けた面《つら》をしているが、相当な悪《わる》だな」

歳三はしばらく大笑いをし、それから急に改まった顔になって言った。

「しかし、ものはためしだ。いまのをやってみようじゃないか。そのかわりお札の売り上げの三分をおれが取る。じつはおれには金の要ることがあるのだ」

浄瑠璃坂の仇討

一

あくる日、久太郎はまる一日費して、試衛館を中心にした五町四方の寺を軒並み訪れ、こちらのお寺のお札を自分に売らせては貰えまいか、と頼んで歩いた。

どの寺の住職も、最初に判で捺したように、

「なんのためにお札を?」

と、久太郎に訊いてきた。そのたびに彼は殊勝らしく、

「いささか思うところがありまして」

と、答えた。一芝居仕組んで、こちらのお寺のお札に〝弾丸《たま》除けのお札〟という評判をくっ付け、大いに売り捌いて儲けたい、と本音を吐けば、話に乗ってきた寺もひとつやふたつあったにちがいないのだが、それが言えない。そこで久太郎は「いささか思うところがあって」と曖昧な言い方しか出来なかったのだが、どの住職も、このぼかした言い方に信用ならぬという印象を抱いたようで、最後はこれまた判で捺したように、

「せっかくだが、うちの寺のお札を外部《そと》で売ろうというつもりはまったくない」

と、断わってきた。

（……惜しいなぁ）

試衛館への帰り道で久太郎は何度もこう呟いた。

（お札さえあれば、明日にでもひと身上《しんしょう》築けるかも知れないのに）

というのは前夜遅くまでかかって、久太郎は土方歳三と次のようなことを決めていたからである。

まず、金作を羽前天童藩浪人の某とし、沖田惣次郎を同じく天童藩の家中某の遺児とする。そしてこの二人を市谷御門に近い浄瑠璃坂ですれちがわせる。時刻は人出の多い午前《ひるまえ》、近くの長延寺の鐘が、巳刻《十時》を鳴らすころがいいだろう。

さて、惣次郎は金作とすれちがいざま、

「やっ、汝は亡き父の仇。三年前に父を謀殺して天堂を逐電せし、某よな」

と、斬りかかる。山南敬助が惣次郎の叔父に扮し、後見役として加勢する。すると金作はぐははと大笑いしつつ、懐中《ふところ》から燧石《ひうちいし》式先込単発短筒《たんづつ》を取り出し、

「返り討ちにしてくれる」

と、叫びながら惣次郎めがけてズドンと打つ。火薬ばかりで弾丸は込めない約束にしておくから、惣次郎はなんともない。が、そこは芝居だ。短筒が轟音を発するのに合わせて、惣次郎は地面にがばと伏せ、つづいて、弾丸が当らなかったとたっぷり思い入れ、

「市谷の某寺《なんとかじ》のお札を肌身につけていたおかげで命が助かった」

と、懐中からその某寺のお札を取り出して高々と掲げる。ここで金作は蒼くなり、浄瑠璃坂をか

けのぼり払方町《はらいかた》の方へ逃げる。惣次郎と敬助はそれを追い、弥次馬たちの前から姿を消す。払方町から御納戸《おなんど》町を経て、試衛館のある柳町まで曲りくねった小路が続いているが、金作・惣次郎・敬助の三人は、その小路をなるべく人目を避けて帰ってくる。

あとに残るのは《市谷浄瑠璃坂で仇討があったそうだ》という噂だけである。弥次馬連は《市谷某寺のお札が健気な仇討少年を短筒の弾丸から守った。おれはそれをこの眼で見たのだぜ》と触れまわってくれるだろうし、あとはお札が売れるのを待つだけでいいのだ。

この偽仇討の舞台に浄瑠璃坂がいい、と言い出したのは金作である。金作のはなしでは、二百年ほど前の寛文年間に、この浄瑠璃坂で有名な仇討があったそうだ。

「わしは江戸砂子《すなご》が好きでよく読みますがね、その中に浄瑠璃坂の仇討という一項があったんですよ。なんでもそのころ、この坂の五段長屋というところに、本多隼人という浪人が住んでいたらしいのです。それを奥平源八なる十六歳の少年が探りあて、五十人の加勢と共に夜明け前にどっと踏み込んだ。源八少年にとって隼人は父の仇だったらしい。迎えうつ隼人勢は、隼人の父の本多半斎入道以下、腕ききが二十名。つまり、二十人対五十人の斬り合いで、これはちょいとした戦さ。で、この斬り合い、朝日が昇るまで小半刻《こはんとき》も続いたそうですが、とどのつまりは隼人と源八の一騎打。隼人が足を滑らせて下水の深堀へ落ちたところを、源八が続いて飛び入り首を取った。黒山のような見物人がやんやとほめそやす声は御城まで届いたっていいます。そうそ、元禄の大石以下の赤穂浪士の吉良邸討入り、あれはこの浄瑠璃坂の仇討をお手本にしたのだそうで……」

歳三も久太郎も金作のはなしの中の「赤穂浪士の吉良邸討入りは浄瑠璃坂の仇討が手本」という

件《くだり》にひどく感心し、それではこの由緒ある坂で一芝居、と決めたのである。むろん二人には、《あの浄瑠璃坂でまた仇討があったらしい。なんと不思議なめぐり合せではないか》
と、噂が噂を呼ぶことを計算に入れたのである。だが、肝腎のお札の手配が出来ないのでは、前夜つくりあげた筋書は画に描いた餅である。

（……仕方がないや。明日またやり直しだ。明日は小石川や谷中あたりへ足を伸してみよう）

そう思いながら、久太郎は焼餅坂をくだっていった。焼餅坂の尽きたところが、試衛館のある柳町である。

「冷《ひや》っこいよ、冷《ひや》っこいよ、氷はどうだね。暑熱しのぎに氷はどうだね」

手拭で胸のあたりの汗を拭いながら焼餅坂をおりかかる久太郎の耳に、氷を売る声が聞えてきた。この氷屋は市谷名物のひとつ。裏庭に深さ二十尺ほどの穴を掘り、冬季にこの穴へ雪を入れ、毎日のように踏みかため、おがくずで覆い、菰《こも》の屋根をかけておき、夏季にそれをすこしずつ切り出してきては、一塊《ひとかけら》二十文で売るのである。二十文はべら棒な高値だが、江戸は不思議な土地柄、氷に羽根でも生えたようによく売れているようだった。

久太郎は氷屋でそいつを一塊求めて、口の中に押し込んだ。口の中が冷えてすこしずつ痺れて行く。久太郎は見世先の床几《しょうぎ》に腰を下してその痺れをたのしんでいたが、ふと真向いの空地に人だかりがしているのに気づいた。人だかりとは言っても、たかっているのはせいぜい六、七人、うっかりしていると見逃してしまいそうな、ささやかな人の山である。氷をしゃぶりながら、なんとなく眺めているうちに、久太郎は妙にその人だかりが気になりはじめた。そこで彼は往来を横切ってその人だかりへ近づいて行った。

二

人だかりの真中に居たのは、汚れた白衣に束ね髪の巫女《みこ》だった。年の頃は四十歳前後、日焼けした肌に汗と垢がこびりつき、まるで土人形のように見える。巫女は外法箱《げほうばこ》に腰を下し、左手に折れた弓を持ち、右手に数珠《じゆず》を構え、薄目をあいたまま一心に祈禱文らしきものを唱えていた。

……南無や般若の十六善神、三昧剣はそびらにのせる、弓手馬手《ゆんでめて》の矢壺をそれいる、般若の弓は引きたおめいる、引いてはなせば悪魔を払う、観音の正座の、黒船は速《すみや》かに退散す、タラタカンマン。

「なにをしているんです？」

久太郎は氷を掌に吐《ほ》き出して見物のうちのひとり、職人風の若者に訊いた。若者は咥え楊子のまま、

「なんでも神様を呼び寄せているらしいぜ」

と、答えた。

「ここ二、三日、この巫女は市谷あたりをうろついているのさ。おれ、この巫女を見るのはこれで

三度目よ。見ててみな、いまにおもしろいことをはじめるぜ」

「おもしろい？」

「そうさ。次に仏様を呼び寄せる」

「それがおもしろいんですか？」

「いや、おもしろいのはその先だ。仏様を呼び寄せたあとで、着物の前をさっとまくる。……天鈿女命《あめのうずめのみこと》、岩戸の庭で神懸りせる祈りに胸乳《むなぢ》掻き出し、裳紐《もひも》を蕃登《ほど》に押し垂れて……とか唱えながら、自分の蕃登《ほど》を見物人に見せるのさ」

若者は咥え楊子の先端をくるりとまわしながら、久太郎ににやりと笑ってみせた。


……奥の院には、駒もありそろ、駒もあれど花も咲きそろ、花もありそろ。


巫女の祈禱の調子がすこしかわった。若者の注釈どおり、巫女は仏を呼び出しにかかったようである。久太郎は若者にまた尋ねた。

「神や仏を呼んでいったいどうしようっていうんです？」

「それがさ、神仏に自分の蕃登を見せるから、そのかわり、黒船が来航せぬようお取り計らいください、ということらしいね」

こいつは思わぬ眼の保養だ、と久太郎は再び氷を口の中に抛《ほう》り込み、視線を巫女の上に据えた。

……音はりんりん、調《ちょう》からからと、三世の諸仏も天降る、白き御幣は三十三本、赤き御幣は三十三本、青き御幣は三十と三本、合わせて九十九本の御幣を奉れば、黒船も速やかに退散す、タラタカンマン。


巫女が折れ弓と数珠を外法箱の横に置き、着衣の裾をつまんだ。そして、しばらくぶつぶつとひとくさり唱えて、さっと両手を左右に開いた。それにつれて着衣の前がはだけた。見物人は、

「それそれそれッ、観世音菩薩の御開帳だ」

と口々に言い立てながら、巫女の股間に額を近づけていった。

久太郎もそれにならって職人風の若者の肩越しに巫女のかくしどころを覗き込もうとしたが、そのとき思わずがりっと口の中の氷を噛み砕いてしまった。べつに昂奮したわけではない。久太郎は、

(なにもお札は寺に限ったわけじゃないんだ。巫女や山伏が降魔の札を売って歩くことだってある)

と、思いついたのである。

ゆっくり二十ぐらい数える間、巫女は前を開いたままにしていた。

「よう、おばさん、もうすこし開いてくれなきゃ、よくは見えねえぜ」

照れ臭いのか、見物人たちはこんなことを言いながら、巫女の前に鐚《びた》銭を投げた。

「おありがとうござい！　おありがとうござい！」

巫女は着衣の裾から手をはなして銭を拾いはじめた。

「これでおしまいよ」

例の若者が久太郎の肩を叩いて言った。

「これ以上、立っていたって無駄骨だぜ」

「い、いや、もう一度、見せてもらおうっていうんじゃないんです」

久太郎は首を横に振って、

「このおばさんにちょっと頼みがあるんだ」

「さてはおばさんを抱く気か」

若者は楊子を噛んだ皓《しろ》い歯をにゅうっと出した。

「他人《ひと》様のやることにくちばしは突っ込みたくはないが、瘡《かさ》を貰わないように気を付けるがいい」

巫女が軀を売るのは珍しくはない。若者は久太郎を巫女買いをする好き者と見たらしい。

「ち、ちがうんですよ」

久太郎はすこし赤くなった。

「ただちょっと……」

「べつにおれを気にすることはないさ。買いたきゃ買いなよ。それはおまえさんの勝手だ。ただ、おれなら瘡が怕《こわ》いから買わないが……」

若者は楊子を吐《ほ》き出して、焼餅坂をのぼって行ってしまった。

「えーと……」

見物人がひとり残らず立ち去るのを待って、久太郎は巫女のおばさんにおずおずと切り出した。

「おばさんはお札を売ることがあるのですか？」

にいっと巫女が前歯を剝いた。莨《たばこ》のみらしく、前歯が脂《やに》で茶色に染っている。

「売るよ。わたしを買ってくれるのかい」

「そうじゃない。おれが聞いているのは、お札のことだ」

「往来じゃ出来ないよ。この近くに原っぱがあるかね。橋の下でもいいけどさ」

巫女は垢のこびりついた手で久太郎の帯を摑んだ。

「そうだよ、月桂寺の墓地なら広い。あそこなら人目につかないよ」

巫女は、啞え楊子の若者と同じように久太郎の気持を誤解しているようだった。

「草の布団もいいもんだよ」

女に似ぬ強い力である。久太郎は両手を巫女の胸に押し当てて、必死で自分と巫女との距離をひろげようとした。

「二百文でいいんだよ」

「ちがうんだ！」

久太郎は渾身の力で巫女を突き飛ばした。

「そういうはなしじゃない。おれと組んでひと儲けする気はないかと相談しているんだ。ねえ、おばさん、降魔のお札をおれの見世で売ってみる気はないかい。ただし、これはおれの思いつきだから、分前は二分と八分。おばさんは二分、おれが八分……」

「組むよ、組む。ここでもいいから、はやく組もうよ」

巫女は舌で上唇を舐めながら久太郎へまた手を差し出してきた。頭がどうかしているらしい、と久太郎はここでようやく気がついた。正気ならとにかく、これでは組めない。巫女はほかで探すことにして早いところ退散した方がよさそうである。久太郎はあいかわらず身をすり寄せてこようとしている巫女をもうひとつ突き離しておいて、焼餅坂を柳町へ駈け出した。

三

試衛館の近くまで戻ってきた久太郎はふっと小首を傾げて、足を緩めた。試衛館の様子がどうも普段とすこし違うような気がしたからである。

いつもなら稽古を覗くような殊勝な人間などない道場の武者窓に見物人の黒い頭が鈴なりに実《な》っている。袋竹刀の響きも昨日までと違って活気があった。

なによりも驚いたことに、道場の表口には撃剣道具を担いだ男たちが十数人、列をなしているではないか。いったいこれはどうしたことなのか。訝《いぶか》しく思いながら、久太郎は試衛館の表口へ近づいて行った。

「おや、若旦那も試衛館にご入門で……?」

列の後の方に並んでいた若者が、列の前方へびっくりしたような声をかけている。

若者は近くの原町の駕籠清の帳場で、声をかけられたのは、雪駄ちゃらちゃら、透綾《すきや》の羽織に藍錆の単《ひとえ》の、同じ原町の太物屋《ふとものや》の若旦那である。

懐中から小さな算盤を出してぱちぱちぱち、矢立の筆で帳面にさらさらさら、というのがいかにも似合いそうな細面《ほそおもて》の華奢な顔立ちなのに、若旦那は今日はその撫肩に赤胴の防具を担いでいた。

「そうなんだよ」

太物屋の若旦那がねっとりとした声で駕籠清の帳場に言った。

「黒船が江戸へ攻めてくるとなりゃ、見世でのんびり綿や麻の反物をいじっているわけにゃいかないだろうじゃないか」

「若旦那のその心意気、頼もしいねえ。黒船が江戸前の海へ入ってきたら、猪牙《ちょき》を仕立てて斬り込もうっていうんですね。天晴れなものだ」

「そ、そこまでの度胸はまだないね。ま、自分で自分を守る術《すべ》ぐらいは、軀に覚え込ませておきたいと思い立っただけさ」

「へえ、それでもまだたいしたものだ。でもさ、若旦那、お宅は原町でも一か二の大身上だ。なのになぜ束脩《そくしゅう》の安いこの試衛館なんです？　麴町の練兵館、築地の浅蜊河岸の士学館、神田お玉が池の玄武館、どこへでも金の御威光で入れるはずでしょう？」

「わたしは剣術使になろうなんて大それた望みは持っちゃいないんだ。だからどんな道場でも結構なんでね。この試衛館なら安いし、近いし、それに近ごろ、試斬会を立て続けに主催してのぼり調子、大売り出し中だ。ここなら願ったり叶ったりさ」

「でもさ、やはり若旦那なら他へおいでになった方が……」

「おまえさん、よっぽどわたしを他所《よそ》へ行かせたいらしいね」

若旦那が華奢な顔を険《けわ》しくした。

「いったいどういう魂胆なんだい？」

「そんな怖い顔しちゃいやですよ、若旦那」

帳場が苦笑しながら頭を掻いた。

「あたしはただ、こう入門志願者がずらりと並んでいちゃ、ひょっとしたら自分の前で打ち切られてしまうかもしれない、と思っただけなんです。若旦那が他所へいらっしゃってくだされば、あたしのところまで入門が許可になるかもしれない……」

「おまえもずいぶんさもしいことを考えたねえ」

若旦那が笑い出した。

「……もっともわたしだって自分が入門を受付けてもらえるかびくびくものだけどさ。つまりおまえと同じ、自分の前の人が一人でもいいから抜けてくれないかと、さっきからそればっかりを心頼みにしているのだけどね」

「なんだ、それじゃお相子《あいこ》だ」

こんどは列のあちこちからくすくす笑いが洩れた。

(有卦《うけ》に入っているのは、武具で儲けたおればかりではなさそうだ)

と考えながら久太郎は列を押しわけて道場の表口へ足を踏み入れた。

(どうやら試衛館も、黒船来航の噂のおかげを蒙っているところらしい)

道場入口の土間に筵が敷かれ、その上に机が置いてあった。机の向うに、井上源三郎と沖田惣次郎が渋面で坐り、入門志願者を受付けている。

「おっ、いいところへ帰ってきた」

源三郎が腰を浮かせながら、道場の内部《なか》へ顎をしゃくってみせた。

「さっきから腕が鳴って仕方がなかったところだ。ここを代ってくれ」

道場の演武床では、勝太と土方歳三と山南敬助の三人が、見なれない顔の男たち十人ばかりを相手に稽古をつけているところである。三人は男たちに力いっぱい竹刀で打ち込ませ、その竹刀を小さな竹刀で軽く右へ左へと払っている。見なれない男たちはたぶん新弟子なのだろう。

「これだけ見物人が集まっているんだ。おれだっていいところを見せたいのさ」

源三郎はもう立ち上って、筆を久太郎にぐいと突き出している。

「さあ、受付役をやってくれ」

「いまは出来ない」

久太郎は源三郎の突き出した筆を押し戻し、

「歳三さんに急な用事があるんだ」

と、演武床にあがった。

源三郎は舌打をして机の前にまた坐り直した。歳三は久太郎の吉左右《きっそう》を待っていたらしく、自分が相手をしていた新弟子たちに、しばらく息を入れて待っているようにと言い、稽古衣の袖で額の汗を拭いながら、裏に入ってしまった。話は裏で聞こうというのだろう。

久太郎が道場から勝手へ入ると、歳三は褌ひとつになって裏庭の井戸で水をかぶっていた。

「黒船さまさまですね」

久太郎は道場の方を眼で差しながら、歳三に言った。

「昨日まで閑古鳥が啼いていたのに、一夜明ければ押すな押すなの大盛況。いまに試衛館に倉が立つんじゃないかな」

「おまえも嬉しいだろう?」

歳三は手拭でごしごしと軀を拭きはじめた。

「新弟子から見ればおまえも兄弟子だぜ。おまえを敬ってくれる者が今日一日で二十名近くも殖えたのだ」

「すぐに追い越されますよ」

「とはずいぶん弱気だな」

「わたしは自分を知っているつもりです」

「なるほど。稽古を怠けるにはいい口実だ。ところで、お寺の返答はどうだった。吉か?」

「凶です。どこの寺でも『うちではお札を外部《そと》で売ろうというつもりはまったくない』と言っていましたよ」

ちっ!　と歳三は舌を鳴らした。

「すると浄瑠璃坂の仇討は画に描いた餅か」

「でも、ありませんよ。じつは寺に振られたおかげでもっとうまいことを思いついたんです。お寺と手を組んでお札を売り出せば、お寺に売上の半分は持って行かれてしまいますがね、わたしの思いついた方法でお札を売れば、売り上げはそっくりこっちのものですよ」

「なにを思いついたのだ？」

歳三の手がすっと伸び、久太郎の襟を摑んで捩じあげた。

「言ってみろ」

「み、み、巫女です」

久太郎は息がつまって手足をばたつかせた。

「こっちでだれかを巫女に仕立てあげ、その巫女にお札を売らせるのですよ」

「なるほど、考えたな」

歳三が皓い歯を出して、久太郎の襟から手を離した。

「それだけ商才に長《た》けていれば、慥《たし》かに剣術の稽古なぞおかしくてやっちゃいられないだろう。しかし、巫女のあてはあるのか」

「あります」

「お光さんかい？」

「まさか！」

久太郎は勢いよく首を横に振った。

「姉にそんなことを言ったら頰っぺたを張られてしまいますよ。それに、どうせなら、姉よりももっと若い方がいい。少女の巫女の方が霊験あらたかって感じがするでしょう」

「よし、まかせた」

歳三は久太郎の肩をぽんと叩き、稽古衣を鷲摑みにして道場へ戻って行った。道場からの吶喊《とっかん》声はあいかわらず熾《さか》んなようである。久太郎はその吶喊声に押し出されるようにして裏庭から外へ出た。

四

「おや、これはまたまたお袖に御用ですか」

七軒寺町の質屋の老人は、お袖に逢わせてもらえまいか、と久太郎が頼むと、にやりと笑って訳知り顔になった。

「……硯引《すずり》き寄せ書く文の、逢いたいが色、見たいが病い、恋し恋しが癪となり、押せど下らぬこの痞《つかえ》……ってやつじゃね」

老人は端唄《はうた》までひとくさり唸った。

「それは老い気早《きば》や、早合点ですよ。お袖さんとはなんでもありません」

と、久太郎が抗弁していると、声を聞きつけたのか、見世の横手の入口からお袖が顔を出した。据風呂に水でも汲んでいたのか、赤い前掛けの裾が濡れていた。

「ほう、わしが大声で呼んでも来ないときがあるのに、さすがは相思の仲、色男の声はたとえ低くても、お袖の耳にはがんがんと鳴りひびくらしいのう……」

老人の冷かしを背中に聞きながら、久太郎はお袖と庭に出た。庭の隅に井戸があって、井戸の傍に手桶がひとつ転がっていた。

「風呂の水は汲み終えたのかい？」

手桶を拾いながら久太郎が訊くと、お袖は首を横に振った。

「……まだ。あと十五杯ぐらい残っています」

「よし、じゃあ、おれが手伝ってあげるよ」

久太郎は手桶を井戸の傍に置き、井戸縄に手をかけた。

「わたしの仕事です、だからわたしがやります」

お袖は井戸縄を握って自分の方へ強く引き寄せた。からんこんと井戸の中で桶が鳴った。庭木の幹の蟬どもが愕いて、一瞬、鳴りをひそめた。井戸縄が揺れて桶が石壁に当ったのだろう。お袖の見幕に気押《けお》されて、久太郎は井戸縄を離した。

「……今日はどんな用なの？」

お袖がぶらさがるようにして井戸縄を引きはじめた。

「昨日一日で見世の武具と馬具がほとんどはけてしまったんだ」

「それがどうかしたんですか」

「売上げは六十両を超えた。黒船が来る、という噂のおかげで、普段の三倍から四倍の高値で売れてしまった」

お袖が手をとめて、非難するような眼で久太郎を見た。

「……法外な値だと思うかい?」

お袖がうなずいた。

「ところがそうじゃない。たいていの武具屋は七、八倍がとこ吹っかけているんだ。三、四倍は大安値の大勉強ってところさ」

お袖は水を手桶にあけた。やはり手伝ってやるべきだと久太郎は思い、手桶の握りを摑んだ。が、手桶にはすでにお袖の手があった。つまり久太郎はお袖の手を摑んでしまったわけだ。久太郎はびくりとし、すばやく手を引いた。が、びくりとしたのはお袖の方も同じらしい。お袖も手桶を離してしまった。手桶が転がって、久太郎の足がびしょ濡れになった。

「ごめんなさい」

お袖がかがみ込んで、久太郎の足を拭こうとした。

「いや、いいんだ」

久太郎はあわてて足を引いた。

「冷たくてとてもいい気持だ」

お袖は拭くのを諦めて、汲み桶をまた井戸の底へおろした。

「その六十両の売上げはお袖さんたちのものだと思う。その六十両からおれの姉に三十五両払えば、見世も取り戻せるし、残りの二十五両で当分暮しも立つはずだ。どうだろう、おれの言うとおりにしてみるつもりはないかい?」

お袖はまた黙々と井戸縄を引いている。

「むろん、おっかさんや弟さんも呼び寄せるのさ」

「それでどうなるの？」

「どうなるって？」

「その先はどうなるの？」

「先行きは安泰、ちゃんと暮して行けるさ」

「どうやって？　お見世の武具や馬具はみんな売れたんでしょう。だったらもう商いはできないわ。そんなに高値を呼んでいるのなら、新しく武具や馬具を仕入れるのは多分無理だと思うし……」

「うん、武具屋はもうよした方がいい。そこで、これは相談だけど、お袖さんは巫女になる気はないかい？」

ばしゃん！　と井戸の中で大きな音がした。お袖が途中まで引いていた井戸縄を離してしまったのだ。巫女という言葉に驚いたのだろう。

「……で、できないわ、そんなこと」

「いや、巫女の恰好でただ坐っているだけでいいんだ。それだけでたぶん一日に一分やそこらにはなると思うけど……」

また、ばしゃんと水音があがった。お袖はこんどは一日一分というのに肝をつぶしたらしい。一日一分は四日で一両、これはたいへんな実入りである。肝をつぶして当然かもしれない。

「……いい加減にしなさい」

このとき見世の横で質屋の老人が叫んだ。

「水はこぼすわ、汲み桶は落すわ、ちっとも仕事をしておらんじゃないか」

どうやら老人は、最初から久太郎たちの様子を窺っていたらしかった。

五

お袖が井戸の水を汲み、その水を久太郎が据風呂まで運ぶ、これが十数回、繰り返されたが、そのあいだ、お袖は黙りこくったままだった。

「……久太郎さんは本気なの？」

お袖が久し振りに口をきいたのは、あらかた風呂水を汲み終えて、久太郎が井戸の傍の木蔭で着物の襟を団扇《うちわ》がわりにぱたぱたと煽ぎながら肌に風を呼び込んでいるときである。

「本気でわたしに巫女になれっていうの？」

「ああ、本気だよ」

久太郎は井戸の横で素足になり、汲みたての井戸水をその素足にすこしずつ流しかけながら涼をとっているお袖にうなずいてみせた。

「お袖さんをかつぐためにかんかん照りの下を柳町からこの七軒寺町までのこのこやってくるほど、おれは物好きじゃない。それにそんな暇もないんだ」

「……それなら、どこの神社の巫女になれっていうの？　大和の櫛玉比女命《ひめのみこと》神社とか美濃の坂祝《さかほぎ》神社とか讃岐の水主《みずし》神社とか、巫女で名高い神社があるけど、そういう神社へ行かなくちゃいけないの?」

「まさか」

久太郎は顔の前でひらひらと手を横に振った。

「本式じゃなくていいんだ。巫女笠をかぶって白装束と、恰好がそれらしく見えれば充分なんだ。その白装束の上に黒い袈裟をかけ、首から黒数珠でもさげてくれれば、それこそ申し分なしだけど」

「恰好を真似るのは簡単だけど、わたし、巫女さんがよく唱えている詠歌も知らないし……」

「詠歌なら、おれが教えてあげるよ。……ひとつ、白衣観音《びゃくえ》さま、弓手には白蓮の花を持ちたまい、馬手にはわれを抱き寄せたまえ。ふたつ、不動さま、神となり仏となりて水の中、雷火の中に立つは世のため。みっつ、弥勒菩薩さま、いまの世にうそいつわりを留め置けば、来たる未来に偽りはなし……」

久太郎がまだ幼かったころ、上石原宿に一年ほど、年老いた乞食の巫女が居ついていたことがあった。その巫女は、午《ひる》になると久太郎の家の見世先に立って右の如き九仏《くぶつ》の御詠歌を唱えながら食物を乞うのを日課にしていた。おかげで久太郎はこんな妙に文句を憶えていたのである。

「……やっつ、薬師如来さま、唱うれば薬の利益にいや勝り、これを追い越す養生はなし。ここのつ、虚《こ》空蔵菩薩さま、風吹けば哀れ燈火《ともしび》消えてゆく、されど生命の火は守らせたまえ……。ざっとこんなところだ。こいつを口の中でいい加減にぶつぶつ唱えながら市谷御門あたりに立ってお札を売ってくれればいいんだ。これは保証するけど、半年もお札を売れば五年や六年、なにもしないで遊んでいられるぐらいの金が入るよ。それだけの金があればおっかさんや弟さんを呼んで、母子《おやこ》水入らずで暮せる。そのうち、おとっつぁんだって、噂を聞いてお袖さんのところへ戻ってくるかもしれない……」

「お札を売る場所が市谷御門というのはどうかしら。だって柳町から市谷御門まではひとまたぎでしょう。わたしを見て『おや、この娘《こ》は市谷柳町の武具屋の娘じゃないか』と気がつく人がきっといるはずよ」

「わかるものか。笠で顔を隠しているのだし、それにたとえ笠の下の顔を見られても、その顔には化粧がしてある……」

「あら、化粧をするの？」

「うん。巫女だから白塗りにする。それから唇には紅をさす……」

お袖は化粧と聞いて大きな溜息をついた。化粧で溜息をつくなんて、やはりお袖も年頃なのだなあ、と久太郎はそのとき思った。

「わかったわ」

お袖は濡れた足を手拭で叩くようにして拭きはじめた。

「わたし、久太郎さんの言うとおりにする」

「よし、きまった」

久太郎は勢いよく立ちあがった。

「お札の用意が出来たら迎えにくるよ」

「それはいつごろ?」

「早ければ二日後、遅くてもこの五日のうちには来れると思うよ」

久太郎はお袖に手をあげてみせ、それを挨拶がわりにして、出口の方へ三、四歩足を踏み出した。

「あ、ちょっと待って」

お袖の声が追いかけてきた。

「な、なんだい?」

久太郎は振り返りながら訊いた。

「ほかになにか……?」

「ひとつ、聞きたいことがあるんです」

お袖は久太郎を真っ正面から見据えた。

「久太郎さんはどうしてそんなにわたしに親切にしてくれるのですか?」

「……どうしてって、それはつまり」

久太郎はすこし赤くなった。

「おれにもよくわからないや」

小声で言って久太郎はまた歩き出した。このあいだの夜、お袖が自分の傍で一糸まとわぬ姿になったときも何の手出しも出来なかったし、今は今で「それは好きだからさ」と答えるのにお誂《あつら》え向きの質問をされたのに、実のありそうなことひとつ言えない。久太郎は自分で自分を大馬鹿野郎の抜け作だと罵りながら質屋の見世の横を通り抜けた。

「おや、お帰りかね？」

見世の横に質屋の老主人がにやにやしながら立っていた。

「ねえ、若い方、もしなんだったら、わしが慶安の役を引き受けてもよろしいがね。まあ、その節《とき》は御遠慮なく」

久太郎はいっそう赤くなって、外部《そと》へ出た。慶安というのは、言うまでもなく、寛文年間に木挽町にいた媒酌詐欺師の町医の大和慶安のことで、それから転じて、慶安は仲人という意味になっている。つまり、老主人は久太郎に、お袖との婚礼はいつか、とからかったわけである。

久太郎はそれから、原町一丁目の版木屋に寄って、お札を二千枚ほど摺るように頼んだ。

六

四日後、お札が摺りあがった。

横二寸五分、縦七寸五分の白紙の中央に、

『奉祈誦武甕槌命《たけみかつちのみこと》。経津主命《ふつぬしのみこと》擁護之攸』

と大書し、この右上部に、

『弾丸矢玉除け』

そして左の上部に、

『剣難火難除け』

さらに右の下部に、

『陸奥国・塩竈《しおがま》神社』

左の下部に、

『塩竈大明神』

という配置。

塩竈神社のお札を模したのは、かねてから久太郎はこの神社に武芸者たちの崇敬が集っていることを知っていたからである。

久太郎はさっそく七軒寺町の質屋に五両一分払ってお紬を請け出し、巫女の扮装《なり》をさせてお札を持たせた上、市谷御門の外に立たせた。半日、立ちん棒の真似をして、お紬が売ったお札はわずかの三枚だった。

武具屋に戻ってきたお紬は、立ち通しだったためにいくらか浮腫《むく》んだ足をさすりながら、久太郎に溜息まじりに言った。

「初日からこんな売れ行きじゃ先が思いやられる。これではおっかさんや弟を呼び寄せるなんて夢のまた夢だわ」

「短気はいけないよ」

久太郎はお紬に言った。

「明日あたりからびっくりするほど売れるはずなんだから」

あくる朝、お紬を送り出した後、久太郎は歳三と一緒に市谷御門近くの浄瑠璃坂へ出かけた。久太郎たちの一丁ほど前を山南敬助と沖田惣次郎が歩いて行く。この二人が討手《うって》である。討たれ役の金作はすでに小半刻ばかり前に、試衛館を出ており、いまごろは、浄瑠璃坂から二町ほど東北の愛《あい》敬《きょう》稲荷社の境内で暇つぶしをしているだろう。浄瑠璃坂を登り切ったあたりに長延寺という大きな寺があるが、この長延寺の巳《み》の鐘（午前十時）を合図に、金作は愛敬稲荷を出て市谷田町二丁目の通りを市谷御門に向って歩き出す。一方、山南敬助と沖田惣次郎は鐘を聞いたら左内坂から田町一丁目へ出て、市谷御門を背にして歩きはじめる。そうすれば両者は浄瑠璃坂の前でばったり出っ喰わすはずだ。

出っ喰わしたら、敬助が金作に、

「ややっ、その方は天童藩浪人鈴木四郎兵衛よな。われは汝に謀殺されし平岡藤七が弟彦八」

と名乗りをあげ、つづいて惣次郎が、

「同じく平岡藤七が一子藤十郎なり。親の仇、覚悟あれ」

と、刀を抜く、という段取になっている。

長延寺の縁日でもあるのか、門前はたいそうな混雑ぶりだった。寺内からはかなりの人数の僧侶による誦経《ずきょう》の声がおんおんおんという妙な響きになって聞えてくる。ときおりジャランポンと払《はらい》鐘が入る。そのたびに浄瑠璃坂を登り降りする善男善女が立ちどまって口々に、「一家安全」だの、「子宝誓願」だの、「商売繁盛」だの、「万徳円満」だの、「仏日増輝」だの、「所願成就」だの、「堅牢地天」だの、「四海泰平」だの、「福寿如意」だの、「五穀成就」だの、「日月晴明」だの、「風雨順時」だの、「転禍為福」だの、「息災延命」だの、「一門繁栄」だの、「五逆消滅」だの、「真言得果」だの、「即身成仏」だの、「貴賤霊等」だの、「七福即生」だの、「呪縛凶徒」だの、「避除盗賊」だの、「子孫長久」だのと、ありとあらゆる四字を唱えあげる。「黒船退散」と唱える声が多いのは時節柄というべきか。

浄瑠璃坂を降り切ったがまだ巳の鐘は鳴らぬ。久太郎は歳三を通りに面した白玉水の定店《じょうみせ》に誘った。

「歳三さん、こいつはちょっと人出が多すぎますね」

葭《よし》の日覆《ひおい》の下の腰掛台に坐って朝顔形の真鍮の器の中を箸でかきまわしながら、久太郎が言った。

「仇討には向きませんよ」

「おれはそうは思わん」

歳三は器の中の冷たい砂糖水を眺めている。

「これだけの人手の中で仇討だ。今日中に江戸中が仇討の噂で持ち切りになるぜ。つまり、お札もそれだけ捌けるって寸法だ」

「しかし、この人出の中を金作がうまく逃げ切れますか?」

久太郎は砂糖水に浮んだ紅白の白玉をいっときに二個、箸で挟んだ。

「逃げるのに手間どっているところへ、弥次馬の中の勇ましいのが棒切れかなんか振りまわして『助太刀だ』と飛び出してきたらどうします? 金作は本当に討たれちまう」

「そのときはおれが飛び出すさ」

「飛び出してどうするんです？」

「素人茶番でござい、と触れてまわる」

「人騒がせな、とあっちこっちから文句がくるな」

白玉は歯にしみるほど冷たかった。久太郎はすこし辟易して、器を腰掛台の上に置いた。

「……ま、金作が無事なら文句ぐらい喰ってもしようがないけど」

歳三は器の縁を口にあてがって、砂糖水もろとも白玉を流し込み、

「……なかなか結構な白玉水だ」

と、袖で口を拭いた。

「それよりも久太郎、お札の売り上げの分け前は五分と五分だぞ。いいな？」

「……わかっています」

久太郎は渋々うなずいた。久太郎の取り分は、お袖に二分やる約束なのでわずかの三分ということになる。黒船来航の噂で江戸中蜂の巣を棒で叩き落したような騒ぎ、それに当てこんで黒船から飛んでくる弾丸除けのお札を売り出せば大儲けできるぜ、と言い出したのが歳三であるから、売り上げのうちのいくらかを思案料として彼に供出するのは当然といえば当然だが、しかし五分よこせとはずいぶん強欲だな、と久太郎は思う。その思いがつい、

「女に金をせびられているんですか？」

と、言葉になって久太郎の口から出た。

「歳三さんはそれで金が要るんでしょう？　女は吉原ですか、それとも内藤新宿ですか？」

「馬鹿を言え」

歳三が苦笑した。

「いくらなんでもお札の売り上げを女に注ぎ込むものか。金は試衛館のために使うのだ」

「……というと、改築ですか。それとも建て増しかな」

「いまの柳町の地所では建て増ししても手ぜまだ。どこか別のところに広い地所を買うつもりなのだよ。これはむろん、勝太さんが最初に切り出したことだが、おれも同意した。試衛館がせっせと試斬会を主催し、試刀料を稼いでいるのも、ほかにも理由はあるがもっぱらそのためだ。試衛館はもう三流の芋道場じゃない。一流とはいえないが、一流に手はかかっている。道場が大きくなれば、一流の尻尾ぐらいにはなれると思う」

久太郎にとっては初めて聞くはなしである。それにしても、道場移転の心算が試衛館の門弟たちの胸の裡に在る、と誰も自分に教えてくれなかったが、それはどうしてなのだろう。自分は試衛館にとってはもうすでに員数外の人間なのだろうか。

そんなことを考えながら、久太郎が腰掛台の上に置いた真鍮の器にぼんやり目を落していると、ごおーんと頭の上で鐘が鳴った。

「……長延寺の巳の鐘だ！」

久太郎は腰掛台から腰を浮かせた。そのはずみで台が揺れ、真鍮の器が地面にからんと転げ落ちた。

「さて、いよいよだな」

歳三もゆっくりと立ちあがった。

七

長延寺の巳の鐘が鳴り終るのを待っていたように、久太郎と土方歳三のいる白玉水の定店から見て左手の、市谷田町二丁目の方角から、金作が姿を現わした。褪《あ》せて羊羹色に変色した黒紋付の着流しに鞘の塗りの剝げ落ちた大小の摑み差し、深編笠をすっぽりかぶって、尾羽打ち枯らした浪人者といった扮装《いでたち》である。

「ちっちっいかんいかん」

久太郎の傍で歳三が舌打ちをした。

「腰の座りがまるで極《き》まっていない。ふらふらだ。腰の大小に振り廻されている。具眼の士なら一目で偽浪人と見破ってしまうぜ」

「もともとが偽浪人なんだから仕方がありませんよ」

久太郎は金作のために弁じた。

「金作はわたしの生れる前から、うちの下男なんです。刀なぞ一度だって差したことがないんだ。それにしてはよくやっている方ですよ。それよりちっとも討手が姿を見せませんね。どうしたんでしょう」

「うむ、遅いな」

久太郎と歳三は眼を皿のようにして、右方の、市谷御門の方を見た。相変らず大層な人の波である。だが、山南敬助や沖田惣次郎の姿はその人手の中にはないようだった。一方、金作は白玉水の定店の前まで来ると、急にそわそわしはじめた。事情が打ち合わせと喰い違ってきたのでおちつかなくなってしまったのだろう。

「おい!」

葭《よし》の仕切り越しに歳三が小声で金作を呼んだ。金作はぎくりとなって振り返り、右手で懐中から燧石式《ひうちいし》先込単発短筒を抜き出して構えた。短筒は浅草亀岡町の弾左衛門からの借りものである。

「ばか、血迷うな。おれたちだよ。土方歳三と久太郎だ。早く短筒を仕舞え」

金作は短筒を懐中に隠しながら、

「……敬助さんと惣次郎さんはどうしたんです?」

と、葭の仕切りに近寄ってきた。

「それとも仇討の一件は取やめで……?」

「いや、決行する。理由はわからんが、敬助たちは遅れている。金作はそのへんを一まわりしてまた此処へ出直してこい」

金作は深編笠をすこしずらして、額の汗を拭いた。額から首筋のあたりにかけてびっしりと汗の粒が吹き出していた。

「久太郎さん、わたしゃこんなこともう御免だよ。馴れないことをするのは心の臓に悪い」

金作は久太郎に向って拝むようにして言った。

「今すぐお役御免、お払い箱にしてくださいよ」

（……金作にはやはり無理な役どころだったのかなあ）

拭いた後からすぐ吹き出してくる金作の額の汗を見ながら、久太郎は考えた。

金作は実直一本槍の男である。芝居ッ気などというものは爪の垢ほども持ち合せていない。そういう人間にとってこれはずいぶん辛い仕事なのだろう。いっそ自分が金作のかわりを演じた方がよかったかも知れない。

「歳三さん、金作が怖気《おじけ》づいていますが、どうします？　わたしが討たれ役になりましょうか」

久太郎が言うと、歳三は首を横に振った。

「久太郎じゃ討たれ役としては若すぎる。それにもう遅い」

「……遅い？」

うん、とうなずいて歳三は通りの向うへ顎をしゃくった。

「どうやら討手が到着したようだしな」

見ると、たしかに人波をかき分けながら、敬助と惣次郎がこっちへ足早にやってくるところである。いずれも羽織袴に手甲脚絆《てっこうきゃはん》の旅支度、左手は腰に、右手は笠にかかっている。

「いいか、金作、度胸をきめて、短筒をぶっ放すのだぞ。ぶっ放したら逃げろ。誰にもつかまってはいかん。死にものぐるいで逃げるのだぞ。誰かにつかまったら茶番だということが露見してしまうからな」

「へ、へい」

金作はうなずいたが、腰はふらつき、立っているのがやっとのようである。

その金作にあと二間というところまで近づいて敬助と惣次郎の足がぴたりと停った。二人の右手が一斉に動いて笠をぽんと宙に投げ上げた。通行人たちが、宙に浮いた笠を見て、なにごとならんと、二人のまわりに人垣を作りはじめた。

「……おうおう、敬助も惣次郎も派手にやるわ」

呟きながら、歳三は嬉しそうに両手をこすり合せている。

「やあ、珍しや、貴様は鈴木四郎兵衛ではないか！」

と羽織を脱ぎ捨てて、手早く襷《たすき》を掛けながら惣次郎は甲高い声をあげた。つづいて敬助が仙台訛で、

「わだすは三年前、おめえに謀殺されだ平岡藤七の弟の彦八だ」

と、名乗る。

「仇討だ！」という囁きが人垣の間を右に左にかけまわる。やがて惣次郎の右手が大刀の柄《つか》にかかった。

「同じく、平岡藤七が一子、藤十郎なり。ここで逢ったが盲亀《もっき》の浮木《ふぼく》優曇華《うどんげ》の、花待ち得たる今日の対面、いざ親の仇敵《かたき》だ、尋常に勝負勝負」

「講釈師の仇討の講釈じゃあるまいし、惣次郎のやつ、すこし乗りすぎていやがる」

久太郎の耳に歳三のぶつぶつ言う声が聞えてきた。

「愚図愚図していると人垣が厚くなって、金作の逃げ路がなくなってしまうぜ」

「か、かえり討だ！」

金作がだいぶ台詞《せりふ》を飛ばした。もう右手に短筒を握っている。

「あッ、飛び道具とは卑怯な……」

惣次郎と敬助が大袈裟に後退する。そこへ金作がずどん！　と短筒を放った。人垣のあちこちで悲鳴があがる。その悲鳴の消えぬうちに金作は浄瑠璃坂めがけて駆け出した。手に持った短筒を見て、人波がふたつに分れ、金作の通り道を作る……。

「よしよし」

歳三がしきりにうなずいている。久太郎も吻《ほっ》として肩の力を抜いた。

「藤十郎、怪我は無かったすか？」

敬助が惣次郎に訊いている。惣次郎は懐中から、例のお札を取り出し、人垣に向って高々と掲げてみせた。

「叔父上、ここへ来る途中、市谷御門でお札を求めましたね？」

「うん。でも、そのお札がなじょした言《つ》うのすか？」

「彼奴《きやつ》の弾丸が逸れたのは、この札のおかげではないか、と思いますが……」

「そうか。うん、そうかも知らねえな」

敬助が惣次郎の掲げたお札に手を合せた。

「お前《め》さま方、なにをもたもたしてんだ」

そのとき、人垣の中から声がかかった。鋭くしなやかな、よく鍛えた声である。ただし、ひどく訛っている。

「お札など拝んで撫《ね》で、早く仇敵《かだき》ば追わねば駄目だもんね」

声の主は、水色の着物に紫の羽織、朱鞘の大小、躰の真前に赤い印籠をぶらさげていた。広い額、鼻筋の通った高い鼻、黒々とした「へ」の字眉の下に、大きな眼が輝いている。

「ほれほれ、早く追っかけるべし。おれも手伝うがら……」

派手派手しい風体《ふうてい》の男は、浄瑠璃坂に向って走り出した。敬助と惣次郎は仕方なさそうにその男のあとに続いた。

「……いまの男、どこかで見たことがあるなあ」

久太郎が歳三に言った。

「気障《きざ》な扮装《なり》にあの訛、たしかにどこかでお目にかかったことがありますよ」

「そりゃある筈さ。あいつは清河八郎とかいう出羽庄内藩の郷士だ」

歳三が苦い顔をして答えた。

「ほら、第一回の試斬会に出場して、見事に屍体を斬り損ねたやつよ。それにしてもあのはったり野郎、妙なところに飛び出して来やがったものだな」

しきりに顎を撫でながら、歳三はなにか考えていた。

八

浄瑠璃坂からの帰途、久太郎と歳三は遠まわりして、市谷御門の前を通ってみた。御門と向い合うようにして、巫女姿のお袖がお札を持って立っていた。お袖の前には行列が出来ている。

「おまえさん、すこし前に、二人連れの若い侍にお札を売らなかったかね？」

商家の隠居らしいのが、お袖に訊いている。

「はい。売って差し上げました。それがなにか……？」

「それがなにかじゃないよ。その二人連れの若侍は、このお札のおかげで短筒に当らずに済んだんだから。おまえさんのお札は弾丸《たま》除けになるらしいね十枚も貰おうか」

「十枚？」

「ああ、家中に貼るんだよ。たとえ黒船が江戸前の海へ乗り入れてきて、どかんどかんと大筒を放ってきても、うちは安泰さ」

こんなことを言って隠居はお札を買い占めている。

「もう噂になっていやがる」

歳三は久太郎に言った。

「さっきの偽仇討がまんまと図に当ったな。もう放っておいてもお札は売れる。そのうちに市谷御門の弾丸除け札は江戸の名物になるよ」

試衛館に戻ると、裏の井戸で敬助と惣次郎が水をかぶっていた。

「やあ、歳三さん」

惣次郎が歳三と久太郎に手を振った。

「お札の売れ行きはどうです?」

「上々吉だ」

「ついでに、おれたちの演技はどうでした?」

「上々は付けられないが、まあ吉というところだ」

「金作はどこに居るんだろう?」

と、久太郎は敬助に訊いた。

「さあて、どこだべね」

敬助が軀を拭く手を停めて、首を傾げた。

「浄瑠璃坂で別れたきりだがね。その後、仇敵には巡り逢っていねえす」

「あの清河八郎という郷士はどうしました?」

「おら達《だ》の先さ立って金作を追《ほ》い立てて行《え》ったのは知ってっけっとも、その後のことは判らね。浄瑠璃坂の突き当りのところを、奴は左の長延寺谷の方さ折れだがら、おら達《だ》は右の払方町の方さ曲って、試衛館《ここ》さ、戻ってきたのす」

「きっと、まだ金作と追っかけっこしてるんじゃないのかな」

惣次郎が笑って言った。

「笑いごとじゃないよ」

久太郎は惣次郎を睨みつけた。

「金作はおれの身内と同じなんだ。すこしは金作のことを心配してくれてもいいはずだ」

「そりゃ悪かった、悪かった」

惣次郎は小声で故意《わざ》とらしく言い、またざぶざぶと水をかぶった。

「天童藩浪人の平岡彦八どのと、平岡藤十郎どのが市谷試衛館の門弟衆だったとは、ぶっ魂消《たまげ》たね」

垣根の外で聞きおぼえのある庄内訛がした。見ると、紫羽織の男がにやにやしながら試衛館の裏庭を覗き込んでいる。

「たしか、あんだ、土方歳三さんだったわね。わだす、いつぞやの試斬会でお世話になった出羽庄内藩郷士の清河八郎正明す」

「……な、なにか御用で？」

歳三が嶮しい顔になった。

「ぜんたい、なぜここへ？」

「なぜここへという言草は無《ね》えでしょう。わだすはこれでも心配してんのし」

「な、なにを？」

「平岡藤十郎どのと彦八どのが、本懐を遂げられたかどうか、それが気になってね。なん言《つ》ったって、天童藩はおらの生れた庄内藩の隣だもの。気になるのは当り前だべね」

「……残念ながら」

と、敬助が着物を躰に巻きつけながら答えた。

「……仇敵は取り逃したっちゃ。したがって本懐を遂げるには至らず、いま口惜しがってたとこなのっしゃ」

「本懐を遂げるには至らずか。でもそうでもねえべさ」

清河八郎が皓い歯を見せて笑った。

「わだすが、払方町の先の御納戸町で、あんだがだの仇敵ば取っ捕まえてやった。さあ、これから本懐を遂げたらええべした」

清河八郎が手に持っていた縄をぐいと手許に引いた。その縄の端に、金作が縛られていた。金作はそれまで試衛館の建物にかくれて見えなかったのである。金作の左頬が脹れあがっていた。おそらく清河八郎に殴られたのだろう。

「金作……、大丈夫か?!」

久太郎が叫んだ。すると清河八郎はぎろっと鋭い目付になって、

「こりゃ妙だなっし」

と、言った。

「さっき、浄瑠璃坂ではこの男、鈴木四郎兵衛という名だったはずでしょ。それが試衛館では金作と呼ばれてる。しかも、試衛館の門弟衆が、親しげに『金作』と呼ぶ。これはますます妙な話だす。つまり、仇討の討手と討たれ手がひとつ屋根の下で仲好く暮してる言《っ》うわけだ。一体全体どうなってんのすか?」

敬助がさり気ない素振りを装って勝手に引っ込んだ。腰のものを取りに戻ったのだろう。

「まあ、いらざる詮索はやめておくべ。とにかく、この鈴木四郎兵衛だか金作だか言う男ば、あんだがたさ引き渡す」

清河八郎の言い方が、わずかにではあるが軟化したようである。

「さ、受け取って呉《け》ろや」

「で、では、たしかに」

歳三がほっとしたように言った。

「かたじけない」

「おっとっとっと」

清河八郎は、垣根越しに歳三に手渡そうとした縄尻を引っ込めた。

「その前に仇討の免状、許し状ば見せてもらわねばなんね。白昼、天下の大道で『親の仇敵、尋常に勝負勝負』と呼ばわるからには、天童藩発行の仇討免状ばお持ちの筈だべ？」

清河八郎の顔はあいかわらず笑っている。だが、彼はその庄内訛にまたどすをきかせはじめたようだった。

九

「仇討免状でわからねえのなら公認書よ。ほれ、『幕府に対し仇討登録の手続はしておいた故作法通り仇人《あだびと》を討ってよい』という天童藩の藩庁発行の文書ばお持ちのはずだべ」

言いながら清河八郎は試衛館の裏庭へつかつか踏み込んできた。金作もそれに引きずられて裏木戸をくぐる。

「土方さん、どうしたね。公認書はお持ちではないのかね？」

土方歳三は腕あぐらを組んだまま、軽く目をつむっている。

「土方さんは答えたく無《ね》えか。ほんじゃ公認書は諦めた」

清河は裏庭の中央に立つ桜の幹に金作を縛りつけた。

「余計な口出しすんのはもう止《やん》めだ。そのかわり、ゆっくりと仇討の見物ばさせてもらうがらね」

桜の幹にもたれて、清河は頭上の葉桜を眺めはじめた。金作はまっ蒼、ぶるぶると震えている。

その震えが幹に伝播して、かさかさとかすかに葉ずれの音が立った。久太郎はどうしていいのかわからず、清河から金作へ、金作から歳三へと、ただぐるぐると視線をめぐらせていた。

「……なんなら、わだすがあんだ方にかわって、この仇人を討ってもええんだよ」

しばらくしてから清河が思いついたように歳三に言う。

「わだす、これでも千葉周作道場の門人だがらね」

「斬れるかなあ」

久太郎の傍に立っていた惣次郎が皮肉っぽい調子で言った。

「このあいだ、あんた、死人を斬り損ったじゃないか」

「試斬会のときのことば言《ゆ》ってんの？」

「そうだよ」

「試衛館の面々は、近ごろいやに試斬会に凝って、二人斬った三人斬ったと自慢ばしているようだども、ありゃ無駄な骨折りだべ」

「なぜだ？」

惣次郎は侮辱を感じたのだろう、硬いもの言いになった。

「それに試衛館に来て、試衛館の悪口を言うなんてどうかしている。帰るときは戸板に乗らなきゃいけなくなるよ」

「試斬は型だべ。動きもしねえものを上手に斬る、それだけのことだ。それなら魚屋《いさば》の方がずっと上手だわさ。なにしろ魚屋《いさば》は毎日、十も二十も魚の胴ば包丁で断ち割っているもんね」

「じゃ、おれたちは魚屋《いさば》か」

「魚屋《いさば》以下だね」

「なに！」

「まあ、聞けってば、小僧。剣は動いている相手ば仆《たお》すもんだ。一気に仆せればそれにこした事《ごた》あ無《ね》。が、半刻《はんとき》かかろうが一日かかろうが、それでも勝ちは勝ちだ。わだすは田舎者《いながもん》だから、しつっこく攻める。型なんかどうでもいいんだわ。試衛館の剣法、かつては田舎剣法で荒っぽく根気よく行くのが身上だったそうだども、試斬会ば主催し、のしあがって行《え》ぐにつれ、型さ嵌《はま》ってきた言《つ》う評判だよ」

「ずーずー弁で大口叩くな！」

惣次郎が足許から薪を拾いあげ、

「ぶっ殺してやる」

薪に二、三度、素振りをくれた。久太郎の耳許でびゅっびゅっと風の音がした。

「待てよ惣次郎」

勝手から勝太の声がかかった。

「すぐ挑発に乗るところが、おまえの悪い癖だ」

勝太が惣次郎の手から薪をもぎ取った。勝太の後には山南敬助が立っている。おそらく敬助が勝太を呼んできたのだろう。

「で、でも、勝太さん、こいつ、あんまり舐めたことをいうんだ」

「いいから、そのへんですこし頭を冷していろ。だいたい、いま打ち込むのは惣次郎には不利だ」

「どうしてです？」

「向うには桜の木という自然の楯がある。あの楯は向うには百人力だぜ」

惣次郎はぷっと脹《ふく》れて、勝太の背後に引っ込んだ。

「清河さん、だったっけ？」

勝太は惣次郎から取りあげた薪を、傍の歳三に手渡しながら、

「いつか試斬会でお目にかかったとき、あんたはたしか自分の生家のことを、庄内の領内でも一、二を争う大きな造り酒屋だ、と言ってたはずだ」

「もの憶えがいいんだわァ」

清河は単純に感心している。

「さすがはいま売出しの試衛館の若先生」

「そのあんたが、強請《ゆすり》たかりの真似とはどうもわからないな」

「蝦夷地《えぞち》さ行きたいんだわ、わだす」

「蝦夷?」

「んだ」

「なぜ?」

「三年前、西のはんずれの長崎さ行った。今度は北のはんずればこの眼で見てえ。その路銀ばあっちこっちから戴いてっとこよ」

「郷里の家から出してもらえばいいのに。なにしろあんたの家は大きな造り酒屋なんでしょうが」

「ん。しかし、このところ無心つづきなんだ、わだす。ところで、若先生、この仇人ばどうする? わだすが代って仇ば討つか、なんて言ってだとこだったけんども……」

「茶番だよ、清河さん」

勝太は大声で笑いながら桜の木へ近寄った。そして小柄《こづか》を抜いて金作を縛っている縄をざくりと切った。

「金作があんたになんと言ったかは知らないが、仇討は茶番です」

「んだども、わだす、この仇人から、仇討は弾丸除けのお札を売るための、あのう……」

「それも茶番さ」

「すっと、みんな茶番……?」

「ああ。それにしても清河さん、蝦夷は寒いという。軀には気をつけてくださいよ。なんでも、向うじゃ夏でも小袖が要るというじゃありませんか。ま、蝦夷から帰ったら、またここへ寄ってください。こっちも幕府の直参ぐらいにはなっているつもりですから、そのときは痛飲しましょう。それから、惣次郎はきびしく叱っておきますよ。あいつは柄は大きいが、まだ十歳、一人前の分別がまだついてない、困ったものです。では、お達者で……」

まくしたてながら勝太は、歳三や敬助や惣次郎を目で誘い、さっさと勝手へ引っ込んでしまった。清河は茫として突っ立っている。

久太郎はこわごわ清河の傍の金作のところへ寄って、

「金作、すこし休んだらどうだ」

と、声をかけた。

「試衛館より武具屋の方がいい。姉もいるはずだし、道場よりは静かだ」

「久太郎さん、わしは上石原へ帰りたい」

金作は腰でも抜けたのか、両手で地面を掻くようにして、武具屋の方へ躄《いざ》って行った。

「もう、こんなところにいるのはごめんだ。早く上石原へ帰りたい」

「わだすも相当なお調子者《ちょうすもん》だけんども、試衛館の若先生ときたら、わだすにさらに輪をかけたお調子者《ちょうすもん》だべ」

清河が桜の幹に凭れて苦笑いをしている。

「こっちの気合いをふっと外して、あとは茶番茶番で片付けてしまったんだわ」

清河の言い方はひとりごとのようでもあり、久太郎に語りかけているようでもあった。

「こっちの気をさっと逸《そら》せて逆にまくし立ててきた所《どこ》なんぞ、見事なもんだわ。なあ、あんだ……」

こんどは清河は明らかに久太郎に掛けてきている。久太郎ははじめて間近から清河の眼を見た。穏やかな眼の色である。右眼がわずかに眇《すがめ》だった。

「……歳三という男はまだまだだが、あんだの師匠、なかなか出来るんではないの」

「そ、そうですか？」

「そうよ。そうなんだわァ」

清河は額を手の甲で拭いた。彼の額にはじんわりと汗が滲み出ていた。

「わだすの完敗だったねし」

そう言うと、清河は紫の羽織の裾を翻して、裏木戸から外へ出て行った。

彼の額のあの汗はなんだったのだろう、と久太郎は思った。ひょっとしたら清河と勝太さんは、埒《らち》もない会話《やりとり》を交しながら、他人《ひと》にはわからないところで見えない剣を切り結んでいたのだろうか。

十

暮六つの鐘が鳴って、巫女姿のお袖が武具屋へ帰ってきた。

「今日、持っていったお札三百枚、十枚ばかり残して全部売れたわ」

お袖は首の数珠を外しながら、久太郎に言った。

「気味が悪いような売れ行きよ」

数珠を外してから、お袖は、あ、そうだわ、と小さい叫び声をあげて、懐中から銭袋を引っぱり出して、久太郎の前に置いた。

「はい。これは今日の売り上げ」

「うん、ご苦労さん」

うなずいて久太郎は袋の中味を見世の板の間の上にぶちまけた。そして、銭を十枚ずつの塔にして行く。

「お袖さん、お帰り」

お光が奥から顔を出した。

「行水の用意をしておいたわ。さっぱりと汗を流しなさい。それから一緒にご飯にしましょう」

「すみません」

「べつにいいのよ、礼なんて。それにこっちは一日中、暇なんだし。でもねえ、お袖さん、せっかく仲好しになれたのに残念だけど、いっしょにご飯をたべるのはどうやら今夜が最後みたい。あとはしばらくお預けよ」

「どうして?」

「明日の朝、上石原へ帰ることにしたの」

「……ほ、ほんとうですか?」

「うん。わたしはもうしばらく久太郎の傍にいてもいいな、と思っているんだけど、金作がうるさいのよ。どうしても明日は帰るってきかないの。そう言われてみると、上石原のことも気にかかるしね。そんな淋しそうな顔をしないで。またすぐ逢えるんだから」

「ええ」

「上石原ならお袖さんの足でも半日あれば充分よ。いつでもいいわ、淋しくてどうにもならなくなったら遊びにいらっしゃい」

二人は勝手から裏庭へ出たらしい、そのうち話し声が聞えなくなった。

(この武具屋に、お袖と二人っきりで暮すことになったら、おれはいったいどうしたらいいんだろう)

久太郎は自分の前に八つか九つ目の銭の塔をこしらえながら、ふと困ったような表情をした。

(男と女が二人っきりで同じ屋根の下で眠るわけだから、そのうち、たぶんなるようになっちまうぞ。おれはそれでもいいが、お袖が困るだろう。行方は知れないが、お袖には両親《ふたおや》がいる。親の承諾なしではなるようになってしまっては私通だ。となると、お袖の両親の行方をまず探さなくっちゃ……)

にやつきながら銭の塔をなおも積んでいると、裏庭で、お袖の悲鳴があがった。つづいて、

「どこの泥棒猫なの?!」

と、お光の怒鳴る声。

「ど、どうしたんだい」

久太郎は弾かれたように立った。銭の塔のいくつかが派手な音をたてながら崩れた。勝手の土間

へ裸足《はだし》で飛び降りてそのまま裏庭に出ると、お袖が両手で胸を抱きながら盥《たらい》の中に蹲《かが》んでいるのが見えた。盥の周囲に戸板が四枚倒れている。

「試衛館の連中が行水を覗きにきたのよ」

ぷりぷりして言いながらお光が戸板を立て直した。

「こっちには知れないようにこっそり覗くのならまだ可愛気があるけど、おれに見せろ、いやおれの番だと押し合いへし合い、しまいには戸板まで倒してしまうんだから、図々しいったらありゃしない……」

戸板にかこまれて、お袖の裸身が見えなくなった。久太郎はそれでひとまず吻《ほっ》として、こんどは試衛館の方へ眼を向けた。境の垣根の薄暗がりに、黒い影がふたつ。

「惣次郎だな」

久太郎は垣根の方へ寄って行った。

「それから歳三さんか。それにしてもひどいよ、おとうと弟子の家の者の行水を覗くなんてさ」

「行水を覗きに来たんじゃないよ」

惣次郎がしゃあしゃあと言った。

「久太郎さんに用事があったんだ。ところがさ、ちょうどお袖さんが行水の最中だろ。これは男としちゃ捨ててはおかれない。そこで……」

「なにが男として、だ。その台詞はおまえには七年早いよ。でも、歳三さん、おれに用事ってなんです？」

「ここではまずい」

いやに秘密めかした言い方だった。

「ちょっとこい」

歳三は試衛館の裏庭の井戸の方へ歩き出した。久太郎は垣根を乗り越えてその後に従った。

「久太郎、驚くんじゃないぞ」

井戸の傍で歳三が急に久太郎に向き直った。

「おまえを、町方が探してるぜ」

とっさには久太郎、なんの話かわからない。ただ「町方」と「探してる」の二つの言葉がなんだか不吉だな、と思っただけである。

「つまりだ、お札の一件が辻番と自身番にばれたらしいのさ。辻番は御目付へ、自身番は町奉行所へ、それぞれ報告した。そこで御目付と奉行所が動き出した」

不意に久太郎の心の臓が跳ね出し、そして吐気が襲ってきた。

「……す、すると、そのう、おれはいったいどうしたらいいんです？」

「逃げるんだな」

歳三は久太郎の胸倉を摑むとぐいと引き寄せて、

「いますぐに、だ」

と、つけ加えた。

十一

久太郎が驚きのあまり口もきけないでいるのを見て、こんどは沖田惣次郎が言った。

「気持はわかるよ、久太郎さん。でも、ぼんやり突っ立っている暇に、一歩でも二歩でもこの市谷柳町から遠のいておくべきだと思うよ」

皮肉や小狡さや計算高さが惣次郎の口調にはいつもあるのだが、現在《いま》の彼の言い方には珍しくそれがない。惣次郎は本気で自分の身の上に気を配ってくれているらしい、と久太郎は思った。

「間もなく定町《じょうまち》廻り同心が柳町の自身番へ姿を現わす。するとすぐに自身番の番人がここへやってくるよ。ちょっと訊きたいことがある、なんてね」

「そ、それでどうなる?」

久太郎の舌は自分でもおかしくなるほど縺《もつ》れていた。

「自身番に連れて行かれたおれはそれからどうなるんだ?」

「定町廻り同心じきじきのお取調べが待っている。お取調べが済んだところで番屋送りだろうな。八丁堀の大番屋か茅場町の大番屋か、でなきゃあ材木町の大番屋行きだ。そこでまたきびしいお取調べがあって、いよいよ今度は入牢証文付きの立派な囚人になって伝馬町送りになる……」

「ちょっと待てよ、惣次郎……」

久太郎は惣次郎の胸倉を摑んだ。

「なんでおれが、たかが弾丸除けのお札を売ったにすぎないこのおれが、伝馬町送りにならなくちゃいけないんだ？」

「そこまでおれが知るもんか」

惣次郎は自分の胸倉を摑んでいる久太郎の右腕の、肘のあたりを手刀《しゅとう》でとんと打った。久太郎の右腕に痺《つ》れが走った。痛っと久太郎は惣次郎から手を放す。試衛館天然理心流では剣術と同じぐらい柔術が重視されているが、惣次郎はまだ小さいながらその柔術では館主格の勝太とほとんど対等の技倆《うで》を持っている。むろん膂力《りょりょく》には乏しいが、彼はそれを機敏さで埋め合せていた。入門以来、勝手仕事と薪割ぐらいしかしたことのない久太郎にはその惣次郎の手刀を避けることなど、言うまでもなく出来ない相談である。久太郎はしばらくのあいだ、顔をしかめながら腕を撫でさすっていた。

「……久太郎、おまえにお上が目をつけているということをこっそり教えてくれたのは、柳町の自身番の定番《じょうばん》なんだ」

土方歳三が言った。定番というのは自身番の主任である。

「定番のところへは試衛館からいつもなにくれとなく付届けをしているが、今度は向うがそのお返しをしてくれたわけさ。で、定番のはなしでは、おまえは見せしめのために罰せられることになるらしい……」

「見せしめ？」

「つまり、黒船来航でお上が困っているのに、下々《しもじも》の者が、その黒船来航の噂に便乗してボロ儲けしているのは不埒至極である、そういう不届者が二度と出ぬように、だれかをきびしく罰せねばならぬ、というのがお上のはららしい」

久太郎はがくがくする膝頭を両手で押えつけ、

「じゃァ、逃げます」

と、自信なさそうに言った。

「どこまで逃げ切れるかわからないけど……」

「一刻も早く江戸を出ることだ。そしたらお上も深追いはしないさ」

「な、なぜです？」

「別の見せしめを探せばいい」

歳三は自分が探索方にでもなったような口吻《くちぶり》である。

「必要なのは見せしめだ。黒船来航の噂で儲けたやつなら誰でもいいのだよ」

「なるほどなァ」

久太郎は合点した。が、すぐ新しい疑問が湧いてくる。それはなぜ自分だけが雲を霞の尻端折《しりつぱしよ》りをしなければならないのかという疑問である。弾丸除けお札の売出しを企てたのは自分だけではない。だいたい、お札の売り出しを最初に思いついたのが、自分に逃げろ逃げろをすすめている歳三である。それに、お札が売れるようにと仕組んだ偽仇討には沖田惣次郎と山南敬助が大事な役どころで参加している。若しも自分が逃げなくてならぬのなら、歳三も敬助も惣次郎も同じように逃げなくてはならぬはずである。なのになぜ自分だけが……。

「お袖をお札売りの巫女に仕立てあげたのは、久太郎、おまえだぜ」

久太郎の、不服で尖《とん》がり出した口先を見て察したのだろう、歳三が嶮しい語調になった。

「それに、お札を刷らせたのもおまえだ。また、一切の会計を担当しているのもおまえだ。つまりは、この件の首領はおまえよ。いわばおれたちはおまえに使われていたようなものさ。お上がおまえに目をつけたのは当り前だろう」

「早く逃げなよ」

と、惣次郎があっちこっちに目を配る。

「こっちは足音がするたびに自身番の番人が来たのかと思って、呼吸《いき》が停まりそうになる」

「……ど、どこへ逃げようか」

「どこへでも好きな方へ」

歳三が懐中からひねった奉書紙を引っ張り出した。

「これは餞別だ。一分入っている。すくないが路用の足しにしろ」

「……す、すみません」

「西へ行くのは避けた方が利口だ」

「西というと東海道筋ですね?」

「うん。黒船が姿を現わすとすれば浦賀にちがいない、というので東海道筋はお上の手勢でいっぱいだ。だからすぐ捕まってしまうぜ。逃げるなら北か東だな」

「わかったよ、歳三さん」

うなずいて久太郎は足を武具屋へ向けた。

「その前に姉とお袖さんにちょっと……」

「ちぇっ、ふん切りの悪い人だなア」

惣次郎が舌打ちをした。

「うまく逃げおおせれば、またいつか逢えるのにさ」

「うるさい。そこまで他人《ひと》のことに口をはさむな。それにちょっと別れを言うだけだ」

「くわしい事情は打ち明けるなよ」

歳三の声が久太郎の背中を追ってきた。

「事情を知れば女はすぐうろたえる。そしてそれにつきあっていると、結局は逃げる機会を失ってしまう。事情は落ち着き先がきまってから手紙ででも知らせるさ。わかっているな」

わかっている、と久太郎は右手を挙げて応え、武具屋の勝手口へ入っていった。

十二

武具屋の勝手では、お光とお袖が箱膳の前に坐って夕飯をとっていた。

「姉さん、いまいくら持っているんだ？」

立ったままで久太郎が訊いた。

「三十両ぐらいかしら。でも、急に妙なこと訊くわね。どうしたの？」

「べつにどうもしないが、姉さん、その三十両はおれが預っとくよ」

「ますますへんね。三十両は大金よ。その三十両をどうしようというの？」

逃亡道中の路銀にする、とはまさか言えない。

「だから、ただ預っておくだけだよ。どうも虫が知らせる」

「なんの虫？」

「盗ッ人でも入りそうな、さ」

「いやなこと言わないで。せっかくの御馳走がまずくなってしまうじゃない。あの三十両は久太郎が自分の才覚で稼いだお金、そんな脅しをかけなくても渡すわよ」

お光は手文庫の置いてある座敷へ立っていった。空ッ腹では碌な道中もなるまい、喰えるときに喰った方が勝ち、と思いついて、久太郎は姉の箱膳の前に蹲《しゃが》んで飯碗に茄子汁をぶっかけ、ぞぞぞと一気に啜り込む。

「夕御飯はまだだったの？」

ひねり沢庵をはさんだ箸を口の前でとめて、お袖が言った。

「もしそうなら一緒に食べれば？　わたし、支度するわ」

「飯はさっきすませた。これはおまけさ。ところでお袖さん、明日からお札を売りに出るのはよした方がいいぜ」

「あら、どうして？」

お袖が首をひねりながら白い歯でひねり沢庵を嚙み切った。

「理由はあとでゆっくり説明するよ。とにかく、お札売りはやめることだ」

「久太郎さんがやめろというのならやめます。でも、折角売れだしたところなのに惜しいわね」

「事情が変ったのだ。それでお袖さんは姉と上石原へ行くんだ」

「……上石原へ？」

「いいところだぜ。大きな川があって、広々とした田ん圃があって、緑の野原がある。それに、江戸前の海から黒船が大砲《おおづつ》を撃ってきたって、上石原なら平気だ。あそこまではどんな大砲だって届きはしない」

「ああ、そうか。久太郎が騒いでいるわけがやっとわかったわ」

紫の袱紗《ふくさ》包みを持って戻ってきたお光が久太郎とお袖の話に割って入った。

「久太郎はどこかで、黒船が浦賀沖あたりへいよいよ姿を現わしたことを、つまり、黒船来航の噂が本当になったことを聞いてきたんでしょう。それで、わたしたちに、上石原へ帰れとすすめているわけね」

「まあ、そんなところだ」

久太郎は曖昧にうなずいて、

「だから、明日の朝、上石原へ発《た》っとくれよ」

「言われなくてもそうするわ。それでお袖さんにも一緒に行こうと口説いていたところなの。でも、お袖さんは久太郎と同じところに居たいんだって。ごちそうさま」

「冷やかすのはよせよ。お袖さんをいま、姉さんと一緒に発つように説き伏せたところだ。たのむぜ、姉さん」

久太郎はお光の手から袱紗包みを引ったくるようにして取った。

「じゃあ、姉さんもお袖さんも達者でな」

「これが今生《こんじょう》の別れ、みたいな言い方をしないでよ。それで久太郎はこれからどうするの？」

「つ、つまりおれは……」

「残るのね、試衛館に？」

「そ、そう」

「じゃあ勝太さんに言っといて。お光は腹を立てて上石原へ帰りました、って」

「どういう意味だい、それは？」

「勝太さんは去年、わたしに五本ばかり、恋文を寄越した」

「へえ、五本も？」

「そうよ」

「見かけによらずマメだな、勝太さんは」

「わたしも勝太さんが好きだった。だから、お父さんを説き伏せて市谷柳町へやってきたのよ。そしたら、勝太さんのわたしに対する態度が前とはがらりと違う。わたしと二人になるのを避けるばかりじゃない、口もききたくないって感じ。なんでも勝太さんは直参になるのが一生の願いなんだって。たぶん、持参金つきでどこか小身の旗本に婿に入ることでも考えているんじゃない。直参になりたいばっかりに男が持参金つきで婿の口をきょろきょろと探す、ふん、ばかみたい。おまけに、沖田惣次郎なんてませた男の子が、わたしにいやらしいことを言ってすり寄ってきても、あの人は平然としている。わるいけどこっちから見限ってやるわ」

「わかった。折りがあったら伝えておくよ」

戸外《そと》でひゅうっと口笛が鳴った。歳三たちが呼んでいるのだろう。

「おれは今夜は試衛館で寝る。明日の朝は見送れないかもしれないが、心配しなくてもいい」

久太郎はお袖に心を残しながら戸外《そと》の闇の中へ出た。そして試衛館の裏庭に向って歩きながら、三十両を懐中の底深く、しっかりと仕舞い込んだ。

「これ以上、愚図々々するようなら、もう、おれがおまえをふん縛って自身番へつき出すぜ」

試衛館の裏庭では歳三と惣次郎がぽりぽりと腕を掻いていた。久太郎を待っている間に蚊に喰われたらしい。

「で、行く先は決まったか？　北かい、東かい？」

「まず光徳寺の墓地へもぐりこむつもりです」

久太郎は路地をひとつ距《へだ》てたところに黒々とひろがっている闇へ顎をやった。

「光徳寺の墓地から長昌寺の墓地、それから妙伝寺の墓地へと墓地伝いに行けば、自身番や辻番の前を通らずに柳町から脱けることができる」

「なるほど、そいつはいい」

「墓地伝いに市谷御門まで出たら、そこではじめて北へ行こうと思っています」

言いながら久太郎は路地へ出た。

「お互いに縁があったらまた逢おうぜ」

と、試衛館の裏庭から久太郎の背中へ歳三が声をかけた。惣次郎の声がそれにつづいた。

「どんなことがあっても、番人に捕まっちゃいけないよ」

光徳寺の塀を乗り越えてから、久太郎は振返って試衛館や武具屋の方を見た。暗さに目が馴れたのか、闇のなかにぼんやりと歳三と惣次郎の姿が浮んでいた。二人は小声でくっくっと笑っているようだった。なにがおかしいのだろうか、久太郎はいやな予感に襲われながら、人の匂いを嗅いでむらがってくる藪蚊の大群に追いたてられるようにして墓地の奥へ進んで行った。

郷士ふたり

一

六ツ半《午後七時》過ぎに市谷柳町の試衛館を脱け出した久太郎は、それからほぼ一刻《二時間》後、本所深川の小名木《おなぎ》川に架かる高橋《たかばし》に着いた。市谷から深川まで一刻とはいやに速いようだが、これは、なにしろ定町廻り同心に追われる身、懐中《ふところ》の金にものをいわせ、市谷から柳橋までは辻駕籠を、柳橋から高橋までは舟を使ったせいだろう。

高橋から水戸藩こんにゃく会所のある大工町まではほんの数町しかない。

(ここまでくればもう大丈夫だろう)

吻《ほっ》とひと息ついて久太郎は舟を捨て、小名木川に沿って歩き出した。

(しかし、会所の人たちが果して自分の面倒を見てくれるだろうか?)

久太郎の足がひとりでにのろくなる。

(この二月、日本一のこんにゃく産地である常陸諸沢《ひたちもろざわ》村へ、会所の重役の古川という人に連れて行ってもらうはずだった。だが、そのときは出発間際になって会所の好意をむげに断わってしまった。そのおれに会所の人たちが「はい、そうですか」と、再び力を貸してくれるだろうか?)

町並みのあっちこっちの家の窓にのろのろと歩く久太郎をじっと見守っている気配がある。このあたりは海辺大工町、軒並み大工の住居である。夜更けに、大工でもないものが通行するのを、町の住人たちは怪訝《けげん》に思っているのだろう。久太郎は足を速めて、次の角を右に折れた。もう一度、左に曲ればそこが大工町、こんにゃく会所はこの大工町のとっつきにあるはずである。

（とにかく地面に額をこすりつけて頼んでみよう。懐中には自分で稼いだ三十両の金があるが、こいつを全部投げ出したっていい）

大工町は片側町だった。つまり、人家の建ち並ぶのは右側だけ、左側は水田になっているのだが、いまは水無月《ろくがつ》の末、たいていの水田ではやかましく蛙が鳴いているはずなのに、ここはしいんと鎮まりかえっている。どうも妙だな、と思いながら、久太郎は水田に背を向け、水戸藩こんにゃく会所の前に立った。

会所は間口が五間もある大きな二階建である。通りに面した二階の窓は半分も、横に長い大看板で塞がれていた。軒に軒燈がひとつ。軒燈には夏の虫が群っていた。久太郎は軒燈を頼りに大看板の文字をたしかめた。

『水戸藩蒟蒻会所』

間違いなく看板にはそう書いてあった。久太郎は表戸を軽く叩いた。

「いつもお世話になっております上石原宿の武州屋の、倅の久太郎でございます。お願い申します。戸を開けてくださいませんか」

三、四度呼んだが返事はない。だれかの起きる気配もない。久太郎は裏へまわってまた呼び立てた。

「お願い申します。裏戸をお開けください」

やはりうんすんなしである。ひょっとしたら誰も居ないのかもしれないと思ったが、もしもそうだったら軒燈に灯が点っているのはおかしい。もう一度、表で大声をあげてみよう、と久太郎は裏から大工町の通りへ出た。

「おい、いま会所の連中を起してもらっちゃ困るぜ」

不意に久太郎の前を黒い影が遮った。

「なにしろおれの方が先口《せんくち》なんだからな」

黒い影は伝法な口のききかたをした。が、よく吟味して聞くとその口調のどこかに軽い常陸訛があった。

「先口、ってどういう意味です?」

「おれは会所に用があってさっきからそこの田ん圃の畦道で、蚊や蚋《ぶよ》に手足を喰われながら待っていたところよ」

すると蛙が鳴かなかったのはこの男が畦道にひそんでいたせいか。それにしても会所を訪ねるのに「先口」だの「後口」だのはおかしい。用があればさっさと表戸を叩けばいいではないか。

「……ふっふ、それが相棒が来ねぇうちはだめなのさ」

男は久太郎の心の中の疑問をすばやく読み取ったようだ。しかし、相棒というがいったいなんの相棒なのだろう。久太郎の心の中にまた新しい疑問が湧きあがった。

男はこの暑いのに頬っかぶりをし、軀に菰《こも》を一枚巻きつけていた。が、その菰の裾から刀の鐺《こじり》がのぞいている。するとこいつは侍か。

「あ、あのう……」

「なんでぇ？」

「あなたひとりではだめなんですか。用が足せないんですか？」

「自分で言うのもなんだが、おれは岡田十松吉利《じゅうまつよしとし》先生の道場で正味四年も腕を磨き、これでも神道無念流の秘奥はきわめているつもりだ。しかし、会所には水戸藩の腕っこきが五人もつめている。いくらおれでも一人で五人は荷が重い」

「……す、すると喧嘩ですか。殴り込みですか？」

「のようなものさ。今日は晦日、会所には今日取り立てた今年上半期のこんにゃく代金がうんうん唸っているはずだ。それをいただく……」

「そ、それでは、押込み強盗じゃありませんか！」

思わず久太郎は声高になる。男の手が素速く伸びて久太郎の口を塞いだ。

「ものは相談だ。ちょっと畦道まで来てくれ」

口を塞いだ手がこんどは久太郎の胸倉を摑んだ。男の背丈は久太郎と同じぐらいだが、おそろしく力が強い。久太郎はさからうのはやめて大人しく男の後に従った。

「おまえは会所に何の用があるんだい？」

畦道を十間ほど入ったところで男が久太郎に向き直った。

「お願い申します、と呼んでいたところを見るとすくなくとも会所の者ではないな？　水戸藩の者でもないだろう?」

「上石原のこんにゃく料理屋の倅です。会所の重役に常陸の諸沢村へ連れて行ってもらおうと思ってきたところです」

「こんにゃく料理屋の倅にしては目の配りや身のこなしが普通じゃないぜ」

男は頭の手拭をとって首筋あたりを拭き、それを両手で握って木刀になぞらえ、二、三度、上段から振りおろす仕草をした。久太郎はそのとき、あれっと思った。男と前にどこかで逢ったような気がしたからである。

「すこしは剣術《これ》をやったことがあるはずだ」

「わ、わかりますか?」

「そりゃあな」

「ほんの申し訳程度にやっただけなんだけど、それでもやっぱりわかるのかなあ」

「どこでやった? 道場はどこだ?」

「市谷柳町の試衛館です」

「なに試衛館だと?」

男の口調が鋭く、けわしくなった。

「試衛館にはいささか恨みがある」

男がぐっと顔を寄せてきた。とたんに久太郎はこの男と逢ったのは麴町の平川天神の境内だった、と思い当った。今年の二月、練兵館と試衛館が衝突したとき、この男は練兵館の大将格で、常州茨木芹沢村の郷士と名乗ったはずである。名前はたしか木村継次といっていたはずだ。

二

「木村……、そこさ居《え》るのは木村だべか？」

畦道をだれかがやってくる。男は久太郎をとんと突き放して、声のした方をすかすようにして見た。

「清河か？」

「んだ。すっかり遅くなった。申し訳ねいのう」

久太郎は近づいてくる男の名前が清河と聞いて心の臓が停まりそうになった。

（清河なんて姓はそうざらにはない。声にも、あの妙な訛にも聞き憶えがある。いまこっちへやってくるのは、今日、試衛館に脅しをかけてきた出羽庄内藩郷士の清河八郎にちがいない。木村という、清河八郎といい、今夜はいやなやつばかりと逢う……）

足音は久太郎の背後で停った。

「なんだべね、こいづは？」

「清河を待っているところへ、こいつがやってきて、せっかく寝入った会所の連中を叩き起そうとしたから邪魔をしていたのさ。それに万が一、清河が来ない場合を考えて、仲間に引きずり込もうと口説いていたところよ」

「情けねえことを考えたもんだ。おれは約束は守る。来る言《つ》ったら来るべ」

「むろん、おまえが来ることは信じていたさ。しかし、二人でやるより三人でやる方が仕事は楽だろう？」

「まあな」

「それにこいつには秘密を聞かれちまった。このまま、帰すわけには行かねえ。ただ、こいつ試衛館の門弟らしい。これは気に入らねえがね」

「試衛館？」

清河が久太郎の前に出た。仕方がないから久太郎はぺこりと清河に頭をさげた。

「清河さん、今日の午《ひる》は失礼しました」

「……おお、お前《め》さんか」

「なんだ、清河はそいつと面識があるのか」

と、木村が目を丸くした。清河は笑って、

「面識というほどではねえ。が、おれ、今日、試衛館に脅しばかけたら、そこにこの男が居《え》だのす」

「清河さん、いくら仲間に入れといわれても無理です」

久太郎は清河に言った。なにッと腰に手をやった木村を清河が制して、

「なんで無理なんでべね？」

と久太郎に訊いた。

「理由は二つあります」

「ほう、言《ゆ》ってみさい」

「まず、おれを仲間にしても役には立ちませんよ」

「なんでだべ？」

「おれ、剣術、まるで下手です」

「おまえは戸口に立っているだけでいい。向うはおまえもおれたちぐらい腕が立つと勝手に思ってひるむ」

木村は手拭をぱたぱたと振って、蚊や蚋を追った。

「そこがこっちのつけめよ」

「おれも同感だねっし。で第二の理由は何す？」

「おれ、いま、定町廻り同心に追われています。この上また罪を重ねては死罪になっちまう……」

「毒くわば皿までというぜ」

木村がまた横から口をはさんだ。

「それに、今夜の襲撃は風の如くあっという間にやってのけるつもりよ。絶対に人は斬らぬ。たとえ捕まってもそうたいした罪にはならないぜ」

「とにかく御免蒙ります。おれは常陸の諸沢村へ行きたいんだ。むろん、ここで聞いたことは口が裂けても他へは洩らしません」

「ちっと待って呉《け》ろ」

清河八郎が右手を久太郎の前に突き出して待ったをかけた。

「お前《め》さん、なにをやったのす？　なんで定町廻り同心に追われてんのすか？」

久太郎は、土方歳三の発案で弾丸《たま》除けのインチキお札を売り出したこと、大売れを狙って偽仇討を仕組んだこと、だがすべてが町方に露見して追われる身になったことなどを手短に二人に物語った。聞き終った二人は顔を見合せてにやっと笑いあった。

「な、なにがおかしいんです」

久太郎はすこしむっとなって二人に言った。

「ここまで来る間だって何十回、胆を冷したか知れやしないんです。岡っ引きらしいのを見てはどきっ、番所の灯を見てはどきっだったんですから」

「お前《め》さんはお人善しだねえっし」

清河が笑いをこらえながら言った。

「そこさ行《え》ぐと試衛館の連中は悪人ばっかだ」

「ど、どういうことです、それは？」

「お前《め》さん、欺されだのす。今《えま》、幕府の木ッ端役人どもはお札ば取締るどごろじゃねえ。黒船来航さ備えるために、芝から品川あたりの海岸さかり立てられで居《え》る。今《えま》は市中の治安《つあん》が第一《でえぢ》、だれがお前《め》さん、お札なんぞに構ってえられるべ」

「じゃ、どうして歳三さんたちはそんな嘘をでっちあげたんだろう？」

「決まっているじゃねえか。おめえが邪魔になったのさ」

「おれが？」

「そうよ。おめえにお札の売り上げの歩合を渡すのがいやになったのだろうぜ。つまり、売り上げを一人占めしようってわけだ。そこで一芝居打《ぶ》ったのさ」

「……まさか！」

「論より証拠だ。明日、市谷御門へ行ってみな。だれかが多分、お札を売ってらあ」

ここでまた久太郎ははっとなった。歳三や惣次郎たちが一芝居打ったのにはもうひとつ別の狙いがあるのではないか。武具屋には姉のお光とお袖が寝ている。自分が居なくなれば残るは金作ひとり。間違いなく歳三と惣次郎はお光とお袖に夜這いをかける気だ。

「おれ、帰ります」

久太郎は廻れ右をして畦道を大工町の通りへ向って歩き出した。

「姉たちに飛んでもないことが起りそうなんです」

「待ちな」

木村の声が追いかけてきた。

「いま帰ってもらっちゃ困るぜ」

「しかし……」

振り向いた久太郎に木村の白刃が突きつけられていた。

三

「……冗、冗談はまたこの次にしてください」

ここでこっちが真顔になっては話が七面倒になってしまうと久太郎は咄嗟《とっさ》に考え、笑顔を作ろうとした。しかし、やはり目の前の白刃が気になって両頬がぴくぴくと二度ばかりひきつっただけで、かえってべそかき面《づら》になってしまった。

「おれは冗談を言っているつもりはないぜ」

木村継次はあいかわらず、刀の先を久太郎の眉間につきつけたままである。

「おまえも仲間に入れと、おれは本気で言っているんだよ。分け前だってちゃんと出すぜ。おれが四、清河が四、そしておまえが二ではどうだ。な、清河も同意してくれるだろう?」

木村は後半を傍でにやにやしながら眺めていた清河にかけた。

「よがす」

清河がうなずいた。

「……わからないなあ」

と、額の汗を袖で拭いながら久太郎はじりじりと畦道を後退する。

「なにがわからんのだ?」

木村が久太郎の後退した分だけ押して出た。

「おまえは仲間に入るか、それともこの場で叩き斬られるか、どっちかなのだぜ」

「ま、まってください。はじめは清河さんとあなたの二人でやろうと思っていたんでしょう」

「ああ」

「じゃあ二人でやればいいんだ。だって二人でやれる勝算はあるんでしょう。なぜ、最初の計画どおりに決行しないのです？」

「おまえが役に立つと思いついたから、計画は変えたのだよ」

木村に押されているうちに、久太郎の左足が斜めに滑って水田の中へ落ちた。水田の水は気持が悪いほど生ぬるい。久太郎の動きはここでとまった。

「おれが何の役に立つんです？　さっきも言いましたが、おれ、自慢じゃないが弱いんです。かえって足手まといになりますよ。それは保証してもいいや」

「おまえの技倆《うで》なんぞどうだっていいんだよ。おまえはさっき、会所の表戸を叩きながら、『いつもお世話になっている上石原宿の武州屋の、倅の久太郎でございます』と呼ばわっていたはずだが、あれをもう一遍やってくれればたすかる」

「おら達《だ》が一番首ッ子捻って居《え》だのは、どう会所さ入り込むかなのす」

清河は腰にぶらさげていた瓢《ふくべ》を取って、栓を抜いた。

「それがお前《め》さんの登場で無事解決だっぺ」

清河は瓢に口をつけて天を仰ぐ恰好になり、ごくごくと咽喉《のど》を鳴らした。

「そうよ」

と、木村は左手をのばして清河から瓢を受け取ると、久太郎を睨み据えたままで、瓢の中味を口に流し込んだ。

「おまえが上石原のなんとか屋の者だといって、会所のやつに戸を開けさせる。そこからおれたちが会所に躍り込む。これならば容易《たやすく》入れるのだよ。どうだ、これでおまえが今夜の仕事になくてはならぬ人だってことがわかったろう？」

「お前《め》さんには悪いけど、うんといわねうぢは帰さねがらね」

「そ、それはできませんよ」

久太郎は泣き声になった。

「押し込み強盗をするのに自分の家の名前は出せません。おれ、すぐに足がついちまう。たとえおれが逃げおおせても、親父に災難がかかります。それは無理だ……」

「それならほかのこんにゃく屋の名前を出せ。会所の連中が信用して戸を開けてくれるなら、どこのこんにゃく屋でもいい」

「そ、そういわれても、こんにゃく屋はそうざらにはないんですよ」

「つべこべいうな」

木村は久太郎の目の前で刀を二、三度振った。鋭い太刀風が起り、それに胆を冷して久太郎の汗がまたたく間に引っ込んだ。

「こんなこんにゃく問答を続けていちゃア夜が明けちまう。さあ、いったいどうするんだ？」

こいつらの言うことをやっぱりきかなくちゃいけないだろうなあ、と久太郎はしぶしぶ覚悟を決めた。なにしろ逃げようにも左足が泥にとられて動けない。それに清河の間抜けを装った脅しぶり、木村のこわもての脅迫、どっちも久太郎には薄っ気味が悪かった。

「ちょっと手を引っぱってくださいよ」

久太郎は木村に右手をさし出した。

「左足が抜けなくなっちまったんです」

木村は刀を鞘におさめて、久太郎の右手をとった。ごつごつと節くれ立った手だった。力も強い。ひと引きで久太郎を水田から引っぱりあげてしまった。

「やっと仲間に入る気になったようだな。まあ、飲め」

木村が瓢を投げてよこした。その瓢から酒を飲んでいるうちに、久太郎は踵から脹《ふく》ら脛《はぎ》にかけて痛痒い感じをおぼえてしゃがみ込んだ。手で触ってみると痛痒いところにぬるりとしたものがへばりついていた。それは蛭《ひる》だった。

「ちえっ、泥には草履を奪《と》られるし、蛭には血を吸われるし、今夜は散々だ」

久太郎は瓢を木村へ返した。

「ところで木村さんと清河さんに聞きたいことがあるんですがね、いいですか?」

木村と清河は、ふん、といった感じで久太郎を見た。

「水戸藩のこんにゃく会所から金を奪ってどうするんです。金をなにに使うんです?」

「おれは蝦夷地旅行の路銀にすんのす」

清河は羽織を脱いでぱたぱたと煽いでいる。酒の匂いを嗅いで寄ってきた蚊を追っているのである。

「おれは佩刀《はいとう》を手に入れるつもりだ」

木村は空《から》になった瓢を水田に投げ捨てた。

「下総《しもうさ》の一之宮佐原の香取神社に村正の奉納した眉尖刀《なぎなた》がある。大宮司にちょいと金をつかませて、その村正をおれのものにする」

「じゃあ眉尖刀を背負って歩くわけですか」

「ばかいえ。太刀に仕立て直すのさ。おれはあの村正に惚れているんだ。あいつを腰に差して歩くかぎり、おれは誰にも負けやしねえ。おまえの師匠の、試衛館の宮川勝太には、この春、おくれをとったが、いつかあの村正で斬ってやる。さァ、それじゃ行くぜ」

木村が畦道を通りに向って歩きだした。

「待ってください」

「ちょッ、いちいちうるさいやつだ。今度の用はなんだい?」

「……小用を足したいんです」

いざというときに尿意を催すのは上っているせいだろう、と久太郎は思いながら、水田に向って放尿した。見ると抛物線が左右にこまかく揺れている。久太郎はどうやら胴震いをしているらしかった。

四

どんどんどんと清河と木村が激しく会所の表戸を叩いた。それにつられて久太郎も、

「……伏見屋から参った者でございます」

と、上《うわ》ずった大声をあげた。

「主人の言いつけで夜道を急いでまいったものでございます。戸をおあけくださいまし」

伏見屋というのは内藤新宿のこんにゃく料理屋である。久太郎の父と伏見屋の主人は俳句仲間で、年に数回、互に行き来しては月並句をひねる。それで久太郎は伏見屋の名を出したのだった。

間もなく二階の戸が開いて、寝《ね》ぼけ面《づら》がひとつあらわれた。

「内藤新宿の伏見屋さん……?」

寝ぼけ面は大きな欠伸《あくび》をひとつした。

「御用件は……?」

「こんにゃく粉の代金を払いにまいりました」

「こんにゃく粉の代金? ちょっとあんた、ほんとうに伏見屋さんのお使いかね?」

「はい。伏見屋の帳面つけの手伝いをしております久八というものでございます」

「おかしいな。伏見屋さんの番頭さんが今日見えられて代金は払って行かれましたよ」

「それがじつは調べてみますと、さらにお支払いしなければならないことがわかりました。精粉十二俵分十五両がまだ未払いで……」

水戸産のこんにゃく粉は精粉で一駄（四俵）が五両のはずだった。久太郎はそれを憶えていて咄嗟のうちに口にしたのである。会所の男は、久太郎が精粉の値段を知っていたので、すこし信用は

したようである。

「いま降りて行きますから、少々お待ちを」

と、寝ぼけ面を引っこめた。

「よし、上出来だ」

と、木村が久太郎に低い声で言った。

「もう、ひとふんばりして呉《け》でや」

と、清河が道ばたの大きな握飯ほどの石ころを拾う。会所の者が顔を出したところをその石で殴るつもりなのだろう。

「……なるべく穏やかに頼みますよ」

と、久太郎が震えながら言った。

「人の命は殺《あや》めないように願います。万が一、おれの身許が後の詮議でばれたりしたときに、大事《おおごと》になります」

「穏やかな押込み強盗なんてあんまり聞いたことは無《ね》えな」

清河はにやにやしながら、拾った石でお手玉をしている。

「まぁ、向う様の出方次第だべし」

「しっ」

木村が唇に指を当ててみせた。

「来るぜ」

たしかに表戸の向うに足音が近づいてきて止まった。つづいて心張棒を外す音、そしてガラリと表戸が一枚、開いた。

「伏見屋さん、こちらの帳面ではこの六カ月でお宅へ出した精粉が八駄三十二俵で代金は四十両……」

会所の男が戸外《そと》へぬうと顔を出したところを、清河が左横から石を握った手で殴りつけた。あッとなって男は久太郎を大きな目で見た。が、そこへ右横から清河が男の脇腹に拳固を突き入れた。男は膝から地面へ崩れ落ちる。

それを見て久太郎もへなへなとなって地べたへ座り込んだ。清河と木村は男を内部《なか》へ運び込み、そのまま戸外へは出てこぬ。

久太郎はすこしでも会所から遠ざかりたい一心で、地面を這って前へ進んだ。その間中、久太郎は、世の中ってなんてぐれはまなのだろう、と考えていた。ほんとうならいまごろは、会所のどこかの隅を借りて眠っているはずだった。そして明日は常陸の諸沢村へ向けてこんにゃく留学のために旅立つことになるはずであった。だが、木村や清河と出あったためにそれはもはや帰らぬ夢である。おそらく一生、お上の詮議をおそれ、いまのように地べたを這いずりまわって暮さなければならぬだろう。

だが、やがてはお上に捕ってしまうのではないか。それに水戸藩だって黙ってはいないだろう。

(となると遠くへ逃げなくちゃ……)

と、久太郎は思った。

（清河八郎に蝦夷へ連れて行ってもらおうか）

そうも考えた。しかし、久太郎はここでもっと怖しいことに思い当った。

（清河と木村はひょっとしたら、仕事が済んだところで、おれを消すつもりではないのか）

久太郎は思わず、ひいっと叫び声をあげた。

（おれの口を封じるためにも、また自分たちの分け前を殖《ふや》すためにも、あの二人はきっとそうするつもりにちがいない！）

立とうとしたが立てない。腰の蝶番がばらばらになっているようだった。久太郎は四ツん這いのまま水田に入っていった。彼は稲のなかにかくれていようと思ったのである。

「なにしてんのす？」

久太郎の頭の上から清河の声が降ってきた。

「なんか落し物かい？」

木村もいるようである。

「も、もう終ったんですか？」

おそるおそる久太郎は顔をあげた。

「ああ、終ったすよ」

清河は着物の上から懐中《ふところ》を叩いてみせた。

「ものわかりのいいのが居《え》でな、おら達《だ》がまだ凄まねうちがら金ば出して呉《け》だんだっけ」

「だれか殺しましたか？」

「いや、ひとりも」

と、木村も懐中《ふところ》を叩いた。

「二人あわせてざっと五、六百両はある」

「これでおれは蝦夷さ行《え》がれる。芹沢鴨は村正ば手さ入《へえ》る……」

「芹沢……、鴨……?」

「おれのことよ」

木村が人差し指で自分の鼻をおさえてみせた。

「仕事の最中に本名で呼び合うとあとで足がつくもとになる。それでおれはたったいままで生れ在所の芹沢村にちなんで芹沢鴨だったたってわけだ」

「ほんじゃ行《え》ぐべ。昔から言うんでねえの、儲けた所《どこ》と糞した所《どこ》さえづまでも居《え》っと碌なごと無《ね》えって」

「あのう……」

久太郎はようやく立ちあがった。

「まさか、おれを斬るなんてことしないでしょうね?」

「じつはそれをちらっと考えたこともある」

木村が言った。

「が、やめたよ」

「ど、どうしてです?」

「わからん。が、おそらく会所で血を一滴も流さずに済んだからだろうな。一人斬れば二人も三人も同じことだ」

「つまりさ、芹沢鴨先生《せんせ》は今夜は、荒れては居《え》ながったってわけす」

そういいながら、清河は水田のなかにぼんやり立っている久太郎に手をさしだした。

「ほれ、早く手を摑まれ。今夜はこれがら、深川で芸者買いだ」

久太郎は危いところだったと思いながら、清河の手に摑まって水田から出た。久太郎の出た水田で蛙がおずおず鳴きはじめた。

五

潮があげてきたのか、波がひたひたひたひたと河岸の棒杭を軽く叩く音が、潮の匂いと一緒に、久太郎の横臥している二階の座敷へのぼってきた。久太郎は床の上に坐って、傍らに脱ぎ捨てておいた浴衣をとって着た。

久太郎に誘われるように薄暗がりのなかで妓《おんな》の白い躰が動いた。

「あたしにも浴衣をかけておくれ。汗をかいたまま寝ちまっちゃ風邪を引いちまうもの」

うん、とうなずいて久太郎は妓にも浴衣をかけてやった。それから床に腹這いになって煙管《きせる》の火皿に国府《こくふ》（きざみ煙草の銘柄のひとつ）をつめはじめた。

ここは為永春水が『梅暦』のなかに「いづれ仇なる婦多川《ふたがわ》の色の湊《みなと》に情けの川岸蔵《かしぐら》」と記したそ

の深川仲町裏の船宿の二階座敷、妓は梅八《うめはち》という羽織芸者である。深川大工町の水戸藩こんにゃく会所を襲ってすぐ、久太郎は清河八郎と芹沢鴨という妙な変名を持つ水戸の郷士に連れられて、大工町とは目と鼻の、この仲町へ逃げ込んだのだった。

「ねえあんた……」

梅八が浴衣の襟から手を入れて久太郎の胸のあたりを指の先でそっと撫でた。

「あんた、人を刺すとかどこかに押し入るとか、なにかでっかいことをやってきたんじゃないの?」

久太郎はずばと心中を射抜かれたような気がして、思わず煙草の煙に噎《む》せ返った。

「ど、どうしてそれがわかる?」

「やっぱり図星だったか」

梅八はくすっと笑った。

「そりゃわかるわ」

「だからなぜだ?」

「とにかくあんた、凄かったもの。半刻の間に二度もあたしにのしかかってきたじゃない。それにただひたすら大腰を使っていたわ。ほかのことは考えたくない、というみたいにさ」

潮香が蚊遣りの煙と程よく混って、なんとなくしみじみするような匂いになっていた。夜風が涼しく久太郎の頬を撫でて行く。明日がたしか七月の朔日《ついたち》のはずだがもう秋の気配が立っている、と久太郎は思った。

「それに、清河さんや芹沢さんの仲間じゃあ、あんたもどうせ悪《わる》だろうと思ったのよ」

「あの二人、これまでにもなにか……？」

「はっきりとは知らないよ。でも、ゆすりたかりはしょっちゅうらしいねえ。もっとも、あたしに清河さんたちの噂を訊くようでは、あんた、仲間になって日は浅いんでしょう？」

「日が浅いどころじゃない。仲間になったのは今夜……」

「じゃあ、なりたてのホヤホヤ？」

「うん、そのホヤホヤ」

「じゃあ、仲間から抜けた方がいいよ。あたしの勘じゃあの二人、いずれは御用、ということになるわ」

「かといって、行くあてもないし……」

久太郎はぽんぽんと煙管を吐月峰《はいふき》に叩きつけ、

「よわったなあ」

と、ひっくりかえって天井を向いた。

「じゃああたしんところへくるかい？」

梅八が躰を寄せてきた。

「あたしは中の郷《ごう》の大きな百姓さんの離れに住んでいるんだけどね、よかったらおいでよ」

中の郷は吉原から川ひとつ隔てたところ、瓦焼きの竈《かまど》が多いので知られている。水戸藩のこんにゃく会所を襲った以上は水戸へこんにゃく留学もならず、かといって上石原宿の実家へ帰るのも危いはなしである。試衛館へ戻る手はあるが、これは例のお札の一件の決着がつかぬうちは居辛いだろう。清河に頼んで蝦夷へ連れて行ってもらうことも考えないではないが、いずれにもせよ、いわば自分はあてもないはぐれ鳥のようなものだ、と久太郎は思った。ほとぼりのさめるまで、中の郷あたりに隠れて瓦を焼くのもいいかもしれないな。だが、この妓はなぜ自分にこうも親切な口をきいてくれるのだろうか。会所襲撃の分け前はまだ貰っていないが、自分の懐《ふところ》中には三十両の金がある。それに妓はすでに目をつけているのではあるまいか。

「なにをびくびくびくついているのさ」

久太郎の心を妓はもう敏《さと》く読んでいたようだ。

「あたしには別におっかない魂胆などないから安心おしよ」

「しかし、おまえも名うての深川の羽織芸者、木場の旦那衆の一人や二人、後楯がいるんじゃないのかな」

「後楯はいたわよ。あんたのいうように木場の旦那がね」

「それみろ」

「でも、このあいだ失敗《しくじ》っちゃったのさ。だからいまは正真正銘のひとり身」

「それにしてもわからない」

「なにが？」

「毎晩、こうやって客を取っていりゃあ淋しくはないはずだ。それなのになぜ……」

「正直にいえば見栄さ」

「見栄？」

「若い男を一匹養っている、それが深川芸者の見栄なのさ」

なかなか結構な見栄だなあ、と久太郎は思った。ひとつ乗ってやろうか。

「あんたがもっとこう光り輝くような二枚目だと言うことなしだけれど、あたしの縹緻《きりょう》だって精一杯にみても十人並み、そうは高望みもできやしない」

「……お袖に悪いな」

久太郎は低い声で呟いた。が、梅八は早耳らしく聞き咎めて、

「お袖？　なにものよ、それ？」

「……まあ、おれとはいろいろと曰くのある娘さ」

「つまり恋仲ってわけ？」

「そんなところだ」

「その娘《こ》とはもう割りない仲になっているのかい」

「ま、まだだ」

「あたしは別に気にしないよ。ただし、出て行くときははっきり挨拶しておくれ」

「なんだか妙だ。くどいようだが、どうしてあんたはおれにそう親切にしてくれるんだろう」

梅八は枕許の膳の上から生姜《しょうが》をひとつつまんで口に入れ、しゃりしゃりと噛んだ。

「なあ、そこんところがどうもおれにはわからないんだが……」

「教えてあげようか」

梅八は生姜くさい息を吐きながら、右手を久太郎の股間へすべらせてきた。

「あんたのここに惚れたのさ」

とたんに久太郎はまた味な気分になって、

「そこまでいわれて背中を向けるのは卑怯だものな」

と、梅八の上にのしかかった。

「おっとっと、こりゃ悪《わ》りィ所《どこ》さ来たっぺや」

びくりとして見ると廊下の障子が細目に開《あ》き、そこから清河の顔がぼんやりと白くのぞいていた。

「また後で来《く》っぺど」

「い、いや構いませんよ」

久太郎は起き上って浴衣の襟を合せた。

「でも、なにか……？」

「うん、芹沢がちょっと座敷さ来いどさ。まあ、済ませる事《ごと》ば済ませでからでもええど思うけんども」

「すぐに行きます」

と立ち上った久太郎に梅八が小声で言った。

「早く戻ってきておくれよ。でないとあたしは悶え死……」

六

廊下に沿って座敷が四つ並んでいた。一番階段に近いところが久太郎の座敷、そしてもっとも奥にあるのが清河の座敷である。芹沢の座敷はその清河のひとつ手前だった。

「おう、久太郎か」

清河に背中を押されるようにして座敷に入った久太郎の足許に革袋がとんできた。革袋はがちゃりと音をたてた。すると中味は金か。

「それがおまえの取り分だ」

行燈《あんどん》の横にあぐらをかいて生姜を齧っていた芹沢が言った。

「九十二両ある。思ったより獲物がすくなくてな、全額で四百六十両、それを清河に四、おれに四、そしておまえに二の割合でわけたのだ」

「すると、芹沢さんたちの取り分は二百両足らずか」

久太郎は革袋を拾った。ずしりと重い。

「二百両足らずで、香取神社の村正の眉尖刀《なぎなた》が手に入りますか」

「大宮司に百両の鼻薬、眉尖刀を佩刀《はいとう》に鍛え直すのに三十両。お釣がくるさ」

「それじゃいただいておきます」

久太郎は革袋を懐中の奥に仕舞い込んだ。

「いろいろお世話になりました」

「ちょっと待てってば」

清河が後手で障子を閉めた。

「お前《め》さま、この先《さぎ》、どうすんだね？　明日、おらと芹沢は香取さ発《た》つよ」

「あれ、清河さんは蝦夷へ行くんじゃなかったんですか？」

「仙台領の白石《すろえし》までは一緒す。芹沢は仙台の刀鍛冶さ眉尖刀の鍛え治しば頼むつもりらしいんでね、ほんだら白石《すろえし》までたがいに道連れになんべ言《つ》うごとになったのす。おらは白石《すろえし》から二井宿《にいじゅく》峠ば越えで羽前さ入《へえ》るつもりなんだけどね」

「久太郎、江戸に留まっているのは危《やば》いぜ」

「おまえ、どうだ、おれたちと一緒に来ないか」

「さっきまで、そのつもりだったんですがねえ」

「というと？」

生姜を齧っていた芹沢の手がとまった。

「なにかべつのあてでも出来たのか？」

「敵娼《あいかた》の梅八という芸者の世話になるつもりなんです。中の郷で瓦でも焼いてほとぼりのさめるのを待つつもりです」

「もでもでにもででんだねえ」

清河が羨ましそうな声をあげた。

「うまぐやってっ事《ごと》、このう！」

「その芸者、なにか企んでいるんじゃないか」

もう喰い飽きたのか、芹沢は生姜を皿に戻した。

「おまえを情夫《まぶ》にしようだなんて、すこし話がうますぎらあ。おまえだって自分の顔がどんなものか知ってるだろう？」

「はあ。しかし、この顔でいいそうです」

「それにこのへんの芸者にゃ軒並み後楯がついているはずだ。その後楯といざこざになるとまずい。なにしろおまえも脛《すね》に傷を持つ身だ。おまえが取っ捕まっちまうと、こっちまで危い」

「いまは後楯がいないそうです」

「後楯のかわりにこわいお兄ィさんがいるかもしれない」

「そういうものは一切いないといってました」

「ふうん」

芹沢はじろりと久太郎を睨んだ。

「どうやらおまえ、その芸者に骨がらみになっちまったらしいな」

「でも、どっちかというと先にお熱になったのは向うの方で……」

「いやあ、言う事《ゆうごと》、言う事《ゆうごと》」

また清河が嘆声を洩した。

「それにしてもす、お前《め》さんの何処がええんだべねえ、この羽織芸者殺し！」

「清河、すこし静かにしてくれよ」

芹沢が手をあげて、清河を制した。

「久太郎、これだけは言っておくぜ。どんなことがあっても、今夜の事件《やま》は他人《ひと》に話すな。もしもだれかに話したとわかったら、なにをしてでもおれはおまえを斬る」

「わかっています」

久太郎は大きくうなずいてから、二人に会釈をし、芹沢の座敷を出た。

「……芹沢よ、だけどもあいづ本当に大丈夫だべかね」

久太郎が廊下を歩き出したとき、いま出たばかりの座敷で、清河が芹沢に小声でこう言うのが聞えた。

「……わからん」

芹沢が憮然とした声で答えている。

久太郎が座敷に戻ると、梅八が膳の上の残りものに箸を運んでいた。

「おや、早かったね」

梅八は箸を置き、

「なにの前に腹ごしらえをしとこうと思ったのさ」

と、久太郎の浴衣の裾を摑んだ、久太郎は梅八の肩を押して言った。

「ここを出よう」

「なにいってんのさ。いまは夜中だよ」

梅八が呆れ顔になった。

「朝までここで濡れていようよ」

「いや、出るんだ。川岸には船が二、三隻舫《もや》っている。どこかに船頭がいるはずだ。叩き起してこいよ。そのかわり酒手《さかて》は弾む」

「向うでなにか拙《まず》いことでもあったの？」

「べつにないさ」

と、久太郎は答えたが、むろんこれは嘘だった。久太郎は清河がすこし怖くなっていたのである。芹沢は最初から最後までこわもてで通しており、いってみれば単純な男である。扱いさえ心得れば、そう面倒な関係にならなくてもすむだろう。だが、清河はちがう。面と向っているときは調子がいいが、陰にまわるとなにを仕出かすかしれぬ。座敷を出たとたん、がらりと変ったあの言い方が、久太郎には気になって仕方がない。

「……べつにないけど、とにかくここを出たいんだ。階下《した》へ行って勘定を払っていてくれないか」

久太郎は懐中の革袋から小粒金《こつぶ》を五つ、六つ摑み出し、それを梅八の掌に落して言った。

「これだけあればここの払いはすむはずだ。釣はあんたが取っておいていいぜ」

「豪儀だこと」

梅八が合点顔になって立ち上った。

七

舟が吾妻橋の下に入ると夜が一段と濃くなった。が、すぐにその暗さが薄れる。舟が橋の下を通り過ぎたのと、右手の河岸でなにかが燃えているせいである。

「へんに明るいな、梅八。河岸で燃えているのはなんなのだい?」

久太郎が訊くと、梅八が、

「ああ、あれは中の郷《ごう》の瓦焼場の窯《かま》の火さ」

と、答えた。

「江戸で使う瓦を中の郷が一手に引き受けているので昼夜兼行ってわけよ」

「舟はもうすぐその瓦焼場の下を通りますぜ。じっくりと窯の火をごらんになるといい」

たんまりと酒手つきの船賃は前払いしてある。そのためかどうか、船頭の愛想のいいことは、さっきから気味が悪くなるほどである。

「瓦を窯出しするときの明るさったらありませんや。まるで両国の花火を見るようでさ」

右手の先にぼんやりと白いものが見えてきた。

「あれは水戸様の御蔵屋敷です」

船頭は久太郎の視線を追って早手まわしに説明を加えた。

「昼間ですと、蔵の白壁と、そのさらに向うの三囲《みめぐり》稲荷の森の緑が、こううまい塩梅にとけあってうっとりするぐらいきれいなんですがねえ」

残念そうに言って、船頭は川底を棹で突いた。

「あんた、三囲のお稲荷さんは知ってるだろう?」

梅八が久太郎に向って小首を傾けてみせた。

「聞いたことはある。だが、まだ行ったことはないな」

「そんなら是非一度お行きな。あたしのところから歩いて、額にうっすら汗を掻くぐらいのところにあるから、気晴しの散策にはもってこいだよ。お稲荷様から大川端に出ると、そこが竹屋の渡し、渡しに乗って大川を渡れば……」

「吉原が目と鼻でさね」

船頭が素速く話に割り込む。

「吉原に行っちゃいやだよ」

梅八が久太郎の手の甲を抓《つね》った。

「あんたにはあたしというものがいるんだからさ。竹屋の渡しのすぐ横に平石という料理屋があるから、そこで一杯ひっかけて帰っておいでよ。なにしろ三囲稲荷は日本橋の越後屋が信仰しているお社《やしろ》、そのせいで寄付がごっそり入るんだろうけど、立派な構えだよ。人によっては三井稲荷なんて呼ぶぐらいのものさ」

「へーい、源兵衛橋をくぐります。立ったり中腰になったりしちゃいけませんぜ。頭をぶっつけますからね」

船頭が左へ棹を突いて、舳先《へさき》を大きく右へ廻し、

「舟を大川から堀へ入れた。ここからが大横川でさ」

堀の幅は三間。左手に水戸藩蔵屋敷の塀が蜿蜒《えんえん》と続く。水戸藩のこんにゃく会所を襲ったときの

記憶が蘇ってきて、久太郎は軀を小さく、そして固くした。右手は中の郷の瓦焼場で、それが二町も続いているからなかなかの夜景である。焼き場には屋根はあるが壁はない。窯出しのたびに、窯口から射出す炭火の光で蔵屋敷の塀が真赤に染まった。

見とれているうちに舟がふたたび右へ曲った。前方一町ばかりのところに橋が黒く架っているのが認められる。

「へい、もうすぐ業平橋《なりひら》で……」

「この業平橋のあたりは蜆《しじみ》の名所でね、大きな蜆がとれるんだよ。蛤《はまぐり》ほどもあるのさ」

「おまえの蛤ほどもあるやつかい?」

久太郎が混ぜっかえすと、梅八が、

「ばかだねえ。いくら業平橋だからって業平を気取って、顔に似合わないことをお言いじゃないよ」

と、また久太郎の手の甲に軽く爪を立てた。

「足許にお気をつけなすって」

船頭の声を背中で聞きながら、久太郎は舟から降りた。目の前に表戸を閉した茶店がある。梅八は船頭となにやらひそひそばなし、なかなか降りてこないので、久太郎は目をくっつけるようにして、柱にぶらさがっている看板を読んだ。看板には『業平名物・梅飯茶屋』とあった。

「……すみませんねえ、梅八姐さん」

船頭が小声で梅八に礼を言っているのが聞える。舟賃も酒手も自分が先払いしたはずなのに梅八はなんだって船頭にまた金を払うのだろうか、と久太郎はすこし訝《いぶか》しく思ってそれとなく聞き耳を立てていると、梅八が殺した声で、

「今戸橋の南、金竜山山下の三ツ目組のところに草鞋《わらじ》を脱いでいる祐天《ゆうてん》の仙之助という人だよ。わかったかい」

「念押しには及びませんよ」

うなずいて船頭は梅八を舟から降し、岸をとんと棹で突いて大横川を戻っていった。

「お待ち遠さま。あたしの塒《ねぐら》はこの茶店のうしろだよ」

梅八が久太郎の手をとった。

「酸《す》っぱい匂いがしてるだろう?」

梅八に言われて鼻をきかせると、たしかにあたり一面に酸っぱい匂いがただよっている。

「これは干梅の匂いさ。梅干にするんだよ。そこいらじゅうに梅が干してあるから気をつけて歩いておくれよ」

「……ああ」

しばらく行くと柴折戸がひとつ、柴折戸を入ったところに小さな家があった。

「ここだよ」

梅八は開けっ放しの縁側から上って、火打石を打った。久太郎は縁側に腰をおろしたまま、梅八が有明行燈に灯りを点すのを見ていた。

「どうしたのさ。行燈に火が入ったんだよ。なかへ入っといでな」

「……聞いてしまったよ」

久太郎は縁側の下に並べてある干梅をひとつとって匂いを嗅ぎながら言った。

「聞こうと思ったわけじゃないが、聞えてきたのだから仕方がない……」

「なにをぶつぶつ言っているのさ。そんなところに居ちゃ蚊の餌食だよ」

敷きっぱなしの布団に横になって、梅八はおいでおいでをした。

「それより、早くここへ来ておくれよ」

「その手は古いや」

「なにをすねているの。いったい、どうしたのさ」

「金竜山山下の三ツ目組のところに草履を脱いでいる祐天の仙之助とは何者だい？」

「ああ、聞いたというのはそのことかい、祐天仙之助というのは遊び人さ」

「それもおっかない遊び人だろう。やはりおまえにはおっかないお兄哥《にい》さんが後楯についていたんだ」

「安心おし。兄哥さんは兄哥さんでも、仙之助はあたしの実の兄なんだから」

「さあ、それはどうかなあ」

「そんなら勝手におしよ」

梅八はくるりと久太郎に背中を向けた。

「ああ、勝手にさせてもらうよ」

久太郎は立ち上ったが、立ち上ったところで途方に暮れた。なにしろ真夜中である。舟はない。

吾妻橋には橋番が居るはずだ。こんな夜更にのこのこ橋を渡っていては、たちまち橋番の誰何《すいか》を喰ってしまう。どこかそのへんの木立ちの中で夜明けを待つ手も考えられないではないが、これはあまりぞっとしない。

「……あたしの兄さんは瓦焼場には顔がきくんだよ。ぶらぶらしているのもなんだから、瓦焼の手伝いでもしたらいいと思って、逢いたいと言伝てたのに」

梅八はべそをかいているようだった。

「なのになにさ、邪推もそこまで行っちゃ非道いじゃないか。言っとくけど、あたしはあんたに惚れているんだよ」

梅八は起きてきて、久太郎に撓垂《しなだ》れかかった。

「ねえ、あたしの業平さん、あたしを信じておくれよ」

八

あくる朝、梅八が飯を炊いている間に、久太郎は三囲稲荷まで行ってみた。梅八の言うように散策道としては、田があり林があり川がありで上々だった。帰りは業平橋の袂の南総院に寄った。この境内には業平天神の祠《ほこら》がある。

(こんな暮しも満更じゃないな)

久太郎は境内の木に凭れながら考えた。

（女に世話を焼かれてのほほんと生きるのも乙なものだ）

むろん、久太郎の頭の中にはお袖のことがこびりついている。がしかし、お袖はお袖、梅八は梅八、梅八に飽きたらお袖のところに行けばいい。そこが男冥利というものだろう。金はあるし、所は業平天明の祠の前、久太郎は今様《いまよう》業平といった気分になり、ひょいひょいひょいとはねたり跳んだりしながら、南総院から梅八の家へ戻ってきた。

お膳が三つ出ていた。ひとつには梅八、もうひとつには三十ぐらいの色の浅黒い男が坐って箸を動かしていた。

「おや、お帰り」

梅八が箸を置いて、飯櫃《めしびつ》の蓋をとった。

「大家さんからあんたの茶碗を借りてきといた」

梅八が茶碗を掲げてみせ、それからその茶碗に飯を盛りはじめた。

「そうそ、これがあたしの兄さん」

飯を盛った茶碗を久太郎に差し出しながら梅八が言った。

「これでも甲州ではちょっとは聞えた博奕打《ばくちうち》なのさ」

男が久太郎に軽く黙礼した。久太郎はあわてて叩頭し、礼儀を心得た男らしいなと思い、内心すこし吻《ほっ》とした。

「妹とはまあいいようにつき合ってくだせえよ」

男がひねり沢庵を口に放り込みながら言った。

「おまえさんは若い。そのうち別の女に目が行くこったろう。そのときは遠慮なく出て行きなせえ」

ずいぶんもののわかった兄さんのようである。久太郎はますます吻として茄子汁を飲んだ。

「ただし、一緒に暮しているあいだは可愛がっておくんなさいましよ」

「わ、わかっています」

「ところで瓦焼場で働きてえということですが、周旋方は引き受けましたよ」

「よろしくおねがい申します」

久太郎は箸と椀をお膳に置き、頭を下げた。

「なあに、お安い御用でさ」

男は笑って、

「焼場の頭とは一緒に羽前の羽黒山に籠もった仲ですから」

「……羽前の羽黒山？」

「兄さんはむかし、山伏をしていたことがあるの」

梅八が空にした茶碗に梅干を入れ、そこへ熱湯を注ぎながら言った。

「いってみれば修験者くずれの博奕打ってわけ」

「それはそれは……」

なにがそれはそれはなのか、言っている久太郎にもよくわからなかったが、とりあえず相槌を打っておく。

「甲州には乾分《こぶん》が二十人ほどおりますがね、わけあっていまは浅草でぶらぶらしておりますよ」

男は愛想のいい笑いで顔中をいっぱいにして、

「まあ、お暇なときにはちょっと寄ってみなせえ」

と言った。

「博奕打の世界もあれでなかなかおもしろい。気が向いたら鉄火場へもいらっしゃい」

「とてもとても」

久太郎は箸を持った手を横に振った。

「気が弱い性質《たち》で、鉄火場へ入ったとたんふるえあがってしまいます」

「そうでもねえでしょう」

男がにやりと笑った。

「おまえさんは見かけに寄らず肝ッ玉が太い。あっしはそう睨んでおりますよ」

「それは買被りですよ。わたしは兎よりも臆病な男なんです。もっとも、これはあまり自慢にはなりませんが」

「いやいや、おまえさんは相当な強《したた》か者でさ」

男の口調がすこし変った。お愛想のかわりに彼の言い方には針のようなものが含まれはじめたのだ。

「久太郎さん、蛇《じゃ》の道は蛇《へび》、ちゃんと報せが入っておりますぜ」

「……というと？」

「昨夜《ゆうべ》、三人組の男たちがここからもたんとは離れていない深川大工町の水戸藩こんにゃく会所を襲った、という報せが入っているのでさ」

　久太郎は思わず目を白黒させた。不意を衝かれて飯が咽喉につまってしまったのである。

「おまえさんの懐中にはたしか百三十両近くの大金がおさまっているはずですが、ちがいますかね？」

「ど、どうしてそれを？」

　久太郎は箸を持ったまま、懐中を上から押えた。梅八が言った。

「明け方、あたしがこっそりあんたの虎の子を調べてみたのよ。ごめんね」

「梅八から、昨夜おまえさんが二人の男と船宿へ駈け込んできたということも聞きましたぜ。これだけわかっていれば、だれにだって、おまえさんがこんにゃく会所襲撃の三人組のうちのひとりだというぐらいぴんときますよ。そのおまえさんが気が弱いだなんてことは、信じられますか。おまえさんはたぶんべらぼうな肝ッ玉をお持ちですよ」

「そ、それでわたしをどうしようというんです？」

「どうもしやしませんや。ただ相談に乗ってもらいてえことがひとつある。でもまあそれは飯を片付けてからのことにしあしょうよ」

　男はまたにやりと笑って、飯碗に茄子汁をぶっかけ、それを一気にぞぞっと啜った。

九

「……いま、相談とおっしゃったようですが、いったいどんな相談事なんでしょうか？」

久太郎はできるだけさり気ないふうを装って祐天仙之助と名乗った男に訊いた。

「わたしに出来ることだといいけど……」

「おまえさんなら出来ることだと睨んだからこそ相談を持ちかけているんじゃありませんか」

仙之助はお膳を梅八の方へ押しやり、襟にさしていた竹楊子を抜いて口に咥えた。

「おまえさんならなんの造作もないことで」

「ですから、いったいどういう……？」

「あっしの親分は甲州一帯に縄張りを持つ香具師《やし》の大元締で、三井の宇之吉と申します。名前をお聞きになったことはございませんか？」

「さあ……」

久太郎は首をひねった。

「……とんと」

「甲州で三井の宇之吉親分といえば、泣く子は黙り、禿頭にも毛が生えるってぐらいの大立者なのよ」

梅八が仙之助にかわって言った。

「それで、仙之助兄さんはその宇之吉親分の一の子分なの」

「……というほどでもねえが、小さな場所をひとつふたつ委されておりましてね」

と、言いながら、仙之助は楊子で歯間の食物滓《かす》をしきりにほじくり出す。

「そこまではよかったが、じつはあっしの手下でこぶの長次って若い者が、甲斐国一之宮の神部山浅間神社の祭の出店のあがりをそっくりくすねて逃げやがったんで」

「それは災難でしたねえ」

「災難どころじゃありませんや。宇之吉親分には『手前の眼が末端まで届いていねえからこういう不始末が起るんだ。こぶの長次の不始末は手前の不始末、百ヵ日のあいだに長次を探し出し、あがりを取り上げてこい。さもないと手前も同罪だ』と叱られまして、こうやって慣れねえ江戸暮しをしているのでさ」

「す、するとわたしにそのこぶの長次を取っ捕える手伝いでもしろ、とおっしゃるんですか?」

「まさか」

仙之助は笑って、楊枝の先にくっついた食物滓を珍菓かなんぞのように丁寧に舐めた。

「あっしたちにも捕まらねえような逃足の早い野郎がおめえさんに捕えられるはずはありませんよ」

「……じゃあ、いったいわたしになにをしろ、とおっしゃりたいんです?」

「もう二十日ほどで、宇之吉親分のくれた百日の日限がやってきますのでね、長次の野郎を探すのはやめにして、なんとかあがりをこしらえて甲州の勝沼へ帰らなくちゃ、と思っているところへ妹からおめえさんのことを聞いた。持って帰らなくちゃならねえあがりは全百両、ところがおめえさんは百三十両も持ってなさる。たぶん、おめえさんは神仏のお使いにちがいねえ、とこう思って朝早くから駈けつけてきたわけで。どうだろうかねえ、百両、ぽんと貸してくれませんかい」

仙之助は脅しのつもりなのか、竹楊子をぐさっと久太郎の目の前の畳に突き立てた。やっぱり梅八には魂胆があったのだ、と久太郎は後悔の臍《ほぞ》を噛んだ。色男でもないのに色男ぶったのが間違いの因《もと》だったな。

「ねえ、久太郎さん、お願いだから兄さんの力になってやっておくれよ」

梅八が鼻声で久太郎にすり寄ってきた。

「兄さんはいいいところまで行っているんだよ。いまは宇之吉親分の代貸しだけど、先ざき親分のあとをつぐのは祐天の仙之助だっていわれているほどの男なんだ。ここで失敗《しくじ》っちゃこれまでの精勤がみんな水の泡なのさ。一肌脱いどくれよ」

なにを白々しいことを、と久太郎は寄ってくる梅八を押しのけた。本気で惚れたのではない、金をせびるために惚れたのだ、ということがはっきり暴露《ばれ》てしまっているのに、まだべたべたと惚れた素振り、なんという図々しい女なのだろうか。

「わ、わたしの百三十両は虎の子です。これを元手にわたしはこれからの算段をつけなきゃいけないのです。犬の子を呉れてやるように、はいどうぞ、とは言えません」

しどろもどろになりながら、久太郎は言った。

「たとえばひと月のうちに返してくださるとか、いやふた月なら耳を揃えて返済するとか、そういうあては……」

「ありませんねえ」

仙之助はひとごとのような言い方をした。

「しかし、出世払いというのはどうでしょうかね。あっしは自分で言うのもなんだが、きっとなにものかになる男です。そのときに、二倍にも三倍にも、いや五倍にもしてお返し申しますぜ」

「そ、そんな無茶な相談てありませんよ」

「じゃ、担保を入れましょう」

「担保？　どんな……？」

「妹の梅八はおめえさんの持ちものだ。転がそうとなぶろうと叩こうと殴ろうとおまえさんの勝手……」

「それも困るなあ」

「まあ、ひとつ考えといてくださいましよ」

仙之助は竹楊子を襟に戻して立ち上った。

「また、明日の朝、まいりますから」

その間になんとかしてこの梅八のところから逃げ出そう、久太郎がそう思案をつけたとき、草履をはいて庭を横切ろうとしていた仙之助が、久太郎の心底を見すかしたように、

「日中は退屈でしょうから、若い者をおめえさんの相手に残していきましょう」

と、言った。あらかじめしめし合せておいたのだろう、仙之助の言葉が終ると同時に、庭先にぬうっとひとりの若者が入ってきた。痩せていて両腕が滅法長い。

「こいつ、つぶての佐太といいますがね、つぶてと異名をとるだけあって石投げの名人だ」

仙之助は佐太という若者に顎をしゃくった。佐太はうなずいて、庭先の石を摑み、その石を垣根の外の梅の林に向って投げつけた。それから素速い身のこなしで庭から出て行き、やがて雀を一羽右手にぶらさげて戻ってきた。

「さすがだぜ、佐太」

仙之助は佐太から雀をとって眺め、

「雀の頭がぐしゃぐしゃになっている」

ぽいと雀を久太郎の横に放ってよこした。

「この佐太は縁日の人気者でね。つぶてを投げて鳥を殺し、見物衆から銭をとるという変り種の香具師でさ。こいつを連れて歩いていると退屈はしませんぜ」

おれが逃げると睨んで見張りをつけたな、と久太郎は心の中で舌打ちをした。

「おっともうひとつ。百両どうしても用立てるわけにはいかねえ、というのならそれでもいいが、しかしそうなると町方がやってきますよ」

密告か、垢抜けないやつだ、とまた久太郎は舌打ちをした。

「そいじゃまた明日」

仙之助はにやりと笑って庭を出て行った。血だらけの雀を見てしまった久太郎はもう飯を喰う気も失せて、突っ慳貪《けんどん》な声で梅八に言った。

「……おい、茶碗に湯を注《つ》いどくれ」

十

正午《ひる》ちょっと前、二つに折った座布団を枕にして畳の上にひっくりかえっていた久太郎は不意に起きあがって庭におりた。

「どうしたの。行水かい？」

添寝していた梅八がむっくりと上半身を起す。

「行水だったら、あたしが背中を流したげようか」

「いまごろから行水を浴びる馬鹿がいるものか。ちょっと歩いてくる」

久太郎は木戸を押して梅飯茶屋の横に出た。背後に足音がする。つぶての佐太とかいう薄気味の悪い若い者があとをついてくるのだろう。が、いま久太郎にはひとつ方策がある。だから、佐太の存在もそう気にはならぬ。大横川に沿って歩き、源兵衛橋を渡って、大川の土手をまっすぐ北へ数町、久太郎は竹屋の渡しに出た。船頭が土手の草の上に腰をおろし、煙管を咥えて憩っている。久太郎はその隣りに寝っころがって、雲を眺めながら方策をもう一度検討しはじめた。

久太郎は舟で対岸の金竜山下の瓦町に渡り、そこから市谷柳町の試衛館へ行くつもりでいる。土方歳三や沖田惣次郎が「町方が弾丸除けお札のことでおまえを捕えようとしている」と、久太郎を逃してくれたが、これは清河八郎も言っていたように、よく考えると変である。黒船来航の噂で江戸中が蜂の巣をつっついたような騒ぎになっているのに、だれがお札のことなど気にするだろうか。いったいどういう魂胆で土方たちがそんなことを言い出したのか、まずそれを確める必要がある。また、試衛館に戻ればお袖にも逢うことができるだろう。梅八のような海千山千には久太郎はもうこりごりだった。こんどこそお袖にはっきりと自分の気持を打ち明けよう。

そしてもうひとつ、試衛館の連中に十両か二十両握らせて佐太を始末してしまう。そうすれば祐天の仙之助なんて博奕打ちに百両もの大金をたかられずにすむ……。

「どうれ……」

と、船頭が立ちあがった。久太郎は船頭に続いて舟に飛び乗った。佐太も懐手のまま、舟に乗り込んできた。

一刻《いっとき》ほど後、久太郎は市谷御門の前に立っていた。右に折れて十町も歩けば柳町試衛館である。

「……黒船の弾丸除けのお札はいかがでございます。昨日、この先の浄瑠璃坂で仇討がございましたが、討手はこのお札を懐中に忍ばせていたおかげで、敵《かたき》の放った弾丸が当らずにすみました」

御門の横から女の子の売り声が聞えてきた。お札を売っているのはお袖しかいないはずだ、するとあの声はお袖か、と久太郎の胸が鳴った。がしかし、傍へ寄ってみると、売り子はお袖とは似ても似つかぬおへちゃ面《づら》をしていた。

「ありがたいお札でございます。このお札を身体につけていれば、黒船なんぞ怖くはありませぬ。弾丸除けのお札をどうぞ」

売り子の前の客足は絶えない。次から次と客が来て並ぶ。久太郎は行列の末尾にくっついて、自分の番のくるのを待った。佐太は近くの道端に蹲《しゃが》んで所在なさそうに草を毟《むし》っていた。やがて久太郎の番になった。

「十枚も貰おうか」

売り子は手甲をかけた手でお札を数えはじめた。

「ちょっと聞きたいことがあるんだが、いいかい？」

久太郎が銭を渡すと、売り子はうなずいて、

「十枚も買ってもらったんだもの、知っていることならなんでも」

と、久太郎を下から見上げた。

「昨日までここに立っていたお袖という娘を知らないかなあ？」

「知ってるわ。同じ町内だもの」

「ほう、するとあんたも柳町か？」

「うん。お袖さんは居なくなっちゃった」

「……居なくなった？」

「試衛館のお兄さんたちったら、お袖さんは逃げただの、おっかさんに引き取られて他所《よそ》へ行っちゃっただのといろんなことを言ってごまかしているけど、あたしはちゃんと知ってる。お袖さんは試衛館の沖田惣次郎って子に乱暴をされたのよ。お袖さんが、夜中、大声をあげて泣きながら逃げ出すのをあたし見たの」

「乱暴をされただと？　そ、それはどういうことだ？」

久太郎がにわかに険しい顔つきになったので、売り子の少女は軀を固くした。久太郎はこわばった顔を無理やりほぐして、

「もっとお札を買ってやってもいいんだ。だからくわしく教えてくれないか」

「……うん」

少女はたちまちもとのおませな顔に戻った。

「お兄さんは夜這いって知ってる？」

「……し、しってる」

「あれよ、たぶん。なにしろ、あの沖田惣次郎って子は悪《わる》だからねえ。あたしたちにだって、すれちがいざまお尻を撫でたり、胸を触ったり、いろんなことをするんだから」

すると、土方や沖田が「町方がおまえを狙っている」と言ったのは、この自分が邪魔だったからにちがいない、と久太郎は思った。つまりあの情報は自分を追い出しておき、その留守にお袖を襲うための方便だったのではないか。

「……お袖と一緒に武具屋に寝泊りしていたお光という人を知っているか？」

久太郎は姉のお光を狙ったのは土方歳三にちがいないと思いながら、少女に訊いた。

「そのお光という人にもなにかよくないことが起らなかったかい？」

少女は首を傾げた。

「わかんない。とにかくあたしが見たのはお袖さんが泣きながら裸足で通りを走って行くところだけよ。今朝になって、試衛館の兄さんたちが柳町の女の子たちに『いい仕事がある。一日で二百文にはなるぞ』と触れて歩くのを聞いて、あたしはお札売りになったの。あたしの知っているのはそれだけ」

「す、するとお札売りはあんたひとりだけじゃないんだな?」

「そうよ。十五、六人はいるんじゃない。四谷御門や赤坂御門、いろんなところでお札を売っているはずよ」

久太郎が奪われたのはどうやらお袖ばかりではないようだった。久太郎はお札のあがりまでも土方たちにかすめとられたのだ。ふらふら歩き出した久太郎に少女の声が追いかけてきた。

「お兄さん、もっとたくさん買ってくれる約束じゃなかったの?」

久太郎はそれには答えず、試衛館の方へゆっくりと歩いて行った。佐太がのっそりと立って久太郎のあとに続いた。

十一

「なんだ、久太郎。おまえ、この試衛館から逃げ出したんじゃなかったのか」

道場で山南敬助と打ち合っていた宮川勝太が、久太郎を見て竹刀を振る手をとめた。

「土方の歳ちゃんや沖田惣次郎のはなしでは、たしかおまえは昨夜、行方知れずになったはずだぜ」

久太郎は、道場の土間に蹴るように草履を脱ぎ捨て、

「歳三さんや沖田惣次郎がおれを欺して、ここを逃げ出すように仕向けたんです」

と、言った。

「おれの方から出ようとしたわけじゃないんだ」

「だいぶ荒れてるようじゃないか」

勝太は練武床《れんぶゆか》に正座して、武具を外しはじめた。面を外した勝太の顔は汗でぐっしょりと濡れていた。汗の雫が、勝太の、よく張り出した腮《えら》から床にしたたり落ちている。

「で、なにか用かい?」

久太郎は怒りのあまりくらくらと目が眩みそうになった。なにか用かい、とはあんまり白々しいではないか。弾丸除けのお札の権利を自分たちで独占し、またお光やお袖に夜這いをかけるために、おれが邪魔になり、追い出しをかけたのはいったいどこの誰なのだ。

「ははん、怒っているな」

「当り前ですよ。ほんとうにみんな汚《きつ》ねえや」

久太郎は拳で練武床を叩いた。

「だいたい、勝太さん、姉は勝太さんが好きだったんですよ。勝太さんだって姉のことを憎からず思っていたはずじゃありませんか。それなのに、土方さんが夜這いをかけるのを黙って見ているなんて卑怯じゃないですか。姉さんは浮ばれませんよ。勝太さんに夜這いをかけられるのなら姉さんも本望だったと思うけど……」

「いまのおれは女どころじゃないんだよ」

勝太はしきりに首筋の汗を拭く。

「ここじゃどうにも手ぜまだ。どこか便のいいところに新しく道場を建てたい。近く出来るという講武所へも仕官したい。というわけで、神経は全部、そっちのほうへまわってしまっているのさ」

「沖田惣次郎がお袖を襲ったという噂が立っているけれども、これも本当ですか?」

勝太も敬助も返事をしなかった。つまり、噂は本当なのだろう。

「お袖はおれの……、おれと将来《さき》を約束した仲なんです。これもあんまりじゃないですか。沖田のやつ、ぶっ殺してやりたいや。ぶっ殺すのは無理としてもせめて、額を床にこすりつけて謝るのを見ないうちは、おれの肚《はら》がおさまらない。土方さんだって同じだ」

「それは出来無《できね》相談だっちゃ」

敬助が仙台訛で久太郎を慰めるように言った。

「歳三さと沖田ば、現在《えま》、責《しえ》めんのはちょっと酷だべ」

「どうしてです?」

「どうしてって言《ゆ》われると困っちまうけっとも、百聞は一見に如かずだっちゃ。ちょっとこっちさ来て呉《け》さいよ」

敬助がつっと立って奥へ入った。久太郎はその後に続いた。道場の裏の六畳間に土方歳三と沖田惣次郎の二人が褌ひとつで横になっていた。二人とも顔色は土色で、汗が乾いて出来たのだろう、顔のあちこちに白い塩がこびりついていた。奇妙なことに二人は口を手拭で覆っていた。

「ごらんの通りっしゃ。二人とも口がきけねえんだってば」

「な、なんでです?」

「んだがら嚙まれたのっしゃ」

「嚙まれた?　どこを?」

「舌《べろ》を、っしゃ」

「……だれに？」

「あんだの姉様《あねさ》のお光さとお袖に決まってっぺ。つまりさ、夜這いばかけて、二人はそれぞれ、お光さとお袖の上さのしかかり、声ば挙げられるのを怖れて、すぐに口吸いさかかったわけっしゃ。女どもの口の中さ舌《べろ》ば突っ込んだとたん、あぐとその舌《べろ》ば嚙まれたわけだっちゃね」

二人は呻きながらひっきりなしに寝返りを打っていた。そのたびに敷布団が黒く濡れているのが見えた。二人の背中の汗が敷布団を黒く濡らしているのだ。引き傷や掻き傷もひどい。二人の頰や首のあたり、それから腕、どこもかしこも蚯蚓《みみず》脹れで凸凹《でこぼこ》だらけになっている。

「……女子《おなごっ》言うのはおっかねえもんだっちゃね」

敬助が大きな溜息をひとつついた。

「なにしろ試衛館の猛者《もさ》が女子に敵わねえんだからねっし」

「……つまり未遂だったわけか」

「んだんだ、つまりそういうことっしゃ。お袖はその場から行方知れずになってしまったし、お光さは今朝方早く金作さと上石原宿さ帰っちまったし、ま、痛み分け言《つ》うごどでこの一件は片付いたわけなのす」

おれに関してはなんにも片付いていない、と思いながら久太郎は敬助と道場に戻った。おれはお袖と行きはぐれになってしまったじゃないか。

「……あいつ、いったい何者だい？」

戻ってきた久太郎に勝太が訊いた。勝太の視線は連子窓《れんじ》の間から道場のなかを覗き込んでいるつぶての佐太に注がれている。

「久太郎をつけて歩いているようだな」

「祐天の仙之助という甲州の博奕打の手下で、つぶて投げの名人ですよ」

「……つぶて投げの名人？」

「そうです。おれの目の前で小石を投げて雀を打ち落してみせてくれました」

「……そのつぶて投げの名人がどうして久太郎につきまとっているんだ？」

「祐天の仙之助はおれに金を貸せというんです。曖昧な返事をして逃げているんですが、それ以来ずうっと……」

「つけているのか」

「そういうことです」

ふんと唸って勝太は腕を組んだ。

「つぶて投げの名人とはおもしろい。あのな、久太郎……」

勝太が組んだ腕をほどいた。

「新しい試衛館道場のために、おれは金が要る。そこでだ、例の弾丸除けのお札の権利をおれにくれ。そのかわり、といっちゃなんだが、あの石投げの名人を追い払ってやってもいいぜ」

「そうしてもらえれば、おれ、助かっちゃうな」

久太郎は、勝太があいかわらず他人の心を読みとる術に長けているのに感心しながら言った。

「じつは、おれ、勝太さんにやつのことを追い払ってくれるよう頼むつもりもあってやってきたんだ。なにしろ、あいつ、うっとうしくて……」

「まかしておけ」

勝太は胸をひとつ叩いて坐り直した。

十二

「そこの連子窓の向うにいるお人……」

勝太がつぶての佐太に向って大声をあげた。

「戸外《そと》は炎暑だ。内部《なか》へお入りなさい」

佐太が蹲んで姿をかくした。

「祐天の仙之助さんの身内の方。冷たい水を一杯、いかがです」

佐太が道場の入口にぬっと現われた。冷たい水に惹かれたらしい。

「どうぞ」

勝太が野太い声でまた誘った。佐太は土間に入ってきた。敬助がその前に水桶を運んだ。佐太は水桶を両手で持ち、桶から直接《じか》に水を飲んだ。どうも、と低い声で言って、佐太は桶を元に戻した。

「つぶてを上手に投げなさるそうだな」

「……まあな」

佐太は立てた膝を両手でかかえ込み、上目遣いに勝太を見ている。

「つぶてはその都度、その場で拾うのかな」

「ちがうね」

佐太は懐中から手拭で包んだものを取り出し、ぽんと床の上に置いた。

「手頃なものを前もって拾っておき、こうやって持って歩くのよ」

「ちょっと拝見……」

勝太が手拭包みを引き寄せ、結び目をほどいた。手拭のなかには小石が十一、二個。どの小石も団子のようにまるい。勝太は一個手にとって重さを計った。

「これで人は殺せるかしらん」

「四、五丈のところからなら牛でも殺せる」

「ふうむ。で、つぶてをどれぐらい遠くまで飛ばせます？」

「八十間から九十間……」

「では八十間先の立木の幹に十個投げて、何個命中する？」

「十個。調子の悪いときで九個」

「まさか」

勝太がへらへらと笑った。勝太は佐太を挑発しようとしているらしいな、と思いながら、久太郎は躰を固くして二人の会話《やりとり》に耳を傾けていた。

「いくらなんでも法螺《ほら》が過ぎる」

「おれは法螺は吹かねえよ」

「じつはおれの友人に根岸忠蔵という男がいる。この根岸は願立流《がんりゅう》の手離剣術の達人でね、海保帆平《はんぺい》という大名人の高弟なのだが……」

「根岸も海保も知っているぜ」

佐太はにやりと笑った。

「口をきいたことはねえが、海保帆平の道場へはずいぶん日参したのさ」

「海保の道場へかい？　ほんとか？」

「ああ、海帆の道場は水戸屋敷の中にある。おらあ伝手《つて》があったんで二カ月ばかり水戸屋敷へ通って見学したのだ」

勝太はすこし押され気味になった。

「……それで海保帆平の手離剣術をどう見た？」

「下手じゃねえな」

「根岸忠蔵は？」

「これからの精進次第よ」

「いま江戸の若手では随一といわれている根岸を小僧ッ子扱いにするとは驚いた。じつはおれも根岸の手引きで車剣打法をすこしばかりやるのだが……」

勝太は立って、神棚から星型の手離剣を数個取った。

「このおれなぞは、あんたから見たら赤ン坊程度の腕かもしれないいな」

「……見ないうちはなんともいえねえな」

「よし」

勝太が手離剣をひとつ右手にとり、人さし指はぴんと伸し、他の指でそれを軽く押えて持った。

「真向いの羽目板にたてに三つ節穴が並んでいるだろう。真中の節穴にこいつを打ち込んでみよう」

「だめだね」

と、佐太が言った。

「おれは当らねえと思うよ」

「やかましい！」

とうとう勝太が怒鳴り出した。挑発しているつもりが、あべこべに挑発されている。

「きっと当ててみせる」

「まあ、おやんなせえ」

「貴様、おれのが当ったらどうする？」

「さあ、べつにどうしようとも思わねえ。当りっこねえんだから」

「くそっ！」

ぶらさげていた右手を勝太が激しい勢いで前方へ突き出した。勝太はつまり下手から手離剣を投げたわけだが、このとき、佐太の方も行動を起していた。

目の前の小石を掴むが早いか手首を鋭くひねって、その小石を宙へ投げ上げたのだ。

ちゃりん！　と小気味のよい音が道場のなかに響き渡り、こつんと手離剣が床に突き刺った。最後に佐太の投げた小石がとんと床に落ちた。

勝太は茫として佐太を見ていた。佐太はくっくっと笑った。

「だから当らねえと言っただろ」

「……おれの投げた手離剣をあんたが小石で邪魔したわけか？」

勝太は稽古着の袖で額に滲み出した汗を拭きながら訊いた。

「ほ、ほんとうにあんたがやったのか」

「まあな」

佐太が小石を手拭で包み直し、懐中にねじこんで、立ち上った。

「久太郎さんよ、どうやら用事が済んだようだね。祐天の親分や梅八さんが心配していなさると悪い。ぼつぼつ引き揚げましょうや」

佐太の手練《てだれ》の早業を目の前で見たいまとなっては、久太郎も彼の言うことに素直に従わざるを得ない。

「なにが追っ払ってやる、ですか」

久太郎は勝太を睨んだ。

「とんだ思惑ちがいじゃないか」

「待て」

勝太が久太郎と佐太の前を遮った。

「つぶて投げの名人さん。いまのはどっちも傷つかないですむ子どもだましのような勝負だった。今度はひとつさしでやらないかい？」

「よした方がいい」

佐太が勝太を手で払いのけながら言った。

「おれの得意は、小石を二つ同時に投げて相手の両眼を一遍につぶしてしまうというやつだ。おまえさん、目が見えなくなってしまうぜ」

「そのかわりおれのが額に当れば、あんたは死ぬ。その勇気があるかい？」

佐太は勝太の顔を睨むように見ながらじっとなにか考えていた。やがて佐太が言った。

「受けてもいいが、立ち合いの場所はどこにするつもりだね？」

十三

勝太とつぶての佐太はわんわんと蝉しぐれの降る中で、十間の間隔を置いて向い合っていた。

といっても、ここは試衛館に道ひとつ隔てて隣接している光徳寺の境内である。二人の間には大小さまざまの墓石や、それから立木が介在しており、しかも、二人は絶えず、互いに相手の動きを窺いながら左に進み右に寄りしているので、横手から固唾《かたず》を呑み呑みこの果し合いを見守っている久太郎には、勝太と佐太が向い合っているとは思えなかった。二人は互いに相手の姿を求めながら探り合っている、そんな感じである。

この光徳寺の墓地を果し合いの場所に、と最初に言い出したのは勝太だった。そのとき佐太がにやっと笑って、

「墓地で、ですか。そいつは願ったり叶ったりだ」

と、呟いていたのを、久太郎は憶えている。むろん久太郎には佐太がにやりと笑って果し合いを受けた意味がわからない。いったいなぜ、勝太は墓地を選び、それを佐太が歓迎したのか。

久太郎の傍にもうひとり果し合いの見物人がいた。山南敬助である。敬助はさっきから、

「ううむ、なるほど。そうだったんでがすか」

と、唸っている。なにが「なるほど」で、なにが「そうだったんでがすか」なのだろうか。久太郎は眼は勝太と佐太の二人に釘付けにしたまま、

「敬助さん、さっきからなにをうんうん唸っているんですか?」

と、訊いた。

「勝太さんの思惑ばやっと呑みこめたからっしゃ」

敬助も顔は正面に向けたままで答えた。久太郎に視線を移している隙に勝負がついてしまうのを、敬助はおそれているのである。

「勝太さん、墓地とはうまい所《どこ》さ眼ばつけたもんだね」

「手離剣を投げるのにどうして墓地が〝うまい所〟なんです?」

「考えでみさい、墓石が楯になるべした」

その程度のことは久太郎にも理解できた。たしかに墓は相手の攻撃を防いでくれるだろう。しか

し、それは相手にとっても同じことではないか。こっちからの攻撃もまた墓石によって妨げられるはずだ。

「墓石が楯になるのはどっちも、でしょう。勝太さんだけが有利だ、ということにはならないと思うけど……」

「それが有利なのっしゃ」

「だからどうしてです？」

「勝太さんの手離剣は星型なんでがす。平べったこいんでがす。平べったこいから投げれば曲って行《え》ぐ。右で投げれば左を、左で投げれば右さ曲って行《え》ぐ。あのつぶての佐太がなんぼ墓石ば楯にしても駄目なのっしゃ」

久太郎にも敬助の「なるほど」がすこし呑み込めてきた。勝太の手離剣は鎌の刃のように弓なりに曲って飛んで行くから、墓石を楯にとった佐太の側面を襲うことが出来るわけである。言い方を変えれば、佐太にとっては墓石はじつは楯として役に立たないわけだ。

「そこさ行《え》ぐど、佐太の投げる石は団子の様《よ》にまんまるだっちゃ。直進はするが途中では曲らねえ。この勝負、七分三分で勝太さんの有利とおれは見た」

果してそうだろうか。佐太にはこのことは先刻承知だったのではないか。承知の上でにやりと笑って果し合いを引き受けたはずだ。とすると佐太の方にもなにか勝算があるはずだ。

「敬助さん、佐太は墓石をなにかに利用しようと考えているにちがいないのです。やつは墓石をどう使うと思いますか……？」

「しぃッ！」

敬助は手を挙げて久太郎を制した。

「盛り上ってきた。心機が熟してきた。黙ってみてさいよ」

勝太と佐太は申し合せたように静止していた。二人の間に墓石はざっと二、三十。それもみな人の背丈に近い高さの墓石である。お互いに相手の姿は見えていないはずだ、と久太郎は思ったが、そのとき、二人は両手を振った。勝太は左右の手に持った二個の星型手離剣を、佐太も同じく左右の手で握った二個の石を、同時に投げつけ合ったのだ。

かん、かーん！

久太郎は、石が墓石に当ってはね返る、乾いた、そして鋭い音を二度聞いた。呼吸《いき》をとめたま ま、勝太と佐太の二人を等分に見ていると、やがて二人はのろのろと躰を折って、やがてゆっくりと地面に崩れ落ちて行った。

「……あ、あい打ちでしたね、敬助さん」

喘ぐように久太郎が言った。

「でも、佐太はどうやって勝太さんに石を命中させたんだろう、直進しかない石をどう曲げたんだろう……」

「墓石ばうまく使ったんだっちゃ。それにしても凄い術だった」

「墓石を？」

「んだ。故意《わざ》と石ば墓石さ当てて、そのはねっかえりが勝太さんさ当るように計算したのっしゃ」

そうか、だから佐太は墓地での果し合いをにやっと笑って受けたのか。久太郎ははじめて、佐太のにやり笑いが腑に落ちた。

「と、とにかく、勝太さんば道場さ運ばねば……。久太郎さん、手ば貸して呉《け》さい」

うなずいて久太郎は墓石から、つっかい棒のように立てていた手を離そうとした。が、掌は、膠《にかわ》で墓石に貼ったように、びくとも動かなかった。こっちもずいぶん気合いを入れて見ていたのだなあ、と思いながら、久太郎はしばらく墓石に手をついたままの姿勢で、蟬しぐれを聞いていた。

十四

勝太の眉間が切れていた。それから、左の脇腹が紫色に腫れあがっていた。佐太の投げた石は二個とも勝太に命中していたということになる。佐太の方は重傷だった。勝太の星型手離剣をやはり左の脇腹で受けとめてしまったのだ。

試衛館の道場裏の六畳には、お光とお袖に舌を嚙まれた土方歳三と沖田惣次郎が寝ていたが、勝太と佐太を、久太郎たちはその六畳に運び込んだ。したがって、この六畳間はいっぺんに四人の手負いをかかえ込んだことになるわけである。

医者が来て二人の傷の手当をした。佐太の意識はまだ不確かだが、勝太の方は正気をとりもどした。

「……おれの負けだったなあ」

額を繃帯でぐるぐる巻きにされた勝太が、久太郎と敬助に力のない声で言った。

「おれが投げたのは二つ、だが当ったのはひとつだ。ところが、やつは石を二個ともおれに命中させやがった……」

「しかし、なんすよ、墓地選んだのは手柄だったっちゃ」

敬助は勝太の手をとり、その手を静かにさすりながら言った。

「平地で立ち合って居《え》たら、この試衛館は若先生ばなくすとこだった。佐太の投げた石は、墓石さ当って勢いば半分はなくして居《え》だ。それだから軽傷で済んだんだ」

「……しかしそれにしても、怕《こわ》かったぜ」

勝太が気弱な笑い顔を見せた。

「生れて始めてだ、あんなに怕い思いをしたのは……」

「なにが怕かった言《つ》うのすか？」

「……墓地で向い合ったときは、おれは問題なくやつに勝てると思っていた。おれの投げる星型手離剣は曲って飛んで行くだろう、やつがいかに墓石を楯にしようが、おれの手離剣を防ぐ手だてはあるまい、そう楽観していた。ところが、睨み合っているうちに、おれはやつがなにを狙っているのかわかってきた。墓石に当ててそのはねっかえりでおれを仆《たお》す戦法だな、ということがおれにも読めてきた。そのときは怕かった。なにしろ相手ははねかえってくる小石だ。しかも、どの墓石に当って、どうはねかえってくるかもわからない。こういうのは困る……」

裏でことりと音がした。

「あれ、誰か来たのかねっす?」

敬助が久太郎に言った。

「ちょっと見て来て呉《け》さい」

草履を突っかけて裏庭に出ると、裏木戸の戸がかすかに揺れていた。たしかに、誰か来ていたらしい。久太郎はまだ揺れている戸を押して戸外《そと》に出た。試衛館の横を表通りへだれかが曲りかけていた。どこかで見たような男だな、と久太郎は思った。思ったとたん久太郎は、

「あッ」

と、小さく叫んだ。今朝、梅八のところへ祐天の仙之助が来ていたが、いまのはたしかそのとき一緒にくっついてきた仙之助の乾児《こぶん》にちがいない。するとこれはどういうことか。久太郎は裏庭に戻って、井戸から水を汲み、その水を火照《ほて》った足にすこしずつかけながら、こう考えをまとめた。

(……仙之助はどうあってもおれから百両奪ろうというつもりなのだ。そこで、つぶての佐太におれをつけさせ、さらにいまの乾分におれをつける佐太をもつけさせたのだろう)

とすると、いまの乾児は佐太が勝太にやられたのを見たに相違ない。そしてそのことを仙之助に注進するだろう。

(……するとおれは今までよりももっと、仙之助につけ狙われることになる)

久太郎は何度も強く舌打ちした。どうしてこう物事はいつもややっこしい方へ面倒な方へと進展して行くのだろう。生きて行く途上でさまざまな人と逢う、それは決して不愉快なことではない。がしかし、人と逢うたびに関わり合いの糸がもつれて行く。

（……とにかく逃げよう）

久太郎は決心した。

（それもできるだけ遠くへ、だ）

手拭で手早く足を拭き、久太郎は裏木戸の方へ歩き出した。

（遠くへ逃げて、もつれた糸をいっぺん全部断ち切ってしまおう）

裏木戸に手をかけた。

「久太郎さんよ、誰だったべね、裏さ来て居だのは？」

敬助が出て来た。断ち切りかけたもつれ糸がまた繋ってしまった。

「誰も……」

「そうかねえ。おれには人の気配がしたけどね」

敬助は久太郎の顔を覗き込んだ。

「佐太ばつけてきた男がたった今まで此処さ居《え》たはずだよ」

「……知ってたんですか？」

「ああ」

敬助はうなずいて、

「最初っから知って居だすよ」

と、久太郎の肩を叩いた。叩き方に妙な迫力があった。

「ところで久太郎さんよ、少し銭《じえに》コば融通して呉《け》ねべか？」

「金、ですか?」

「ん。勝太さんがああなったのも、あんたが佐太を引っぱってきたからっしゃ。それに、佐太の治療費のこともある。もうひとつ、祐天の仙之助から、凄まれるおそれもある。なにしろ、佐太ばあんな目にあわせたのは勝太さんだから、これは金で話をつけるほか無《ね》」

「で、でも、おれ、だからこそ、弾丸除けのお札の権利をそっくり勝太さんに進呈したんだ。金はそっちから……」

「ええがら、金ば置いてって呉《け》ろ」

敬助は久太郎の鼻の先に左手をぬっと突き出した。敬助の右手はぶらぶら遊んでいるが、これが曲者だ。いつ、左腰に差した小刀の柄《つか》へかかるかわかったものではない。

「……糸がもつれるのはおれが金を持っているからかなあ」

懐中から財布を引っぱり出しながら久太郎が言った。

「きっとそうなんだろうな」

「なに言ってんのすか?」

敬助は久太郎の財布を摑んだ。

「糸がもつれるってどういうことっしゃ?」

「こっちのことです。その財布には百三十両入っています。でも全部は困りますよ。旅の路銀ぐらいは残しておいて下さい」

「んじゃ、百二十両貰っとくがら」

敬助が財布を返してよこした。財布は軽かった。口惜しいという気と、これで身が軽くなったという思いが、久太郎には同時にした。

「で、何処さ行《え》ぐつもりかね？」

「まだ決めてないから判りませんよ」

久太郎は裏木戸を押した。

「ただ、試衛館とはこれでおさらばです」

「いや、こっちはまた久太郎さんさまた逢いてえね、それも久太郎さんが、銭コ《じえに》ばうんとこさ持ってっときに、ね」

冗談じゃないや、と口の中で毒づきながら、久太郎は表通りへ出た。試衛館の連中とはもう二度と顔を合せてやるものか。

強い日差しの中で、こっちに六人、あっちに五人と人が集まって、それぞれ思いつめた表情でなにごとか話し合っている。

「とうとう下田沖に黒船が姿を現わしたそうな」

「しかもその黒船が四隻で……」

「黒船の吐きだす煙で下田の空は真っ黒だというよ」

久太郎はそんな話し声を通りすがりに耳に入れながら、市谷御門の方へ歩いて行った。

あわて絵

一

江戸から下総国の一の宮香取神宮のある佐原へ行くには、陸路《くがじ》と川路のふた通りの路《みち》がある。陸路は市川・四街道《よつかいどう》・佐倉・成田を経て佐原に至り、川路は江戸川の河口の浦安から木村船で関宿《せきやど》まで遡り、関宿から利根川を佐原まで下る。陸路は距離的にも近く旅人が自前の二本足で歩けばよいのだから、旅費は安価であるが、快適であることにおいてはるかに川路に劣る。なにしろ、川路はすべては船頭と川の水まかせ、あとは船端に凭《もた》れ、沿岸の風物に目をやっていれば目的地に着く、楽といえばこんな楽なことはない。

それに関宿は江戸川と利根川の分れるところ、当時の関東水運の中心地で、ここの遊廓の繁昌ぶりは、江戸吉原には僅かに及ばぬまでも、板橋・千住・内藤新宿・品川の江戸四宿のそれに充分に比肩するという噂があり、この噂がまた旅人を惹きつける。したがって懐中《ふところ》と旅程に余裕のある者は好んでこの関宿を経由するのである。

久太郎が関宿に着いたのは、山南敬助に虎の子の百三十両のうちの百二十両を巻きあげられて試衛館を後にしてから七日ほどあとのことだった。普段であれば江戸から関宿までは三日もあればお釣がくるほどの道のりなのだが、浦安を出て半日目に大雨に見舞われ、江戸川が増水して足止めを喰い、松戸で五日ばかり遊んだのが祟っての七日である。

久太郎は芹沢鴨と清河八郎の後を追っている。深川の船宿で、久太郎はこの二人から逃げ出したはずなのにいまさら後を追うのはおかしいといえばたしかにおかしい。が、久太郎の足は二人を追って自然《ひとりで》に香取神宮へ向ってしまったのだ。鹿爪らしい顔を装って悪辣なことを企む試衛館の連中より、悪《わる》まるだしの芹沢と清河がなんとなく頼りになりそうだというのが、久太郎の考えである。それに三人一緒に水戸藩のこんにゃく会所を破ったという仲間意識もあった。もうひとつ、仙之助が久太郎を狙ったのは、彼が百三十両という大金を懐にしていたからである。奪《と》られる金がなければ芹沢も清河も試衛館の連中よりずっとつき合いやすいのではないか。

川路を選んだのも久太郎の勘である。芹沢と清河の懐中は山吹で真ッ黄色のはず、退屈な陸路は懐《ふところ》の重い二人には似つかわしくない。おそらく関宿の遊廓で流連《いつづけ》というのが二人の御定法《ごじょうほう》だろう。まっすぐ関宿へ行くなら、二人に追いつけるのではないか。久太郎の勘に詳しい注釈を加えればこうなる。

両岸の夏草がいつの間にか白壁の土蔵にとってかわられ、草いきれのかわりに俵や菰《こも》や縄などの藁《わら》の匂いがしはじめた。俵を山のように積んだ木村船が土蔵の前の桟橋から川下へつぎつぎに漕ぎ出して行く。江戸川の下りは速い、米船は明日の朝のうちに浦安へ着くだろう。俵の中味はこのあたりの早出し米か。

土蔵が切れて、かわって尋常な人家がしばらく続き、やがてそれが長暖簾と丸提灯を提げた格子戸造りの家並みにかわった、たぶんこのあたりが関宿の花街なのだろう。景気がよく、そして気の早い遊客がいるのか、賑やかな三味線の音が川面を鱗立たせて通りすぎる。はやくも振り分け荷物を肩にかけるせっかちな客、まだ居眠りからさめない気の長い客をのせて、船は西日を背にしながら右岸へ船首をまわした。

「どうぞ手前どもへお泊りを！　座敷はきれいで相宿もお願いいたしません」

「こちらは湯殿が自慢で。手前どもの湯殿の水は玲瓏《れいろう》たるもの、底の底までよく見えます」

「お泊りはこちらこちら、畳と夜具のきれいなことは関宿随一で」

「わたしどもは食事のよいことで旅のお方から評判をとっております。山菜に川魚のとり合せの妙、そしてその美しさは、きっと旅の憂さ晴しとなるは請合い……」

船着場は両国橋の見世物小屋そこのけの呼び込み合戦、旅籠《はたご》の客引きのうしろには長煙管《ながぎせる》を咥えた婆《ばばあ》どもがにやにやしながら控えている。おそらく遊郭の遣手《やりて》たちだろう。

「おっとっと。おれを旅籠に引っぱり込んでどうする気だ。おれはこのあたりの者だぜ。これから家へ帰るのよ」

久太郎は出まかせを言いながら客引きの手を払って、遣手婆のうちのひとりに近づいた。

「おや、あんた、若いのに旅馴れてるんだねぇ」

遣手婆は長煙管の雁首をくるくるっと久太郎の袖にからませて、年齢《とし》に似合わぬ力でぐいぐいと長煙管を引いた。

「旅籠にゃ糠味噌くさい飯盛女しかいないよ。それよりは白粉《おしろい》の、いい匂いをぷんぷんさせた女をはべらせて旅の疲れをおとりよ。夕餉《ゆうげ》朝餉《あさげ》のお膳だってちゃんとつく。こっちの方が得だよ」

「待ってくれ」

久太郎は袖にからんだ長煙管を手ではねのけた。

「その話の前にちょっと聞きたいことがあるんだ」

「登楼《あが》ってくれたら答えてやってもいいが、しかし、あんた、何が聞きたいんだね？」

「ばあさんはこの関宿にくわしいかい？」

「くわしいのなんのってあんた、あたしはその川にすむ目高の数からここのご領主の久世大和守様の鼻毛の数まで諳《そら》んじているよ」

「では、二人連れの若い男が来なかったかい。ここ五日か六日のあいだに、だけどさ？」

「いい加減な手掛かりだねぇ。二人連れの若い男なんて、あんた、一日に何十組となく陸《おか》に上ってくるよ」

「いや、それが目立つ二人組なんだ。ひとりは空《そ》色《ら》の夏羽織で羽前訛のある大男、もうひとりはいつも酒を喰《くら》って凄んでいる男……」

「侍かい？」

「まあね」

遣手婆は長煙管の雁首でしばらく肩を叩きながら白眼を剥いていた。白眼が夕陽に映えて兎の眼のようである。

「見なかったねぇ」

遣手婆は肩叩きをやめた。

「賭けてもいいが、見なかったよ」

「おかしいな。たしか先に着いているはずなんだがなぁ」

「あんたの方が一足先に着いちまったんじゃないのかい。まあ、うちで待ちなよ。船が着くたびにこの船着場に出張《でば》っているのがあたしの仕事、あんたの言うような二人組を見つけたら、きっと教えてあげるよ」

芹沢と清河は陸路を行ったのだろうか。とすれば、ここから夜船で利根川に出て、下《くだ》った方がいいかもしれない。それとも、あくまでも自分の勘を信じて、この関宿で網を張っているべきか。久太郎は迷った。

「なに考えてるんだい」

遣手婆が長煙管で久太郎の懐をぽんぽんと軽く叩いた。かちゃかちゃ、十両が懐の中で悲鳴をあげる。

「金だってないわけじゃなし、ねえ、若い衆よ、女をお抱き」

「いいのがいるかい?」

「ずらりと揃ってるよ。吉原の大籬《おおまがき》に並べても立派に売れる妓《こ》ばかりだわさ」

どうせ法螺《ほら》にはちがいないだろうが、なにせ久太郎は女の味を覚えたて、女がおもしろくて仕方がない。そこで、

「いいのを見つくろってくれ」

と、遣手婆の掌の皺に小銭を四、五枚押し込んだ。

二

遣手婆に手をひかれて久太郎は春本と書いた提灯のぶらさがった見世の二階にあがった。

「あんた、年増に趣味はないかい？」

遣手婆は座敷の隅から吐月峰《はいふき》を運んできて、久太郎の前に置いた。

「大年増にひとりいいのがいるんだけどねぇ。名前はお里……」

「まさかばあさんのことじゃないだろなぁ」

「ばかをいっちゃいけないよ」

遣手婆はとんと長煙管で畳を叩いて、

「年は三十五、六」

「老《ふ》けてるな」

「女盛りさ。あっちの方の技倆《うで》ときたら、長年、遣手をやっているあたしでさえもびっくり、凄いよ」

「顔は？」

「悪くはないよ。でもあんた、顔で女の品定めをしちゃいけないね。身を誤る因《もと》さ。お面《めん》のいい女にゃ気をおつけ。お面のいいのは心立てが嶮《けわ》しい。そうそ、その妓は江戸者だ。江戸者はいいねぇ、なにやらせても垢抜けていて……」

「効能書はもういいや」

遣手婆の長広舌にうんざりして久太郎が言った。

「江戸者だろうが、土地者だろうが、おれは文句はいわないよ」

「もう床急《とこいそ》ぎかい。若いだけあって頼もしいね」

遣手婆は立ち上った。

「でもさ、お床入りの前にさっと一《ひと》風呂浴びちゃどうだろう。お里を背中流しに湯殿へやるよ」

風呂場で相方《あいかた》にご対面とはまた変った趣向だ、と思いながら、久太郎は再び遣手婆に手を引かれて湯殿へ降りた。

湯殿の連子《れんじ》窓の外は川である。陽はすでに西に落ちて、あたりは一面濃紫色に塗られていた。あっちの蓬草《よもぎぐさ》からこっちの蓬草へ蛍が飛んでいる。久太郎が風呂桶の中に立って窓の隙間からその蛍を追っていると、背後でかたかたと戸が鳴った。相方が入ってきたのだろう、と久太郎は思い、躰を首のところまで湯に浸した。

「背中を流しましょうかねぇ」

湯煙の向うで女が言った。悪びれたところもなく、恥らいもない、あけっぴろげた声である。

「ああ」

久太郎は手拭で顔を洗う振りをして、女を素速く盗み見た。女は一糸もまとっていない。乳房が垂れ、腰には段々肉《だんだんにく》がついていた。肌には多少の脂は残っているようである。

（ちぇっ、あのばあさん、とんでもない女をおれに掴ませたな）

心の中で舌打ちをしながら、久太郎は女の顔へ目をやった。あれッと久太郎は思った。どこかで見た顔だぞ。

「どうかしたの？」

女が湯槽《ゆぶね》の近くへ寄ってきた。

「そんなに見られちゃあたしの顔に穴があいちゃうよ」

ぶらんぶらんと女は久太郎の前で乳房を振ってみせた。

「それともあんた、あたしがあんまり年とっているのでびっくりしたのかい？　その分一所懸命にやるからさ、堪忍おしよ。あんまりお客がつかないと、あたしゃここを追い出されてしまうんだよ」

女は片脚をあげて、湯槽に入れてきた。

「ちょいと、一緒に入れとくれよ。三十六歳、若いとはいえないけど、後悔はさせないよ」

「……武具屋のおかみさんじゃないですか！」

久太郎は女の腹を向うへ手で押しながら叫んだ。

「市谷柳町の武具屋のおかみさんでしょう？　お袖さんのおっかさんでしょう?!」

女はぎくっとなった。その拍子にたるんだ腹が揺れた。

「……ど、どうしてあたしのことを知ってるんだい？」

女はあわてて持っていた手拭を胸に当てた。

「あんた、だれ？」

「憶えていませんか。お宅の隣りの試衛館に居た久太郎ですよ。ほら、おかみさんが浅草の喰果《くいは》ての五郎八の乾分《こぶん》たちに三十五両の借金を返せ、返さなければお袖さんを女郎に叩き売る、と脅かされていたところへ飛び出して、その三十五両を肩がわりしたあの久太郎……」

「あ、あのときの……」

瞼に貼りついていたようだった女の黒目が、やっと動き出した。

「あのときはお世話になりましたねぇ」

「いや、あれからが大変で……」

「だったでしょうねぇ」

武具屋のおかみさんは胸を手拭でおさえたまま洗い場にしゃがみ込んで小さくなった。

「五郎八の乾分たちが暴れたでしょう」

「いや、上石原の実家から三十五両届きましたから、連中は大人しく引きさがりました。大変だったというのは、あのあと、江戸に黒船来航の噂が立って、武具がきれいさっぱり売れてしまったということで……、店の武具全部で六十五両になりました。ですから三十両のもうけ……」

三十両ときいて武具屋のおかみさんは驚いて立ち上ったが、はっと気付いてまたしゃがんだ。

「この三十両のもうけはおかみさんのものなんですが、じつは事情があって試衛館の連中に巻き上げられ、いまは持ってはいないんですよ。すみません」

久太郎は立ち上っておかみさんに叩頭した。が、自分の股間のものが目に入って、これもあわてて湯槽のなかにしゃがみこむ。

「……あたしたちは夜逃げしたんですし、三十五両出した久太郎さんがあの店の主人、その三十両は久太郎さんのものでしょうが。たしかに残念だけど、つまりはそういうことよ」

「はあ……。それからもうひとつ、おかみさんに詫びなくちゃならないことがあるんです。じつはお袖さんのことなんですが……」

「お袖？　あの娘《こ》は柳町の近くの質屋に手伝いに出したんだけど、なにか……？」

「お袖さんはもうその質屋にいないんですよ」

「ど、どうして？　なにかあったの？」

「……ええ」

うなずいてから久太郎は武具屋のおかみさんに言った。

「お袖さんの話をする前に、湯から上っていいですか。どうものぼせてしまったらしい」

武具屋のおかみさんも後退《あとじさ》りしながら、

「あたしもこんな恰好じゃぁ……」

と、左手で胸を押えたまま右手を湯殿の戸に伸した。

三

湯殿から二階の座敷に戻った久太郎は、窓を背にべったりと畳の上に腰をおろした。座敷にはすでに布団が一組のべてあった。そして箱枕がふたつ。

（いくらんなんでもお袖のおっかさんと寝てはいけない）

久太郎は額の汗を手拭いで拭きながら思った。

（お袖と一緒になれば、自然、お袖のおっかさんとも同じ屋根の下に住むようになる。そのとき、己《おの》が亭主と母親とが尋常な間柄でないと知ったら、お袖が苦しむだろう）

拭いたばかりの額にまたいくつも汗粒が吹き出した。久太郎は箱枕をひとつ、押し入れの中に放り込んだ。そんなことをしても益のないことは承知しているが、しかしそうせずにはいられないのである。

「おや、なにをしているんだい？」

押し入れの戸を閉めようとしていたところへ、銚子をのせた膳部を持って、武具屋のおかみさんが入ってきた。

「枕を仕舞ってどうするの？」

「べ、べつに……」

久太郎はまた手拭で額を抑えた。

「今夜は夜っぴておかみさんと昔話をするようになるだろうという気がしたんです。それなら、枕も夜具も必要はありませんから……」

「よしておくれな」

武具屋のおかみさんは膝を崩してぐだりと斜めに坐った。膳部の上には小魚の焼いたのが二皿のっている。それから枝豆。

「夜っぴて昔話だなんてあたしの躰がもたないよ」

おかみさんは猪口に銚子の酒を注ぎ、ぐいとあおった。あおるついでに浴衣の襟合せが開き、乳房が久太郎の眼をぴゅっと射た。

「それよりさ、二人でたのしくおねんねしようよ」

「そ、それはいけません」

「どうしてさ。あたしたち客と女郎じゃないか」

「しかし、おかみさん……」

「そのおかみさんはよしておくれ」

おかみさんは銚子と猪口を持って久太郎の傍へにじり寄ってきた。

「わたしはここではお里というんだよ」

階下《した》ですでに飲《や》ってきたらしい、おかみさんは久太郎に酒臭い息を吹きかけてきた。

「さ、あんたもお飲み……」

差し出された猪口にうっすらと紅がついていた。そこへおかみさんは勢いよく酒を注いで、

「湯殿で、あんた、お袖のことをなんとかと言ってたね？　お袖がどうかしたの？」

と、訊いた。そこで久太郎は、黒船の弾丸《たま》除け札を売る巫女《みこ》にお袖を仕立てあげたこと、しかし、そのお袖が試衛館の沖田惣次郎に夜這いをかけられ、どこかへ姿を消してしまったことなどを、おかみさんに語った。

「ばかな娘《こ》だねぇ」

聞き終ったおかみさんは吐き出すように言った。

「黙って質屋に奉公していればいいものを」

「いや、お袖さんを責めちゃいけないな」

胃袋におさまった酒が久太郎をすこしは落ちつかせたようだ。口のきき方が五分と五分、対等になっている。

「お袖さんを無理矢理引っぱり出したのはこのおれなんだから」

「すると、あんたはお袖が好きなの？」

おかみさんがずばりと斬り込んできた。

「それなら、あたしがお袖をあんたのところへ忍び込ませたとき、どうして手をつけてやらなかったのさ」

「あ、あのときはなにしろ急でしたから……」

「急ねぇ。男と女との間のことに急もゆっくりもあるかしらね」

おかみさんは布団の上に横になると、枕許に置いてあった団扇《うちわ》をとって左手で肘枕、右手でその団扇を持ち、ぱたぱたと自分の腰のあたりを煽ぎはじめた。団扇の風で浴衣の裾がめくれ、白い脚が現われる。

「と、とにかくわたしはお袖さんが好きなんだ」

なるべくおかみさんの白い脚を見ないようにしながら、久太郎は枝豆をぱちんぱちんと忙しく口の中に弾き込んだ。

「出来ればいつか一緒になりたいと思っている」

「おなんなさいな」

「そうなれば、おかみさんはわたしの義理のおっかさんてことになる。だからそのぅ……」

「あたしと寝るのはいやかい？」

「いやじゃないが、まずい」

「鯱鉾《しやつちよこ》張るのはおよしよ」

おかみさんが団扇でおいでおいでをした。

「あたしは働かなくちゃいけないのだよ。恩に着るからこっちへおいで」

額からまた吹き出した汗を拭きながら、久太郎は立って、川に面した窓の、窓框《まどがまち》に腰をおろして、江戸川の流れに目をやった。川面はすでに暗い。その暗い川面を川上や川下へ提灯のあかりが滑って行く。むろん、川船の提灯である。窓から唾を飛ばせば届きそうなところにも水がある。水は一見停っているように見えるけれども、川岸に立ち並んだ娼家から洩れる灯りが、水面をゆっくりと移動して行く塵や芥を照し出しており、そのことで水の動いていることがかすかにわかる。

三味の音が窓の下に近づいてきた。見ると、川船が四、五人の客や女をのせてこっちへやってくるところである。艫《とも》では船頭が櫓《ろ》につかまっている。舳《へ》先には網を構えた若い衆が立っていた。船の中央に七輪《しちりん》が置いてあって、その中から時時、ぱちぱちと火の粉があがった。桜鱒《さくらます》でも捕えてその場で焼いて喰おうというのだろう。この暑いのに御苦労さまなことである。

「ねぇ、なにをしているのさ。ちょっとこっちへおいでよ」

武具屋のおかみさんが気怠《けだる》そうな声で久太郎を呼んでいる。

「あたし、躰が火照ってきたよ」

「ちょっと待っててください。川船の舳先の若い衆がこれから網を打つところですから」

久太郎は川船に目を注いだままで言った。刺網や建網でなら桜鱒はとれるだろう、がしかし、投網ではどうだろうか、と久太郎は思った、
とれないことはないだろうが、船上のお客たちがいずれも待呆けを喰ったような顔をしているところを見ると、豊漁というほどではあるまい。

(ひとつあの若い衆の、これから投げる網できめてやろう。網にかかるのが一匹だったら、なんとかしておかみさんと寝ないですます。二匹以上だったら……、そのときは目をつむっておかみさんの横に入る)

どうしていいのか自分では決めかねて、久太郎は若い衆の投網を占卜《せんぼく》のかわりにしようと思ったわけである。

若い衆が、やがて腰を沈めながら躰を横に捻った。若い衆の躰が正面へ向き直ったとき、彼の手から水面へ網が飛んでいた。ばしゃっと水音がした。若い衆が網を引いた。網の中に魚が数匹、おどっている。

(……おかみさんと寝るのか)

お袖に悪いような、それでも決着がついてよかったような、妙な気分である。久太郎は窓框からゆっくり腰をあげた。そのとき、目の下の川岸のあたりの水面が盛り上るのが見えた。おや？と思って眼を凝《こら》すと、盛り上ったところがざんぶと割れて、そこから大きな、白い、そして柔いもの

がぽっかりと浮びあがってきた。

若い衆の網が川底を叩き、そのはずみに川底に沈んでいたものが浮びあがってきたらしい。

（……なんだろう？）

と、久太郎は一瞬首をひねった。

（ぶよぶよに脹れあがっているが、溺れた牛の仔ではなし、ましてや材木でもなさそうだし……）

大きな、白い、そして柔いものが、やがてくるりと一回転した。それを見て久太郎の尻は窓框にまた貼りついてしまった。その大きな、白い、そして柔いものは女の死体だった。胸板に赤い斜めの線がある。左袈裟に斬られているな、と久太郎は咄嗟《とつさ》に思った。女の顔のまわりに髪の毛がゆらゆらと藻のようにゆれていた。

川船の女客のだれかが唸るような悲鳴をあげた。

四

それからはちょっとした騒ぎになった。川岸沿いの娼家の窓は、悲鳴を聞いた嫖客《ひようかく》と娼妓たちの顔で鈴なりになった。川船の舳先の若い衆が棹で女の死体を手繰り寄せると、艫の船頭が川船の一丁ほど川上《かみ》の桟橋へつけた。

「おれ、ちょっと行ってきます」

久太郎は武具屋のおかみさんを窓ぎわに置いてきぼりにして廊下へ飛び出した。

「ちぇッ。早く戻ってきておくれよ」

武具屋のおかみさんの舌打ちを背中で聞きながら階段を降り、久太郎は外に出た。ぞろぞろとあっちからもこっちからも客や娼妓が繰り出してくる。みんな興奮しているようだった。

久太郎が一丁先の船着場へ着いたときは、死体は船着場の横の番所の前に置かれていた。六尺棒を携えた番人が死体のまわりをぐるぐる歩きながら、

「これからお取調べがある。近寄るな、近寄るでない！」

と、大声で叫んでいる。

爪先立つと見物人の肩越しに女の顔や肩先が見えた。ぶよぶよに脹れてはいるが美《い》い女である。肩先から胸板にかけての赤い線は、久太郎の推察どおり刀傷で、それもたった一太刀。女を殺《や》ったのはかなりの手練《てだれ》のようである。

「……あれは港家にいたお節じゃないか？」

久太郎の隣で爪先立ちしていた男が連れに言っている。

「間違いなくお節だぜ」

「ちげぇねぇ」

連れもうなずいた。

「可哀そうに美人薄命を絵に描いたようだな」

「ああ。いまだから言うわけじゃないが、おれはいつかこうなるような気がしていたよ。お節が港家にいたころは、客が殺気立っていたものな。お節と枕を交さなきゃ帰られねぇという野郎どもが

いつも港家の前に目白押しでさ」

「……するとあの死人はこの関宿の女郎衆だったのですか？」

久太郎が男に尋ねた。

「そうよ」

男がしたり顔でうなずいた。

「今年の春ごろまで、ここの港家にいた女よ。それが、このあたりで一といって二とさがらない名主百姓に見染められて、自家内園に植えかえられたってわけだ」

「……自家内園？」

「つまり平べったく言えば、妾宅に囲われたのさ。十日に一遍か二遍、絵日傘さして小間使を連れて関宿の街をしゃなりしゃなり歩いているのをよく見掛けたものだが、今、考えると、あの頃がお節の花のさかりだったな……」

男はまるで自分の想い者を横合いから奪られたようなしょげた声になった。

「ほんとうにきれいだったぜ。行きあうたびに息がとまりそうになったものだ」

「そ、それでそのお節さんがどうしてこんなことになったのです？」

「そこまで知るかい。こっちが教えてもらいてえぐらいのものだ」

男はまた爪先立ちして、死体に向って可哀そうの連発をはじめた。久太郎も爪先立ちしてまた死体を覗き込もうとしたが、そのとき、真正面にちらと自分の知った顔が見えたので思わずぎくりとなった。大男で鼻が大きい。疑いもなく清河八郎である。

「やっぱり、この関宿にいたんですね」

久太郎は人垣の外をまわって清河の背中に立ち、彼の袖をとんと引いた。

「おれの睨んだとおりだった」

清河が振り返り、久太郎を見て眼を剝いた。

「清河さん、羽織の色が地味になりましたね。前は紫か水色だったのに、どういう風の吹きまわしです？」

「しっ。おらの名ば呼ぶんじゃねぇってば」

清河は久太郎の袖を摑んで川っぷちの柳の木の下へ引き立てた。

「どうしたんです？　ずいぶん気が立っているみたいだけど……」

「これには理由《わけ》があんだ」

「どういう理由ですか？　それに芹沢鴨さんはどうしました？」

清河の右の掌がのびて来て久太郎の口を塞いだ。

「おらの名もやつの名もこの関宿では禁句だべした」

久太郎は清河の胸を叩いて、わかったと合図した。清河が警戒しながら久太郎の口から手を離し、

「じつはちょっとばっか拙《まず》いことになったのす」

「な、なにが拙いんです？」

「芹沢のやつが……」

言いかけて清河があわてて自分の口に蓋をした。

「あの人がどうかしたんですか？」

「人ば殺したんだ」

清河は口から手の蓋をわずかにずらして言った。

「いま水死体ばあがったべ」

「あ、お節という女ですね？」

「んだ。あの女ば殺ったのは芹沢だ……」

しまった、という表情になって清河は自分の口に再び強く掌を押しつけた。

五

「す、すると芹沢さんが下手人なんですか？」

清河八郎の思いがけない打明け話に驚いて、思わず久太郎は鸚鵡返しの大声をあげた。

「馬鹿、大《おっ》きな声ば出すんでねぇ」

清河は久太郎の背中を押して江戸川の川っぷちを半丁ほど上流《かみ》へさかのぼった。

「此処ならそう他人《ひと》の耳ば気にすっ事《ごと》も無《ね》えべ」

「さっき川から上った屍体は、お節という、この辺では聞えた女らしいですね」

「んだんだ。女郎上りの百姓の妾だす。もっとも百姓ど言《ゆ》ってもこの百姓、そごにもあるごごにもある百姓どは百姓が違うべ。大百姓す。苗字帯刀御免の高持《たかもち》百姓。まんずこの関宿では第一だべね」

「その大百姓の想い者と芹沢さんとは、どういう間柄なんです？」

「一昨日《おどどい》までは赤の他人、昨日《きんの》と今日の午前《ひるまえ》どは情夫と情婦、そんで今日の午過《ひる》ぎにはもう仇敵同士《かんだきどうす》……」

「よくわからないけど」

「もう一寸詳しぐ言《ゆ》うど、一昨日の午過《ひる》ぎ、おらど芹沢が、この関宿の呉服屋さ行《え》ったんだ。秋の袷《あわせ》でもこさえっぺど思ってね。京屋って言《ゆ》ったかな。その呉服屋の屋号は……」

「それで？」

「ちょうどそん時、お節も京屋さ入《へえ》ってきた。お節も衣裳買いさ来たわけだ」

清河八郎の羽前訛は聞き取り難い。久太郎は全身を耳にした。

「お節が入《へえ》ってきた。芹沢がお節ば見だ。お節も芹沢ば見だ。互いの目線と目線がぶつかってパッと火花が散った……講釈師ならこう言うどごだね」

講釈師ならもっといい文句をもっと巧みに調子をつけて喋るんじゃないのかな、と久太郎は思ったが、むろん、こんなことは口には出さない。

「芹沢はすぐおらに言《ゆ》ったね。『清河、おれは今夜、どうしてもあの女と寝るぞ』って。おらは、チッ、芹沢のいつもの悪い癖がまた始ったと思った」

「酒癖がひどく悪いってことは知っているけど、もっとほかにも悪い癖があるんですか？」

「あるあるある、山ほどあるのす。その中でも一番手《えちばん》に負えねえのが坊っちゃん癖す」

「坊っちゃん癖？」

「んだ。芹沢は常州水戸郡《ごおり》芹沢郷第一の素封家の次男坊でね、家《うち》さ金があっから幼《ちや》っこい時《どき》から欲すいものはなんでも手さ入《へえ》る。なんとかが欲すいよォ！　って呼ばわれば、その呼ばわって居《え》る声が消えねぇうぢに、そのなんとかがアイヨーと自分の手許さ届く言《つ》う塩梅式で育《おが》ってきた。この癖が現在《えま》でもちょいちょい面《つら》ァ出すのす。ほれ、香取宮《ぐう》の村正の眉尖刀《なぎなた》もそうなんだよ。眉尖刀欲すい、そんじゃ水戸藩のこんにゃく会所ば襲って金ば作んべ、こういう風に簡単に答がでんのす」

「女もまたそういうものだと思っているわけですね」

「んだ」

目の前の江戸川をいくつもの番所提灯が上流《かみ》へ、あるいは下流《しも》へ滑って行く。お節殺しの下手人探索だろう。川の両岸にも提灯の数が殖えてきた。

「困ったすなァ」

清河はごりごりと足を掻いた。蚋《ぶよ》に喰われたらしい。

「おら、食物と舟ば調達に出はってきたんだども、こう提灯が幅ばきかせてとすっと、なかなか容易じゃねぇ」

「食物と舟ですか。ふーん、芹沢さんはまだどっかに隠れているんですね？」

「しい」

清河が久太郎の口を掌で抑えた。

「提灯がこっちさ近づいてくる、黙ってえろ」

「ここに居てはかえって怪しまれますよ」

「んじゃどうすっぺがね？」

「おれの宿へ来て話しませんか。芹沢さんの話もまだ全部聞き終っていないし、舟はとにかく食物の都合はつくと思うけど……」

「あ、あんだ、何処《どっか》さ、もう宿ば取ってえだの？」

「番所の下流《しも》、春本という娼家ですよ」

「馬鹿、なんで早くそれを言《ゆ》わねえの。そしたら蚋にも喰われねで済んだのに」

急いでは怪しまれるので、久太郎と清河は土手道を下流《しも》へゆっくりした足どりで歩いて行った。途中、二人はいくつもの番所提灯とすれちがった。

春本の二階座敷へ上ると、久太郎は敷いてあった布団をふたつに畳み、部屋の隅へ押した。そして隅に片付けてあったお膳を清河の前に置いた。

「燗冷しだけど、どうです？」

「ん、気付けがわりに頂戴すっぺ」

「ところで、清河さん……」

久太郎は燗冷しを湯呑茶碗にどくどくどくと注ぎ、それを清河に手渡しながら言った。

「芹沢さんとお節のはなしの続きですが、それからどうなりました？」

「攫《さら》っちまったのす」

「乱暴だなぁ」

「しかし、簡単だ。いかにも芹沢らすいやり方で無《ね》べか」

清河は一気に湯呑の中味を空にした。

「旨《う》めぇ」

「お節に供はいなかったんですか？」

「居《え》無《ね》がった。んだがら、お節の後ば尾行《つけ》てって、人通りの無《ね》ぇ武者小路《やしきまち》で、当身《あてみ》ば喰わせた……」

「それで？」

「江戸川さ注ぐ細《ほそ》こい川の川っぷちの荒《あれ》納屋さ連れ込んだ。しかしあのお節つぅのは相当な玉だね。あんまり怖がら無《ね》がった。それどころか、お前《め》、妾《わだす》の旦那は高持百姓といっても肥《こえ》臭せえ田舎の田吾作杢兵衛だからちっとも面白ぐ無《ね》、芹沢様《さ》、あんだのような若い人に攫われだのが俺《おら》の仕合《すあわ》せ、一緒に江戸さ出て世帯ば持ちてぇ、なーんて言《つ》って芹沢の首ッ玉さ齧りつくんだから、呆れ蛙の頬《ほ》ッ被《かぶ》り」

「芹沢さんとお節がじゃれている間、清河さんはなにをしてたんです？」

「書物《しょもつ》っこ、読んで居《え》た」

清河は着物の上から懐を叩いてみせた。

「おら、書物っこあれば、何日、独りで居《え》でも退屈し無《ね》がらね。ところで、お節は口ではうまい事《ごと》ば言《ゆ》っても本心は隙ば見て逃げるつもりだったのす。今日の午《ひる》過ぎ、おらと芹沢が酒ば喰《くら》って寝でる時にこっそり脱け出した。が、芹沢がそん時、目ば覚して追っかけて追いついて、お節の後襟ばい、むずと摑んだ。そんで、引き寄せといで、急に手ば離して泳がせて、こっちさ向いだ処ばずんばらりん。……まあ、芹沢が酔ってる時、逃げ出したつうのがお節の不幸す。酔っていねぇ時はあれで結構、話のわがる男なんだども……」

「……それで清河さん、現在も芹沢さんは、その荒納屋に……?」

清河はいつの間にか目を瞑っていた。といっても、彼は居眠りをしているわけではなかった。その証拠に清河の手は、膝の上から畳へじりじりと動いている。そして、畳の上には彼の刀が横たわっている……。

六

……刀に手が触れるやいなや、清河は敏捷な動きをみせた。刀を摑む、摑みながら立ち、立ちながら刀を抜き、抜きながら廊下へ飛ぶ……これらの動作を清河はあッという間にこなし、久太郎が目を瞠《みは》ったときには彼はすでに誰かに向って白刃を突きつけていた。突きつけられているのが誰かは、襖に遮られていてわからない。清河が、やがて言った。

「……聞いたな?　おら達《だ》の喋くっていたこと、此処で立ち聞きして居《え》だな?」

「久太郎さんが戻ったって聞いたから、あたしゃ仕事に来ただけさ」

襖の向うでしているのは武具屋のおかみさんの声である。

「あたしゃお里っていう女郎なんだ。女郎がお客の部屋へ来るのがどうしていけないんだよ。来なきゃ商売にならないだろ？」

「ええから、座敷の中さ入《へえ》れ」

清河は刀の切先でおいでおいでをした。

「廊下で大声ばたてられる言《つ》うのは拙い。さ、入《へえ》ろって」

「刀で指図するのはおよしよ。ほんとに田舎者《かっぺ》は垢抜けないね。刀、突きつければなんでも自分の思い通りになると思ったら大間違いだよ。こう見えてもこっちはもと武具屋のおかみさん、一本や二本、刀、ちらつかせたってびくともするもんじゃない」

「矢釜《やがま》すい！」

清河は右足でとんと床を鳴らした。

「入《へえ》れって言《ゆ》ってんの！」

「こっちは刀を引っこめな、といってんの」

「おかみさん、さからってはいけませんよ、この人に」

久太郎は廊下に出て、武具屋のおかみさんの手をとった。

「ま、座敷へ入って」

「けどさ、久太郎さん、いきなり襖の向うから飛び出して刀突きつけるってのは悪趣味じゃないか。藪から棒ってのは聞いたことがあるけど、襖から刀なんてのは初耳だ」

「いいから、おかみさん、中に入って。話せばわかりますよ」

久太郎はおかみさんを座敷に引き入れた。

「この人は清河八郎といって、出羽庄内清河村の郷士なんだけど、逃げると怖い。背中を切られる……」

おかみさんを窓ぎわに坐らせ、久太郎はその前に正座した。清河が襖を閉め、久太郎と正対して坐る……。

「清河さん」

と、久太郎は清河に向って頭を下げ、

「このおかみさんはわたしの知人なんです。お願いです。どうか、お手柔かに」

「そうは行《え》がね」

清河は抜身を後手で背中に隠し持っている。

「その女子《おなご》はたしかにおら達《だ》のはなしば聞いで居《え》だんだ。芹沢の隠れ場所、芹沢とお節、それから芹沢とおらとの関係、みな知って居《え》る。知られでは拙い。久太郎、そこば退《の》げや」

「……聞かれて困るんなら口から外に出さなきゃいいんだ」

武具屋のおかみさんは気が強いから、この先も清河に毒づくだろう、清河には短気なところがある、かっとなっておかみさんに斬りつけるかもしれない、……それを先ず防がなければならないな、と久太郎は思った。それにはおかみさんに黙ってもらわなくては……。

「おかみさん……」

久太郎は清河の方を向いたままで言った。

「ここはわたしにまかせておいてください。清河さんになんとか詫びて……」

「詫びることとなんかあるものか。いいかい、久太郎さん、あたしはあんたとすこしでも早くお床入りしたい、ただそれだけで二階へ上ってきたんだ。そりゃ、清河だかドブ河だか知らないけど、そっちのおっかない顔をした人がなんか喋っているのは聞えた。でも、はなしの中味はわからなかったんだ。一切合財ぶちまけてもただこれだけのはなしさ」

「まァまァ、とにかくわたしに委せてください。……ところで、清河さん」

久太郎は膝をわずか前へ進めて、

「こんどの一件についていえば、清河さんの手はすこしも汚れていない、そうでしょう？」

「んだから、先刻《さつき》も言《ゆ》ったべ。あの二人がじゃれていた間はずっと、おらは書物ッこ、読んで居《え》た、って」

「それならもうそれでいいんじゃないんでしょうか。どうしてあの人にそこまで義理を立てなくちゃならないんです。まるで自分がお節を殺したような気になって……」

あッと思ったが遅かった。一度、口から出たら最後、言葉はもう二度と口へは戻ってこない。

「ちょっと！」

久太郎の背後でおかみさんが立ち上った。

「お節ってあのお節さんのこと？　殺されたあのお節さん？」

「んだ！　その通り！」

清河の声が久太郎の頭上を飛び越して行った。

「芹沢鴨言《つ》う男がお節ば殺したんだ。んで、芹沢鴨は江戸川べりの荒納屋さ隠れてっとごだ。さァ、武具屋のおかみさん、これでお前《め》さんには死ぬ理由が出来たす」

清河が立ち上った。

このまま放っておくとおかみさんが斬られてしまう、と久太郎は思った。しかも、おかみさんが斬られるきっかけをつけたのはこの自分なのだ。なんとかしなくてはならない！　久太郎は咄嗟の思いつきで両手を後にまわし、おかみさんの両足首を摑んだ。摑んだ両足首をこんどは思いきり前へ引っぱった。おかみさんはいきなり足を前へ引っ張られ、その反動で仰向《あおむ》いて転倒した。

おかみさんのすぐ後が窓、しかも窓が江戸川に突き出しているから、もし人が転倒すれば、重い頭に引っぱられ、川面に落っこちるにちがいない。久太郎はこう算盤をはじいたのだが、算盤どおりの答が出た。武具屋のおかみさんはもんどり打って窓から川へ落ちた。清河は久太郎がこんな動きをするとは夢にも思っていなかったから、ただ呆然としておかみさんの落下行を見送った……。

「……この野郎《やろ》！」

水音が静まって、ようやく清河はわれに返り、久太郎の首の根を左手で抑え、右手の刀を振り上げた。

「久太郎、あの女郎の代りをしてお前《め》が死ね！」

なぜ、武具屋のおかみさんを、あんなに夢中になって助けようとしたのだろう、と思いながら、久太郎はここではじめて慄《ふる》えだした。

七

「清河さん、芹沢さんはどうなってしまうんです？」

久太郎は自分の首筋を目がけて刀を振り落そうとしている清河八郎に向って叫んだ。

「わたしを斬ってしまったら、誰が芹沢さんに食料と小舟の調達をつけるんですか？」

自分でもおかしくなるぐらい言葉に力が入らない。が、一瞬でも言葉を途切らせたらその途端に、己が首筋に清河の刃が落ちてきそうな気がして、久太郎は次から次へ思いついた言葉を並べたてた。

「見逃してくださいよ、清河さん。清河さんや芹沢さんのことはたとえ口が裂けても他人《ひと》には喋りませんから。お里という娼妓《おんな》にもわたしからきっと口止めをしておきます。むろん、食料も小舟もすぐに用意します。あとは江戸川を下るなり、さもなければ利根川を下るなり、好きなようにしてください。清河さん、後生です……」

「よくまぁ喋る野郎《やろ》だ」

清河は右足で久太郎の腰を蹴った。久太郎は蹴鞠よろしく一間もぶっとんだ。ぶっとぶ拍子に久太郎の額が窓枠にぶっつかった。あっと思って額に手をやると、その手にべとりと血がついた。額が切れて血が吹き出したらしい。久太郎は浴衣の袖で額の血を抑えながら、清河の様子を窺った。清河はすでに刀を腰の鞘に収めていた。これでもう斬られることないだろう、久太郎はそう思って吻《ほっ》とした。その途端、軀のあちこちからどっと冷汗が吹き出した。

「……そうやちゃやちゃやちゃ喋るんで無《ね》」

清河は久太郎の襟を摑んでぐいと持ちあげた。「やちゃやちゃ」とは羽前訛に違いないが、どんな意味なのだろうか、と、久太郎は清河の顔をぼんやりと眺めながら考えていた。「ぺらぺら」という意味か、それとも「むやみに」という意味か。

「ええか、久太郎、一刻後《いっときあど》に小舟をおらの所《とこ》さ廻して呉《け》ろ。食料もたっぷりと積み込んどけよ」

「約束する」

久太郎は何度もうなずいた。

「番所さ密告《さし》たりしたら本当《ほんと》にただじゃ置がねがらな」

「わかっていますよ」

久太郎はまた千切れるばかりに首を縦に振った。

「小舟ば廻す場所は……、此処から江戸川ば上流《かみ》さ行《え》ぐ言《つ》うど、右岸さ大《おっ》きな柳の木が一本《えっぽん》立って居《え》る。枝が水面《みずも》さすれすれになる位《ぐれえ》垂れで居《え》っからすぐ判っぺ。この柳が目印《めずるす》だ」

「柳、ですね？」

「んだ。その柳の根元に細っこい川がある。幅は一間半か二間。その細っこい川を一丁ばっかさかのぼっと、納屋《きごや》があっぺど。そこさ、来い」

「……かならず」

「その時までこれば預って置《お》ぐがらね」

清河の右手が素早く久太郎の懐中に滑り込んで来、財布を摑んだ。

「この財布は、おめえが約束どおり小舟と食料ば運んできてくれたら返すべし」

清河は久太郎の襟を摑んでいた左手をぱっと離した。弾みで久太郎の後頭部が畳を強く打った。

頭の芯がじーんとしびれた。久太郎はだいぶ長い間、ぼんやりと天井を眺めていた……。

「……久太郎さん、死んじまったのかい。久太郎さん、なんとか言っとくれ」

気がつくとだれかが上から久太郎を見おろしていた。そのだれかの髪は濡れていて、そこから久太郎の顔の上にぽたぽたと水滴《しずく》が落ちて来る。必死の思いで定まらない焦点を合わせると、そのだれかは武具屋のおかみさんのお里だった。

「……あ、おれ、しばらく気を失っていたらしいや」

久太郎はのろのろと上半身を起した。

「まだ、頭がふらふらする」

「いったいどうしたんだよ」

心配そうに久太郎を見ている武具屋のおかみさんの背後に、赤柄の長煙管を咥えた遣手《やりて》婆の顔があった。

「いま、この座敷から血相を変えてお侍が飛び出して行ったけど、奴は何者だい？」

「……友だちです」

「友だち？　へぇ、友だちがあんたを気絶させたり、あんたの相方を二階から川へ突き落したりするのかい？　妙なはなしもあるものだねぇ」

遣手婆がぺっと煙草の脂《やに》で薄茶色に染った唾を窓の外に吐いた。

「あんた、いまの侍となにか特別な因縁でもあるんじゃないのかい？」

「べ、べつにないよ。それよりかお婆さん、至急、炊き出しを頼みたいんだ」

「炊き出し？」

「握飯を五、六食分、こしらえてくれないか」

「金よりうれしきものはなし、って言葉があるけどね、ここらあたりじゃこの言葉がなによりも力を持っているのだよ」

「……金次第か」

「そういうことさね」

「明日の朝、払いますよ。ついでにぼろ小舟を一隻……」

「ここらあたりじゃ、明日の一両より今日の一文という言葉もあるんだけど、まぁいいだろう」

遣手婆《やりて》は、武具屋のおかみさんが、あたしも呑み込んでいるんだよ、としきりに胸を叩いて請け合う仕草をするので、渋々首を縦に振った。

「お里さんの顔を立ててあげることにするよ」

遣手婆が階下《した》に降りて行くと、いきなり、武具屋のおかみさんが久太郎にすがりついてきた。

「久太郎さん、あんたはあたしの命の親だよ」

おかみさんの軀は江戸川の水をたっぷりと吸ったせいか、冷たくて重い。久太郎はおかみさんの軀の重みを受けとめ切れず、畳の上へまた横仆《だお》しになってしまった。

「ありがとうよ、久太郎さん、あたしゃこの恩は一生忘れないよ」

おかみさんは久太郎の股に膝をこじ入れながら、のしかかってきた。

「久太郎さん、抱いておくれよ。あんた、あたしが好きなんだろう」

喘ぐように言いながら、ごしごしと久太郎の腰におかみさんは自分の腰をこすりつける。

「だからこそ、あんたはあたしの命を咄嗟に救ってくれたんだ。わかっているよ」

「ちょ、ちょっと待ってください」

久太郎は畳の上をごろごろと転がっておかみさんから逃れ、

「……誤解ですよ」

と、起き上った。

「おかみさんのことは決して嫌いじゃありませんよ」

「なら、誤解もへちまもないじゃないのさ」

おかみさんはまた久太郎にしなだれかかる。そこを久太郎はまた逃げて、

「なぜ嫌いじゃないのか、というと、おかみさんがお袖さんのおっかさんだからですよ。お袖さんと一緒になれれば、おかみさんとも同じ屋根の下で寝起きすることになる。そのためにもわたしはおかみさんを好きになるよう心掛けているんです」

「……す、するとなにかい、久太郎さんはお里という女を助けたのではなく、お袖の母親を助けたのだ、と言いたいのだね?」

おかみさんは坐り直して、乱れた浴衣の裾を直した。

「そういうことなのだね?」

「……はぁ」

久太郎はうなずいてみせた。

「まったくなんてことだろうねぇ」

武具屋のおかみさんが溜息をついた。

「よりによってあたしの恋仇が実の娘のお袖だなんて、世の中はぐれはいいはまだねぇ」

八

半刻ほど経ってから、遣手婆が座敷に顔を出し、

「お客さん、握飯が出来たよ」

風呂敷包をぽんと久太郎の前に置いた。

「ありがとうよ」

久太郎は風呂敷包を摑んで立ちあがり、

「おかみさん、一刻もしたら戻ってきます。それまでひと風呂浴びて、浴衣を別のに着かえていた方がいい。それじゃ風邪を引いてしまうから」

さっきから凝《じっ》となにか考え込んだままでいるおかみさんに言って、階段をおりた。

「おばあさん、小舟はどこだい？」

土間の草履を突っかけながら久太郎が遣手婆に訊いた。

「この家の裏かい？」

「番所の前の河岸だよ」

遣手婆はしなびた足に赤い鼻緒の草履を引っかけながら答えた。

「あたしが案内したげるよ」

番所の前から芹沢や清河の隠れ家へ出かけるのはちょっと剣呑だな、と思ってたじろいでいた久太郎の足が、遣手婆が案内してくれる、と聞いて素直に表へ踏み出す。遣手婆と一緒なら、番所の役人に疑われることもないだろう、と久太郎は考えたわけである。

「小舟には釣竿を二、三本用意しといたよ」

のんびりとぱたらぱたら草履を鳴らしながら遣手婆が言った。

「役人衆になにか訊かれたら、夜釣りだよ、と答えておくんだね」

遣手婆は、あたしはなにもかも知っているよ、とでもいうような口のきき方をした。思わずぎくりとなって久太郎は立ち止まる。遣手婆はにやりと笑って、

「お里さんが小舟に釣竿を用意しておいておくれ、と言うから、あたしはその通りにお膳立てしたまでさ」

と、また草履をぱたらぱたら鳴らした。

「ところであんた、お里さんとはなにか因縁があるようだね？」

「……ああ」

「お里さんは江戸から流れて来た女《ひと》だ。すると江戸での知り合いかい？」

「まあ、そんなところさ」

「余計なことだがね、お里さんはいい女だよ。そりゃあの女《ひと》はもう年齢《とし》だから遊廓じゃ年中お茶ばかり引いてる。お客はどうしても若い妓《こ》に目が行く。はちゃはちゃした活きのいいおまんに気を惹かれる。が、あそこばかりははちゃはちゃだから具合がいい、とばかりは限らない。ねちょねちょしたのもなかなか乙なものさ」

「つ、つまり、なんだと言うんだい？」

「どうだね、八両、出さないかい」

「八両……？」

「お里さんを落籍《ひき》たいのなら八両で足りるよ」

清河から財布を返してもらったら、さっそく遣手婆に相談してみようと、久太郎は思った。いま何処でどうしているか知れないが、お袖がきっとよろこんでくれるだろう。

番所の前の河岸に小舟がゆらゆら揺れながら繋いであった。川面には波もないのに、どうしてこんなに揺れているのだろうか。首を傾げながら久太郎は岸から小舟に移った。舳先の方の舟底に莫《ご》蓙《ざ》が敷いてある。莫蓙が盛り上っているのは、おそらくその下に投網でも畳んで置いてあるからだろう。

「あてにしてるからね、お客さん」

棹を持って舟尾に立った久太郎に岸から遣手婆が声をかけた。

「明日の朝のお菜《かず》はあんたの腕次第だから。わかっているね」

久太郎はうなずいてとんと棹で岸の石垣を突いた。

「あんまり大腰を使うと、舟が引っくりかえるぜ」

遣手婆の横では、番所の役人が提灯をかかげながら、にやにや笑っている。

(大腰を使うと舟が引っくりかえるだと？　なにを言ってやがるんだろう)

久太郎はまた首を傾げた。

(……女でも乗っているのなら、いまの役人のからかいも腑に落ちるが、この小舟に乗っているのはおれだけじゃないか)

流れにさからって棹をさしながら、久太郎はゆっくりと舟を進めて行った。両岸にはもう番所提灯の灯りは見えない。番所の役人たちは芹沢や清河の探索を諦めたらしかった。

「……久太郎さん」

不意に舳先で女の声がした。

「そんなにびっくりすることはないじゃないか。あたしだよ」

声のする方へ目を凝《こら》すと、舳先の莫蓙が動いて、その下から武具屋のおかみさんの顔がぼんやりと白く浮びあがった。

「久太郎さんが遣手婆《やりて》のばあさんと話しながら歩いているところを追い越して、先に乗り込んでいたんだよ」

それで小舟が揺れていたのか、と久太郎ははじめてここで思い当った。番所の小役人の冷かしもこれで読めた。しかし、なぜおかみさんがこの小舟にしのんでいたのだろう。

「あたしゃ決心したんだ。久太郎さんと、どうあっても添いとげてみせるってね」

おかみさんは、腰を低く構えたまま、ゆっくりと舟尾へ移動しはじめた。

「あたしじゃいやかい?」

「……困ります」

「どうしてさ?」

「ですから、わたしの好きなのはお袖さんなんです。それは何度も言ったはずじゃありませんか」

「お袖のことなんか知っちゃいないさ。娘のいい男《ひと》を母親が奪《と》っちゃいけないなんて法律《おふれ》があるわけじゃなし、あたしゃとことんまであんたを追いかけるつもりだよ。あんたと片時も離れているのがいやさに、こうやって後についてきた。これからだってそうするつもりよ」

川底に棹を突くのを忘れているうちに、小舟は流れに押されて半回転し、舳先を川下に向けてしまっていた。お袖の母親のこの押しをどう躱《かわ》したらよいのか、と思案しながら久太郎は立てた棹に軀を預けて、小舟の舳先を元のように川上へ戻した。

九

四半刻《さんじっぷん》ばかり、なれない棹をさばきながら、江戸川の流れをさかのぼって行くと、やがて右手に大きな柳の木の立っているのが見えてきた。闇が柳の木の形にいっそう濃くなっているのでそれと知れるのである。清河八郎の言っていた「目印しの柳」はこれだな、と久太郎は心の中で合点しながら、小舟の舳先を柳の方に向けた。川の真中の流れはさすがに早いが、岸近くのこのあたりになると水は澱んでいて、まるで淵のようである。いままでのように流れにさからわずにすむので、棹の一突きで思いがけないほどの長い距離を小舟は進む。垂れさがる柳の枝に額や肩を撫でられながら、久太郎は幅二間あまりの支流に小舟を入れた。両側は田ん圃のようである。風が立つたびに稲の穂擦れの音がしている。どこかで気の早い鶏が啼いていた。鶏鳴《けいめい》にさそわれて舳先の方へ眼をやったが東の空は暗い。東が浅黄色に染まるまでにはまだしばらくはかかりそうだった。

武具屋のおかみさんはさっきから舷《ふなべり》に頬杖を突き、暗い水と睨めっこをしていた。

「もうすぐ約束の場所に着きます」

久太郎は川底からそろそろと棹を抜きながら言った。

「莫蓙をかぶって隠れていてくださいよ。清河さんに見つかったら、今度こそ命はありませんから」

武具屋のおかみさんは答えない。久太郎がここへ来る途中お袖のことばかり言っているので、すこし旋毛《つむじ》を曲げているらしかった。

「小舟を岸に着けたら、わたしは納屋へ清河さんたちを呼びに行きます。その間におかみさんはそのへんの草の中に隠れていてください」

おかみさんはごろりと舟底に横になって莫蓙をかぶった。久太郎はやれやれと胸を撫でおろして、棹を川底に立てた。左手の岸になにやら白っぽいものが見えてきた。舟をその方へ近づけてみると、それは石の階段で、その最下段は川水に洗われているようである。おそらくそこから小舟に乗ったり、そこで野菜や農具を洗ったりするためにこしらえられたものだろう。

（……とすると、この石の階段の近くに人家があるはずだ）

久太郎はさらに小舟を石の階段に近づけた。

（このあたりに人家があるとすれば当然、百姓家にちがいない。そして百姓家には納屋がつきものだ……）

がりがりがりと石の階段が小舟の横腹を引っ掻いた。久太郎は艫綱《ともづな》を握って石の階段に飛び移り、棒杭に手早くその艫綱を巻きつけた。

「おかみさん、くどいようだが舟から降りていてください。そして、この近くのどこか草の陰に隠れているんですよ」

言い捨てて久太郎は正面に向って歩き出した。その辺は庭のようでもあり、原っぱのようでもある。が、なにしろ暗いので、そのどちらかは判断がつかぬ。ただ、正面一丁ばかりのところに黒々とした、かなり大きな闇が立ちはだかっているのはわかる。これは森だろう。人家があるとすれば、その森のこちら側にちがいない。

「……誰だべ?!」

数十歩、歩いたところで久太郎を羽前訛の声が鋭く迎えた。

「久太郎だべか？」

「あ、清河さんですね？」

久太郎は腰にぶらさげていた風呂敷包をほどいた。

「小舟に食料、約束どおり用意してきました。小舟はすぐ先の石の階段の下です。それから、これが握飯……」

ぷんと垢と汗の匂いがして、目の前に清河八郎の大きな姿が現われた。

「ご苦労……」

清河は引ったくるようにして久太郎の手から風呂敷包を取りあげた。

「芹沢さんは？」

「居《え》るよ」

「……まだ納屋の中ですか？」

「いや、ここだよ」

酒臭い息と共に、清河の背後からもうひとつ黒い影が現われた。

「久し振りだな、久太郎」

「……はあ」

「おれが清河なら小舟と食料のほかに女も揃えておいてくれ、と頼むところだったが……」

芹沢は肩に白いものを担ぎひっきりなしにその白いものの先端を口に啣《くわ》えている。どうやらそれは大徳利らしい。

「久太郎、番所の様子はどうだったべかね？」

清河はさっそく握飯にかぶりついている。

「妙に落ち着いていました」

「……言《つ》うごどは？」

「探索を一時諦めたような感じです。朝になればまた始めるでしょうが」

清河と芹沢が石の階段に向って歩きはじめたので、久太郎はわざと遅れて、二人の後を跟《つ》いて歩くような位置をとった。こんな暗い夜に、二人の前を歩くのは、剣呑である。

「いまなら江戸川へ出ても大丈夫ですよ。そして江戸川をさかのぼって利根川に入ればもう大船に乗ったも同然です」

「ありがとさん」

清河がくるりと廻れ右をした。清河の右頬がかすかに蒼く光っている。東の空がわずかだが白みかけたらしい。

「お前様《めさま》がら預がって居《え》だ財布ば返さねば……」

いやな予感が久太郎にはした。約束などこれまで屁とも思わなかったはずの清河が、なぜ急に財布を返すなどと言い出したのだろう。

「べつに……、いいですよ」

抜き打ちに斬りつけられるのを怖れて、久太郎は尻ごみした。

「いまでなくても、またいつか……」

「そうは行《え》がながんべ」

清河は右手の指についた飯粒を丁寧に舐めとり、その手を懐に入れた。

「おらは芹沢を佐原さ送《おぐ》ってがらすぐ蝦夷さ行《え》ぐ積りなんだってば。再びお前様《めさま》さ出逢えっかどうかも判ったもんで無《ね》。これはお前様の財布だ、お前様さ返しとがねば気っこ済ま無《ね》のだ」

懐から出した清河の手に久太郎の財布が握られている。

「ほれ、さあ、お前様の財布だってば」

「久太郎、貴様、おれたちを警戒しているのだな？」

芹沢が引き返してきた。

「口封じのために、おれたちが貴様を斬るつもりではないかと、思っているのだな？　おい、人を疑うのにことかいて、おれたちを疑うとはなにごとだ。おれたちは仲間だったんじゃないか。倶《とも》に水戸藩のこんにゃく会所を襲った仲だろう、それなのに……ちえっ、よし、注文通り貴様を斬ってやろう」

芹沢の右手が佩刀の柄《つか》にかかった。久太郎は思わず二、三尺とび退《の》いた。相手は酔っぱらい、腕は問題にならないが、足なら勝てる。そこへ行くと清河は難物だが、幸いあたりはまだ薄暗い。それを唯一の味方に納屋の背後の森に逃げ込むことが出来ればなんとかなるだろう。だが、久太郎のこの算盤は見事に外れた。飛び退《の》いたところに石があって、久太郎は仰向けに転倒してしまったのだ。

（しまった！）

と、思いながら、咄嗟の判断で横へ転がった。が、そのとき、「だあーっ」と芹沢の濁《だ》み声があがり、久太郎は左肩に丸太棒を激しく叩きつけられたような衝撃を受けた。

「……久太郎さん！」

と、どこかでおかみさんの声がしている。

「ねえ、どうかしたのかい？」

「だれか居《え》るてばよ。こら拙いぞ」

「どこに……、だれがいるというのだ？」

「判らねえが、とにかくだれか居《え》る。さ、早く行《え》ぐべ」

清河と芹沢の声が遠ざかっていった。久太郎は右手で左肩を抑えて地べたにころがったまま、たぶんおかみさんも芹沢に殺《や》られてしまうだろうな、と思った。そのうちに、左肩のあたりがどんどん冷たくなって行き、やがてなにもわからなくなってしまった。

十

……藁の匂いがひどくしている。重い瞼をやっとの思いで開くと、やわらかな陽の光がまず目にはいった。それから、丸太を縦横に組んだ天井。泥を塗った粗壁《あらかべ》、藁の山。

（……納屋の内部《なか》だな）

久太郎は寝返りを打とうとしたが、左肩の痛みにうんと唸って、寝返りを打つのはやめてしまった。首をそっと捩ると肩にぐるぐると、晒布《さらし》が巻いてあるのが見えた。晒布の下からヨモギ草の匂いが芬芬《ふんぷん》としている。

（……だれだろう、おれの肩を晒布で巻いてくれたのは）

天井を眺めて思案したが、むろんわかるはずもない。

「おっと、気がついたか」

側でごそごそと動く気配がした。

「水でも飲むかね」

太いだみ声である。声と一緒に髯だらけの顔がぬっと久太郎を覗き込んだ。

「……どなたですか?」

口の中はからからである。したがって久太郎の問いは問いにならない。

「心配することはない。俄手当だが、まあ一応は万全だ」

髯の男は筆を啣《くわ》えて、両手で手拭を持ち、久太郎の口の真上で、その手拭をしぼった。久太郎の口に水が滴り落ちた。男は筆を口から手に持ちかえて、

「蕗《ふき》の葉の搾《しぼ》り汁とヨモギ草の揉んだやつを傷口に当てがってある」

と、久太郎にうなずいて見せた。

「蕗の葉の搾り汁には血止めの効がある。ヨモギ草の揉んだやつも同様だ。畑に木烏瓜《きからすうり》があったから、その根を薄く切って傷口に貼りつけておいたぞ」

「……木烏瓜?」

こんどはどうやら言葉になった。

「な、なんですか、それは?」

「痛み止めさ。どうだ、そうは傷口が痛まぬだろう」

いや、結構痛みます、と答えたいところだが、そう正直に言っては、男の好意に対してすまないような気がしたので、久太郎は、

「……おかげさまで」

と、答えた。

「それで……、あなたはお医者さまで？」

「いや、なに、江戸の絵師さ」

男は筆を久太郎の眼の前に差し出した。

「安藤広親《ひろちか》というのだが、聞いたことはないだろう。自分で保証するのも妙だが、そうたいした絵師ではない」

「……絵師の先生がどうしてこんなところに？」

「江戸川八景というのをものにしようと思ってね、ここ一年ばかり、江戸川を上ったり下ったりしている。つまり、浦安夜雨、矢切晩鐘、松戸暮雪、流山夕照、野田落雁、仲里夕涼、宝珠花帰帆《ほうしゅばな》、台町夕立、関宿朝焼……というような画題のもとに、絵を描くわけだ」

「……はぁ」

「わたしは昨夜、この関宿に着いた」

「わたしもですが……」

「お互いに別の船で着いたらしいな」

「のようです」

「そして今朝、暗いうちに起きて、江戸川からこの支流に入ってきた。舟をおりてそのへんをぶらぶら歩いていると、おまえさんが血を流して倒れているのに出っ喰《くわ》した。もう、関宿朝焼どころじゃない。船頭と二人がかりで手当をした」

「……なんとお礼を言っていいか……」

「なぁに、絵を描くよりは怪我人の手当の方がよほどおもしろい」

髯の男は、はっ、はっ、は、と笑い声をひとつひとつ区切った。

「船頭が本物の医者を呼びに行っている。間もなく戻ってくるだろうよ」

久太郎はまた天井を眺めだした。清河や芹沢のことを、この髯の男がなにひとつ言わないのは、二人が久太郎の調達した小舟で無事に関宿を脱出したことを意味していると見ていいだろう。久太郎は吻《ほっ》とした。二人が捕まれば、逃走を援けたという理由で、自分も牢屋に叩き込まれてしまうおそれがあるからである。吻とした理由がもうひとつあった。久太郎はこれで二人の乱暴者と手が切れたと思うと嬉しかったのである。清河八郎に芹沢鴨、そして、宮川勝太に土方歳三、みんな郷士の倅である。が、しかし、どうしてこの郷士の倅という連中は揃いも揃って、凶暴で残忍で、おまけに狡猾なのだろうか。この先、何十年、この世に生きていることになるのか知らないが、郷士の倅とつきあうのだけはどんなことがあってもよしにしよう……。

ここまで考えてきて、久太郎はあっと小さく叫んだ。武具屋のおかみさんはあれからどうなったのだろう。もし、無事だったら、いま、自分の横に居るはずである。それが居ないということは……。

「どうした?」

髯面《づら》が久太郎の顔を覗き込んだ。

「いま、なにか叫んだようだが……?」

「女の人がもうひとり仆れていませんでしたか?」

久太郎は軀を右に傾けながら、右肘と腰を使って上半身を起した。

「年の頃は三十五、六の大年増ですが、あの石段近くで斬られているはずです」

「さぁて」

髯面はあぐらをかき、そのあぐらの上に画板を載せている。画板の上の紙は真ッ白だった。

「そんなものは見かけなかったが……」

「おねがいです。もう一度、あのへんをたしかめてきていただけませんか?」

「……うむ」

髯面の絵師は久太郎の思いつめたような言い方に気押《けお》されて、画板を横に置いて立ち上った。

十一

間もなく納屋へ広親が戻ってきた。久太郎と眼が合うと、広親は、

「あんたの言っていたような大年増はどこにも倒れてはいなかったよ」

と、首を横に振った。

「ずいぶん熱心に見てまわってみたつもりだが……」

するると、武具屋のおかみさんは清河八郎や芹沢鴨から無事に逃げおおせることができたのだろうか。久太郎は吻とした。

「それから医者がいま着いた」

入口に立っていた広親を押しのけるようにして、髪を茶筅《ちゃせん》に結《ゆ》った小柄な老人が納屋に入ってきた。痛《つ》ッと悲鳴をあげる隙も与えずに久太郎の左肩の晒布《さらし》を剝ぎ取った老人は、傷口を見て急に、なんだ、という表情になった。

「この程度の傷だと知っていれば、なにも朝飯抜きで駆けつけてくることもなかったな。かすり傷に毛が生えたぐらいのものだよ」

手当がすんでから久太郎はしばらく眠った。そしてその日の午《ひる》すぎ、広親の肩につかまって河岸の石段のところまで歩き、それから舟で関宿へ戻った。

「ところであんたの家はどこなのだね？」

船着場から番所の前までの、わずか十数間を自力で歩いた久太郎が、さすがに疲れて地面にしゃがみこみ呼吸《いき》を整えていると、広親が訊いてきた。

「関宿《ここ》の人かね？」

久太郎は首を横に振った。

「多摩郡上石原宿です。今年の二月からは江戸市谷にいたんですが、いろいろとわけありで……」

「関宿《ここ》へ流れてきたというわけか」

「まあ、そんなところです」

「宿は？」

「春本……」

「うむ、色街にそんな見世があったな。送ってやろうか」

「いや、いいんです。昨夜までは懐中《ふところ》に八両持っていました。ところがいまは文なしです。戻るに戻れません」

「しかし、その軀では上石原はおろか、江戸までも行けまい。しばらくはこの関宿で傷口の塞がるのを待つほかないだろうが、その間の宿のあてはあるのか？」

「……ありません」

「わたしの宿は三丁ばかり先の木賃宿だが、それではそこへくるか？」

お願いします、という声が思わず咽喉《のど》もとまで出かかったが、その声をあわててまた嚥《の》みくだす。そこまで甘えるのはすこし図々しすぎやしないか、と久太郎は思ったのだ。この髯面の絵師に久太郎は咄嗟の手当をほどこしてもらい、その上、医者の治療代まで持ってもらっている。それにこの髯面の絵師はひどく貧乏そうだ。いってみれば、自分で自分を養うので精一杯という感じ。これ以上、負担をかけるのはどんなものだろう。

「遠慮はいらないよ」

髯面がやさしく笑っている。

「あんたが十日か半月、木賃宿で横になっているぐらいの銭はなくもない」

「どうしてですか？」

「……なにが？」

「どうして見ず知らずの者に、あなたはそんなに親切なんです？」

「なるほど、それがすこし気味がわるいか。俗にいう『お志はうれしいが、そのご心底《しんてい》がおそろしい』というやつだね」

「べ、べつにそんなつもりでいったんじゃありませんが……」

「むろん、それはわかっているが……」

と、広親は久太郎に向ってうなずいてみせ、それから、

「とにかく、わたしの心底にはべつになんの企みも計略もない。まぁ、よかったら跟《つ》いてくるさ」

と、街道に沿ってぶらぶらと歩き出した。二呼吸か三呼吸のあいだ、久太郎は遠ざかって行く広親の背中をぼんやりと見ていたが、やがて立ち上り、痛む左肩を押えながら、広親の後を追いはじめた。


その木賃宿は街道をはさんで萱原《かやはら》と向いあっていた。街道の片側が萱原だというぐらいだから場末である。間数《かず》は階上《うえ》に十六畳がひとつ、階下《した》に十二畳がひとつで合わせて二間。久太郎はその階下の十二畳の隅で、毎日、ただじっと横になっていた。むろん、相部屋で、少ないときでも五、六人、多いときなどは十一、二人もの雑魚寝になる。客種は大道手妻《てづま》つかい、丹後の昆布売り、越後の蚊帳売り、越中の薬売り、千金丹売り、山伏、願人《がんにん》坊主、お札売り、と種々雑多である。世間を

股にかけて渡り歩いているせいだろう、彼等はよくものを知っていた。しかもその見聞をたがいによく交換しあう。

「おれは浦賀で黒船を見てきたんだぜ」

久太郎がここへ来て十日ばかりたったある夕方、木賃宿の亭主の手造りの一合八文のドブロクを舐めながら、千金丹売りが大道手妻つかいをつかまえてこう喋り出した。

「浦賀の平根山からこの目でしかと見届けてきたんだから」

大道手妻つかいは、ほほうと口を尖《とん》がらかして感心してみせ、その尖らかした口に一皿五文の芋の煮ころがしを箸で押し込んだ。

「広親さん、また千金丹の十八番がはじまりましたよ」

久太郎は傍《かたわ》らで古座布団を枕に横臥していた広親に小声で言った。

「毎晩、よく飽きませんね」

「しかし、やつのはなしはおもしろくていい。退屈しのぎにはなる」

広親はのそのそと起きあがってあぐらをかき、吐月峰《はいふき》を引き寄せた。

「だが、どうしてやつのはなしをおもしろい、と思うのだろうな。千金丹はべつにとりたてて話がうまいというわけではないのに……」

ぼそぼそと呟きながら、広親は煙管を啣え、じっと千金丹を見ている。

「……まったくあんな船は見たこともない。なにしろ大きいうえに総体鉄張《てつばり》で、どこもかしこも真っ黒だ。しかも、その一艘一艘に、伝馬船《てんません》ぐらいの舟が七ツも八ツも載っているんだよ。難破のときの用意らしいが、ずいぶん用意のいいことだ」

無料《ただ》で聞かせてやっているのだからこれぐらいの余禄は当然、といったような顔で、千金丹は手妻つかいの皿から芋の煮ころがしをひとつつまみあげ、一口で口の中におさめ、

「……と、そのうちに、そのなんだ、えーと」

もぐもぐ言いながらゆっくりと芋を嚙んでいる。そしてようやく嚥みくだし、

「そのうちに黒船がもくもくと黒い煙を吐き出した。その煙、入道雲ほどもある。と、とたんに黒船がツツツツーっと動き出した。艪櫂《ろかい》も使わないのにいきなりツツツツーだから、驚いたのなんの、思わず腰を抜かしそうになった。黒船のまわりを遠巻きにして見張っていた浦賀奉行所の番船が、そのままでは黒船に突き当てられてしまうから、あわてて艪櫂を使い出す。だがなにしろ咄嗟のことで、なかなか動き出せない。そこへ黒船がまっしぐらに突っ込んで行く……」

「番船とぶっつかったのか、黒船は？」

手妻つかいは箸を使うのを忘れて千金丹に訊いた。

「いったいそれからどうなったというんだね？」

「うん、番船の手前で黒船がひょいと進路を変えたよ。身軽なんだな、じつに。燕が宙でくるりと身を翻すように、ひょい、とだよ。あとで聞くと、黒船というのは出没自在、進退自由なのだそうだ」

壁ぎわに陣取って、合羽の破れを繕っていたお札売り、その横で日記帳になにか心憶えを記していた願人坊主、さらにその隣で、商売種《だね》入りの行李を整理していた富山の薬売りなど木賃宿の常連

が、それぞれ手をとめ顔をあげ、千金丹を見ている。むろん、みんな、何度も千金丹の黒船ばなしにつきあっている。だからもう聞き飽きているはずなのだが、やはりどうしても話に惹かれてしまうらしい。

「これまたあとで聞いたことだが、そのとき、黒船は江戸前の海まで突っ走っていったのだそうだ。浦賀から江戸前の海まで半刻《はんとき》とかからなかったというから天狗そこのけの早さだ。江戸では早鐘を撞《つ》くやらほらを吹くやら上を下への大騒ぎだったらしい……」

「なんでまた黒船は江戸前の海へ走ったんだろうね」

手妻つかいはさっきから箸を宙に浮ばせたままである。千金丹は手妻つかいの皿の上から芋をもうひとつつまみあげて、

「江戸前の海の深さを測るためだとさ」

と、口の中に放り込んだ。

「……それにしても開闢《かいびやく》以来の大事変をこの目で見届けたわけだから、ほんとうにおれは運がいいというのか、なんというのか……」

十二

千金丹の十八番を聞いているうちに、ふっと思い当ることがあって、久太郎は広親に言った。

「さっき、広親さんは、語り方がそれほどうまいわけでもないのに、千金丹のはなしにどうしてこ

んなに人気があるのだろうと、首を傾げていましたけど、やはり千金丹はじっさいにその目で黒船を見た人間だから強いのではないですか。街道筋の茶店でも、乗合船の中でも、黒船の噂で持ち切りです。だから、千金丹の喋っていることぐらいはだれでも承知している。それでも千金丹のはなしを何度も聞いてしまうのは、あの人が事件に立ち合った人だからです」

「なーる」

ほどを略して、広親は髯をひねった。

「つまりみんな千金丹のはなしを聞きながらやっこさんと同じように浦賀の平根山に立って、黒船を見下しているつもりになるわけだな？」

「そうです。みんなにとっては千金丹のはなしの中味なんぞどうだっていいんです。いってみれば千金丹のはなしは長い長い呪文なんだ。その呪文が聞えているあいだ、みんなはそれぞれ平根山に立っているつもりになり、それまでにそれぞれが貯えた黒船についての噂を総揚げして自己流の、なんていうのかな、絵巻かな、それを勝手に頭の中にひろげているんです。みんなは千金丹のはなしを手がかりにしているだけなんだ。だからもしここに、たとえば広親さんの描いた黒船の錦絵でもあれば、もちろんもうだれも千金丹なんかに見むきもしないだろうな。浦賀へ心を飛ばすには錦絵のほうがずっと手っとり早いもの」

「お、おい、よしてくれ。わたしはただのへぼ絵師だが、際物《きわもの》を描くほどは落ちぶれちゃいないよ」

「描けばいいのに」

久太郎は起きて煎餅布団の上に正座した。

「売れますよ、きっと。とにかく、だれもが浦賀の平根山から黒船を見下したい、と思っているんですから。江戸川八景だなんていってこんなところで粘っているよりはずっといいと思うなぁ。黒船を錦絵にしている絵師はまだだれもいないんでしょ？」

「これでもわが師は広重なのだよ。広重といえば風景画、風景画といえば広重だ。したがって、広重の弟子としては、たとえ弟子の弟子のそのはしっくれであっても風景画……」

「黒船だって風景でしょう。江戸川八景のかわりに浦賀八景を描けばいいんだ」

広親は苦笑したまま煙管を啣えている。

「どうして、際物はいけないのです？」

久太郎はなおも広親に喰いさがった。声が自然《ひとりで》に大きくなる。千金丹が久太郎を睨んでいた。独壇場を久太郎の声で邪魔され、それがおもしろくないのだ。

「いっそ際物ばかりで押し通したらどうなんですか？　黒船、心中、火事、人殺し、、、、コロリ、チフス……世間に事変が起ったらすかさず錦絵にしてしまうんだ」

久太郎は千金丹にかまわずにさらに大きな声をあげた。

「……弟子が広重のやり方でいくらがんばったって広重以上の風景画は描けっこないもの」

「いやなことをいうなよ」

「みんながびっくりするような手で、変てこでもなんでもいいから、新奇な風景画を描く方が、名前も出るだろうし、売れるだろうし……うん、あわて絵というのはどうです？　事変が起ったらあわてて描き、あわてて彫り、あわてて刷る。だから『あわて絵』」

「あわて絵か。まちがいなく破門ものだな」

さすがに久太郎は黙ってしまった。いくらなんでも、恩人に向って、いさぎよく破門されてしまいなさい、とは言えない。

(それにしても、おれには妙なところがあるな)

久太郎は横になりながら思った。

(武具を売るときも、黒船の弾丸除けのお札を考えついたときも、そしていまもそうだったが、はなしが金もうけのことになるとずいぶん張り切ってしまう。これもやはり商人《あきんど》の子だからだろうか)

そのとき、枕許の吐月峰がいきなりぽんと鳴った。おどろいて見上げると、広親が言った。

「肩の傷はどうだ？」

「……べ、べつに。もうなんともありませんよ。だいぶ、いいんです」

「よし」

広親が大きくひとつうなずいて、

「明日、江戸川を下ろう」

と、言った。

「そのあわて絵というやつをやってみようじゃないか」

あくる日の朝、久太郎は広親と共に江戸川下りの船に乗った。

野試合

一

安藤広親の口ききで、久太郎がこの本所亀沢町の彫師《ほりし》松島政次郎の仕事場に住み込んでから七年になる。

松島政次郎は今年四十八歳、彫師仲間での通り名は三つある。第一の通り名は名人政。広重や三代豊国や貞秀などの当代一流の絵師たちが、これはという作を版元に手渡すときは、ほとんど例外なく、

「出来ることなら亀沢町の政次郎に彫ってもらいたいのだが……」

と指定するところからも、その技倆《うで》がわかるが、政次郎はたいていの場合、これを断わる。断わるときの理由はきまっている。

「せっかくですが、いまとりかかっている仕事のめどがまだたっていませんので」

と、こうである。

第二の通り名の馬鹿政は「一流の絵師と仕事をすれば、それだけいっそう名もあがり箔もつくのになんて馬鹿なやつだろう」という仲間たちの批評に起因しており、第三の通り名のぐず政は、これは説明するまでもあるまい。久太郎でさえじれったくなるほど仕事が遅いのだ。政次郎には女房

がいないから、飯の支度をするのは久太郎の役目だが、朝食をさせ、仕事机に引き立てるようにして坐らせて、

「親方、版元の栄久堂から今朝も使いが来ましたよ。摺師《すりし》が十日も無駄飯くって待っているから、今日こそは仕上げてくれと、栄久堂の番頭が拝んで行きました」

と、気合いをかけても、政次郎は墨がきの版下絵を貼った桜板を眺めて、うんうん唸っているだけで、きり出し小刀を手に持とうともしない。一刻《二時間》もそうやって桜板と睨めっこをした挙句、ついにはごろりと横になり、

「おれはだめな彫師だねえ」

呟くように言って夕方まで寝てしまう。しかも、夕飯をすますと、こんどは本式に布団にもぐってしまうのだから呆れる。

もっとも、小刀を持てば、これも呆れるほど仕事は早い。目や髪や松の枝などを彫るときの政次郎はずいぶん長い間、息をしない。呼吸をとめたままで小刀を動かしている。

「息をすれば、それが小刀の先に出る。そうなると線が思ったように彫れぬ」

政次郎はそう考えているようである。たしかに、政次郎の彫った美人画の髪の毛や目はすごい。髪の毛は風になびいてかすかに揺れ、その目は見る者にいまにもにっこりと笑いかけるようだった。風景画の松の枝や雲の峰や波頭も同様である。政次郎の彫った松の枝からはさわやかな松の香がこぼれ落ちてきそうだし、雲の峰はむくむくと動いているようである。そして波頭には、そのしぶきを見ている者にはねとばしてくるような迫力があるのだ。

怠け者といえばこんな怠け者はいないが、それでも懲りずに版元が仕事を持ち込んでくるのは、やはり政次郎のこの技倆を見込んでいるからだろう。

政次郎の弟子は久太郎ひとりである。久太郎がこの陽当りの悪い裏店《うらだな》に住み込んでからでも、何十人もの弟子見習がやってきたが、みんなひと月かふた月で辞めて行ってしまった。これはむしろ辞めて行くのが当然で、第一に食物がひどい。政次郎が仕事を選り好みするせいで収入が少いから、大根の葉っぱを刻んだのを飯の上にふりかけて喰う日が何日も続くことがあるが、たいていこれで音をあげる。

次に政次郎の無口にだれもが耐えられぬ。はじめのうちは、

「職人というものは商人とはあべこべで、口を動かさずに手を動かすものなんだ」

と、政次郎の無口を理解しているが、そのうちに、やはり気になってくる。自分は嫌われているのではないか、親方は自分がこの仕事に向いてないということを無言で教えようとしているのではないか、とみんな焦り出し、やがてこっそりと姿を消してしまうのだ。

こういった仕事では、親方の仕事ぶりを見て、その上に自分なりの工夫を積み重ねるのが唯一の修業法だが、肝腎の親方は仕事机の前で鼾《いびき》をかいているのがほとんど、したがって親方の仕事ぶりを見るという機会はあまりない。

「ここにいたのでは、仕事も碌に憶えられまい」

と、見切りをつけて辞めて行った賢いのも何人かいた。

久太郎がここへ来たときは、ほとんど腑抜け同然だった。信頼していた宮川勝太はじめ試衛館の

連中には裏切られ、清河八郎や芹沢鴨に脅かされて強盗の片棒を担がせられ、挙句には二人にふたつとない命まで奪られかかり、そんなこんなで、つくづく世の中がいやになり、どこでもいいから静かに暮したい、と思っていた。だからこそ、粗食にも、政次郎の無口にも耐えられたのではないかしらん、と久太郎は考えている。

はじめの一年は彫刀の研ぎばかりさせられた。これは単調な仕事だったが、そのころの久太郎に、これは向いていた。彫刀を研ぎながら、久太郎は、それまでの、あまり愉快とはいえぬいろんな人とのつきあいの記憶を、心から研ぎ落したのだった。

研ぎの修業が終ると、二、三年は浄瑠璃本を彫ってばかりいた。浄瑠璃本の次は草双紙の細い丸仮名を何十万字と彫った。そして現在《いま》では絵を彫っている。といっても、髪の毛や目や口などの頭彫りは政次郎が手がける。久太郎が彫るのは背景や着物など、頭彫りにくらべればやさしい部分に限られているが。

二

「久太郎さん、吉野屋ですが……」

軒の風鈴を聞きながら桜板に傘屋切出しを振っていた久太郎の背後で大きな声がした。振り返ると、入口で吉野屋の番頭が手拭で額を拭きながら、久太郎を見てにこにこ笑っている。番頭の足許には大きな風呂敷包がふたつ置いてあった。

「桜板を三十枚運んできましたよ。おかげで汗だくで……」

吉野屋は、彫師の使う桜板や黄楊《つげ》板を専門に扱っている板屋である。

「あんまり大きな声を出さないでもらいたいなぁ」

久太郎は傘屋切出しを持ったまま、入口へ立った。

「せっかく気持よく寝ている親方が目をさますじゃないですか」

「久太郎さんの、あいかわらずの親方思い、泣かせますなぁ。怠け者の親方にかわって、浄瑠璃本から広告用の引き札までなんでも引き受けて米代を稼ぐ。それればかりじゃない、飯の支度から布団のあげさげ、肩を叩き足をさすりなど八面六臂《ろっぴ》のお働き、名人政はいい弟子を持ったと、業界では専らの噂ですよ」

「無駄口はたいがいにして、早く用件を言いなさいよ。なんです、今日は?」

「ですから、桜板を三十枚持ってきたんですよ」

「桜板……? 註文した憶えはないけどな」

「栄久堂さんからのお言いつけで」

番頭は風呂敷包の結び目をほどいて、二尺五寸に一尺六寸の全判用の桜板を一枚、金の延べ棒でも扱うようなうやうやしい手つきでとり出した。

「どうです、凄い桜板でしょうが」

板木に桜を用いるのは、木理《きめ》がこまやかで質が堅く、それでいて彫刀の運びを妨げない素直なところがあるからだが、しかし、桜ならどんなものでもいい、というわけではない。単弁で白い花の咲く山桜が一番の適材、なかでもシオボクと呼ばれている伊豆産が最上で、下野《しもつけ》産、相馬産がこれに次ぐ。板屋の番頭が「凄いでしょう」というからには、ひょっとしたら伊豆産の桜だろうか、と久太郎は番頭から受け取った板を手で撫でまわした。

「軽いな」

「それでいて堅いでしょう?」

「うん。……やはり伊豆産ですか?」

「ところが、これは吉野の山桜。二百年前に伐り出したのを、これまでずっと乾かしておいたという逸物ですぜ」

吉野の古桜板の噂を久太郎はこれまで何度か耳にしたことがある。吉野の古桜板に彫刀を入れると、横でも縦でも斜めでも、あるいは逆さでも、どちらへ引いても切り廻しても、するすると刀が通って、いささかもひっかからぬという。

「ふうん、これが吉野の古桜板か」

なおも撫で廻していると、背後から手が伸びてきて、久太郎の手の中から古桜板をつと取り上げた。二人の話し声で目を覚していたらしい政次郎が、逸物来たると聞いて起き上ってきたのだ。

「……なぜ、こんなものを持ち込んだのだ?」

政次郎は元御家人である。言い方がどことなく鯱鉾ばっているのはその名残りだろう。

「彫師の道に入って三十年になるが、こんな結構な板木にお目にかかるのはこれがはじめてだ。こいつを三十枚も持ち込んで、いったいおれになにを彫らせようという魂胆だ?」

「手前どもには詳しいことはわかりません。とにかく栄久堂さんから、吉野の古桜板を手に入れてほしいとの厳命で。うちの主人が京へ上って二月《ふたつき》もかけてようやく見つけて参りました」

番頭は風呂敷包をふたつ上り框《かまち》によいしょとのせて、

「それではたしかにお引き渡しいたしましたよ」

と、そそくさと立ち去った。番頭も政次郎が苦手らしい。

「……久太郎、わかるか？」

板の間にべったりと腰を下し、古桜板を一枚一枚手にとって点検していた政次郎が、久太郎に言った。

「この古桜板のよさがおまえにもわかるかな？」

よほど嬉しいのだろう、日ごろの無口にも似ず、政次郎はよく喋る。

「こいつに彫れるなら彫師冥利につきるというものだ」

「わかりますよ、わたしにも」

久太郎は団扇《うちわ》をとって政次郎に風を送りながら言った。いまは八月の初旬、夜に入ると秋風が立つが、日中は結構暑い。

「木の筋がすっかり乾いていますから、彫刀が粘らないでしょうし、それに……」

「堅い。毛筆では書きこなせないようなこまかな線もこの古桜板なら出せる。いいか久太郎、板木次第では彫師の刀は絵師の筆に勝てるのだ」

やはり侍の出だな、と久太郎は心の中で苦笑した。「勝てる」などと言うことがどことなく武張っている。

「おや、政次郎さん、今日は珍しく起きていなさったな」

入口にまた男がひとり現われた。芳町親父橋角、浮世絵版元栄久堂主人の山本屋平吉だ。肥《ふと》った躰を絽《ろ》の羽織で包んでいる。

「吉野屋さんから古桜板が届きましたか。それは結構……」

栄久堂主人は、さぁどうぞと座布団をひっくりかえそうとした久太郎を手で制して上り框に腰を下した。

「……これはなんの真似だ？」

政次郎は不精髯を抜きながらぼそっと訊いた。

「ぜひ、引き受けてもらいたい仕事があってね。白状すればこの古桜板は餌なのさ。この板に彫りたさに、政次郎さんはきっとこの仕事にうんと言ってくれるだろうと睨んだわけだよ」

「どういう仕事だ？」

「吉原の花魁《おいらん》の美人画だ」

「ふん……」

「絵師は貞秀、彫師は政次郎さん、そして摺師は菱屋巳之吉だよ」

いずれも当代一流の顔ぶれである。とくに菱屋巳之吉は、大名人という評判が高い。広重の名所画を摺ってほしいと頼まれ、「ふん、こんな絵をこんな板木で摺れるものか。絵をかきなおし、板木を彫りなおしてきな」と、投げ出したりして勇名を馳せている。そんな無茶をいっても通るのは政次郎と同じく、やはり腕がいいからだろう。

「栄久堂さん……」

政次郎が黙り込んでしまったので、久太郎があわてて話の穂をついだ。

「それだけの顔ぶれを集めて、吉原の花魁の美人画とは月並ですね」

「かもしれない」

栄久堂の主人はあっさりと兜を脱いだ。

「たしかに花魁の美人画とは月並さ。でも、これは先方様の強《た》ってのお望みなのだよ。絵師、彫師、摺師の人選も先方様のお名指し……」

「先方様ってのはだれのことだ？」

政次郎が訊いた。

「どこのどなたさまだね？」

「それが土佐のお殿様……」

「ほう」

政次郎がはじめて顔をあげた。

「あの山内容堂《やまのうち》様か？」

「そうなのさ。容堂様はいま吉原で売り出しの袖ヶ浦という花魁をご贔屓《ひいき》になさっている。で、贔屓ついでにこの袖ヶ浦の美人画を刷って江戸中にばらまこうというご心算《しんざん》らしいね」

「垢抜けないな」

「しかし、金にはなるよ。それにあんたは古桜板に彫ることができる。どうだね、ひとつ引き受けてはくれないだろうか」

政次郎はしばらく古桜板を手で丁寧に撫でていたが、やがてにやりと笑って、

「一度ぐらい大名のお道楽につきあってみるのも悪くはないかもしれない」

と、言った。

三

関宿から江戸へ舞い戻ってきて以来、久太郎は本所亀沢町に閉じこもったきりで、一度も吉原へ足を踏み入れたことはなかった。上石原宿の実家とは絶縁同様、亀沢町の彫師政次郎のところへ住みこむときに、

「わけあって上石原へ帰ることができません。が、江戸のどこかで元気に仕事に励んでおりますので、なにとぞご安心ください」

という文面の簡単な書状を一本送っただけで、そっちから金の入るあては皆無、むろん親方の政次郎は例の凝り性がたたっていつも貧乏ぐらし、己れの煙草銭や湯銭にも事欠く有様だったから、久太郎に給金を呉れる余裕なぞ毛筋ほどもなく、あんなこんなで、彼にはまず吉原通いをする金がなかった。

また、たとえ金の都合がついても、これまでの久太郎には大門《おおもん》をくぐる勇気がなかったろう。吉

原は天下の大道、諸国の人間の集散所、こんなところに出入りをし、鼻毛を伸していると、試衛館の連中や清河八郎や芹沢鴨、あるいは自分をつけ狙っているはずの甲州の博奕打ち、祐天の仙之助たちと、どこでばったり顔を合わせることになるかしれやしない。久太郎はそれをおそれていたのである。

だから久太郎にとって吉原は七年ぶり、浮世絵版元の栄久堂山本屋平吉や親方の政次郎の尻にくっついて、吉原の大門をくぐったとき、眼前の仲の町の賑やかなことに思わず目を瞠《みは》った。

黒の五ッ紋の羽織の裾をひらひら夕風にひるがえしながら速足で歩いて行く幇間たち、白襟無地の紋付の裾を長く引きずるように着てあたりかまわぬ黄色い笑い声をあげて行く女芸妓たち、大門外の編笠屋から借りたかぶりもので顔をかくしてのっしのっしとのし歩いている江戸勤番の田舎侍、泥鰌ひげの医者風情にのっぺり顔の役者風情。それから肩をいからせて歩いている職人らしいものや、思いつめたような顔付で地べたを見ながら草履を引き摺っている番頭らしいもの。あるいはまた、ひやかし連中の陽気な高声。

「おい、ちょっとこれを見ておくれよ」

きょろきょろとせわしく右や左へ目玉を動している久太郎の横で、赤い顔をしてふらふら歩いていた初老の男がいきなり、自分の腕に喰いついて歯形をつけ、自分の連れの若い男の目の前へ突き出した。

「わしも満更捨てたものではないだろう。江戸町丁子屋《ちょうじ》の加勢山《かせやま》がわしの気に惚れて、他の妓《おんな》と浮気はいやよと、焼餅で喰い付いたあとだよ」

「へん」

若い男が鼻で笑って、

「この歯形、女にしてはだいぶ大きいぜ」

「そのはずさ」

「なにがそのはずさ?」

「加勢山のやつ、大口あいて笑いながら喰い付いてきたのさ」

「ばかな。ありそうもないことだ」

「これはばれたか」

初老の男と若い男は、なにがおかしいのか、ここで抱き合って笑い出す。二人もおおかたひやかし連中なのだろう。

栄久堂は仲の町をつき当りの水道尻に向って歩いて行く。ちょうどいまの頃合いは夕方の見世開きの直後、チャンランチャンランとあちこちの籬《まがき》から清掻《すががき》の三味線の音が聞えてくる。右手の二階からは気の早い客と遊女の打ち鳴らす枕拍子の音がパチンパチンパチンパチン。その枕の底と底とを打合せて囃したてるのに合せて男芸者らしいのが、

〽松になりたや　有馬の松に
　なりたいな　そりゃなぜに
ふじのかつらに這いまつわれて

よれつもつれて一夜の情けに
こちゃあいたいわいな……

と、馬鹿声はりあげている。

栄久堂は水道尻の手前を左に折れた。

「おや、わたしたちの行く先は表の大籬じゃないんですか?」

久太郎が栄久堂の背中に訊いた。

「裏の小見世かなんかで?」

「まあね」

栄久堂は久太郎を振り返ってうなずいた。

「でもね、久太郎さん、小見世は小見世だが、静かで小綺麗なところだ。妓も手垢のあまりついていないのが揃っている」

「いや、小見世では不服だといっているんじゃありません。土佐二十四万石のご隠居様が出入りなさっているところなら、きっと吉原でも指折りの見世だろうと思ったものですから」

「政次郎さんもそうだが、久太郎さん、あんたも世の中のことにはうといねえ」

栄久堂は久太郎と政次郎を半々に見て苦笑いをした。

「彫師の世界は目の前の版下絵を貼った桜板がすべて、世間のことにうといのは職人のほまれだが、それにも限度はありますよ」

「……というと？」

「山内容堂様は目下幕府《おかみ》から謹慎を命じられ品川鮫洲《さめず》の土佐藩別邸にご蟄居《ちっきょ》のお躰なんですよ。幕府《おかみ》が認めているのは、月代《さかやき》を剃ることと、庭内を散歩することとの、このふたつだけです」

「すると容堂様はなにか不都合を仕出かされたので？」

「井伊様に睨まれなさったのですよ」

「井伊様……？　というと、今年の三月三日、桜田門で水戸浪士に殺《や》られなさったあの殿様？　あの大老の……？」

「そうです」

「しかし、その井伊様がもうこの世にはいらっしゃらねぇんだろう？」

吉原の大門をくぐってからはじめて政次郎が口をきいた。

「なのになぜまたご謹慎が解けねえのだね？」

「勘当は解いてやる、だから明日から家に戻っておいで。はあ、それではそういたします。というような具合にはいかないんですよ、政事の世界では。まぁ、この秋には謹慎は解けるでしょうが、それまでは邸内を出ることはお出来にならない」

「なのに、容堂様は吉原にきていらっしゃる」

政次郎の口調が皮肉っぽくなる。

「面妖なはなしだねぇ」

「だから、そこが政事の世界のおもしろいところ、そして奥行きの深いところなんじゃありませんか。表向きは謹慎、しかし、人目に立ちさえしなければたいていのことは見て見ぬふりをいたします、とこういうわけで」

「おやおや、これは栄久堂さん……」
二、三軒先の見世からでっぷりと肥った男が、愛想笑いをしながら近づいてきた。
「ご隠居様がお待ち兼ねでございますよ」

どうやら、その男がこれから久太郎たちのあがる小見世の楼主《しゆじん》らしかった。

四

久太郎たちが通されたのは、二階の、十二畳ほどの座敷である。小さな床の間があって、

『酔擁美人楼』

という書がぶらさげてある。久太郎は彫りの修業のために、これまでいろんな書を彫刀で刻んできた。だから、書には少しばかり詳しい。はじめは頼山陽の書かな、と思った。が、じっと睨んでいるうちに、似ているが、そうではあるまい、と考えだした。山陽よりも筆の運びが大きい。豁達《かつたつ》である。雅号は『九十九洋外史《つきもながいし》』となっていた。

「……九十九洋外史とは容堂様の雅号だよ」

久太郎が床の間を眺めてしきりに首をひねっているのを、向いの席から見ていた絵師の貞秀が言った。

「それにしても妓楼にご自分の書を掲げさせるとは、御大名にも似合わぬ気さくなお方だ」

貞秀は、むろんこんどの仕事の絵師であるが、金まわりはいいらしい。雁首のところに珊瑚珠《さんごじゅ》を嵌め込んだ銀煙管を啣《くわ》えておさまりかえっている。貞秀の隣りに摺師菱屋巳之吉の仏頂面がある。さっきから一言も口をきかない。

(おれの親方と同じように、相当な変人らしいな)

と、思いながら久太郎は、茶うけに出された甘露梅《かんろばい》を舐《ねぶ》っていた。これは青梅を紫蘇巻にして砂糖に漬けた吉原名物で、ここ何年も、ひじきの煮付にばかり馴染んできた久太郎には、うっとりするほど旨い。

廊下側の障子に人影がうつった。栄久堂が咳きばらいをして、居住いを正した。どうやら容堂のご入来《じゅらい》らしい。久太郎は(惜しいなぁ)と心の中で舌打ちをしながら口中の甘露梅を嚥《の》みおろした。

「階下《した》で先に飲んでおったぞ」

障子が開《あ》いて、三十四、五の男が入ってきた。猫背だがかなり背が高い。五尺六寸はありそうだ。面長である。濃い眉毛の下で切れ長の眼が笑っている。鼻筋もぴんと通っていた。ここまでは役者のような男前だが、口が小さくて薄いのと、顎の張っているのが、瑕《きず》だ。口と顎とに冷酷さがちらついている。

「詳しいことは栄久堂に聞くがいい」

容堂は床の間の前の、二枚重ねの座布団の上に坐った。

「間もなくわたしの謹慎が解かれるはずだが、そのお祝にあっちこっちへそちたちのこしらえてくれた袖ヶ浦の美人画を配るつもりでいる。だからすこし気張って打ち込んでほしい。わたしが言いたいのは、いまのところそれぐらいかな」

「ひとつだけお伺い申し上げたいことがございます」

貞秀が平蜘蛛よろしく畳に手をついた。それを容堂はじろっと見て、

「よせよせ、肩肘を張って突っぱらかるのは」

と、言った。

「ここは吉原、外部《そと》とはちがうのだ。大名が大名として、坊主が聖僧として、町人が低い身分のものとして、鯱鉾《しやつちよこ》ばっていたのでは、なんのための吉原なのか、なんのための遊びなのかわからなくなる。お説教をするわけではないが、ここでは、大名にも町人にも一両の金が同じく一両として通用するところなのだ。お互いにお平《たいら》にいこう」

「はあ……」

貞秀が手の甲で額の汗を拭いた。

「……吉原には、入り山形に二ツ星の、つまり名の聞えたおいらんが大勢おりますが、なぜ、それらの第一流のおいらんを、でなく袖ヶ浦なのでございます。わたくしは、袖ヶ浦の顔を見たこともなければ、じつを申しますと、この仕事を仰せつかるまでその名前すら聞いたことがございませんでしたが……」

「うむ」

容堂はにやりと笑って張り出した顎を撫でた。

「気楽でいいのだ」

「……と仰せられますと？」

「ほかのおいらんは、書、画、花道、歌、香、琴、三味線、鼓、太鼓、茶の湯、俳諧、囲碁、双六など、己が身につけたものをどこかで客にひけらかさねばつまらぬと、血眼《ちまなこ》になっている。そこが厄介だ。客であるこっちの身が休まらぬ。客は吉原に、女どもの芸事を鑑賞にくるのではない。女と遊びたいからやってくるのだ」

「そういたしますと、その袖ヶ浦というおいらんはあまり芸事を……？」

「やらぬ。芸事や教養、いっさいひけらかさない。いたって静かなものさ。ひょっとしたら、芸事など習ったことがないのかもしれない」

「なるほど。それで、容貌は？」

「それはそちたちが自分の目でたしかめるがいい」

容堂はぽんぽんとふたつ手を鳴らした。

「いまここへ呼ぶ。しかし言っておくがそうずば抜けた美人ではない。だから袖ヶ浦の心やさしさを描くのがそちの役目だろうな」

「はぁ。難しいご注文でございますが、命がけでやらせていただきましょう」

「命がけとはまた大袈裟なやつだ」

容堂が薄い唇をいっそう薄くして笑った。このとき障子に大きな化物のような影が映った。

「おう、袖ヶ浦がきた」

容堂は身軽に立ちあがって障子を内部《うち》から開けた。びろうど縮緬《ちりめん》、繻子《しゆす》羽二重《はぶたえ》、金襴びろうどの帯のおいらんが、容堂に軽く会釈をして座敷に入ってきた。煙草盆を持った見習新造《しんぞう》が袖ヶ浦の後についてきている。見習新造の袖の中でちゃらちゃらと鍵束の音がした。見習新造たちは、自分の専属しているおいらんの長持、簞笥、挟箱《はさみばこ》、鏡台などの鍵をまとめて持って歩くのがつとめだというが、ちゃらちゃら鳴っているのは大方、その鍵束の音だろう。

「袖ヶ浦、おまえをみんなに引き合わせてやろう」

自分の傍に坐った袖ヶ浦に容堂が言った。

「絵師の貞秀。彫師の政次郎に、政次郎の内弟子の久太郎……」

久太郎はここではじめて正面から袖ヶ浦の顔を見て、頭を下げた。が、そのとき、久太郎は、心臓がドッドッドッドッと狂ったように激しく打ちだすのを感じた。細い顔に富士額、大きな瞳におちょぼ口、袖ヶ浦は、あの武具屋の娘のお袖とそっくりではないか。それにお袖と袖ヶ浦、名前と源氏名にも共通したところがある。

（まさか！）

と、思いながら、久太郎はもういちど袖ヶ浦を見た。

五

「どうしたのだい？」

袖ヶ浦を見つめる久太郎の強い眼差しに、最初に気付いたのは山内容堂だった。

「袖ヶ浦の顔になにかくっついているかね？」

容堂は久太郎の方へ顔を向けたまま、袖ヶ浦に盃を差し出した。袖ヶ浦は久太郎にはまだ全く注意を払っていない。顔をなかば伏せて、容堂の盃に酒を注いでいる。

「……はぁ」

久太郎は坐り直した。

「わたしのよく知っていた娘とおいらんが瓜二つだったものでつい……」

「だが、他人の空似だったのだね？」

「それがそうとも言い切れません。見れば見るほど似ているのでございます」

親方の政次郎や版元の栄久堂主人が咎めるような眼付きをして久太郎を見ていた。おいおい失礼じゃないか、袖ヶ浦は土佐二十四万石の御隠居様の思い者のおいらん、そのおいらんに熱っぽい視線を注いだり、自分の知り合いだと言い出したり、すこしつけ上りすぎるんじゃないのか、と、栄久堂の主人たちの眼は久太郎を非難しているようだった。

（……たしかにこの袖ヶ浦というおいらんはお袖と生き写しだ。がしかし、たとえそうだとしても、おれはすこし軽はずみにすぎた）

久太郎は肩をつぼめて小さくなった。

（もっとしっかりとたしかめてからにすべきだった。いや、こんなことを口にすることがそもそも

出すぎた振舞いだったんだ）

考えれば考えるほど大それたことを仕出かしたように思われ、久太郎は畳に額をこすりつけ、

「勘ちがいをいたしました」

と、いまにも泣き出しそうな声で言った。

「吉原の全盛のおいらんをわたしが存じておるはずがございません。余計なことを口に出してしまいました。お許しくださいまし」

「わたしは目立とうとするやつが嫌いでね」

盃を口へ運んでいた容堂の右の眉毛がぴりぴりと慄《ふる》えていた。相当な癇性《かんしょう》らしい。眼も妙な具合に光りだした。酒乱の気もありそうだった。栄久堂主人が口を開きかけ、すぐに閉じた。とりなしてやろうとしたのが、容堂の眼光におそれをなし、しそびれたらしかった。

「久太郎と言ったな？」

「は、はい」

「おまえと袖ヶ浦が旧知の間柄であったら、今夜は袖ヶ浦をおまえに譲ってやろう」

「そ、そんな、滅相もない……」

「だが、もしもそうでなかったのなら、つまりおまえが目立とうとするために袖ヶ浦を知っていると言ったのなら、わたしにも考えがある」

「あ、あのう……」

「こんどの仕事からおまえを外す。いや外すばかりではない、虫の居所如何によっては、おまえを

斬りたくなるかもしれないよ」

容堂はここでにやりと笑った。

「ま、ここは吉原、そんな野暮はしないが、出て行け、消え失せろ、ぐらいは言うかもしれぬ。で、どうだね？」

容堂が袖ヶ浦に訊いた。

「この若者に見憶えがあるかい？」

「……あい」

袖ヶ浦がはじめて顔をあげ、久太郎を見た。

「お声とお名前を聞いたときから、もしやと思っておりィした。」

袖ヶ浦の眼許がやさしく笑っている。

「市谷柳町ではたいそうお世話になりィしたね」

膝で畳を漕いで袖ヶ浦は久太郎の傍へ寄ってきた。

「ほんとうに久し振り。今夜はうれしゅうおざんすえ」

「す、するとやっぱり……?!」

「あい、武具屋のお袖でおざんす」

「ちっ！」

容堂が苦笑しながら舌打をした。

「まさかと思ったから、座興に脅しをかけたが、これはあべこべに一本取られてしまったな」

久太郎の隣で政次郎が吻《ほっ》と安堵の吐息《といき》をついている。久太郎がどうなるか、やはり心配だったらしい。

「約定《やくじょう》どおり、久太郎に袖ヶ浦を譲ろう」

容堂が立ちあがった。

「栄久堂、みんなを連れてわたしの後に跟《つ》いておいで。この座敷は袖ヶ浦と久太郎に明け渡して、他所《よそ》に腰を据え直そう」

容堂の後に跟《つ》いて栄久堂主人をはじめ一座の連中が廊下に出た。

「あのう、わたしはおいらんが市谷柳町の武具屋の娘のお袖さんだということがわかれば、それでよいのでございます」

久太郎が廊下の容堂に向って言った。

「どうぞ、座敷へお戻りくださいますように……」

「つもるはなしもあるだろう」

容堂がゆっくりと襖を閉めながら言った。

「今夜は袖ヶ浦を買い切りにするがいい」

「そ、それではあんまりもったいない……」

「といっても今夜は抱寝《だきね》は出来ないよ。知っての通り、おいらんは、初会、裏までは床の中でも帯をしているのがきまりだ。帯を解くのは三回目からだよ
襖が閉まった。

六

言いたいこと、訊きたいことが山ほどある。だが、ありすぎてなにから切り出していいのやら見当がつかない。久太郎は躰を固くして、ただ鯱鉾ばって坐っていた。袖ヶ浦はしばらくの間、久太郎を見ていたが、やがて、長い煙管に煙草の葉を詰め、すっぱと一服喫いつけた。そして吸い口を袖で拭き、久太郎に差し出した。

「ま、とにかく一服おつけなんし」

「は、はぁ」

久太郎はおそるおそる煙管を受け取って、ぎこちない仕草で口に啣えた。吸い口に紅の味が残っていた。

「わっちは……」

言いかけて袖ヶ浦がくすっと笑った。

「……遊里《さと》ことばはよしましょうね。固苦しくて息がつまるでしょう?」

「……ああ」

久太郎は煙草の煙に噎《む》せながらうなずいた。

「たしか久太郎さんは、前は煙草を喫っていたはずだけど……?」

「煙草はずっと前によした。彫師に煙草は禁物なんだ。煙草の火が板木に落ちては大事《おおごと》だし、煙に噎せて咳をして彫刀の走りに狂いが出ても困る」

「そうねぇ。久太郎さんは彫師だったのね。試衛館で剣術の稽古に精を出していた久太郎さんが浮世絵の彫師、ずいぶんな変りよう……」

「お袖さんの変りように較べたらどうってことはないぜ」

久太郎は吐月峰《はいふき》にぽんと煙管の火皿を叩きつけた。

「小便くさい小娘が……といっちゃ悪いが、とにかくその小娘がいまや吉原の全盛おいらん、おたまじゃくしが蛙に化けたなんて生易しい化け方じゃない。道端の石ころが金塊に化けたようなものだ。ほんとうに胆を潰したな」

「久太郎さんが試衛館から姿を消した夜、土方さんと沖田さんが、あたしと、久太郎さんのお姉さんのお光さんのところへ忍んできたんだけど……」

「ああ、知ってる」

「あたしの上にのしかかってきたのは沖田さん」

「そこでお袖さんは沖田の舌に嚙みついたんだろう？」

「そう。久太郎さんはどこかへ行ってしまったという噂だし、そのまま見世にいてはまた沖田さんに襲われそうだし、あのときはほんとうにどうしようかと思ったわ」

「おれを試衛館から追い出したのは土方さんだぜ。あの人はおれをぺてんにかけたんだ」

久太郎は手に持っていた煙管で思い切り畳を打った。

あれからずいぶん時が経ったが、思い出すたびに腹が立つ。自分の半生を松の根っこよろしく捩じ曲げこんがらからせたのは土方歳三をはじめとする試衛館の連中だ、と久太郎はかたく信じているのだ。

「おれは小心者で、そんな勇気はないけれども、これまで何百回、試衛館へとんで行って汁を煮る大鍋に石見《いわみ》銀山を投げ込んでやろうかと思ったか知れやしない」

「石見銀山ねえ」

袖ヶ浦は呟くように言ってから、ふッと溜息をついた。

「わからないでもないわ、久太郎さんのその気持……」

「それで、お袖さんはそれからどうした?」

「下谷に親戚があったのを思い出して、そこへ行ったわ。ちょうど弟もそこへ預けられていたの。ところがすぐに弟が病気になって、薬代を稼ぐために吉原《ここ》の禿《かむろ》になったというわけ」

「それで弟さんは?」

「おっかさん、おっかさんとうわごとを言いながらあの世へ去《い》ってしまった。禿になったのは無駄だったみたい……」

「……おっかさんか。そういえばおれは七年前の夏、お袖さんのおっかさんに逢ったことがある……」

「ど、どこで?」

「関宿で、だ」

久太郎はいつか関宿で起ったことの一部始終を袖ヶ浦に話した。もっとも、袖ヶ浦のおっかさんと共寝する寸前まで行ったことは伏せておいて、だが。

「……おっかさんは関宿の女郎衆、そしてあたしは吉原のおいらん……」

久太郎の話を聞き終えた袖ヶ浦は投げやりな口調で言った。

「どっちも、今日の東《あずま》の男《ひと》の月となり、明日は筑紫の男《ひと》の花となって暮しを立てる生計《なりわい》……親子だけあって似ているわね」

「そうへんに考え込むことはないさ」

久太郎は袖ヶ浦の手に盃を持たせ、酒を注いでやった。

「おっかさんはとにかく、お袖さんはいまをときめく吉原のおいらん、しかも土佐二十四万石が後楯についている。たいした出世というものだ。お袖さんはもう、おれなんかの手の届かないところへいってしまった」

「久太郎さんて、あいかわらず、あたしのことがわかっていないのね」

ひと息に飲み干した盃を久太郎に返しながら、袖ヶ浦が言った。

「あたしはさっきから、遊里《さと》ことばを捨てている。なんのために捨てたのか、久太郎さんはまだわからないの？」

久太郎はどぎまぎしながら盃を宙に浮かせていた。袖ヶ浦は久太郎の手に自分の手を添えて盃を固定させ、

「遊里ことばを捨てているあいだは、あたしは袖ヶ浦じゃない、ただのお袖よ。今年二十一歳。売れ残った小年増、武具屋の娘よ」

と、静かに酒を注いだ。

「久太郎さん、あんたにまためぐり逢えて、あたし、うれしいわ……」

「お、おれもうれしいが、しかし、お袖さんには土佐二十四万石の……」

「また言っている。あれはただのお客……」

「罰が当るよ、そんなことを言っちゃあ。あの方は、あんたの美人画を刷らせて、袖ヶ浦の名前を江戸中に、いいや全国六十余州に……」

「黙って」

袖ヶ浦は左手の人差し指で久太郎の口を軽くおさえた。

「久太郎さん、素見《ひやかし》千人客百人情夫《おとこ》十人間夫《まぶ》一人って言葉を知ってる？」

「……」

「その、たったひとりの間夫が久太郎さん……」

袖ヶ浦の、紅い、小さな唇が久太郎の顔へ近づいてきた。

（むかしのお袖とはずいぶんちがう）

と、思いながら久太郎は袖ヶ浦の唇を待っていた。

（七年間の吉原勤《なか》めが、あの内気な女の子をこんなに大胆にしてしまったんだ。でもそれでいい……）

襖の外で足音がした。

「二階廻りでございますが、おいらん、ちょいと顔を見せてくださいますか」

足音が止って、かわりに威勢のいい声。二階廻りというのは妓楼の取締役だ。

「わっちはいま、取り込み中でありィすよ」

袖ヶ浦が遊里《さと》ことばに戻った。とたんに、袖ヶ浦からそれまでの町屋の売れ残りの小年増という寂し気な雰囲気が失せて、おいらんらしい威厳が立ちのぼる。

「へぇ、それは承知でございますが、裏口に、また例の土方さんが……」

「土方さん？」

袖ヶ浦の顔がかすかに曇った。

「居留守を使ってくんなんし」

「それが通じません。おいらんがここに入るのを見ていたのだ、今日はごまかされないぞ、と腕あぐらを組んで坐り込んでおいでで……」

七

「……それではここへお通ししてくんなんし」

袖ヶ浦がとうとう折れて出た。

「けれどもすぐに引き取っていただきいすよ」

「へえ。土方さんにもはっきりそう申し上げておきましょう」

妓楼取締役の若い衆は吻とした様子で襖を閉めにかかった。

「ではすぐにこちらへご案内してまいります」

「あ、待って」

袖ヶ浦は若い衆の方へ二、三歩膝で畳を漕いで、

「土佐のご隠居様はいまどちらでくつろいでおいででございいす？」

と訊いた。

「またいつもの『細見《さいけん》つた屋』でありいすか？」

「へえ」

若い衆がうなずいた。細見つた屋というのは吉原生え抜きの名代の茶屋である。

「では土佐のご隠居様に口注進を頼みいすよ」

「かしこまりました。それでどんなことを口注進申しあげればよろしいので？」

「……土方歳三がまたやってきた、しつっこくてかないません、とこうでありいす」

「わかりました。細見つた屋へ大いそぎで使いを出しておきます」

若い衆が襖をしめた。

「土方歳三というのは、あの土方歳三のことかい？」

久太郎の顔色が蒼くなっている。むろんこれはびっくりしたせいだ。

「試衛館の、あの土方さんか？」

「ええ、そうなの」

袖ヶ浦の廓言葉がまた普通のもの言いに戻った。

「今年の春、ある引手茶屋の廊下でばったりと顔が合ったのがきっかけで、三度か四度、あたしのところへ遊びに来たわ」

「お袖さんはいま、土方さんをずいぶん嫌っているような口吻《くちぶり》をしていたが、三度も四度も来てくれればとにかく客は客だ。あんな口吻をしては悪いぜ」

「でも嫌い、大嫌い」

袖ヶ浦は強い口調になった。

「あの人は嘘ばかり言いふらしているわ」

「嘘……?」

「あたしが土方さんにぞっこん惚れている、だなんて吉原中《なか》に触れ歩いている。それから、あたしが市谷で試衛館の隣に住んでいたころから、あたしとは深い仲だったなんて作り話も吹いてまわっているらしいわ」

「しかし、土方さんはなぜそんな嘘っぱちを……?」

「あの人は、あたしを土佐のご隠居様がたいへん贔屓にしていることを知っていて、自分がその袖ヶ浦の間夫《まぶ》だということを言い触らしているのよ。つまり、自分が土佐二十四万石と五分五分で張り合っているってことを世間に知らせたいのね。そうやって自分の名前に箔を、それも金箔をつけたいのよ。世間に自分を売り出したいんだわ」

袖ヶ浦の話を聞きながら久太郎は、自分が試衛館に住み込んでいたころ、歳三が剣術修業のあいまに薬箱を肩に引っかけ、よく石田散薬の行商に出かけて行ったものだっけなどと思い出していた。歳三は剣も上手だったが、口はさらに上手で、二、三日で薬箱を空《から》にして戻ってきた。旧知の袖ヶ浦を利用して自分の名前を世間に印象づけようなどは、商売上手の歳三の、いかにもやりそうなことである。

「あたしには土佐のご隠居様が大事。だから大事なお客の名前を傷つけたくはないわ。そこで土方さんにはなるべく逢わないようにしているのだけど、それがまたあの人にはいい口実になるのね。土佐の元殿様が二十四万石にものをいわせ、自分たちの恋路の邪魔をしている、とこうまた言い触らす。でもどんなことがあっても自分は袖ヶ浦を身請けしてこの恋を成就させてみせる、と見得を切る。ご隠居様はいま謹慎中のお軀、そこへまた妙な噂が立ってはそれこそ一大事だわ。土佐藩江戸屋敷のお侍のなかには、土方さんの噂を真に受けて、袖ヶ浦というおいらんはお家のためにならぬから斬ってしまおう、なんて言っている人もいるらしいし、ほんとうに困ってしまう……」

袖ヶ浦はここでひとつ大きな溜息をついた。が、急に久太郎の袖をとって、

「それはそうと久太郎さんはどうする？」

と訊いた。

「ここにいてわたしと土方さんの睨めっこを見ている？　それとも、土方さんが帰るまで隣の座敷にでもかくれている？」

歳三を久太郎は憎いと思っている。逢って恨みごとを述べたててやったら、さぞ胸のつかえがおりていい気分だろう。がまた久太郎は歳三がなんとなくおそろしい。逢ったら最後、もういちどなにか大事《おおごと》に巻き込まれてしまいそうな気がするのだ。

久太郎はどっちとも決めかねて、中腰のまま、目の前の襖を見つめていた。襖には千鳥が描いてあったが、その千鳥が不意に横へ飛んだ。久太郎は一瞬、襖紙に描かれていた千鳥が動き出したのかと思った。

「久太郎、久しぶりだったね。おまえがここの座敷にいるってことは最初から知っていたよ」

絵に描いた千鳥が飛んだと思ったのはむろん目の錯覚で、襖が開いたのだった。

「おれはずいぶん前からこの見世の前で張り番をしていた。そこへおまえが入ってきた。おれには一目でおまえとわかったぜ」

目をあげると廊下で役者のようにひきしまった顔が久太郎に笑いかけていた。

「……土方さん！」

「久太郎、おまえ、七年前とちっとも変っていないねぇ」

土方が座敷に入ってきた。ふしぎなことに、久太郎はもう憎いとか怖いとかいう気持を忘れてしまっていた。そしてそのかわりに久太郎の心を懐しさが満していた。

八

「袖ヶ浦、土産だ」

歳三は右手の中指にひっかけるようにしてぶらさげていた小さな紙包を袖ヶ浦の前に置きながら、あぐらをかいて坐った。

「吉原土手名物のきんつばだ。略してどてきんと世間では呼んでいるようだが、結構いけるよ」

「そんなものはいりいせん」

袖ヶ浦はつんと横を向いて、

「こんなことを言うのは、どうもお気の毒でありいすがね、わっちはおまえさんと話をしたくござんせん。さあ、いますぐ引き取ってくんなんし」

「おまえが話をしてくれなきゃあ、久太郎とするまでのはなしだ」

歳三は一向にこたえた様子もなくただにやにや笑っている。

「……勝太さんはお元気ですか？」

だれかなにか言わないと座が白けてしまいそうな気がして、久太郎が訊いた。

「若先生はもう勝太ではないんだ。去年から近藤勇さ」

「近藤勇……ですか？」

「うん。勇さんはこの秋、天然理心流四代目を継ぐことになっている。それもあって改名したわけだ」

「それで、あの人は相変らずですか？」

「ここ二年ばかり元気がなくてねぇ。おれたちもずいぶん心配した」

「な、なぜ、元気がないんです？」

「だいぶ前から老中板倉周防守《すおうのかみ》様の斡旋で講武所剣術教授方見習になるということが内定していたのだが、その話が二年前に急におじゃんになってね。勇さんにはそれがずいぶんこたえたようだ。

一時は書斎に閉じこもって本ばかり読んでいたねぇ」

「市谷の道場に書斎なんていえるほどの部屋がありましたか？　どの部屋もぼろぼろでおまけにせまくて……」

「そうか、おまえは試衛館が他所《よそ》へ引っ越したことをまだ知らないんだね。ほらおまえが考え出したのに黒船の弾丸除けのお札というのがあったろう？　あれが馬鹿当りしたんだ。で、その儲けで試衛館は小石川小日向の金剛寺坂の近くの大きな古家を手に入れたのだよ。敷地は百坪でちょっと手ぜまだが、建物は大きい。三十帖の道場のほかに部屋が六つもある。そのうちのひとつが勇さんの書斎になっているわけだが、しかし、考えてみるとおまえは試衛館の恩人だな」

歳三は自分で持ってきた紙包を開いてきんつばをひとつつまみ、それを久太郎の鼻先に突き出した。

「どうだ、ひとつやれよ。弾丸除けお札を考え出した才覚に対するお礼がきんつばじゃ釣り合わないと思うだろうが、これはおれの気持だ」

久太郎は歳三からきんつばを受け取って、その角《かど》を口の中に押し込んだ。塩味と甘味が同時にきかせてあってなかなかうまい。

「袖ヶ浦、お茶を一杯もらいたいんだがね、それもだめかい？」

歳三が言うと、袖ヶ浦が立って、

「では階下《した》に言いつけてまいりいすよ」

救われたように座敷を出て行った。歳三は苦笑しながら首筋を撫でた。

「茶をねだったのは拙《まず》かったかな。おれは今日もまた魚を逃してしまったらしい」

「それで、勝太さん……じゃない勇さんのことですが、なぜ、勇さんの講武所入りのはなしがおじゃんになってしまったのです？」

「講武所に入ってくるのは大部分が旗本や御家人の子弟だが、その彼等に剣を教える者が、武蔵の百姓の出じゃいけないんだとさ。講武所が出来た当座は、実力本位の、野《や》に遺賢《いけん》なきを期するという触れ込みでね、浪人の剣術使だろうが、百姓町人の出であろうが、腕の立つ兵法者には、よろこんで教授方見習の席を与えるといっていた。勇さんはだから喜んでいたねぇ、なにしろ、あの人は幕臣になるのが最高最大の望みだったのだから。ところが実力本位はまるで嘘、講武所はやはり系図や格式がものをいう旧態依然の代物だった……」

「それで勇さんはがっくり……？」

「まぁな」

「沖田惣次郎はどうしてます？」

「やつも改名した。免許皆伝を受けたのを期に沖田総司と、名前を一字短くした。勇さんのかわりに日野や府中や八王子の百姓道場に代稽古に出ている」

歳三はここでくすっと笑った。

「もっとも沖田の評判があまり悪いので、勇さんは往生しているがね」

「はーん、女ですね？」

久太郎が言った。

「あいつは十一歳のときから女に色目ばかり使っていました。いまは十八歳でしょう？　十一歳であれだけ凄かったんだから十八歳のいまではもう相当なものでしょう？」

「ああ、他人《ひと》の女房、箱入娘、女乞食、女とみれば相手構わずだからね。評判が悪いのにはもうひとつ理由がある。稽古が荒っぽいんだ。あっちこっちで怪我人ばかり出る。あれじゃ剣術を教えに行くのだか怪我人をこしらえに行くのだか、わけがわからない」

「山南さんや井上源三郎はどうです？」

「山南はあいかわらず早耳でね、日中はきまってどこかへ出かけている。そしてあれこれ話の種を仕込んで御帰館なさる。まったく妙な人さ。それから源三郎は日野の実家へ帰っている。いま、ちょうど農繁期だからね。稲刈がすめばまた戻ってくるだろう」

「……懐しいなぁ」

「そう思ってくれるかい？」

　歳三がとても嬉しそうな顔をした。その顔を見て久太郎は、やっぱりこの人はおれを欺したことをずっと気にはしていたのだな、と思った。

「ところで久太郎、この七年、おまえはどこでどうしていたのだい？」

　歳三は三個目のきんつばをつまみあげながら久太郎に訊いてきたが、ふっとその手を宙に停めた。顔つきがすっかり変っている。それまでの春風駘蕩《たいとう》といった表情がいまや秋霜烈日といった趣になっていた。

「土方さん、どうかしましたか？」

すこし気味が悪くなって久太郎は軀を後へ引いた。

「しっ」

歳三は右手のきんつばを紙包みの上に戻し、左手で刀を引き寄せた。そして、廊下側の襖に向って低いが勁《つよ》い声で言った。

「だれだい、そこにいるのは？」

歳三が声をかけるのを待っていたように襖が開《あ》いた。

「君が土方歳三か？」

襖の向うに陽灼けのした顔がふたつ並んでいる。ひとつは眉毛が濃く、もうひとつは鼻翼《こばな》がいやに大きい。

「忠告しておく。二度と吉原に出入りをするな」

眉毛の濃いのが刀の柄《つか》を叩いて言った。

「以後、吉原で君の顔を見つけたら、容赦なく斬る」

「そういうことだ」

鼻翼の大きいのがうなずいた。

「さぁ、さっさと退散したらどうだ」

「どうやら土佐のお侍さんたちのようだね」

と言いながら歳三は右手を懐中に滑りこませた。

「土佐訛は魚くさくて吉原には馴染まないね。あんたがたこそ、吉原から姿を消したらどうだろう」

「それが君の返答か？」

鼻翼の大きいのがその鼻翼でふんと笑った。

「君は後で悔むことになるぞ」

「おっと早まるなよ、おれの返答はこれからなんだから」

歳三は懐中から小さな紙袋を出して、廊下の二人の足許へそれを投げた。

「な、なんだこれは？」

「石田散薬という妙薬だがちょうど持ち合せがあったから進呈する。骨折によく効く。ふつう骨折すると酒は禁じられるが、そいつは酒で飲む薬、それで評判がいいのだ。あんたがた、間もなくその薬が要る、というような顔をしているから、差し上げる」

「やはりやる気だな」

廊下の二人の手がそれぞれの刀の柄にかかった。

九

「おっとっと、南国生れのお人は気が早くて困る」

刀の柄に手をかけた土佐藩の二人を土方歳三が制した。

「ここは花の吉原、命の洗濯をするところ、命のやりとりには不向きな場所だ。こんなところで、しかもまだお天道様のあるうちに刀を振りまわしては、あとで妓《おんな》たちから『主《ぬし》は不粋なお方でありんすぇ』と恨まれる」

「あとで妓たちから恨まれるだと？」

眉毛の濃い侍が鼻で笑った。

「ふん。おれたちに勝って生き残る気でいやがる」

「とにかく刀を振りまわすのはまた後刻、別の場所で、ということにしよう」

「逃げるつもりじゃあるまいな？」

「まさか。おれは百姓の倅だが、腰に二本、この初代用恵国包《ようけいくにかね》二尺二寸の大刀と、相州住人綱広一尺五寸の小刀を差すようになってから、人並みの覚悟は出来ているつもりだぜ？」

「……人並みの覚悟？」

「ああ」

歳三はにやりと笑って、

「世の中は何が何だかわからねど、死ぬことだけはたしかなりけり、って覚悟がさ」

と、すこし節をつけて言った。

「よし」

鼻翼《こばな》の大きい侍が眉毛の濃いのを押しのけて前に出た。

「貴様の好きにしてやろう。それでいつにする？」

「今夜はたっぷりと遊びゆっくりと寝て、明日の日の出にまた逢おう。どうだね？」

「よかろう。で、場所は？」

「日本堤を山谷堀の方へ歩いて行くと、左手に貞岸寺《じょうがんじ》という寺が見える。その貞岸寺と日本堤との間の田ん圃はどうだろう？」

眉毛の濃いのと鼻翼の大きいのが、小声でふたことみこと、ごにょごにょと短い言葉を交し合った。土佐訛を強く効かせているので、久太郎には二人がどんな相談をしたのかまるっきり見当がつかない。

「……いいだろう、心得た」

鼻翼の大きいのが、歳三に視線を戻して、ひとつ大きく首をたてに振った。

「ただし、明日の日の出までこの家から外へ出てはいかんぞ」

「逃げやしないって」

歳三が苦笑した。

「疑り深い人たちだねぇ」

「冥土の土産に今夜は思い切り破目を外すことだな」

眉毛の濃いのが言った。

「すべての払いは土佐藩が持ってやる」

「そいつはありがたい。それでは全盛のおいらんをはべらせて四十八手の総ざらい……」

「ただし、袖ヶ浦だけはいかん」

怒鳴りつけるように言って鼻翼の大きいのがぴしゃりと襖を閉めた。

「……たいへんなことになってしまいましたね」

二人の土佐侍が階下《した》に去るのを待って久太郎が言った。

「でも歳三さんは本気でやるつもりなんですか？」

「それは出来ることなら逃げ出したいさ」歳三が立ち上った。

「しかし、連中は逃しちゃくれないだろうねぇ」

歳三は窓際に寄って、軒から下った簾《すだれ》越しに通りをみおろした。

「ほら、案の定だ」

歳三は久太郎を手招きした。

「通りのあちこちで土佐侍どもがぶらぶらしてやがる。連中はおれの監視役さ」

久太郎は立って窓辺に寄った。たしかに歳三の言う通りである。腕組みをして仁王立ち、じろっとこっちを睨んでいる侍がいる、しゃがんで棒切れで地面に悪戯描きをしながらときおり上目使いにこっちを窺っているのがいる。通りをのそのそと歩き、こっちを見上げてはそのたびにぺっと地面に唾を吐いているのがいる。

「連中はどうでもおれを殺《や》る気でいるらしい」

「あの三人にいまの二人、合わせて五人か。歳三さんの技倆《うで》でも五人は骨だなぁ」

「とてもとても五人や六人じゃきかないだろうよ」

「歳三は肘を枕に、ごろりと畳の上に寝そべった。

「山内容堂はお供の多いことで有名なんだ。少いときで十名、多いときは十六、七名、むろん、どいつもこいつも相当の手練者《てだれ》なのだ。いざとなればそういう連中があっちからもこっちからもぞろぞろ駈けつけてくる仕掛になっているはずだ」

「……勝てますか？」

歳三がまるで他人事《ひとごと》のような口調で言うので、久太郎はすこしいらいらしてきた。

「たったひとりで連中を出し抜く策がなにかあるんですか？」

「それはおまえ次第だな」

歳三がにやにやしながら言った。

「おれの命は久太郎がおれの頼みをきいてくれるかどうかにかかっている」

いやな予感がして、思わず知らずぶるぶると胴震いが出た。

「お、おれの腕は七年前と同じ、ちっともあがっていないんです。この七年間、おれが握っていたのは板木を彫る小刀ばっかりで……」

「おまえに加勢を頼もうなどとだれも思っちゃいないぜ」

歳三が起きあがった。

「ただ、ちょいと使いに行ってくれるだけでいい」

「使いに……？」

「そうだ。それでおれはなんとかなる」

「どこへ使いにいけばいいんです？」

「小石川小日向の試衛館」

「勝太さん、じゃなかった勇さんを援軍に呼んでくるんですね」

「そうだ。事情を話して、勇さんと沖田総司と、それから伊庭八郎とで明日の日の出までに吉原田ん圃へ来るように言ってくれ」

「伊庭八郎……?」

「このごろ試衛館によく遊びにやってくる心形刀流《しんぎょうとう》の剣術使だ。年齢《とし》は沖田総司と似たり寄ったりだが、技倆《うで》は格段の差、歯が立たない。ほんとうに凄いぜ」

七年前の記憶では、たしか沖田総司は天才とか神童とかいわれていたはずである。そしてこの七年間に沖田は相当に進歩したにちがいない。免許皆伝を許され、近藤勇の代稽古を勤めているということでもそれはわかる。その沖田さえも歯が立たないというのだから、たしかによほどの使い手にちがいない。がしかし、勇、歳三、沖田、そしてその伊庭でまだ四人。それだけの人数で二十名近くはいるかもしれない土佐勢を向うにまわして果して充分に戦うことが出来るのだろうか。

「おれは刀を振りまわすより、作戦を立てる方が好きなのさ」

久太郎の胸の裡を察したらしく、歳三は火箸を握って、傍の長火鉢の灰に、十の字を描いた。

「この十の字が田ん圃の畔の交差しているところだ。この交差しているところにおれたち四人が立って敵を迎える。敵は東西南北の四点からしか攻めるほかはないから、つまり、敵が二十名だろうが、たとえ百名だろうが、こっちの相手はいつもひとり、一対一の斬り合いが出来る。一対一ならなんとかなる」

「はぁ、それで歳三さんは吉原田ん圃を選んだわけですか」

「そうさ。もっともこれはおれの独創じゃない。宮本武蔵が一乗寺の果し合いでとっくに使った手だ。ところで斬り合いが長引くと敵もこっちの策略に気がつく。そして、向うは向うでなにか作戦を考え出してくるだろう。そのとき、こっちは畔道を一気に貞岸寺の墓地へ走る」

「墓地？」

「うん、墓石の間を四人一組になって、疾風のように走りまわる。そして、いつも四人で一人に当る。四対一だからこっちの楽勝だ。もっともこれも先人の発明のいただきでね、赤穂浪士が吉良邸で使った手さ」

歳三はとても楽しそうだった。話をしながら火箸で灰をさかんにかきまわしている。

「とまあこうして土佐侍に勝てば、試衛館の名があがる。名があがれば、そのうちいい話が転がり込んでくるだろう」

「……するとやっぱり、歳三さんがお袖に、つまり袖ヶ浦にしつっこくしたのは、土佐侍に喧嘩を売るためだったんですか？」

「ま、そんなところだ」

歳三は火箸を灰のなかにぐさと突き立て、それから大刀を引き寄せた。

「売名のための、おれは餌さ。ところで……」

歳三は引き寄せた大刀をぎらっと抜き放った。

「勇さんにおれの使う刀を持ってくるように言っておくれ」

「でも、歳三さんはそうやってちゃんと刀を持っているじゃないですか」

「よく見ろ」

歳三は刀の切先を久太郎の眉間にぴたりとつけた。

「初代用恵国包はとうのむかしに質屋の蔵の中、こいつは豆腐もろくに斬れぬ竹光さ」

言われてみればたしかに、切先の銀箔がところどころ小さく剝がれ、飴色をした竹の地が見えている。

＋

草履を突っかけ、通りへ足を踏み出すと、久太郎の前に、例の眉毛の濃いのと鼻翼の大きいのが立ちはだかった。二人とも軒下に張り込んでいたらしい。

「おまえはたしか土方歳三の仲間だったな?」

眉毛の濃いのが、その眉毛の下の眼ですばやく久太郎の顔を撫でまわしながら訊いた。

「どこへ行くのだ」

「仲間じゃありませんよ」

まさか歳三に頼まれて援軍を迎えに行くとは言えない。久太郎は二階の座敷を敵意をこめて睨みあげてみせた。

「歳三さんとは七年ぶりに逢ったんですがね、たったいままでさんざん恨みごとを並べたてていたところです」

「むかし、歳三さんに金と女を横どりされたことがあるんですよ。それにわたしはこんどの土佐のご隠居様のお仕事を手伝いにまいった彫師松島政次郎の弟子で久太郎という者で……」

「恨みごと?」

「では、ついてこい」

鼻翼の大きいのが久太郎の右の手首をむずと掴んで歩き出した。

「おまえの親方の政次郎はご隠居様のお供をして細見《さいけん》つた屋にいる。そこまで連れて行ってやろう」

親切めかしてはいるが、鼻翼の大きいのはまだ久太郎を疑っている。政次郎に首実検をさせるつもりなのだ。

(この吉原から小石川まで二刻《とき》もあれば行けるだろう)

久太郎は鼻翼の大きいのに引き立てられながら考えた。

(ならば夜になってから出ても間に合うはずだ)

だいぶ陽が西に傾きかけてきている。昼見世から帰る客や夜見世へ駆けつけてきたすこし気の早い客で結構人通りが多い。そのなかを縫うようにして引っぱられ、程なく久太郎は細見つた屋に着いた。ここにも土佐侍が五、六人たむろしている。歳三がいったようにあっちとこっちで合計二十人はいるかもしれぬ。

鼻翼の大きいのはさらに久太郎を引き立て二階へのぼった。そして、廊下に片膝をつき、座敷の内部《なか》へ言った。

「彫師松島政次郎の弟子で久太郎と名乗る若者を連れてまいりましたが……」

「これはこれは恐れ入ります」

政次郎が敷居ぎわまで出て、鼻翼の大きいのに会釈をしたが、その政次郎の顔を見て久太郎は、あれと思った。吉原の茶屋の二階で酒を友にくつろいでいる男とはとても見えない。顔色は蒼く、顳顬《こめかみ》のあたりがこまかくぴりぴりと慄えている。どうしたのだろうと思いながら、久太郎は上座に向って平伏し、政次郎の横に坐った。

鼻翼の大きいのは、それを見届け、うむとうなずいて、立ち上った。久太郎に対する疑いをといたのだろう。

「待て！」

このとき上座で甲高い声が、鼻翼の大きいのを呼びとめた。

「ははっ……」

鼻翼の大きいのが廊下に坐り直した。

「その久太郎という男をいますぐ吉原の外へつまみ出せ」

山内容堂は背をまるめて盃を舐めながら上目づかいに久太郎を睨んでいた。陰気で湿っぽい目付だった。酒乱がよくする目の配りである。

「そいつは袖ヶ浦の昔の男だという。それだけでも我慢がならぬのに、もうひとつそいつはあの土方歳三とかいう百姓上りの兵法者の仲間だそうじゃ。ここに同席は断じて許さぬ。放り出せ！　外で刀の錆にしてしまうがよい！」

親方の政次郎の蒼い顔はこのせいだったのか、と久太郎ははじめて合点がいった。そして、やはり自分にとって土方歳三は貧乏神のようなものだ、とも考えた。歳三に逢うとほんとうに碌なことが起らない。

十一

鼻翼《こばな》の大きいのと眉毛の濃いのとに前後をはさまれながら、久太郎は黄昏《たそがれ》の吉原の大門を出た。ここでたいていの遊客《ゆうかく》ならば右に折れて長さ八百三十四間の日本堤をぶらぶら歩き、山谷堀に出るのが常道である。が、鼻翼の大きいのは右へは曲らずそのまま真っ直ぐに田圃の中の一本道を速足で行く。一本道の突き当りは浅茅ヶ原や橋場町を経て大川だが、久太郎は、

（浅茅ヶ原あたりが危ないな）

と、思った。二人は自分をあの寂しい浅茅ヶ原で始末するつもりでいるにちがいない。逃げ出そうか、とも思わないでもないが、相手が一人ならとにかく、前後に二人では、それは危険である。逃げ出した途端に斬られてしまいそうだ。同じ斬られるならすこしでも遅い方がいい。そう考えて久太郎は大人しく鼻翼の大きいのの背中を見つめながら歩いて行った。

やがて両側の田圃が粗末な小屋にかわる。このあたりは山谷町、宗林寺に専念寺、東禅寺に春慶寺、そして蓮華寺に通入寺と、小さな寺の多いところである。その小寺の鐘楼が一斉に入相《いりあい》の鐘を撞《う》つ。その鐘の音に追いたてられて四方八方の杉の木立から鳥がばさばさと飛び立った。夕焼けに

染った赤い空に黒い鳥の群れ、あまりうれしくない光景だった。

久太郎たちの前を、大八車が三台ばかり、きしきしきしと道の小石を砕きながら、のんびりと進む。大八車にはそれぞれ、畳や襖や箪笥などが積んであった。大八車を引いたり押したりしているのは、褌一本の男どもや袖の千切れた浴衣を着た女たちで、その数はおよそ十人ぐらい。車に積んでいる畳や襖や箪笥などが、黄昏どきの微光で見ても一目でかなりの上等の品とわかるのに、それを運ぶ男女たちは異様で汚い風体《ふうてい》である。赤い空に黒い鳥、そしてなんとなく薄気味の悪い大八車の行列……、久太郎は生きながら地獄へ来ているような気分になり、思わずぶるぶるっと震えて首をちぢめた。

「どけ、どけ」

大八車の行列があまりにもゆっくりしているので、鼻翼の大きいのがいらいらして怒鳴った。

「もっと早く歩けないのか」

ぽんぽんぽんと、鼻翼の大きいのは右手の扇子で左の掌を叩いた。

「早く歩けぬのなら、道を譲れ!」

大八車の前後につかまっていた男と女たちが、のろのろした動作で、鼻翼の大きいのを見た。あたりが薄暗いからそう見えるのか、みんな黒い顔をしていた。ただ、だれもかれも眼付だけは鋭い。どす黒い顔のなかで眼だけがぴかぴか光っていた。その眼光に圧《お》されて、鼻翼の大きいのが、ちょっとたじろいだ。

「……われわれは急いでいる」

鼻翼の大きいのの口のきき方がすこし穏やかになった。

「ちょっと大八車を道の右か左に寄せてもらえないか」

「お安い御用ですよ」

大八車の最後尾にいた女が嗄《しわが》れ声で言いながら、かちっと火打石を鳴らした。手拭で頬っかぶりしているので顔の造作はわからない。横から褌一本の若い男が火打石へ付け木をさしだす。付け木に火が点いた。若い男はその火をさらに破れ提灯に移した。

若い男の顔が提灯のあかりを受けてぼうっと泛《うか》び上る。いい男前である。役者のような顔立だ。だが、のど首の左側に一筋、長く黒い刀痕が走っていた。顔立のよさとその黒い刀痕がどうもそぐわない。そぐわないというより薄気味が悪い。

「どちらの御家中で？」

若い男は破れ提灯を鼻翼の大きいのの顔の近くにかざした。

「どこの家中の者か名乗らなければ、道を明けてやらぬ、と申すのか？」

鼻翼の大きいのがさすがにむっとなって言った。

「この道はおまえたちの私道か」

「というわけではございませんが、ずいぶん殺気立っておいでのようなので、ちょいと気になりましてね」

「余計なお世話だ」

眉毛の濃いのが久太郎を押しのけて前に出た。

「さ、早く大八車を道の路肩に寄せるのだ」

いまだ、と久太郎は思った。二人の土佐侍の注意は自分からこの異形の男女たちの上に移ってい
る。いまなら逃げ出せるかも知れない。こう思った途端、久太郎はもう背後の闇の中へ身を躍らせ
ていた。

「待てッ！」

眉毛の濃いのの声か鼻翼の大きいのの声かそれはわからないが、とにかくどっちかの声が久太郎
の耳へ捕縄《とりなわ》のように伸びてきた。

「停らぬと斬るぞ！」

思わずひるむ。ひるんだところをだれかに後襟を掴まれていた。

「見逃してくださいよ」

うしろ向きに引っ張られながら、久太郎は泣き声をあげた。

「わたしは毛筋ほども山内容堂様と張り合うつもりはなかったのです。袖ヶ浦も土方歳三も昔馴染
だったから、自然、昔ばなしに花が咲いた。それだけのことです。それなのにどうしてわたしは斬
られなくてはいけないんですか」

「いいから来い」

眉毛の濃いのが言った。

「じたばたするとここで斬る」

久太郎の後襟がぐいっと引かれ、はずみで躰がくるッと回る。手をばたつかせて泳ぐところを眉

毛の濃いのがとんと小突いた。久太郎は地面に突んのめった。

「立て」

久太郎の腰に眉毛の濃いのの足が飛んできた。久太郎はふらっと立って、のろのろと前へ歩き出した。

大八車がすでに道の路肩に寄っている。久太郎は例の男女たちが凝と見守るなかをがちがちと歯を鳴しながら通り抜けた。

十二

そのうち、広いところへ出た。虫の声がしきりにしている。久太郎はどこかで草履をなくしてしまっていた。だから裸足《はだし》だが、その裸の足の裏に、なんだか湿ったものを感じた。草の下の土が濡れている。とうとう浅茅ヶ原へ連れ込まれてしまったらしい、と久太郎は思った。焦点の定まらない目をびくびくしながらあげ、左右に立つ鼻翼の大きいのと眉毛の濃いのを見ようとして、久太郎はあれッとなった。前方からぼんやりと光るものがゆらゆらと揺れながらこっちへ近づいてくるのだ。それもひとつではない、四つ、五つ、そして六つ。

「おーい、そこにいるのはだれだい?」

「おとよさんじゃないのかね」

「吉原《なか》での収穫はなんだった? なにか目星《めぼし》いものがあったかい?」

その光るものとは提灯だった。提灯には紋や文字のかわりに車がひとつ描いてある。提灯を提げながらだれかが近づいて来て、そのだれかが久太郎たちにものを訊いているのである。

「おう、畳も襖も箪笥も上物だったよ」

久太郎の背後でさっきの女の嗄れ声がした。

「まあ、安く見積っても五両や六両にはなるわさ」

「そりゃでかした」

前方から近づいてくる声の主たちの恰好《いでたち》がなんとなく見えてきた。人数は十人ぐらい、いずれも褌ひとつの男たちで、腰に一本ずつ刀をぶち込んでいる。

「ところで、おとよさんたちの前に突っ立っている三人の男は何者だね?」

「どっかの家中のお侍が二人に、その二人に斬られようとしている若い男がひとりさ」

背後の声が間近くまで迫ってきた。つまり、土佐藩の侍二人と久太郎は、正体の知れないなんだか妙な男女たちに前後を塞がれたわけである。

「それで、若い男が斬られる理由はなんだい?」

「わからないね。でもさ、そのどっかのお侍というのが権柄《けんぺい》ずくの嫌味な御仁でねぇ」

「ふん、権柄ずくねぇ。権柄ずくってのはやだな」

とうとう、男女たちは久太郎のまわりをぐるりと取りかこんでしまった。

「……この浅茅ヶ原は非人町の新町に近い」

鼻翼の大きいのが眉毛の濃いのに囁いた。

「それに提灯の『車』の絵を見たか。車はその新町の非人頭車善七の紋所だ」

「ま、まずいな」

眉毛の濃いのが舌打をした。

「車善七じゃ相手が悪い……」

「ねぇ、お侍さん、さっきは天下の公道だったから、あんたたちの高ッ飛車なもの言いをきき入れて大八車をどかしたけれど、この原っぱじゃその高ッ飛車は通らないよ」

嗄れ声の女が二人の土佐侍の周囲をゆっくりと廻りながら言った。

「なにしろこの浅茅ヶ原は東照宮様から車善七親方のご先祖の、車野丹波守様が頂戴したところ、いわばあたしたちの庭みたいなものさ。ここではこっちが主人だ、さぁ、どこの家中か言ってもらおうじゃないか」

「そ、それは言えぬ」

鼻翼の大きいのが刀に左手を添えながら後退した。

「それは勘弁せい」

「ほう、刀に手をかけてるね。勘弁しろと口では言いながら、隙あらばあたしたちを叩っ斬ろうって肚《はら》だね？」

「そんな、そんなことはない」

「斬っておくれよ。ただし、斬られるとき、あたしはぎゃーッと大声をあげさせてもらうよ。そしたら、新町から何百人という仲間が飛んでくる……」

「言いがかりをつけるのはよしてもらいたい。われわれはただこやつを……」

鼻翼の大きいのが久太郎へ顎をしゃくってみせて、

「……斬るためにここへ……」

「斬ってごらんよ、どういうことになるか。この若い人はあたしの命の恩人さ、恩人を斬られては黙っちゃいられない。あたしはやはり仲間を呼ぶよ」

嗄れ声の女は意外なことを言い出した。どうやら命はたすかりそうだと吻としながら、久太郎は嗄れ声の女の顔をたしかめようとした。がしかし、女のかぶっている手拭が妨げになって、顔の造作がよくは見えない。

「さぁ、どうするんだよ」

女は二人の土佐侍の前へ踏み込んだ。鼻翼の大きいのは握った拳をぶるぶると慄わせて考えている。

「……引き揚げよう」

眉毛の濃いのが鼻翼の大きいのに言った。

「新町の連中と事を構えては、それこそ不忠の極みだ」

「うむ」

鼻翼の大きいのがうなずき、久太郎にじろっと、恨みのこもった、そして無念そうな一瞥をくれてから、つつつッと闇の中へ小走りに消えた。

「久太郎とやら、またいつか近いうちにきっと逢おう」

言い捨てて眉毛の濃いのも走り去った。新町の男と女たちは二人が消え去った闇に向ってどっと囃したてた。

「ここいらはいたるところ沼だらけだ、沼に嵌《はま》るなよ！」

「沼には蛭がいる、血を吸われないように、な！」

久太郎は躰の芯で張りつめていたものがどっと弛んでその場にへなへなと腰をおろしてしまった。

「久太郎さん、長生きしていてよかったよ。それにしても、久しぶりだったねぇ」

おとよとみんなから呼ばれていた例の嗄れ声の女がしゃがみながら、久太郎の顔を覗き込んだ。

「さっき、山谷の道で逢ったときから、あたしにはあんたが久太郎さんだとわかっていたよ。それで仲間と語らってあんたへささやかな恩返しをさせてもらったのさ。いいところへ新町から男衆が迎えに来てくれたし、うまく行ったねぇ」

「あ、ありがとうございます」

久太郎は女に何度も頭をさげたが、そのうちにその頭をふっと傾げて、

「で、でも、おばさんとは前にどこかでお目にかかったんでしたっけ？」

「あら、あんたって薄情だこと」

女は傍に立っていた例の役者のようないい顔立の若い男から提灯を取って自分の顔の前にかざし、手拭を外した。

「ねぇ、あたしのことを本当に忘れちまったのかい？」

久太郎は女の顔をしばらく見つめていたが、やがて、

「……武具屋のおかみさん！」

と、唸るような声で言った。

十三

「そうなんだよ、久太郎さん」

ほかの者たちから、おとよと呼ばれていた嗄れ声の女は垢と脂と汗で黒光りする顔で、久太郎にうなずいてみせた。

「あたしはあんたの言う、その武具屋のおかみさんだよ」

「やっぱりそうだったのか。するとおかみさんは、関宿では芹沢鴨や清河八郎に斬られずにすんだんですね？」

「まあね。こうやってまだ娑婆《しやば》で生きているところを見るとどうやら無事だったようだよ」

おかみさんは他人事《ひとごと》のように言う。久太郎はうれしくなり、おかみさんの手をとって強く握りしめた。

「それはよかった」

「でもそれからがちょいとした地獄でねぇ」

「というと？」

「斬られずにはすんだけれど、あたし、芹沢と清河に捕まってしまった。そして二人のお供を仰せつかって下総《しもうさ》から上総《かずさ》、それから常陸《ひたち》とだいぶ歩かされたのさ。しかも、毎晩、芹沢の酒のお相手、久太郎さんも知っていると思うけど、芹沢は酒癖が悪い。叩かれるやら蹴られるやら、生傷が絶えなかった。おまけに二人でかわるがわるあたしの躰に挑みかかってきて、玩具《おもちゃ》にして遊ぶ。いってみればあたしはあの二人専門の下女で、酌婦で、女郎だったのだよ」

おとよさん、引き揚げようぜ、という声がかかった。おかみさんは声の方へ「あいよ」と答えて立ちあがった。

「歩きながら話そうじゃないか、久太郎さん」

「……うん」

久太郎も立って、おかみさんと並んで大八車の尻に取りついた。

「……これでは躰が保《も》たない、殺されてしまうとあたしは思った。それで、水戸で二人のところから逃げ出し、どさ廻りの芝居一座に転がり込んだのさ」

おかみさんは大八車を押しながら七年前の話の続きをはじめた。

「ところがあたしって惚れっぽいだろう、久太郎さんにはすまないけど、一座の年下の役者とたちまち熱くなっちゃってね、江戸で一旗あげましょうとこっちへ舞い戻ってきた。と、そこまではよかったけれど、そのあたしの情夫の役者ってのが怠け者の上に酒と博奕が好き、すぐに二進《にっち》も三進《さっち》も行かなくなって、あたしは千住宿の女郎に逆もどり……」

男運が悪いとはこのおかみさんのような女《ひと》のことを言うのだろうなと思いながら、久太郎は大八車を押して行った。

「そんなわけで、男にもこの世にもつくづく愛想をつかしているところへ、ある夜妙な客がついてねぇ」

「妙な客、ですか？」

「上野かどこかの商家の番頭でね、店の金に手をつけてしまったから死ぬほかはない、しかし、ひとりで死ぬのは寂しいからいっしょに死んでくれ、だってさ」

「そ、それで？」

「あたしは承知したよ」

「あいかわらず人が善いんだなぁ、おかみさんは」

「二人で刃物を握って向い合い、その刃物で互いに相手の咽喉笛《のど》めがけて切りつけた。でも切りつけたとたん、幸か不幸か人が入ってきてね、命はとりとめたよ。あとは皆様よくご存知、日本橋南詰東側の空地で三日間晒《さら》されて、浅草の新町へ引き渡されたってわけ」

ここでおかみさんは久太郎の方へ咽喉を突き出した。おかみさんの左顎下から左咽喉へ黒い刀傷が一本、真っ直ぐに走っているのが見えた。

「するとおかみさんはいまは浅草新町に……？」

「新町の近くの鏡ヶ池というところにいるんだよ。この鏡ヶ池をかこむようにして鏡町というのがあるんだけどね、そこの住人さ」

なるほど、例の土佐侍が逃げ出したわけだ、と久太郎は心の中で合点した。鏡町の者といえば、命知らずと結束の固いことでちかごろ名が高い乞食の集団である。そのへんの二本差しなぞが勝てる相手ではないのだ。

真向いから微風が起った。久太郎は着物の襟を押しひろげ風を懐中《ふところ》に呼び込もうとしたが、とたんにうっとなって手で鼻を覆った。風がひどく血腥《ちなまぐさ》かったのだ。

「大八車に積んだ畳や襖や家具に血がついているのだよ」

久太郎の様子をみておかみさんが笑った。

「血腥いのはそのためさ」

「な、なぜ血のついたものを……?」

「だってこれがあたしたちの仕事なんだもの。吉原に情死が出る。するとその座敷の畳建具、それから器具道具、すべてあたしたち鏡町の小屋ものに払い下げられることになっているんだよ」

言われて、久太郎は目の前の畳にこわごわ眼を近づけてみた。たしかに、畳の隅のあたりが黒く染っている。

「血を洗い落せば、いい値で売れる。いい帆待《ほま》ち稼ぎになるんだよ」

言いながら、おかみさんはいとおしそうに手を伸して畳を撫でた。

「そうするとおかみさんは吉原でお袖さんと逢っていていいはずですが……」

思いついて久太郎が言った。

「お袖さんは吉原のおいらん、しかも、いまが全盛のおいらんなんですから」

「お袖とは七年前に別れたっきりだけど、あのお袖がおいらんとはねぇ……」

おかみさんはここでもまた他人事のように言う。

「あたしには信じられないけれどねぇ」

「嘘じゃありませんよ。細見《さいけん》にも『気高く品よく、芸は歌学をはじめ、茶、琴、香にも堪能なり。歯の白きこと貝を口に含むが如く、楊貴妃も昔はかくありけん。幼名をお袖と言い、常に手習を好み、しかも芸事教養を鼻にかけず、まことに稀有の婦人なり』とあるぐらいの大したおいらんで……」

「細見はいつも大袈裟なことを書くのさ」

「たしかに大袈裟といえばそのとおりですが、それはとにかくとして一度、訪ねてみてはどうです？」

「やめておくよ」

「どうしてです？」

「あたしはいまでは鏡町のおとよさ。命の恩人の久太郎さんのことは別だけど、ここへ来る前のことはあらかた忘れてしまったし、また出来るだけ忘れてしまいたいとも思っているんだよ」

大八車が寺の土塀の角を曲った。曲ったとたん、前方にたくさんの灯が見えはじめた。

「あれがあたしたちの鏡町だよ」

おかみさんは灯の見えるほうへ刀傷のある顎をしゃくった。

「久太郎さん、あたしの小屋へ寄って行かないかい？　茶漬の支度ぐらいだったら、すぐにしてあげることができるよ」

吉原を人は不夜城というが、それにもまして前方の灯は明るかった。しかも明るいばかりではなく、その光にはなんとはなしに柔かな感じがあった。久太郎は大きくうなずき、大八車を押す手に力をこめた。

十四

鏡町の内部《なか》に足を踏み入れた久太郎は、ここはまるで砦だな、と思った。門の左右は高くて頑丈な二重の柵である。夜だから遠くまで見通すことはできないが、どうやらその高くて頑丈な二重の柵は鏡町の周囲をぐるりと取りかこんでいるようだった。

中央に一本、大きな通《とおり》がある。おかみさんに聞くと、それが鏡町大通で、鏡ヶ池をぐるりととりかこんでいるのだという。通の全長は四丁はあるそうだ。通の池に面した側には、長屋が等間隔で並んでいる。長屋の向いの側には、屋根だけの作業場がこれまた整然と軒を連ねていた。久太郎が見た灯はこの作業場の灯で、これもおかみさんの話だが、ここの蠟燭はなんでも特別製でそのへんで使っているものよりはずっと明るいという。

その蠟燭の灯の下で、大勢の人たちが働いていた。作業場ごとに仕事が違うが、ある作業場では紙屑の選別、別のところでは鉄の鍛え直し、さらに別の屋根の下ではふしぎなことに杖術《じょうじゅつ》や手裏剣などの武芸の稽古が行われていた。

ところどころに大きな土蔵があった。土壁だから見ばえはよくないが、しかし、頑丈そうだ。土塀の中味は何なのです、と久太郎はおかみさんに尋ねたが、おかみさんはただにやりと笑っただけで、答を聞かせてはくれなかった。

やがて大八車は池を臨む空地に停った。大八車を引いたり押したりしてきた二十人の男女たちは、ものもいわず車から血で汚れた畳建具、器具道具をおろして、池の水に浸し、縄を束ねてこしらえたたわしでそれらにこびりついた汚れを洗い落しはじめた。

「みんな、悪いけど、あたしはこのお客さんに茶漬をあげようと思うのでね、ちょっと失礼するよ」

おかみさんが水槽のまわりの仲間たちに軽く頭をさげた。

「いいとも。ゆっくりもてなしておあげ」

仲間たちは手を忙しく動かしながらおかみさんに答える。普通のところでなら、

「なんだい、自分だけ楽をしやがって」

という陰口がきっとひとつやふたつは聞えよがしにあがるはずだが、それがここではちがう。みんな心の底からおかみさんに、そうしておあげ、と言っている。久太郎はこれにはすこしおどろかされた。

おかみさんは通を斜めに横切って長屋のうちの一軒に入って行った。この長屋はなんの変哲もない。そのへんに建っているのと造作は同じである。建具も粗末だった。おかみさんが燭台に火を点じた。燭台の灯に泛び上った九尺四方の部屋の内部《なか》は見事に整頓されている。

「こんなことを言うと、おかみさんは気を悪くするかもしれないけれど、むかしのおかみさんは、これほど綺麗好きじゃなかったはずです」

久太郎は部屋を見廻しながら言った。

「試衛館の隣でおかみさんが武具を商っていたころは、いつ行っても家の中はよごれていたし、散らかしっぱなしになっていた。それなのにどうして……？　人の性格なんてそう容易《たやすく》は変るものじゃないと思うけど」

「あたしもじつはそれが不思議なのさ」

おかみさんは土間におりて、竈《かまど》に火を起しはじめた。

「でも、あたり近所の人たちが綺麗にしているから、自分だけ汚くしていては悪いと思い出したことだけはたしかみたいだよ」

「ふうん。それでこの鏡町に何人ぐらい住んでいるんです？」

「ひとつの溜《たまり》に百人はいるだろうね。で、その溜が三つあるから三百人。ま、そんなところだろうか」

「それでみんながおかみさんのように働いているわけですか？」

「それはそうさ。ここには三つの掟があって、第一が、働けるものは働く。第二は、各人は働いた分に応じて、その働きにふさわしい貰い分を受ける……」

「働けない人はどうなるのだろう。病人や子どもや老人は……」

「そこで第三の掟が役に立ってくる。第三の掟はこうさ。どんな仲間をも見殺しにしない、見捨てない。この三之溜の隣には、養生長屋が三軒ばかり建っているがね、そこには病人や老人が住んでいる。そういう人たちの食事代は、あたしたちの稼ぎから出しているんだよ」

「つまり相身《あいみ》互《たが》いか」

「そう、ありがたいことさ。なにしろ病気になったらどうしよう、年をとったらどうしようなどと先行きの心配はせずにすむのだから」

「しかしおかみさんはほんとうに変ってしまったな。前は、男と見れば撓垂《しなだ》れかかってきたのに、いまはすっかり枯れてしまっている……」

「年のせいだろうねぇ」

おかみさんは口に咥えていた火吹竹を離して、久太郎に笑いかけてきた。

「あたしももう間もなく四十だもの」

「おとよさん、客が来ているそうだね？」

戸が開《あ》いて、浴衣を着た男が入ってきた。大きな躰をしている。頭の天辺がひょっとすると天井につかえそうだ。

「そのお客というのは何者だい？」

「おやおや、これはおかしらじゃありませんか」

おかみさんが立ってその大男にお辞儀をした。

「この若い方は久太郎さんと言いましてね、七年前、あたしはこの人に生命を助けられたことがあるんです。それで……」

「なるほど」

大男はうなずきながら久太郎に向って鋭い眼光を放っている。久太郎は、ついさっき作業場の屋根の下で、男たちに手裏剣を教えていたのがこの大男だったことを思い出した。

十五

大男は久太郎に、自分はこの鏡町支配の鏡仁太夫という者だ、と錆びた声で名乗ってから、武具屋のおかみさんに、

「すまんが、ちょっと……」

と、目配せをした。おかみさんはうなずき、久太郎の前に二切の沢庵をのせた飯碗と土瓶を置いて、戸外《そと》に出て行った。

「さあ、箸をとってください」

仁太夫は土瓶を持って飯碗に茶を注いでくれた。

「わたしの話はたべながら聞いてください。もっとも、わたしの話が飯のおかずになるような美味しい話かどうかは疑問ですがね」

久太郎は飯碗を持ってゆっくりと箸を使いはじめた。昼から口に入れたものといえば、吉原の茶屋で出た小さなお菓子が一個だけである。なんの工夫もない、ただの茶かけ飯だったが、久太郎はそれをとてもうまいと思った。

「久太郎さん、あんたにはぜひ鏡党というものに入ってもらわなくてはならないのですがね」

仁太夫の口調が世間話をするときのようなさらりとしたものだったので、久太郎はあやうくこれ

を聞き逃してしまうところだった。が、さすがにおしまいのあたりで仁太夫の言っていることの重大さに思い当り、ぎくっとなって箸を宙に浮かせた。

「鏡党というのは、わたしども鏡町のものが作っている、ある徒党のことですが……」

「……徒党といいますと？」

「わたしどもは普段はこの町でそのへんの衆と同じようにごく普通の暮しをしておりますがね、上の者から指令が出ますと、その司令を全うするために、町の連中からその仕事にふさわしい腕を持った者を集めて徒党を組みます。これを鏡党といいましてね、これまでもいろんな仕事をしましたよ。どんな仕事をしたかは言えませんが、もしそれを言えば久太郎さんなんかびっくりしてしまいますよ。あの一件も鏡党の仕事ですか、へえ、こっちの件にも鏡党が一口かんでいたんですか、なんてね」

「それにしては鏡党なんて聞いたことがありませんが」

「それはわたしたちが影に徹しているからで」

久太郎の手の中の椀が空になったのを見て仁太夫が、おかわりをどうぞ、というように手をさし出した。久太郎は素直に仁太夫の手に椀をのせた。

「そ、それでなぜわたしがその鏡党に入らなくてはいけないのです？」

「上から指令が出たのですよ」

仁太夫は飯を盛った椀を久太郎に戻してよこした。

「試衛館の近藤勇や土方歳三たちをこれから長いあいだにわたってひそかに後押しせよという指令

が出たのです」

　こんなところで近藤勇や土方歳三の名前が出るとは意外だった。久太郎は椀を持ったまま仁太夫を見つめていた。

「ご存知かどうか、近藤勇はかなり大がかりに事前の運動をしたのですが、講武所の教授方には採用されませんでした。その理由は……」

「百姓の出だったからでしょう？」

「表向きはそうです。が、真実はちがう」

「というと？」

「彼はその百姓ですらなかった。彼の先祖の出はもっと低い。それが原因です。土方歳三もじつはそれと同じでしてね。わたしたちの上の者はこれを聞いて腹を立てた。近藤勇は講武所教授方から旗本になり、旗本からさらに上に栄進するのが望みだったらしいが、それを自分たちの力で成就させてやろう、とわたしたちの上の者は考えたのです」

　仁太夫はさっきから《わたしたちの上の者》という言葉を連発しているが、いったいこの大男の上の者とはなにものだろうか、久太郎は飯粒を噛みながら考えていた。

「わたしたちの上の者がなにものか、それもいえません」

　仁太夫は読心術師のように久太郎の心中の疑問を言い当てた。

「ただ、近藤勇や土方歳三の先祖と同じ出のものである、ということだけは申し上げておきましょう。さて……」

仁太夫は久太郎の方へひと膝にじり寄ってきた。

「久太郎さんは近藤勇とは幼なじみのはずですし、試衛館にもいたことがおありだ。近藤勇や土方歳三のことはおくわしい。そういうお人に鏡党に入っていただければ、こっちは大だすかりというもの。そこで、わたしがいまこんなお願いをしているわけですが、どうでしょう、この話に乗っていただけますか？」

いやだとはいわせませんよ、という強い調子が仁太夫の穏やかなもの言いのかげにちらちらしていた。久太郎にとって試衛館は憎い存在である。自分を曲った方へ曲った方へと追い込んだのはあの試衛館の近藤勇であり、土方歳三である、と久太郎は信じている。だからその連中の出世を蔭から後押しするなぞ真ッ平だった。が、しかし、この大男は、久太郎が「うん」と首をたてに振ってくれるにちがいないときめてかかっているところがある。「ううん」と首を横に振ったら、無事にすみそうもないような気がする。久太郎は即答を避けて、

「近藤勇はじめ試衛館の連中を後押しする、とおっしゃいましたが、それはたとえばどんなことをどんなふうになさろうというのです？」

と、訊いた。

「それはまだ決めておりませんがね」

仁太夫は大きな手で顎を撫でた。

「しかし、まず試衛館に一流の道場という評判をとらせる工作をしなくてはならんでしょうな。試衛館は正直いっていまは三流の下です。これを一流に押し上げるのですから、相当の力業が要りま

しょうよ」

ここで仁太夫はにやっと笑った。

「とりあえず、明朝の吉原田ん圃での土佐侍と土方歳三の果し合いで、試衛館を勝たせること、これが目下の急務で……」

久太郎は驚いた。このことを知っているのは、自分と土方歳三と土佐侍たちだけのはずなのに、どうして仁太夫が承知しているのか。

「明朝の果し合いに土方歳三たちが勝つことができれば試衛館の評判は三流の下から二流の中ぐらいにはあがります。鏡党としてもなにかやらなくてはなりますまいね。そうそ……」

仁太夫はなにを思いついたのか、ぽんと膝を叩いて言った。

「久太郎さんは試衛館へ援軍をよびに行くことになっていたはずですね。土方歳三にそう頼まれたでしょうが」

こんどは息がとまりそうになった。このことは土方歳三と自分の二人だけしか知らないはずなのだが、いったいどうして?

「久太郎さん、あんたは試衛館へかけつけることはありませんよ。もうとっくにかわりの人間を小石川小日向の試衛館へ走らせてありますからね」

吉原の茶屋の若い衆がきっと土方歳三と自分のはなしを立ち聞きしていたのにちがいない、と久太郎は思った。そしてその若い衆がこの鏡町となにかのつながりがあるのだろう。

「……久太郎さん、あんたは浮世絵の彫師としてはなかなかの腕をお持ちだ。が、山内容堂の逆鱗《げきりん》にふれたいまとなっては、師匠の松島政次郎のところへも戻れないでしょう。それならどうです、この鏡町に住みつくことにしては……」

仁太夫は久太郎と試衛館のことについてはなんでも知っているようだった。久太郎の目にはいまや仁太夫はただの大男ではなく、雲をつくような、そしておそろしい巨人のようにみえだしている。じたばたしてもはじまらぬ、逆っても歯が立たぬ、と久太郎は思った。そこで仁太夫に向って、

「……よろしく」

と、言った。

十六

明け方、久太郎は着のみ着のまままるくなって寝ているところを、肩をゆすられて目をさました。前夜、仁太夫が去ってから、畳に寝そべって武具屋のおかみさんを待つうちに、本式に眠ってしまっていたのである。

「久太郎さん、そろそろ時刻だ」

肩をゆすっているのは仁太夫だ。

「貞岸寺の裏まで行ってみようじゃありませんか」

戸外《そと》へ出ると、東の方が茜《あかね》色に染まっている。仁太夫は右手に刀をぶらさげていた。

「あんた、土方歳三から刀を持ってくるように頼まれなすったはずだが、これなら、ちょっとは役

に立つでしょう」

仁太夫がその刀を久太郎の手に預けた。久太郎には刀のよしあしはわからないが、それはずっしりと重い。

「その刀は堀川国広の作です。なかなかの名刀ですよ」

刀の説明を聞きながら、鏡町の門を出る。しばらくのあいだ、出山寺《しゅつげん》、永伝寺、通入寺、本性寺、源寿寺、大秀寺、養白寺と寺ばかりが続いた。養白寺から町屋を抜けて貞岸寺に出た。貞岸寺の墓地の向うに田ん圃がひろがっている。その田ん圃のあたりが土方歳三と土佐侍たちとの果し合い場所のはずだが、田ん圃にはすでに、五つ六つ、人影が動いていた。

（……土佐の連中かしらん）

と思って目をこらすと、それは百姓たちだった。ようやく穂の出かかった稲の間で躰をふたつに折り、田の草を抜いている。

田ん圃の真中に小さな祠《ほこら》が見えた。祠のあるところは、人間が二十人も入れば身動きならなくなるようなせまい空地になっている。その空地をひとりの男がぐるぐると歩きまわっていた。土方歳三である。

「さ、その堀川国広を土方に渡してきてください」

仁太夫が久太郎に言った。

「渡したらこの墓地に戻ってきた方がいいでしょう。なにもあんたが斬り合いに巻きこまれることはないのだから」

うなずいて久太郎は墓地から畦道へおりた。朝露で草が濡れている。久太郎は二度ほど、露に滑って足を田の泥につけて、祠に着いた。

「久太郎か。おそいおそい」

歳三が噛みつくように言った。

「で、勇さんは来るんだろうな?」

「来るはずです」

「はず……? はずとはどういうことだい?」

「わたしは試衛館に行かなかったんです。むろん、かわりに使いは出してありますが……」

「こいつ!」

歳三の目が吊りあがった。

「あれほどかたく頼んだのに貴様というやつは」

歳三が舌打をして、背後の日本堤の方へ顎をしゃくった。

「みてみろ。連中の数はざっと二十。おれひとりではとても無理だ。いかに畦道を利用し、どのように巧みに宮本武蔵の戦法を真似ても、一人で二十人の相手は無理だ。おれが殺られてしまうにきまってる」

久太郎は日本堤の方へ目をやった。歳三の言うように、たしかに土手の上には大勢の土佐侍が立っている。

「おれはだから勇さんや伊庭八郎の駆けつけてくれるのを心待ちにしていたのだ」

「そのうちに来ますよ」

久太郎は歳三に堀川国広を差し出した。

「これ、堀川国広の作だそうです」

「ばかやろう！」

歳三は久太郎の肩を突いた。

「堀川国広の作刀がおまえなどにどうして手に入るわけがあるんだよ」

「で、でも、国広なんです」

「嘘だったら承知しないぜ」

歳三は久太郎の手から引ったくるようにして刀をとり、すぐに抜き放った。と、歳三のそれまでのなんとなくせわしない動きがぴたりととまった。そしてそのうちに歳三がうんうんと唸り出した。

「……こいつは凄いや」

「やはり堀川国広だったでしょ？」

「そいつは銘をたしかめないうちはわからないが、とにかく至妙、絶妙の刀だということはわかるぜ」

「よかった」

下手をすると歳三はまず自分に向って斬りつけてきかねない、という気がしていた久太郎は吻となった。

「じゃあ、わたしはこれで……」

久太郎は歳三の前から後退《あとじさ》りしながら言った。

「せいぜい、がんばってください。勇さんたちもそのうちに……」

久太郎は「そのうちに」という言葉をみなまで言わず、喉の奥に戻した。というのは、日本堤の上の土佐侍たちがばらばらっと土手をかけおりてこっちへ向ってくるのが見えたからである。「そのうちに」では間に合わない。果し合いはすでに始められたのだ。

十七

「土佐の連中、とうとう始めるつもりになったな」

土方歳三は手早く帯を解いて着物を脱ぎ捨て、下帯ひとつになった。畔道を塞ぐ青稲は朝露で濡れている。畔道を走り廻って斬り合ううちにその朝露で裾が重くなるはずである。歳三は重い裾を引き摺ったり、裾が脛にからまったりするのを避けようとしているのだな、と思いながら久太郎は歳三を見ていた。

「死人の土壇払いをしたことはあっても生きた人間を試したことはない。だから一度はと念がけていたが、これほどの人数を相手にするとは思ってもいなかったぜ」

歳三は小刀を下帯に差しこみ、久太郎が手渡した堀川国広を右手に、その鞘を左手に握った。鞘を受けに使うつもりらしい。

「十の十まで遁《の》がれっこない。糞度胸を据えなくてはな」

抜刀して畔道をこっちへやってくる土佐侍たちを睨み据えながら、歳三は深呼吸をひとつした。そして低い声で、

「兵法は勝ちたがるこそ大下手よ、負けぬようにとすれば勝つなり」

と、唱えた。天然理心流の兵法心得歌だな、と久太郎は心の中で呟いた。かつて試衛館に居たころ、稽古前には必ず百首あるこの兵法心得歌を、道場の練武《れんぶ》床《ゆか》に正座したまま心の裡でひととおり唱えたものだった。久太郎はそれで知っているのである。

「……しかしどうもわかったようでわからない歌だな」

歳三が久太郎を見て言った。

「負けぬようにしていれば勝つ、というところがどうも変哲《へんてこ》だぜ、よくは説明できないけどさ」

歳三の頬と唇が引きつっている。歳三は笑ったつもりでいるらしいが、顔の筋肉が持主の思うようには動かぬのである。

「……停まるとは敵に勝たせる法なれば、われは停まらじわれは停まらじ。これはまぁまぁだな」

ぶつぶつ言ってから、歳三は北の畔道に降り、堀川国広を青眼、というよりはむしろ下段にかかって構え、すたすたと吉原の方角へ歩き出した。西の、日本堤からやってきていた土佐侍たちは、

「やっ、北へ行く気だ！」

「だれか早道をしてやつの前方へ廻れ」

などと呼び交しながら、歳三の後を追う。

「おう」

土佐侍の列の後方の数人が、歳三と平行に北に向って畔道を走り出した。と、ふっと歳三の姿が消えた。蹲《しゃが》んで青稲の波の下に隠れたのだ。土佐侍たちの足が停った。歳三は蹲んだ場所で敵の到着を待ち伏せるつもりか、それとも青稲の下を這ってどこか飛んでもないところにぱっと現われ出るつもりか、久太郎は青い稲田の北を見、西を眺め、それから東へ眼を転じた。久太郎の立ってい る空地と東の貞岸寺との間の田ん圃から男が五、六人、立ちあがった。男たちはさっきから田の草を抜いていた百姓たちだが、どうも様子がおかしい。各自《それぞれ》、左手に手拭をぶら下げているが、それがただのぶらさがり方ではないのだ。手拭の端になにか重量のあるものが結《ゆわ》えつけてあるらしく一本の棒のようにしゃっきりと下に伸びているのである。

（……どうしたんだろう？）

久太郎は首を傾げたが、そのとき、男たちは思いもかけぬ素速い身のこなしで、近くに立ってい る案山子《かかし》に駈け寄った。その案山子は弓を構え、籠を背負っている。籠には弓術に使う矢を短くしたような、長さ一尺、太さ一寸五分ほどの打根《うちね》が数本ほうり込んであったが、男たちはそれを右手に摑むと畔道へあがり、左手の手拭をぶんぶんと音をさせて振り回しながら、土佐侍たちの本隊めがけて走り出したのだ。

「な、なんだ、貴様たちは？」

土佐侍の一人が男たちの近づくのに気付いて頓狂な声をあげた。

「来るな。巻添えを喰っても知らぬぞ」

別の土佐侍が脅すように言ったが、男たちの足は止まらない。止まらないどころか、いっそう動きが早くなった。その先頭が土佐侍の先頭とすれちがった。先頭の男の手拭が先頭侍の刀にしゅるしゅるっとからみついた。

「なにをするか！」

先頭侍が奪われまいとして刀を手許に引き寄せる。先頭の男はその瞬間に手拭を離した。引っ張り合いを予想して引き寄せたのにその逆、はずみで先頭侍がよろける。よろけたところへ男が踏み込み、先頭侍の右腕に打根の穂先を突き立てた。

「ぎゃっ」

先頭侍が刀を取り落し、泥田に蹲み込んだ。

「な、なにものだ?!」

二番目の侍が叫んだ。が、その声は怯えのためにかすれている。

「名乗れッ！」

喚き立てたところへ二番手の男の手拭が飛んだ。がちん。手拭の先の重しの部分が二番目の侍の口を打っていた。侍はあッとなって左手で口を押えた。それからこわごわ左手を口から離した。口が真赤に染っている。侍はもがもがとなにか叫んだ。が、前歯が残らず折れてしまったらしく言葉にはならない。

泥田に降りて様子を窺っていた先頭の男が二番目の侍の右腕にまたはっしと打根を突き立てた。侍は稲田の中へはじけ豆のように飛んで、血で染った口をぱくぱくさせながら泳ぐようにして逃げ出した。が、すぐぎょっとなって立ち止まった。

「……たおッ！」

稲田の中から泥んこの男が立ち上りざま侍の胴を薙《な》いだ。泥んこ男はむろん歳三である。侍は前へ突んのめるようにして倒れた。侍と共に倒れた青稲がすぐに起きあがる。青稲は血で赤稲になっていた。

「……引けッ！」

土佐侍のだれかが怒鳴った。それまで呆然と朋輩たちの仆《たお》されるのを見ていた侍たちがその声でわれに返り蝗《いなご》のように三方へ跳んだ。あるものは畔道の濡れた草に滑って転び、あるものはただもう狂ったように稲田の中を這い摺り回っている。

「な、なんだい、手応えがないったらありゃしない」

歳三が土佐侍たちの背中に向って大声をあげた。

「まだ始まったばかりだぜ。戻ってこいよ」

むろん、引き返してくる侍はいない。

「……深追いをするが戦さの分れ道、追えば負けなり、引くは勝ちなり、だ」

叫ぶようにして唱えて、歳三が久太郎のいる空地にあがってきた。

「ここは天然理心流兵法心得歌の教えるとおりにしよう」

例の男たちの姿はもう近くにはない。土佐侍のだれかが「引けッ」と叫んだとき、その声に合わせて東の、貞岸寺の墓地へ走っていってしまったのだ。

（……あの男たちが鏡党だったんだな）

歳三に手拭を差し出しながら久太郎は思った。

前夜、鏡仁太夫は「明朝の吉原田ん圃での土佐侍と土方歳三との果し合いで、試衛館を勝たせること、これが目下の急務。なにかやらなくてはなりますまいね」と言っていたが、そのなにかが、百姓に化けた鏡党に加勢させることだったのだ。しかしそれにしても、重しをつけた手拭に案山子の持っていた打根とは、なんてまあ変った兵法を使う連中だろうか。

十八

しばらくのあいだ、歳三は草の上にあぐらをかき、久太郎が貸した手拭で躰の泥を拭いていた。が、やがてふと気がついたように、

「おれ、たいへんなことを忘れていたぜ」

と、久太郎に言った。

「おれに加勢してくれた連中はどこへ消えたんだい？　礼を言わなくちゃあな」

「さあ、どこへ行ったかなァ」

久太郎は白《しら》っぱくれることにした。やはりこれも前夜、仁太夫が「鏡党は影に徹している」と言っていたのを思い出したからである。

「……というより歳三さん、ひょっとしたら、あなたに加勢した男たちなんていなかったんじゃな

いんですか？」

「……なんだと？」

歳三が目を剝いた。

「久太郎、おまえどうかしたんじゃないのか。手拭に重しをつけたのをぶん回し、打根を握った男どもがたしかにいたはずだぜ」

「おれ、見なかったなぁ」

「……久太郎、おまえ……」

「いま居ないんだもの、居なかったのと同じじゃないですか」

われながら妙な理屈だな、と久太郎は思った。が、もし仁太夫がこの場にいたらきっとこの妙な理屈をほめてくれただろう、とも思った。

「たったひとりで土佐侍を退散させたのだ、ということにしておきなさいよ」

「し、しかし……」

「嘘はいやだ、というんですね？」

「まぁな」

「それなら、だれになにを聞かれても、ただにこにこうなずいていればいいんです。世間の方が勝手に『試衛館の土方歳三がたったひとりで二十余名の土佐侍を向うにまわし、そして勝った』という噂をひろめてくれます」

「……久太郎」

歳三が脱ぎ捨ててあった自分の着物で堀川国広の血糊を拭いながら、上目使いに久太郎を見た。

「おまえ、なにか知っているな？」

「なんにも知っちゃいませんよ」

「いや、知ってる。おれはそう睨んだ。だいたい、この刀、堀川国広の作刀なんぞ、滅多なことで手に入るわけはない。この刀をどっから持ってきたんだ？」

「そんなこと、どうだっていいでしょう」

久太郎は歳三の捨てた手拭を拾いあげた。それにしても、さっきの鏡党は手拭の重しになにを用いていたのだろうか。おそらく石だろう。手拭と石、だれでも持っているもの、そしてどこにでも転がっているもの、このふたつを組み合せて即席の武器にしたのではないか。久太郎は拳大の石を拾って、それを手拭の先に結びつけた。

「……これじゃだめなんだ」

久太郎は首を横に振った。これでは石がすっぽ抜けてしまう、だいいち、鏡党の連中は手拭の先の重しがなんなのか見えないようにしていたはずだ。久太郎は草の上に手拭をひろげて置き、その中央に石をのせた。そして、上下を折って石にかぶせ、両端をつまみ上げて合せて、合せ目を右手で握って持ち上げてみた。手拭の長さは半分になったが、これならば石も見えず、またすっぽ抜ける心配もない。ためしに手拭をまわしてみる。ぶんぶんと手拭が唸った。

「お、おい、よせ」

歳三が三尺ほども後ろへ飛び退《すさ》った。

「わかったよ。久太郎の言うとおりにするよ。だれになにを聞かれてもただにこにこうなずいていればいいんだろう。それにこの堀川国広の作刀の出所《でどころ》を訊くのもよした。だから、その妙な飛び道具を振り回すのはよしてくれ」

「なにをおどおどしてるんです？」

「いいからよせよ。おまえもその飛び道具の使い手だってことはよくわかった……」

なんだか知らないが、歳三は久太郎を怖れているようだった。

いつの間にか祠の蔭に隠れ、顔だけ出して久太郎を見ている。

「それにしてもよ、久太郎、おまえ、いつ、そんな術を習ったんだい？」

「べ、べつに」

久太郎は慌てて言った。

「おれが習ったのは浮世絵彫りの仕事だけですよ」

「また、白っぱくれる」

歳三が祠の向うから媚びた声をあげた。

「おまえ、その飛び道具、相当に使えるはずだ」

「ど、どうして？」

「構えがすきだらけだ。が、そのすきが曲者だな。それは誘いのすきにちがいない。天然理心流の兵法心得歌にも、すきありと思う心にすきがある、すきありはすきなしすきなしはすきあり、とある……」

「……やはりわかりますか?」

久太郎は否定し続けるのが面倒になった。

「でもよく見抜きましたね」

「そりゃあ、こっちも伊達に剣術はやっていないつもりさ」

久太郎が手拭の石を捨てたのを見て、歳三が祠の蔭から出てきた。

「しかし、それ、いったい何流だい?」

「……言えません」

おかしいのをこらえながら久太郎が答えたとき、日本堤の方から声がした。

「歳三!」

「歳三さーん!」

見ると、二人の男が畔道をこっちへ走ってくるところだった。

「おッ、勇さんに伊庭八郎だ」

歳三が嬉しそうな顔をした。がすぐに久太郎の方を見て、

「とにかく、約束どおりなにを聞かれてもにこにこしていることにする。だから後ろから不意に飛び道具なんてのはごめんだぜ」

と、またすこし怯えた表情になった。

十九

「遅いよ、遅い。勇さん、遅いよ」

畔道から空地にあがった勇に、歳三が噛みつくように言った。

「果し合いはもう済んじまったぜ」

「どうもそうらしいな」

言いながら勇は歳三を上から下、下から上へ睨《ね》めまわした。

「しかし、それにしては、どこにも傷はないな」

「まあね」

歳三はうなずいた。

「果し合いがはじまってすぐ、おれはひとりを斬り倒し、ひとりに手傷を負わせた。それがあんまり鮮やかだったんで、土佐の連中、よっぽどびっくりしたらしい。尻に帆かけて逃げていってしまった」

言い終えて歳三はちらっと久太郎の方を見た。歳三のそのときの表情は久太郎に（おまえの指図どおりに、今朝の手柄はおれのひとり占めにするつもりだが、こんなもんでいいかい？）と訊いていた。そこで久太郎も（それでいいんです）と歳三に軽く目配せを送った。

「しかし、歳三よ、こんなことを言っちゃァ悪いけど、おまえはそんなに出来る奴だったかなぁ」

勇はしきりに顎を撫でて考え込んでいた。

「で、相手は何人だった？」

「二十人かな……」

「そのへんも解せないな」

「ど、どうしてだよ、勇さん？」

「大勢の仲間が次から次へばったばたと斬られて行くのを見て逃げるのならわかる。がしかし、歳三が斬ったのはたったの二人だろう。たいていなら、この野郎、よくも仲間を、となお一層目の玉吊り上げて攻めかかってくるものだ。ましてや、相手は歳三ひとり。そのひとりに怯えて十八人もの侍たちがどうして逃げ出したのだろう」

ぶつくさ呟いている勇を見て、この人の疑い深い性質《たち》はまだすこしも直っちゃいないな、と久太郎は思った。

「とにかくおれは勝ったんだ。そして、連中は逃げた。勇さんよ、それでいいじゃないか」

歳三は面倒くさそうに言い放って、草の上にほうり出してあった自分の着物を肩に引っかけた。

「わたしもそう思うな」

横で勇と歳三の会話《やりとり》を聞いていた長身の青年がぽつんと言った。

「竹刀を持つときよりも、真剣を振りまわすときに、力の出る兵法家はいくらでもいます。歳三さんも、そういった兵法家のひとりなんだ」

青年は田ん圃に下り、ついいましがたの果し合いで、鏡党の者に石で口を砕かれ、歳三に胴を斬られて絶命し、泥水の中に躰をどっぷりと漬けていた土佐侍の傍にしゃがみこんだ。

歳三が頼みにしていた伊庭八郎という剣術使いはどうやら彼らしいな、と久太郎は思った。それにしても、剣術使いというより役者といった方がぴったりの整った顔をしているではないか。

「この口の傷ですがね……」

伊庭八郎は土佐侍のぐしゃぐしゃに砕かれた口を指で示しながら空地の歳三を見上げた。

「これは歳三さんが加えた傷でしょう？」

「ああ、そうとも」

「なんでやりました？」

「えーと、そ、そうだ。刀の鍔のところでがんと一発くらわせたのだ」

「おかしいな」

「な、なにが？」

「刀の鍔ではこんな傷は出来ませんよ。思いちがいじゃないんですか。たとえば夢中で左手で石を握っていた、そしてその石でこの侍の口をがつん！　そういう憶えはありませんか？」

「う、うん、そうだったかもしれない」

「きっとそうですよ」

聞いていた久太郎は伊庭八郎の洞察力に舌を巻いた。果し合い現場を見てもいないのに得物が石だと見抜くとは大した洞察力だ。よっぽど腕が立つのだろう。

「果し合いの様子はあとでゆっくり思い出してから話す。ところで勇さん、この人に見憶えはないかい？」

これ以上、聞きほじくられるとぼろが出そうだと見て、歳三は話を他所《よそ》へ反らすことに決めたようだ。久太郎を指しながら歳三は勇に訊いている。

「どうだい、勇さん？」

「うん、じつはおれもさっきから気にかかっていたんだ」

勇は二、三歩、久太郎に近づいてきた。

「まさか、こんにゃく屋の久太郎じゃないだろうな？」

「その久太郎です」

「やっぱりそうか」

「お久しぶりで……」

「うん。おれはてっきりおまえは死んだものと思っていたよ」

「死んだ？」

「上石原宿ではみんなそう思っているぜ」

「勝太さんは……、いや、いまは勇さんでしたね、勇さんは上石原へときどきは行くんですか？」

「ときどきなんてもんじゃない、親父の代稽古でしょっちゅう行くよ。久太郎も知っていると思うがあのへんには天然理心流の看板を出した百姓道場がゴマンとある。そこをぐるぐる回っているのさ」

「じゃ、おれの家へも寄りますか」

「そりゃァ寄るさ」

歳三が傍から口ばしを突っ込んできた。

「勇さんは代稽古にかこつけてじつはお光さんに逢いに上石原通いをしているというもっぱらの噂だ」

「……で、姉のお光はどうしてます？」

「店をひとりで切りまわしている」

「というと親父さんは……？」

「達者は達者だ。が、やっぱりすこしは老け込んだようだぜ。お光さんに店を委せて、自分は帳場から街道を眺めながら、煙草ばっかりふかしている」

「……そうですか」

「で、久太郎の方はどうだ。この七年間、どこでなにをしていたんだ？」

「……浮世絵の彫師の修業で」

「ところが、それが大嘘なんだよ、勇さん」

　歳三がまた話に割り込んできた。

「久太郎はこれでなかなかの使い手なんだよ」

「使い手だと？　いったいなにを使うのだ？」

　これ以上、話が進むと勇たちに鏡党のことまで喋らなくてはならなくなる。鏡党のかしらの仁太夫は「影に徹せよ」と言っていたはずである。鏡党の一員になることを決心したいま、この掟は死守しなくてはならない。

「……じつは急ぎの用を思い出しました。またいずれ」

久太郎は蔵三に堀川国広の作刀を返してもらい、畦道にとびおりた。

「あ、そうそ。上石原に行くことがあったら姉のお光にこう伝えてください」

畦道を貞岸寺の墓地の方へ走っているうちに、久太郎はふと思いついたことがあって足を停め、空地の勇に向って大声をあげた。

「そのうちに家に寄りますから、と！」

二十

貞岸寺の墓地に鏡仁太夫が待っていた。

「もうかれこれ、六ツ半《七時》近い。腹が減ったでしょう。鏡町へ戻って飯にしますか」

仁太夫が久太郎の先に立って歩きはじめた。かなりの速足である。遅れまいとして必死で追ったが、おかげで二丁と行かないうちに久太郎の額から汗が吹き出した。

「明日から、久太郎さんには毎朝、五里ずつ歩いていただかなくてはなりませんな」

汗を拭き拭き息せき切って追いついた久太郎を見て、仁太夫が笑いながら言った。驚いたことに、仁太夫の息は乱れてもいず、額にもどこにも汗をかいたあとがない。

「五里の道を一刻《いっとき》（二時間）以内に歩き通す、鏡党の人間なら、これを難なくこなすようでなくてはな。明日から毎日、草履を一足ずつはき潰す覚悟で速足の稽古を心掛けてくださいよ」

仁太夫はこんどはゆっくりと歩き出した。どうやら久太郎の歩調に合せてくれているらしい。

「ところで久太郎さん、さっきの土方歳三という兵法者に加勢した鏡党の連中をどう見ましたかな？」

「はあ。ただ呆然として見とれていましたから……」

「よくはわからない？」

「はい」

「鏡党は全部でいま百二十人いる。が、常に四人一組になって動く。つまり鏡党には一人とか二人とか三人というのは存在しない。四人、これが最小の単位というわけですな。次に鏡党がもっとも重くみるのは速さ。そしておしまいが、徹底的に調べ抜くこと」

「調べ抜く？　なにをです？」

「今朝の果し合いであればまず地形を調べ抜く。どこでなにが起りそうかをよく見る。この修業を積めばそのうちにどこでなにを起せばよいかが摑めてくる。どこを主戦場とし、どこに伏兵を置くか。どこから攻めてどこへ退くか。戦うべき相手についてもとことんまで調べ抜く。こういった調べをいくつも積み重ねて、こうやれば絶対に勝てるという計算が立ってはじめて戦う。つまり、四人一組となって長短相補い、調べ抜いたことに基いて速く動く、これが鏡党の戦法の根本ですのじゃ」

　仁太夫の話を聞きながら歩いているうちに、もう鏡町の木戸である。

「……ま、そのうちにわたしが久太郎さんにひとつひとつ手とり足とり教えましょう。しばらくは躰の鍛錬と書見にすべてを傾倒することです。おっと、今朝から、あんたは一之溜の長屋に寝起きすることになっている」

中央の通りをまっ直に三之溜の武具屋のおかみさんの長屋の方へ足を向けようとした久太郎に仁太夫が待ったをかけた。

「この、木戸を入ってすぐの長屋の集落が一之溜。そして、あんたの住いは一番の五。つまり、最初の九軒長屋のこっちから数えて五軒目……」

仁太夫は露地をどんどん入って行った。久太郎はその後に続く。

「ここです」

通りから五軒奥に入った戸口の前で仁太夫が立ち止った。

「さァ、入りなさい」

久太郎はうなずいて障子戸を開けた。

「おかえりなさいまし」

内部《なか》から若い女の声がした。見ると、九尺四方の部屋の中央に炉が切ってあり、その炉に掛けた鍋を玉杓子でかきまわしていた女がにっこりと笑いながら久太郎に軽く会釈をした。

「朝餉《あさげ》の支度は整っていますわ」

少年のようにきりっとした顔立ちの美しい娘だ。

「……だ、だれかいますよ」

久太郎は仁太夫に言った。

「入っちゃまずいんじゃないんですか?」

「あの娘は小夜という名だ。あんたの身の回りの世話をすることになっている」

「しかし……」

「炊事に洗濯つくろいもの、なんでも言いつけなさるがいい。むろん、気が向いたら添寝も命じなさい」

「それじゃつまり女房というわけで……？」

「そうかた苦しく考えんでもいい」

仁太夫は久太郎の背中を押した。土間にはすすぎ桶の用意もしてあった。

「とにかく、あんたの持てる時間をすべて修業に使うのだ。修業以外の仕事は小夜にやらせなさい」

久太郎は上り框《がまち》に腰を下し、すすぎ桶の中に足を入れた。速足のおかげで火照った足に水の冷たさが快い。足を水に漬けたまま室内を見まわす。壁の一方が作りつけの書棚になっていて、書物がびっしりと積んであった。『孫子』『呉子』『司馬法』『尉繚子《うつりようし》』『李衛公問対』『黄石公三略』『太公望六韜《りくとう》』などと達筆で記した紙が、書物の山のあちこちにさがっている。

「ずいぶん本がありますねぇ」

久太郎が感心していると、仁太夫が、

「すべて中国の兵書です」

と、言った。

「一冊残らず目を通してくださいよ」

「漢籍なんぞ読めませんよ」

「わたしが手ほどきはします」

一日に五里歩いた上、漢籍の山と取り組む、これは忙しいことになるぞ、と久太郎は思った。と、そのとき、部屋の隅で猫が啼いた。そっちへ目をやると、黒猫が五、六匹、じっとこっちを窺っている。

「あの猫は……？」

「あんたが飼うのです」

「な、なんで猫などを……？」

「猫は使い方によって戦さや謀略の役に立ちますからな。一例を申せば、猫の目時計という使い方がある」

「猫の目時計……？」

「天井裏、床下、穴倉、空井戸の底や鉱山の底など、暗いところに何日も閉じこもらねばならなくなったら猫を懐中に入れておく。猫の瞳孔は時刻によって大きく開いたり、細く閉じたりする。そこでそれを逆用すれば、猫の瞳孔の開閉の度合いを見て時刻を知ることができるわけです。どのような状態に猫を置いても決して啼き声をあげたりせぬよう躾ける、これも鏡党の人間の役目のひとつ……」

久太郎は呆れてもう声も出ぬ。

「足をお拭きなさいまし」

耳許近くで小夜の声がして、目の前にまだ新しい雑巾がすっと出てきた。久太郎はそれで丁寧に足を拭き、上にあがった。

「そのうちに犬も五、六匹、飼ってもらいますからな」

仁太夫がそう言い置いて外へ出ていった。こうなったらやけくそだ。なんでも持ってくるがいいや、と呟きながら、久太郎は炉ばたに坐った。小夜が茶碗に飯をよそいはじめる……。

新選組および本作関連略年譜

寛文十二年（一六七二）
江戸市ヶ谷の浄瑠璃坂で仇討ち事件。

文政十三年（一八三〇）
清河八郎、出羽国清川村（現山形県庄内町）に生まれる。

天保五年（一八三四）
近藤勇、武蔵国上石原村（現東京都調布市）に生まれる。

天保六年（一八三五）
土方歳三、武蔵国石田村（現東京都日野市）に生まれる。

天保十年（一八三九）
近藤勇の養父で天然理心流三代目の近藤周助が試衛館を創設。

嘉永六年（一八五三）
六月　ペリー初来航。

安政六年（一八五九）

十月　大老・井伊直弼による安政の大獄で、隠居した前土佐藩主・山内容堂に謹慎が命じられる。

安政七年（一八六〇）

二月　清河八郎、虎尾の会を結成。

三月　桜田門外の変で水戸浪士ら井伊直弼暗殺。

文久元年（一八六一）

近藤勇が天然理心流の四代目を継ぐ。

文久三年（一八六三）

二月　清河八郎が試衛館の近藤勇、土方歳三ら、水戸浪士の芹沢鴨などと浪士組（隊）を結成、江戸を発ち京都に到着。

三月　幕府より浪士組に江戸帰還命令、京都に残った近藤、芹沢らは会津藩預かりとなり、「壬生浪士組」を名乗る。

四月　清河、江戸で幕府の刺客により暗殺。

六月　大坂相撲の力士と乱闘。

九月　内部抗争で芹沢および平山五郎を粛清。平間重助は脱走か。隊名を「新選組」に改める。

十二月　野口健司切腹。

文久四年／元治元年（一八六四）

五月　大坂西町奉行所与力・内山彦次郎暗殺。

六月　池田屋事件、尊攘派を襲撃、肥後の宮部鼎蔵、長州の吉田稔麿らが死亡。

七月　禁門の変、京都に攻め込んだ長州藩兵の鎮圧に出動。

八月　近藤勇に不満を持った永倉新八らが会津藩主・松平容保に「非行五ヶ条」を提出。

元治二年／慶応元年（一八六五）

一月　土佐浪士の大坂城奪取計画を阻止（ぜんざい屋事件）。

二月　山南敬助脱走、切腹。

三月　隊士が二百名まで増え、手狭となった壬生から西本願寺へ屯所を移す。

慶応二年（一八六六）

一月　薩長同盟成立。

九月　三条大橋の幕府制札を引き抜こうとした土佐藩士を襲撃（三条制札事件）。

十二月　徳川慶喜将軍就任。孝明天皇崩御。

慶応三年（一八六七）

三月　藤堂平助らが御陵衛士を結成、離隊。

六月　全隊士の幕臣への取り立てが決定。

十月　大政奉還。

十一月　御陵衛士と抗争、藤堂ら刺殺（油小路事件）。

十二月　王政復古の大号令。近藤勇が御陵衛士残党に狙撃され重傷。

慶応四年／明治元年（一八六八）

一月　鳥羽・伏見の戦い、井上源三郎らが死亡。軍艦で江戸へ向かう途上、山崎烝が死亡か。
三月　新選組と弾左衛門配下の被差別民の混成部隊、甲陽鎮撫隊が甲州勝沼の戦いに惨敗。永倉新八らが靖兵隊を結成、離隊。
四月　下総流山で新政府軍に包囲され、近藤勇が投降。土方歳三、旧幕府陸軍に合流、宇都宮城の戦いで負傷。板橋刑場で近藤斬首。
五月　江戸で沖田総司（惣次郎）が肺結核で死亡。
九月　「明治」に改元。
十月　土方ら旧幕府軍が箱館の五稜郭に入城。

明治二年（一八六九）

五月　土方歳三戦死、新選組が降伏。旧幕府軍が降伏、戊辰戦争終結。

明治四年（一八七一）

八月　解放令「穢多非人ノ称ヲ廃シ身分職業共平民同様トス」発布。

井上ひさし　Inoue Hisashi

昭和九年（一九三四）十一月十六日、山形県東置賜郡小松町（現・川西町）生まれ。昭和三十五年（一九六〇）、上智大学文学部卒業。浅草フランス座文芸部進行係を経て、ＮＨＫ放映の人形劇「ひょっこりひょうたん島」（一九六四―九）の台本を共同で執筆。小説家デビューは昭和四十五年（一九七〇）の長篇書き下ろし『ブンとフン』。以後も戯曲、小説、エッセイ等を書き、『道元の冒険』（一九七一）で岸田國士戯曲賞と芸術選奨新人賞を、『手鎖心中』（一九七二）で直木三十五賞を、『吉里吉里人』（一九八一）で読売文学賞と日本ＳＦ大賞を、『腹鼓記』と『不忠臣蔵』（一九八五）で吉川英治文学賞を、『シャンハイムーン』（一九九一）で谷崎潤一郎賞を、『東京セブンローズ』（一九九九）で菊池寛賞を、『太鼓たたいて笛ふいて』（二〇〇二）で毎日芸術賞と鶴屋南北戯曲賞を受賞。昭和五十九年（一九八四）に旗揚げした「こまつ座」の座付作者として自作を上演しながら執筆活動を続け、平成十六年（二〇〇四）に文化功労者、同二十一年（二〇〇九）には日本藝術院賞恩賜賞を受賞。平成二十二年（二〇一〇）四月九日、死去。

熱風至る I

二〇二二年十一月十六日　第一刷発行

著　　者　井上ひさし
発 行 者　田尻　勉
発 行 所　幻戯書房
郵便番号一〇一‐〇〇五二
東京都千代田区神田小川町三‐十二
電　話　〇三‐五二八三‐三九三四
FAX　〇三‐五二八三‐三九三五
URL　http://www.genki-shobou.co.jp/

印刷・製本　中央精版印刷

ISBN978-4-86488-257-6　C0093

四重奏 カルテット　小林信彦

もっともらしさ、インテリ特有の権威主義、鈍感さへの抵抗──1960年代、江戸川乱歩とともに手がけた「ヒッチコックマガジン」の編集長だった自身の経験を4篇の小説で表した傑作。「ここに集められた小説の背景はそうした〈推理小説の軽視された時代〉とお考えいただきたい」。**文筆生活50周年記念出版**　2,000円

戦争育ちの放埒病　色川武大

銀河叢書　一度あったことは、どんなことをしても、終わらないし、消えない、ということを私は戦争から教わった──浅草をうろついた青春時代、「本物」の芸人を愛し、そして昭和を追うように逝った無頼派作家の単行本・全集未収録随筆群を初書籍化。阿佐田哲也の名でも知られる私小説作家の珠玉の86篇、愛蔵版。　4,200円

三博四食五眠　阿佐田哲也

たかが喰べ物を、凝りに凝ったところで舌先三寸すぎれば糞になるのは同じこと、とにかく美味しく喰べられればそれでいいいではないか──睡眠発作症（ナルコレプシー）に悩まされながら“呑む打つ喰う”の日々。二つの顔を持つ作家が遺した抱腹絶倒、喰っちゃ寝、喰っちゃ寝の暴飲暴食の記、傑作エッセイ、初刊行!　2,200円

明日の友を数えれば　常盤新平

欲張ってはいけない。望みはなるべくささやかなほうがいい。多くを望むのは若い人たちにまかせる──町を歩いて友人と語らい、気に入った古本を繰り返し読み、行きつけの喫茶店でコーヒーを味わう。つつましく“老い”とつき合う日常を綴った珠玉のエッセイ集。2013年、81歳で逝った著者の生前最後の単行本。　2,500円

いつもの旅先　常盤新平

感じのいい喫茶店や酒場のある町は、いい町なのである。それはもう文化である──おっとりした地方都市、北国の素朴な温泉宿、シチリアの小さなレストラン……旅の思い出を中心に、めぐる季節への感懐、忘れえぬ幼少時の記憶を円熟の筆で記す。『私の「ニューヨーカー」グラフィティ』『東京の片隅』に続く未刊行エッセイ集。　2,500円

酒場の風景　常盤新平

銀河叢書　ただの一度しかないということがある。それが一生つきまとって離れない──恋とは、夫婦とは……。銀座の小体な酒場で語られる、男と女のままならぬ人間模様。『遠いアメリカ』で直木賞を受賞した著者が、情感ゆたかに織りなす大人のための短編連作。発表から四半世紀を経て初の書籍化。　2,400円